Tom Clancy et Martin Greenberg présentent

TOM CLANCY

Power Games 2

Ruthless.com

ROMAN TRADUIT DE L'AMÉRICAIN PAR JEAN BONNEFOY

ALBIN MICHEL

Titre original :
TOM CLANCY'S POWER PLAYS : RUTHLESS.COM
A Berkley Book
Publié avec l'accord de RSE Holdings, Inc.

Ceci est une œuvre de fiction. Les personnages et les situations décrits dans ce livre sont purement imaginaires : toute ressemblance avec des personnages ou des événements existants ou ayant existé ne serait que pure coïncidence.

1

Archipel de Riou,
mer de Chine méridionale
15 septembre 2000

Le petit cargo avait été baptisé *Kuan Yin* en hommage à la déesse chinoise de la miséricorde, mais comment douter que l'équipage ne se sentait pas, quelque part, abandonné par sa divinité tutélaire ?

Le vapeur de quinze mètres, vieux d'un demi-siècle, était parti à vingt heures du port de Kuching, en Malaisie orientale, le pont encombré de barils d'épices et d'huile de palme à destination des marchés de gros de Singapour. Malgré les grains, les rafales et la visibilité réduite, le clapot était modéré et le timonier avait réussi à maintenir quasiment depuis le début une allure régulière de quinze nœuds. Il escomptait une traversée sans histoire, suivie par une tournée des bars dans le quartier des docks ; même en cette période de mousson, la route par la haute mer était courte et directe : moins de quatre heures pour franchir le détroit puis remonter la côte jusqu'aux quais de Sembawang, du côté nord de l'île.

Désœuvrés jusqu'à l'arrivée au port, les quatre débardeurs jouaient encore aux cartes à neuf heures du soir, serrés dans l'étroit carré, laissant la passerelle au timonier et au bosco. Le premier, bien sûr, n'avait guère d'autre choix que de rester à la barre, même si le peu de sympathie qu'aurait pu lui témoigner le reste de l'équipage était pour le moins émoussée par son attitude hautaine, son salaire supérieur au leur, et la cabine relativement spacieuse dont il jouissait, avec siège de cuir moelleux et posters de femmes nues agrafés entre les cartes marines.

Le bosco, en revanche, était fort bien vu de ses camarades, aussi l'avaient-ils convié à se joindre à la partie. En temps normal, l'homme, du nom de Chien Lo, aurait accepté avec enthousiasme, mais ce soir, il avait choisi plutôt de rester sur le pont, à surveiller la cargaison. Il était de nature consciencieuse et redoutait que l'arrimage de celle-ci ne soit malmené par les fortes rafales dans ces conditions météo défavorables.

Aux alentours de vingt-deux heures, l'averse tropicale faiblit quelque peu. Ce n'était sans aucun doute qu'une brève accalmie et Chien Lo résista à l'impulsion de descendre rejoindre les autres. Les ennuis guettaient avec une patience infinie, se plaisait à lui rappeler son épouse. Malgré tout, il jugea le moment opportun pour allumer une cigarette.

Comme lui avait également dit sa chère et tendre épouse — décidément, une femme toujours de bon conseil —, mieux valait profiter dès que possible des petites joies de la vie.

Alors que Chien Lo approchait de sa cigarette le bout incandescent de l'allumette, deux canots pneumatiques Zodiac s'étaient dégagés des racines de la mangrove entourant un îlot minuscule, à quelque quarante degrés à l'est de la proue du cargo. Grâce à leurs ailerons stabilisateurs et leur moteur hors-bord silencieux de quatre-vingt-dix chevaux, ils survolaient les vagues à près de cinquante nœuds : à cette vitesse ils auraient rattrapé le *Kuan Yin* en quelques minutes, traçant deux sillages parallèles et bouillonnants, pareils aux traînées de condensation de chasseurs dans le ciel. Bientôt le bout de terre d'où ils avaient jailli était englouti au loin dans les ténèbres.

Douze hommes composaient le groupe de pirates. Leur chef était un Iban de carrure imposante, les autres étaient des indigènes des îles méridionales, répartis en nombre égal dans les deux embarcations. Dans chaque groupe, le lanceur attitré avait enfilé des gants de cuir et portait, tel un alpiniste, une échelle de corde en nylon accrochée à sa ceinture par des mousquetons. Tous avaient dissimulé leurs traits, soit en coiffant des sacs en toile percés à l'endroit des yeux, du nez et de la bouche, soit en se masquant le bas du visage sous des T-shirts ou de vieux chiffons noués. Tous portaient le même kriss tatoué sur le dos de la main, symbole de leur appartenance à une association criminelle. Ils avaient enfilé sur leurs frusques des tenues de plongée. Ils étaient équipés de fusils d'assaut, portaient des coutelas glissés dans un étui à leur ceinture; ils étaient prêts à donner la mort avec ces armes sans arrière-pensée, comme aurait pu le révéler la fourbe détermination cachée sous leurs visages masqués.

S'ils avaient déjà commis des dizaines de piratages, leur tâche de ce soir était inhabituelle, car il ne s'agirait pas seulement de dérober la cargaison, ni de dévaliser l'équipage des quelques objets personnels négociables au marché noir — sinon peut-être pour leur argent de poche... certes, les bars, les bordels et salles de combats de coqs de Sibu auraient droit pendant quelque temps à leur clientèle. Mais ce soir, leur tâche essentielle était d'emmener le navire à Singapour et, une fois là-bas, ils auraient d'autres choses à faire.

Alors que les Zodiac approchaient sans bruit de la poupe du *Kuan Yin,* ils se séparèrent, celui du chef de bande obliquant sur bâbord, l'autre embarcation sur tribord, l'un comme l'autre ralentissant pour calquer sa vitesse sur celle du cargo.

Durant deux minutes environ, ils naviguèrent de conserve, le chef des pirates jaugeant son objectif, parcourant du regard la coque métallique piquetée de rouille. Il portait un blouson en jean, un bandeau autour du front pour empêcher ses longs cheveux bruns trempés de pluie de lui tomber dans les yeux, et un foulard lui couvrait la bouche et le menton. Il glissa la main dans sa poche de poitrine pour en sortir une flasque de *tuak,* fit descendre le bandana pour découvrir ses lèvres et en boire une grande lampée. Il en prit une autre, s'en gargarisa, le visage tourné vers le ciel, ses joues burinées fouettées par les embruns, avant d'avaler l'alcool fort et de remettre son masque. Puis il se tourna soudain pour adresser un signe de tête au petit bonhomme maigre portant l'échelle de corde à la ceinture. « Amir », fit-il avec un geste sec, lui indiquant de lancer le raid.

L'autre acquiesça, passa la main entre ses genoux pour ouvrir l'écoutille d'un compartiment logé entre le fond de son siège et le plancher en alu du Zodiac. Il en sortit une seconde corde : celle-ci, de sept mètres, était terminée par un grappin. Il laissa un peu de mou, en roula la moitié autour de sa main gauche, saisissant le reste, côté grappin, dans la droite. Enfin, il se redressa et s'approcha du boudin en caoutchouc, côté cargo, les pieds bien écartés pour se maintenir en équilibre malgré le roulis et le tangage.

Amir fit osciller le grappin avant de le projeter vers la coque du cargo, laissant le reste du filin se dévider dans sa main, emporté par la masse du crochet de fer.

Celui-ci s'arrima solidement au plat-bord avec un bruit sourd.

Un instant plus tard, le lanceur entendit un bruit identique venant du bord opposé, avant d'échanger avec ses quatre compagnons un regard entendu : le bruit signifiait que l'autre groupe avait également réussi à amarrer son Zodiac au *Kuan Yin*.

Les coudes posés sur la rambarde, la cigarette aux lèvres, Chien Lo entendit un bruit sourd par la hanche de bâbord. Puis, quelques instants après, le même bruit, venant du bord opposé.

Il fronça les sourcils. Le calme et la tranquillité avaient été trop beaux pour durer. Le *Kuan Yin* se trouvait désormais à vingt milles nautiques au sud-est de sa destination, progressant laborieusement entre les récifs, les bancs de sable et les mangroves qui formaient une partie des îlots les plus petits de l'archipel de Riou. Essaimés sur la vaste étendue de la mer de Chine méridionale, la plupart étaient sans nom et inhabités, et Chien Lo avait toujours considéré leur traversée comme un répit bienvenu avant de gagner les eaux congestionnées du port de Singapour.

Il scruta la mer et se dit qu'il s'occuperait de ces bruits incongrus seulement après avoir fini sa cigarette. Malgré tout, ça le turlupinait. Et si c'étaient des barils mal arrimés qui roulaient et se fracassaient sur le pont ?

Chien haussa les épaules et, d'une pichenette, jeta dans les eaux son mégot incandescent.

La responsabilité avait ses exigences, et il quitta la rambarde pour retourner inspecter la cargaison, inconscient de la présence meurtrière qui s'apprêtait à monter à bord.

Sitôt qu'il se fut accroché au plat-bord, Amir arrima son extrémité de la corde à un taquet au plancher du Zodiac. Tout en enfonçant bien ses gants autour des doigts, il se retourna pour examiner le bâtiment. Puis il enfourcha le filin, le saisit fermement à deux mains et sauta dans le vide pour se hisser à bord, jambes écartées, le corps contre la ligne.

Plaquant ses bottes à crampons contre la coque, il se hissa avec une sorte de dandinement rythmé et, en moins d'une minute, il avait rejoint le pont. Une fois à bord, il dégrafa la ceinture de corde, l'attacha solidement à la barre supérieure de la rambarde, puis fit basculer le reste pardessus bord, jusqu'au pneumatique en dessous.

L'homme qui s'en empara entama aussitôt l'ascension, posant le pied sur les filins de nylon qui servaient de barreaux entre les deux brins principaux. Il savait que les autres allaient le suivre à tour de rôle afin d'éviter de faire porter trop de poids sur la mince échelle de corde.

Parvenu au sommet, il saisit la main tendue de son camarade pour l'aider à franchir le platbord.

Il avait déjà les coudes et le torse sur le pont du cargo quand Chien Lo, arrivant de la passerelle, attiré par les mystérieux bruits sourds entendus peu auparavant, découvrit avec horreur qu'on était en train d'investir son bateau.

Tapi sur le pont, le premier pirate entendit les pas du bosco une fraction de seconde avant de pivoter et de le voir approcher. Dans l'intervalle, sa décision était déjà prise : il ignorait combien d'hommes encore étaient à bord, mais il n'allait sûrement pas attendre que le reste de l'équipage se manifeste. Il fallait éliminer ce type tout de suite.

Chien Lo venait de s'immobiliser à quelques mètres des intrus, qu'il contemplait, éberlué et désemparé, les jambes figées par une terreur glaciale. Il avait décelé l'intention de l'homme déjà à bord avant même d'avoir pu contempler son visage. Les petits yeux noirs plissés derrière les fentes du masque étaient trop éloquents. C'était une lueur meurtrière qu'il y lisait.

Chien Lo sortit soudain de sa transe, fit demi-tour et se rua vers la proue, où il savait qu'il retrouverait le pilote à la barre. Mais la promptitude et l'agilité du pirate de petit gabarit ne lui servaient pas qu'à l'escalade. Il se redressa d'un bond et fonça derrière Chien, tout en dégainant son poignard, évoluant presque sans bruit malgré ses grosses bottes aux épais crampons destinés à lui procurer une bonne accroche sur la coque du vieux rafiot.

En un éclair, il avait rattrapé le bosco, plongeait sur lui par-derrière, l'entourant de ses bras et le jetant à plat ventre sous la violence du choc.

Chien Lo émit un petit couinement de douleur apeurée quand l'autre lui agrippa les cheveux pour lui redresser brutalement la tête en arrière. Puis la lame rigide et froide du poignard entra en contact avec la chair tendre du cou et la trancha d'une oreille à l'autre.

Chien Lo ne souffrit pas vraiment, tout au plus ressentit-il comme le choc nerveux d'une décharge électrique. Puis le pirate le relâcha, son visage heurta le pont et il mourut dans un long tressaillement spasmodique, le nez, la bouche et les yeux noyés dans son propre sang.

Le pirate se redressa, traîna le corps de Chien

Lo jusqu'au bord du pont et, d'un coup de pied, le précipita par-dessus bord. Lorsqu'il toucha la surface, le cadavre sembla ne faire qu'une ride imperceptible avant d'être englouti dans les profondeurs de l'océan.

Quand il regagna l'endroit où il avait fixé l'échelle à la rambarde, le pirate découvrit que son compagnon avait réussi à se hisser seul à bord. Le reste de son groupe de cinq était déjà sur le pont. Quant à l'autre groupe, il n'attendait plus que le dernier homme ait achevé son escalade.

Quelques secondes plus tard, il avait rejoint les autres et tous se précipitaient vers la partie avant du navire.

Le pilote s'effondra derrière la barre en une masse inerte, éclaboussant d'une pluie de sang ses cartes marines et ses pin-up de *Playboy*. Le tueur lui avait prestement réglé son compte après être furtivement entré dans la cabine par-derrière pour lui trancher la gorge, exactement comme son compagnon l'avait fait pour Chien Lo. Pris totalement au dépourvu, le timonier n'avait même pas su ce qui lui arrivait.

Un second pirate rejoignit la passerelle et, enjambant le corps, prit la barre. Après avoir parcouru des yeux les instruments disposés devant lui, il adressa un signe de tête au premier homme qui lui flanqua une tape dans le dos, rengaina son couteau sanglant et ressortit aussitôt pour annoncer aux autres la bonne nouvelle.

Ils s'étaient désormais assuré le contrôle du bateau. Ne leur restait plus qu'à se charger du reste de l'équipage.

« À genoux, mains derrière la tête ! » s'écria

l'Iban, du haut de l'escalier. Malgré l'origine apparemment malaise de tous les hommes d'équipage, il avait aboyé cet ordre en anglais, derrière son foulard. C'est que la langue nationale comportait de nombreux dialectes et il désirait éviter toute confusion.

Assis à leur table à jouer, les hommes le regardèrent bouche bée en lâchant leurs cartes. Des pas résonnèrent derrière le chef des pirates, comme le reste de la bande descendait derrière lui l'échelle métallique.

« *Exécution, ou je vous tue tous !* » gronda le chef, ayant noté l'hésitation des hommes. D'un mouvement du canon de son Beretta 70/90, il leur fit signe de quitter la table.

Les quatre hommes obtempérèrent, sans la moindre velléité de résistance, se levant dans une telle précipitation qu'ils renversèrent plusieurs chaises.

Ils s'agenouillèrent au milieu du carré exigu et contemplèrent les pillards en silence.

L'Iban nota que l'un des prisonniers avait fait glisser sa montre de son poignet pour la brandir, la main offerte, comme s'il voulait qu'on en finisse au plus vite. Il devinait ses pensées et eut presque pitié de lui. Aucune des campagnes de lutte contre la piraterie récemment effectuées en Malaisie, en Indonésie, aux Philippines ou en Chine n'était parvenue à réduire la fréquence élevée des attaques dans ces eaux. Avec ses milliers d'îles couvertes de jungle et ses vastes étendues d'océan à surveiller, les autorités navales ne pouvaient guère espérer tenir tête aux pirates, et moins encore les déloger de leurs bases terrestres secrètes. Les compagnies maritimes de la région en étaient si conscientes qu'elles s'étaient résignées à incorporer dans leurs coûts de transport les pertes consécutives à la piraterie et aux détournements.

Les yeux du chef des pirates scrutèrent un à un les visages des marins. S'ils avaient tous l'air tendu et inquiet à la chiche lueur du plafonnier, aucun ne semblait avoir particulièrement peur. Du reste, qu'auraient-ils pu redouter ? Ces hommes étaient des travailleurs saisonniers. Ils n'en étaient pas à leur premier détournement et s'attendaient donc à se faire détrousser avant d'être relâchés sains et saufs dans les canots de sauvetage. C'était ce qui se passait en général.

Les pauvres crétins ne se doutaient pas du sort subi par leurs compagnons sur le pont.

L'Iban fit signe à un des pirates qui avait dévalé l'escalier sur ses talons. L'homme se porta à sa hauteur et se pencha pour recueillir ses ordres.

« Je ne veux pas qu'on abîme leurs papiers, Juara, murmura l'Iban d'une voix rauque, s'exprimant cette fois dans sa langue natale, le behasa malayu. C'est des trucs qui arrivent, et ça fout le merdier, vu ? »

L'autre grommela un vague oui, assourdi par le chiffon blanc crasseux qui lui masquait la bouche et le menton. C'était un type massif au cou épais, le crâne rasé, avec une grosse bedaine. Il adressa un bref signe de main à deux autres pirates qui s'approchèrent aussitôt des marins agenouillés et leur demandèrent de vider leurs poches sur le sol.

Une fois encore, les prisonniers obéirent sans regimber. Juara les tint en respect avec son fusil tandis que ses deux compagnons se chargeaient de récupérer leurs maigres effets. Quand les hommes d'équipage eurent terminé, les pirates les fouillèrent pour s'assurer qu'ils n'avaient rien dissimulé.

Satisfaits du résultat, ils adressèrent à Juara un signe de tête.

Ce dernier signifia aux deux autres de le rejoindre avant de se retourner pour considérer le chef du commando.

« Finissez-en », dit celui-ci.

Il n'avait pas voulu hausser le ton mais sa voix était si grave qu'elle tonna dans le silence de la cale. Une expression de terreur se peignit sur les traits des prisonniers lorsqu'ils virent les pirates lever le canon de leurs armes.

Ça y est, ils ont enfin compris, songea le chef de la bande.

Et ils ont peur.

L'un des hommes d'équipage ouvrit la bouche pour hurler et fit mine de se relever mais les pillards vidèrent sur lui leurs armes et il bascula en arrière, les vêtements criblés de balles, la tête à moitié arrachée par les impacts. Bientôt, balayé par la fusillade, le reste de l'équipage du *Kuan Yin* s'effondra dans un nuage de sang, d'os et de chair, les membres écartelés dans un ultime spasme.

Le grand Iban attendit que les balles se soient tues, puis il s'approcha de la table à jouer où s'entassait le butin et saisit au hasard un portefeuille. Il avait hâte d'en terminer et de regagner le pont; ses oreilles carillonnaient encore du bruit de la fusillade et l'air dans la cale était empuanti de l'odeur de la poudre d'amorce, du sang et des viscères des cadavres.

Il ouvrit le portefeuille et découvrit un permis de conduire sous un rabat de plastique transparent. Il y avait d'autres papiers dans le reste des pochettes. L'homme auquel avait appartenu le portefeuille s'appelait Sang Ye.

L'Iban émit un borborygme ravi. Il espéra pour le marin qu'il avait bien vécu et bien dépensé son argent. Quoi qu'il en soit, désormais, son portefeuille et ses papiers appartenaient à quelqu'un qui saurait en faire bon usage.

De grandes choses, de très grandes choses se préparaient et l'Iban avait hâte de rallier Singapour et de se mettre à la tâche.

Il songea au papier plié dans sa poche de chemise, aux instructions rédigées dessus, à tout ce qu'elles représentaient pour lui. Sans aucun doute bien plus que ce qu'il pourrait recueillir en détournant une douzaine de cargaisons...

Max Blackburn, l'Américain, n'avait pas la moindre chance.

Pas plus que n'en avait eu l'équipage de ce navire...

Non, pas la plus petite chance.

2

Palo Alto, Californie
15 septembre 2000

Quand Roger Gordian avait treize ans, il s'était bâti une cabane dans un arbre sur le terrain vague où il avait l'habitude d'aller jouer avec ses copains. À l'origine, elle devait servir de poste d'observation destiné à se prémunir de la curiosité des adultes et de refuge contre les autres garçons plus âgés susceptibles de venir leur chercher noise. Il en avait lui-même dessiné les plans et l'avait construite avec l'aide de deux de ses meilleurs copains : Steve Padaetz, le fils des voisins, et Johnny Cowans, un petit gamin nerveux surnommé « Agrafe » pour une raison que tout le monde avait oubliée.

À une époque, Roger avait songé à fortifier leur poste d'observation en hauteur contre d'éventuels maraudeurs en l'entourant d'une série de pièges élaborés, mais aucun de ceux parmi la douzaine qu'il avait conçue ne devait dépasser le stade du projet. Pour dire la vérité, les gamins n'avaient jamais vraiment cru à la possibilité d'une agression — c'était juste histoire de se faire peur en pimentant leurs jeux d'une touche de secret et d'aventure. Il y avait du reste bien peu d'enfants dans le quartier en qui ils puissent voir des ennemis, et moins nombreux encore étaient ceux qui s'intéressaient à leurs activités au point de venir les embêter.

En tout cas, c'est ce qu'ils s'imaginaient.

L'échelle et les outils qu'ils avaient employés pour bâtir leur construction venaient du garage des parents de Roger. Steve avait récupéré les matériaux de construction dans le chantier de la menuiserie-quincaillerie tenue par M. Padaetz, même si Roger n'avait jamais osé lui demander s'il avait obtenu l'accord paternel. Quelque part, cela n'avait pas semblé important à l'époque ; les garçons n'avaient pas eu besoin de grand-chose pour bâtir leur cachette, en dehors de quelques madriers, de feuilles de contre-plaqué et d'une boîte de clous : la disparition de ces quelques articles avait peu de chances de mettre en difficulté les finances de la quincaillerie Padaetz, à l'époque la plus grosse entreprise familiale de Waterford, Wisconsin.

La « Guérite », comme ils avaient bientôt surnommé leur cabane, avait été au centre des préoccupations des trois garçons durant tout un été, juste après le dernier trimestre à l'école primaire pour s'achever quinze jours à peine avant la sonnerie de leur première rentrée des classes au collège. Durant cet intervalle de deux mois de rêve caniculaire, ils avaient passé des journées entières dans leur arbre ou aux alentours, à échanger des vignettes de base-ball, des bandes dessinées et de mauvaises blagues salaces, à battre vainement les sous-bois des environs en quête de pointes de flèches indiennes qui — à en croire du moins la mythologie de la cour de récré — jonchaient les terrains vagues du comté de Racine.

Aux alentours de la fin août, les garçons avaient entamé, sur un carré d'herbe juste en dessous de leur cabane suspendue, l'aménagement de ce qui aurait dû devenir un gymnase en plein air ; pour ce faire, ils avaient utilisé de nouveaux madriers qu'ils avaient encore réussi à détourner au cours de ces longs mois d'été. Il restait encore deux semaines de vacances avant la rentrée, et ils avaient estimé qu'ils avaient encore plus d'un mois devant eux avant que le temps ne devienne trop froid pour leur permettre de batifoler dehors après avoir fait leurs devoirs.

Ils avaient déjà construit des barres fixes et parallèles et se mettaient à la fabrication d'un cheval-arçons... mais leurs travaux d'expansion connurent un coup d'arrêt brutal quand le raid naguère tant redouté devint une dévastatrice réalité.

Les gamins — des ados, en fait — responsables de la fin de cette période idyllique s'appelaient Ed Kozinski, Kenny Whitman et Anthony Platt, un cousin éloigné de Kenny, dont l'attitude agressive et boudeuse le rendait éminemment peu fréquentable. Âgé de deux ans de plus que Roger et ses amis, ce sinistre trio ne leur avait jusqu'ici jamais prêté la moindre attention, préférant se livrer à des actes de petit vandalisme, comme piquer de la bière et des cigarettes chez les épiciers du coin, ou faire des avances grossières aux filles qui, de manière générale, faisaient mine de les ignorer. D'une manière ou de l'autre, Anthony avait réussi à apprendre l'existence de leur cabane et il s'était mis dans l'idée que ces filles se montreraient peut-être plus dociles vis-à-vis de lui et de ses séides s'ils disposaient d'un petit havre intime et douillet, bien planqué, où ils pourraient tous se soûler et s'envoyer en l'air.

À l'instant où cette idée avait jailli des méandres bourbeux de la cervelle d'Anthony, la Guérite était bel et bien perdue pour les trois gamins : ils s'y étaient rendus un beau matin pour la trouver occupée par Kenny et sa compagnie, comme s'il s'agissait de leurs doubles négatifs dans quelque univers de science-fiction. Quant à leur aire de sports en cours de travaux, elle n'était plus que ruines, les pièces de bois leur ayant servi à confectionner les agrès jonchant, éparses, le terrain. Les mots « Pas-laid de la Teuf » étaient bombés en énormes lettres rouge vif sur deux des parois de la cabane, dans ce qui se voulait un trait d'humour si les circonstances n'avaient pas été aussi douloureuses. Pour Roger Gordian, c'était presque comme une profanation.

Toisant Roger et ses amis depuis l'entrée, Anthony était assis, jambes ballantes, à la porte de la cabane, une Parliament à la main, un sourire de mépris sur le visage. Les bandes dessinées, les cartes et tous les trésors patiemment amassés par le groupe de Roger avaient été jetés dehors sans autre forme de procès, répandus au pied de l'arbre, au milieu des canettes de bière, sachets de chips vides et paquets de cigarettes écrasés.

Mais Roger et compagnie n'eurent guère le temps de comprendre ce qui leur arrivait qu'ils se retrouvaient criblés de pierres lancées depuis leur propre refuge... Ils envisagèrent un bref instant d'opposer une héroïque résistance à l'envahisseur, et puis un des cailloux siffla et vint frapper Agrafe au beau milieu du front, l'étendant par terre ; il beugla comme un veau, les yeux aveuglés par le sang coulant d'une blessure qui allait nécessiter quatre points de suture et une piqûre antitétanique. Roger avait compris dès lors qu'il était vaincu. Pis encore, vaincu sans combat, et cette impuissance le couvrait de honte. Les autres gamins étaient plus forts, plus grands, plus méchants que ses deux copains et lui. Et eux, ils étaient prêts à se battre. Ils ne cherchaient que ça.

Tandis que la bande de Kenny commençait à descendre de l'arbre pour se lancer à leurs trousses, Roger et Johnny avaient aidé Agrafe à se relever pour décamper avec eux.

Telle avait été pour Gordian la première expérience d'une prise de pouvoir par la force, et quarante ans et quelques plus tard, le souvenir en demeurait cuisant.

Qu'il le soit d'autant plus ce soir était bien compréhensible, compte tenu du bref rapport alarmant que son visiteur venait de lui faire, en provenance du front de Wall Street.

« Nous y sommes retournés peut-être deux ou trois mois plus tard, reprit-il, terminant son récit. Dans l'intervalle, Kenny et ses parents avaient déménagé, et, en son absence, son cousin était plus ou moins neutralisé. Quoi qu'il en soit, nous sommes retournés sur place pour découvrir notre cabane détruite, tout comme notre amorce de terrain de sports : on voyait juste des planches dépasser de la neige, il ne restait rien d'intact. J'ignore si ce vandalisme avait été délibéré ou si ces pauvres crétins qui nous avaient délogés avaient détruit notre construction par négligence et par bêtise. Peu importe, j'imagine. Ce qui importe, en revanche, et qui ne cesse de me tarabuster chaque fois que je me remémore ce navrant épisode, c'est d'avoir abandonné notre cabane à ces voyous. De les avoir laissés s'emparer de mon bien, de ce que j'avais bâti de mes propres mains, sans combattre. »

Charles Kirby contempla Roger Gordian sans mot dire, avant de boire une gorgée de son whisky soda. Il était neuf heures du soir et il était crevé, encore sous le coup du décalage horaire à la descente de ce long vol depuis New York. Il s'était malgré tout rendu chez Roger, pour le retrouver dans le bureau encombré de livres de son domicile de Palo Alto, pressentant que les nouvelles dont il était porteur étaient trop importantes pour attendre le matin.

Non seulement Gord payait des honoraires substantiels au cabinet Fisk, Kirby et Towland pour lui servir d'avocats d'affaires et de conseillers fiscaux, mais c'était surtout un ami personnel. Aussi, quand Kirby avait appris que le consortium Spartus, actionnaire principal d'Uplink International, avait l'intention de remettre sur le marché ses vingt pour cent de participation dans l'entreprise, il avait aussitôt compris ce que cela augurait, et décidé de sauter dans un avion pour en informer Gordian de vive voix.

L'inquiétude qu'il lisait sur les traits de son ami lui fit comprendre qu'il avait pris la bonne décision. Quarante-cinq ans, mince, le cheveu grisonnant, un visage aux yeux bleus brillants d'intelligence, aux pommettes saillantes et aux lèvres si fines que même ses plus larges sourires paraissaient blêmes, Kirby était vêtu d'un complet bleu marine et d'une chemise blanche sans cravate, au col déboutonné — sans doute durant la traversée aérienne... —, bizarrerie vestimentaire que Gord avait notée dès l'entrée de son ami.

Chuck, en matière d'habillement, tu es l'homme le plus pointilleux que je connaisse. Celui qui m'a envoyé une brochure illustrée sur la façon de réaliser le nœud Windsor, et qui m'a appris qu'il était d'usage que la couture inférieure d'un blazer arrive au niveau des phalanges quand on plaque les mains sur les jambes... Cette absence de cravate m'en dit long sur ce qui doit se passer... Ça s'annonce mal.

Évidemment, se dit Kirby, songeant à la dernière remarque de son ami, tout en dégustant son scotch, assis en face de lui dans un profond siège en cuir.

« Du moins, t'auras eu la consolation que ces petits salopards n'auront pas profité longtemps de votre cabane... Qui plus est, je te parie tout ce que tu veux qu'ils n'auront jamais eu l'occasion d'y faire grimper la moindre fille...

— Bien vu, Chuck. Mais ne détournons pas la conversation, coupa Gordian. Je ne suis plus un gamin, pour l'amour du ciel. Tu ne crois quand même pas que je vais rééditer les erreurs du temps où je courais encore après mon premier baiser ?

— Gord, écoute-moi...

— Non, je veux d'abord savoir comment j'ai pu ainsi me faire avoir. Comment j'ai pu laisser quelqu'un tenter de venir me piquer Uplink juste sous mon nez. »

Kirby vida son verre, le reposa, fit tournoyer les derniers cubes de glace fondant à l'intérieur.

« Tu veux quoi ? Que je reste là à te regarder te donner les verges ? J'ignorais que cela faisait partie de notre contrat, même si je peux toujours consulter mes partenaires pour avoir confirmation.

— Tu le ferais vraiment ? »

Kirby plissa le front à ce sarcasme.

« Bon, écoute, reprit Gordian. Mon entreprise est basée dans une douzaine de pays ; dans certains, j'ai amené mon personnel à courir des risques énormes, dans d'autres, j'ai perdu des types bien. Si je ne suis pas foutu de retenir la leçon, pas foutu de tenir le choc quand les enjeux sont élevés, faut que je cesse de jouer dans la cour des grands. »

Soupir de Kirby. D'accord, ils étaient confrontés à un problème sérieux, mais d'habitude, Gordian n'était pas enclin à céder à l'auto-apitoiement et au défaitisme. Bon sang, où était l'erreur ? Pourrait-il s'agir d'une réaction à retardement à la controverse sur les techniques de cryptage... l'équivalent psychologique d'un accident de décompression après avoir enfin réussi à refaire surface ?

Kirby envisagea l'hypothèse et supposa que ce devait être le cas, compte tenu du temps qu'avait traîné l'affaire, et de l'éreintage qu'avait pu subir son ami, suite à sa prise de position publique contre la nouvelle politique d'exportation du gouvernement. Peut-être le facteur déclenchant était-il la fatigue : Gord était simplement vidé après avoir livré trop de combats sur trop de fronts en même temps. Peut-être. Malgré tout, il ne pouvait s'empêcher de songer qu'un autre élément le rongeait progressivement.

« Je ne nie pas que tu sois vulnérable, mais pourquoi diantre le mettre sur le compte de ton étourderie ? Tes ressources financières ont été quelque peu malmenées ces temps derniers, entre certaines dépenses quasiment inévitables et d'autres que tu n'aurais guère pu anticiper sans une boule de cristal. »

Le regard péremptoire de Gordian indiqua à Kirby que ce rappel était superflu. De ce côté, les deux hommes étaient semblables : ils faisaient valoir leurs arguments avec le minimum de mots. Du reste, l'un comme l'autre avaient refait ce calcul bien des fois. Il y avait le coût énorme de fabrication, de lancement et d'assurance de la constellation de satellites en orbite basse travaillant en bande Ka, indispensables à l'établissement du réseau de télécommunications orbitales Uplink, les millions de dollars consacrés à la reconstruction de la station terrestre russe après qu'elle eut été pratiquement rasée par une attaque terroriste en janvier de cette année [1], et les dépenses concomitantes pour rendre opérationnelles les autres stations en Afrique et en Malaisie.

Un programme ambitieux pour une entreprise privée, sans aucun doute. Mais cette diversification opérée par Gordian à partir des technologies de défense qui avaient fait sa fortune, même si elle trouvait son origine dans la réduction des budgets militaires, n'avait pas que des motivations financières : un fait qui avait toujours bougrement impressionné Kirby. Gord ne fonctionnait pas à l'ego. Il n'était pas non plus âpre au gain. Ayant amassé une fortune suffisante pour lui durer dix existences, il aurait pu faire comme tant d'autres riches nababs et se reposer sur ses lauriers, se payer des croisières à longueur d'année, se mettre en tête d'entrer dans le livre Guinness des records, le choix était large...

Toutefois, plus que tout, Gordian ressentait le désir sincère de contribuer à améliorer le sort du monde, et il était intimement convaincu que le problème de l'élimination de la tyrannie et de l'oppression sur la planète exigeait des solutions fondées sur la communication. Lui qui avait grandi au temps du mur de Berlin et du rideau de fer, il restait convaincu que rien — ni les modèles militaires, ni les sommets, ni les traités — n'avait mieux contribué à faire tomber ces murailles nées de la guerre froide que les informations s'infiltrant à travers leurs fissures. L'information, croyait-il, était *la* clé ouvrant sur la liberté politique et individuelle. Son but, sa vision, pouvait-on même dire, était d'offrir cette clé au plus grand nombre de gens possible... ce

1. Cf. *Power Games 1 : Politika,* Le Livre de Poche, n° 17157.

qui, aux yeux de Kirby, faisait de lui un idéaliste pragmatique. Ou bien la formule serait-elle un oxymoron ?

Mais Gordian avait repris, penché en avant, les coudes sur les genoux, les mains serrées : « Ne te leurre pas, Chuck. Je n'anticipe pas mes décisions en fonction de l'expansion de l'entreprise. Mais je me reproche néanmoins de ne pas avoir su préparer une stratégie de défense contre une attaque de requins. Et ce n'est pourtant pas faute d'avoir reçu de bons conseils. Combien de fois m'as-tu avisé de renforcer le conseil d'administration ? Mon ami au Congrès, Dan Parker, a bien cherché lui aussi à me convaincre d'accentuer ma pression pour que cet État renforce son arsenal législatif contre les prises de contrôle sauvages. Je n'ai fait ni l'un ni l'autre.

— Gord... »

Gordian l'interrompit d'un geste de la main.

« Écoute-moi jusqu'au bout, je t'en prie. Comme je t'ai dit, ce n'est pas un simple mea culpa. Il y a une minute, tu m'as fait remarquer que j'aurais eu besoin d'une boule de cristal pour prédire ce qui s'est produit. Eh bien, dans un sens, j'en avais une. Je ne crois pas que la tentative d'OPA* de Spartus sur le marché soit vraiment une surprise pour nous deux. Je te renvoie aux articles du *Wall Street Journal.* Aux sempiternels commentaires sur le même thème dans les séquences financières de CNN ou CNBC. Toutes les branches de mon entreprise ont été soumises aux sarcasmes et aux critiques, or l'essentiel de ceux-ci provient d'une source unique. Dans ces conditions, faut-il s'étonner que la valeur du titre ait plongé ?

* Voir, en fin d'ouvrage, un glossaire du vocabulaire économique et financier *(N.d.T.).*

— Je te ferai malgré tout observer que ma remarque avait trait à tes dépenses, pas à la dévalorisation des actions Uplink, nota Kirby. Mais j'admets volontiers que le grand gourou du marché financier Reynold Armitage t'a proprement éreinté dans les médias. Si c'est la source à laquelle tu faisais allusion, je suis bien d'accord.

— Absolument, confirma Gordian en croisant de nouveau les mains sur les genoux. Spartus a paniqué, et même si j'ai cru pouvoir apaiser leurs craintes en les appelant en personne, on ne peut pas honnêtement leur reprocher de ne pas avoir été convaincus par mes assurances. Franchement, Chuck : as-tu déjà entendu quelque chose de comparable à la démolition en règle à laquelle s'est livré sur les ondes Armitage, après avoir épluché par le menu notre déclaration fiscale ? Pour ma part, je trouve ça bougrement curieux. »

Kirby ne dit rien, se contentant de hocher la tête. Certes, Armitage était un expert en analyse boursière, capable de sentir le vent des tendances du marché mieux que n'importe lequel de ses pairs. Dans ces conditions, qu'importait pour l'ensemble de la communauté financière que l'individu soit également un fils de pute prétentieux et mesquin ? Certains fils de pute savaient se faire entendre, même si on ne les aimait pas, et quand Armitage ouvrait la bouche, le milieu des investisseurs dressait l'oreille.

Ce qui était compréhensible, estima Kirby. À force d'imposer sa présence dans toutes les émissions économiques, Armitage avait contribué à aider quantité de petits porteurs à mieux comprendre le marché et à choisir des placements judicieux. Mais il avait dans le même temps parfois nui à des firmes en difficulté conjoncturelle, biaisant les chiffres pour les faire coller à ses prédictions, harcelant des chefs d'entreprise, semblant prendre un malin plaisir à les ridiculiser. Comme l'avait souvent fait remarquer Gordian, il fallait être prêt à encaisser les coups lorsqu'on voulait jouer dans la cour des grands. Et malgré cette soudaine crise de doute, il restait foncièrement un joueur... et l'un des meilleurs sur la place. Cependant, ce qu'il y avait de plus inexplicablement vicieux chez Armitage, dans sa campagne de démolition en règle (car il n'y avait pas d'autre mot) menée contre Uplink, c'était le moment choisi pour ses révélations.

Le jour même où Uplink avait publié son bilan annuel, Armitage était apparu sur le plateau de l'émission *Moneyline* en brandissant la déclaration fiscale de la société et avait entrepris de démontrer l'existence d'écarts notables entre les deux documents comptables. Ce qui était faux. Certes, les deux rapports comptables présentaient les données sous des éclairages divergents, mais le rapport annuel fourni aux actionnaires était traditionnellement destiné à mettre en valeur les points forts de l'entreprise et ses objectifs à long terme, tandis que le formulaire 10-K était un document administratif, une sèche énumération de statistiques financières à l'intention de la Commission des opérations de Bourse. En présentant ces chiffres hors de leur contexte — par exemple en se gardant de mettre en regard les dettes temporaires et les provisions avec les profits escomptés ou le capital-risque —, on pouvait aisément donner l'image fallacieuse qu'une entreprise était en bien plus mauvaise posture qu'elle ne l'était en réalité. Et Armitage était allé bien au-delà, n'hésitant pas à exagérer le poids de la moindre dépense, à minimiser chaque rentrée, et à présenter le taux de rentabilité marginale pour donner l'impression d'une société au bord de la faillite.

Oui, bougrement curieux, en vérité.

Toujours sans un mot, Kirby se leva, gagna le bar à l'autre bout de la pièce pour se resservir un whisky, sec, cette fois. Comme toujours, l'esprit de Gordian s'était mis à tourner sur ses rouages bien huilés. Pourquoi ces attaques constantes d'Armitage ? Jusqu'à plus ample informé, jamais Gordian n'avait marché sur ses plates-bandes ; du reste, il n'avait jamais rencontré le bonhomme. Alors, pourquoi ? Cette même question bourdonnait dans le crâne de Kirby depuis plusieurs semaines, telle une guêpe importune ; la seule réponse qui lui venait à l'esprit n'était guère plus qu'un soupçon. Soupçon dont il hésitait à faire part à son ami, tant qu'il ne serait pas mieux étayé.

« J'espère que tu ne m'en voudras pas si je reprends de ce coûteux nectar, observa-t-il en se tournant vers lui.

— Profites-en tant que ça dure », répondit Gordian avec un sourire lugubre, tout en éclusant lui-même son verre, avant de le tendre à son ami.

Kirby saisit la bouteille de Beefeater — la marque préférée de Gordian — et lui en servit une bonne rasade.

Les yeux des deux hommes se croisèrent, fugitivement. Mais ce bref regard était assez éloquent pour confirmer à Kirby qu'ils étaient sur la même longueur d'onde.

Il estima dès lors le moment venu de formuler ce qu'ils avaient en tête.

« Gord, crois-tu que cette tentative d'OPA était orchestrée ? lança-t-il, faisant fi de toute précaution. Qu'Armitage s'est mis à te harceler dans l'intention de ruiner la confiance des actionnaires et de...

— ... et de provoquer un bradage du titre,

enchaîna Gordian avec un signe de tête. Toute cette histoire pue la manipulation à cent lieues à la ronde. »

Kirby inspira, expira. Le poids du silence régnant dans la pièce était presque tangible.

« Si tel est le cas, reprit-il, cela tendrait à suggérer qu'Armitage est manipulé par quelqu'un.

— Oui, confirma Gordian d'une voix neutre. Absolument. »

Les deux hommes se dévisagèrent, les yeux dans les yeux.

« Tu as une idée de qui ça pourrait être ? » reprit Kirby.

Assis dans son fauteuil, Gordian demeura immobile et silencieux une pleine minute d'horloge.

« Non », répondit-il enfin, avec l'espoir que son ami ne mettrait pas sa sincérité en doute.

Alors qu'il mentait comme un arracheur de dents.

3

Singapour/Johor, Malaisie
16 septembre 2000

« Tu peux me croire sur parole, ce patelin serait la retraite idéale pour Godzilla », avait un jour confié à un compatriote new-yorkais en visite un expatrié américain à Singapour. Du moins, s'il fallait en croire les gazettes.

La remarque, qui répondait à une question sur les endroits en ville où l'on pouvait trouver des distractions « interdites », et devait par la suite faire le tour de l'île, avait été surprise par une correspondante de presse au milieu de la cacophonie ambiante de pépiements, gloussements et trilles d'oiseaux. C'était un dimanche matin et les amateurs d'oiseaux singapouriens, chinois en majorité, avaient sorti leurs grives, *mata putehs* et autres *sharmas* pour le traditionnel concours de chant hebdomadaire, au carrefour de Tiong Bahru et de Seng Poh, accrochant les cages en bambou à des treillis construits tout exprès au-dessus des bancs publics et des terrasses de cafés au bord de la rue.

« Tu veux du frisson bon marché, tu as quasiment deux options : le rêve classé X, ce soir, ou filer chez Gros B, quartier est », avait poursuivi l'expatrié, devant son visiteur totalement bluffé... et à la grande joie de la journaliste aux oreilles indiscrètes, découvrant là le chapeau idéal pour sa chronique société. Elle tendit donc l'oreille, tandis que les oiseaux alentour continuaient d'échanger leurs mélodies éclatantes et vides dans l'air ensoleillé.

Certes, la boîte de Gros B, bouge décadent planqué derrière sa façade décrépite dans un *larong* étroit du quartier de Geylang, était, sans conteste, le plus minable des bars de l'île. C'était également un établissement très fréquenté qui attirait chaque soir une nombreuse clientèle, nonobstant la rigueur morale des lois en application dans la petite république, s'accrochant à son existence miteuse, tel un bacille résistant au beau milieu d'une table d'opération parfaitement récurée et stérilisée. La raison précise pour laquelle les autorités toléraient un endroit pareil demeurait un mystère pour tout le monde, même si la rumeur parlait de pots-de-vin versés à des fonctionnaires de police, ainsi que de la menace de diffusion de photos compromettantes d'un ministre haut placé comme garantie contre la fermeture de la boîte.

Avec ses murs en ruine et son plafond stuqué de pourpre, baigné de lumière noire et décoré de fleurs géantes en papier crépon, de masques traditionnels en bois peint, de pipes à eau, de colliers de perles, de dragons en papier et de crânes humains vieux d'un siècle qui avaient été jadis accrochés dans les *long houses*, les longues maisons sur pilotis des chasseurs de tête de Bornéo, l'intérieur de l'établissement était, si une telle chose était possible, dépassé en sordide, par son propriétaire, Gros B, qui contrairement à ce que pouvait suggérer son nom, était maigre comme un clou, et s'était acquis une réputation de bateleur par son mélange de truculence et d'agressivité, bien peu en accord avec les mœurs locales. Des traits de caractère qu'on disait hérités de ses riches ancêtres chinois originaires du continent. Ceux qui devaient traiter en affaires avec lui pouvaient également vous parler d'un certain regard inflexible et dur, qui se manifestait dès que l'on éveillait sa colère ou son soupçon, lui donnant à chaque fois l'air d'un crocodile méfiant.

Ce soir, Gros B portait une chemise de soie jaune sans col, imprimée d'une explosion de pivoines bariolées, un pantalon en peau de requin noir, un diamant dans le lobe de l'oreille droite, et il exhibait à huit doigts des bagues incrustées de jade. Ses cheveux de jais étaient plaqués sur le crâne, comme s'ils avaient été gominés. Il était installé à sa table habituelle, au fond de la salle, le dos au mur, surveillant avec attention toutes les allées et venues.

« Voilà ce pourquoi t'es ici, Xiang, dit-il en faisant glisser une pochette kraft vers le gros type chevelu assis en face de lui. Marrant de voir comme d'aussi gros efforts peuvent déboucher sur un aussi mince paquet... Enfin, c'est toujours ainsi quand on échange des informations. Ça ne pèse rien et ça pèse lourd en même temps, *lah.* »

Xiang le contempla sans mot dire, puis tendit la main pour saisir l'enveloppe. Gros B fit comme s'il n'avait pas remarqué le kriss tatoué au dos de la main de son interlocuteur, jugeant que cette brute rétrograde risquait de mal prendre sa curiosité. Il ne pouvait toutefois se départir d'une fascination discrète. Autrefois, ses semblables parcouraient les jungles de Malaisie entièrement nus — ou presque —, la peau tatouée de dragons, de scorpions et autres bestioles analogues, les exhibant comme autant de symboles de courage et de virilité.

Les paupières mi-closes, Gros B se demanda si tout le corps musculeux de l'Iban n'était pas décoré de la sorte, et jugea que le résultat devait être impressionnant. Et sans aucun doute fort douloureux à obtenir.

Apparemment insensible à la curiosité du patron de bar, Xiang ouvrit le rabat de l'enveloppe et en examina le contenu.

Gros B l'observait, patient. Les enceintes beuglaient de la musique pop aux quatre coins de la salle. Luth oriental, harpes et cymbales en boucles discordantes sur un tapis de synthé et de guitares électriques occidentales. Des stroboscopes éclaboussaient de lumière violette les murs décorés de plaques d'alu ondulé. Des entraîneuses outrageusement maquillées, en minijupe et corsage moulant, riaient trop fort avec les hommes qui leur payaient à boire. La plupart portaient en bandoulière des petits sacs qu'elles n'ouvraient qu'après avoir attiré leur compagnon d'un soir dans l'escalier, situé derrière le comptoir, qui menait aux petits salons particuliers de l'étage. C'est là qu'elles se livraient à leur commerce illicite, échangeant leur chair tiède contre de froides espèces dont la moitié finissait dans la poche de Gros B.

Sans raison précise, ce dernier se remémora soudain une vieille expression chinoise : *Dans le cochon, tout est bon.*

Les lèvres arrondies en une moue songeuse, il regarda, à l'autre bout de la salle, les deux types au costume élimé qui avaient accompagné Xiang. Ils traînaient près de l'entrée, le premier tirant sur une cigarette en le fixant obstinément, l'autre les yeux levés vers le mur, faisant mine d'étudier avec attention les masques peints. L'un et l'autre avaient bien entendu le dessus de la main tatoué d'un poignard.

Après un regard discret derrière lui pour s'assurer qu'il n'était pas observé, Xiang dégrafa l'enveloppe et en vérifia le contenu. Elle contenait neuf ou dix photos. Il glissa la main à l'intérieur et les sortit juste assez pour en révéler le bord supérieur, puis il les parcourut rapidement, les effeuillant du pouce, dédaignant la feuille imprimée, fixée par un trombone au dernier cliché. Puis il remit le tout dans l'enveloppe, referma le rabat et leva de nouveau les yeux sur Gros B.

« Qui est la fille ? demanda-t-il en anglais.

— Tout est expliqué dans le résumé que j'y ai joint. Elle s'appelle Kirsten Chu et travaille dans une entreprise appelée Monolith Technologies. Séduisante, non ? » Gros B gratifia le pirate d'un grand sourire. « Dommage que ses parents l'aient affublée d'un prénom occidental, mais je crois savoir qu'elle est née et a fait ses études en Angleterre. C'est la vie... »

Xiang le dévisagea, l'œil indéchiffrable. « Tu sais très bien ce que je veux dire. Je n'avais pas prévu qu'il y en ait deux. »

Gros B essaya de faire comme s'il n'y avait rien dans le contenu de l'enveloppe qui méritât une explication.

« Écoute, reprit-il, ce n'est jamais qu'un appât ravissant accroché au bout d'une ligne très courte, tu piges ? Ses mouvements sont aisés à suivre. Ne la lâche pas et elle te mènera à l'Américain.

— Quels sont leurs rapports ?

— Je n'ai pas demandé, nos employeurs n'en ont rien dit.

— Elle est singapourienne ? »

Gros B attendit un instant avant de répondre, remarquant soudain dans la sono la voix stridente de la chanteuse chinoise au-dessus de la lourde pulsation disco. D'habitude, il appréciait les sons syncopés et les mélanges incongrus de traditions musicales, mais à présent, tout cela commençait à lui porter sur les nerfs, cette débauche de sons électroniques, mêlés aux piaillements aigus de la chanteuse de rap qui lui vrillaient les tympans comme autant d'aiguilles d'acier.

Par excès d'optimisme, il avait cru que tout se passerait mieux.

Il inspira profondément, expira, puis finit par acquiescer, un mince sourire au coin des lèvres.

« Pas de quoi en faire un plat, reprit-il. Ce n'est pas grand-chose.

— Mon cul, oui. Tu me prends pour un idiot ? Un Américain qui n'a rien à faire dans ce pays disparaît ; c'est une chose de faire le nettoyage après coup, mais un de nos ressortissants ? Une *femme* ? Tu plaisantes ? Au moindre pépin, si on se fait choper, je peux m'attendre à un peu plus que six coups de *rotan*. »

Rire de Gros B. « À Singapour, le gars qui a mes habitudes et mes appétits est susceptible de recevoir ce genre de châtiment rien que pour être sorti de son lit le matin. On peut dire que notre système judiciaire dérive en droite ligne de la notion chrétienne du péché originel. »

Xiang le dévisagea de ses yeux noirs et vides mais il ne dit rien.

Apparemment, estima Gros B, ce petit trait d'humour était passé largement au-dessus de la tête de son interlocuteur. En fait, lui-même avait cessé de sourire, son humeur s'étant brutalement dégradée au cours des dernières secondes. Même si l'argent ne sortait pas de sa poche, il appréciait assez peu de jouer les intermédiaires entre ce voyou et leur employeur commun. La négociation n'avait jamais été son fort et il avait espéré — bêtement, peut-être — que le pirate se serait contenté de prendre l'enveloppe et de filer sans demander son reste.

« Franchement, où est le problème ? Si tu peux t'emparer des deux vivants, parfait. Mais c'est surtout ce Blackburn qui intéresse nos employeurs. Ton principal souci avec la bonne femme, ce sera de t'assurer qu'elle ne traîne pas derrière comme témoin.

— Si c'est tellement facile, pourquoi tes gars ne pourraient-ils pas s'en charger ? Après tout, ils l'ont suivie. Ils ont pris les photos. Ils auraient pu passer à l'étape suivante.

— Chacun de nous a sa manière de se rendre utile. Ce pays est mon pays, tu comprends ? J'y suis, j'y reste. Toi, tu vas, tu viens. » Gros B haussa de nouveau les épaules. « Mais ne perdons plus de salive à discuter. Nous avons signé tous les deux, après tout. »

Xiang resta silencieux. Gros B regarda derrière lui, vers la porte, attendant qu'il se décide, pressé de voir se conclure la transaction. Comment s'était-il retrouvé embringué à marchander avec cette brute épaisse ? Tout cet épisode répugnant lui avait flanqué la migraine.

Il attendit encore, tout en regardant les deux types à la mine patibulaire qui traversaient la salle pour se diriger vers le bar.

« Très bien, dit enfin le pirate. Mais j'ai intérêt à toucher le reste de mon fric sitôt l'affaire réglée. Et je te conseille d'y veiller... »

Gros B le reluqua, l'air mauvais.

« Mais bien sûr, fit-il en hochant la tête. Ce sera avec plaisir. »

Les deux hommes se dévisagèrent longuement sans un mot. Puis Xiang fourra l'enveloppe contenant les photos dans son blouson en jean, repoussa sa chaise en traînant les pieds, se leva, gagna la porte à grands pas et s'éclipsa, ses deux hommes sur les talons.

Gros B laissa échapper un léger sifflement

entre ses dents serrées et resta assis, parfaitement immobile, jusqu'à ce que la porte se fût refermée sur eux.

Blackburn avait trouvé la marionnette dans un bazar en plein air — c'était un peu plus tôt —, lors du Dipvali, la fête hindoue des lumières. Il avait eu besoin de décompresser pour s'évader de ses responsabilités à la station au sol et s'était donc pris quelques jours de congé pour se rendre sur la côte et assister à ces festivités délirantes, se mêler aux danseurs de rues, aux musiciens et magiciens, goûter aux délicieux caris et *satays*, fureter aux étals des artisans ou juste se balader sans but, entre les bannières aux couleurs exubérantes, les décorations florales, les jets de grains de riz colorés et les interminables guirlandes de bougies, lanternes et ampoules électriques éclairant chaque seuil, chaque fenêtre.

Coiffé d'un turban fièrement orné d'un plumet en plumes de paon, vêtu d'une chemise bordeaux tissée de fils d'or et portant à son poignet osseux des bracelets d'acier, le camelot qui lui avait vendu la marionnette avait des airs de sultan de trottoir en habit de fête. Son sourire ouvert et malicieux avait révélé des dents tachées de noir et des gencives congestionnées, trahissant l'habitude de mâcher du bétel [1] — une habitude nocive qui devait sans doute le faire paraître dix ans plus vieux que son âge.

Blackburn se souvenait encore de son haleine à l'odeur forte d'épices exotiques quand l'homme

1. Préparée avec des feuilles de bétel et de tabac mêlées à de la noix d'arec et de la chaux, cette pâte à chiquer stimule les glandes salivaires et ralentit la transpiration *(N.d.T.)*.

s'était approché de lui pour faire son numéro, une marionnette en cuir découpé dans chaque main, manipulée à l'aide de fines baguettes. Il se souvenait de leurs couleurs vives et criardes au soleil de midi, se souvenait de l'exquise précision de leurs traits découpés à la main ; il se souvenait tout particulièrement d'avoir admiré la qualité de fabrication du modèle dans la main gauche du vendeur. C'était en fait celle-ci qui avait d'abord attiré son regard, celle-là même du reste qui se trouvait désormais suspendue au-dessus de lui au mur de son bureau — silhouette animiste, mi-homme, mi-éléphant.

« Cinquante *ringgits,* vingt-cinq dollars américains ! » s'était écrié l'homme tout en continuant de manipuler les marionnettes au-dessus de sa tête. Par curiosité, Blackburn s'était arrêté pour lui demander quelle divinité hindoue représentait la figurine. Il avait posé sa question en anglais : à l'époque, il ne maniait pas encore assez bien le bahasa, n'ayant débarqué en Malaisie que depuis moins d'un mois.

Arborant son large sourire taché par la résine et dodelinant du chef avec frénésie comme s'il avait compris Blackburn, le vendeur lui avait brandi la marionnette sous le nez tout en beuglant d'une voix enthousiaste : « Oui, oui ! Cinquante ringgits, vingt-cinq dollars américains !

— C'est Ganesha, le fils de Çiva... »

La voix était féminine et empreinte d'un accent britannique chantant. Blackburn s'était retourné pour découvrir une Orientale d'une trentaine d'années, une femme d'une beauté époustouflante, aux cheveux bruns taillés au carré, aux yeux noisette légèrement bridés, et dont le teint avait ce hâle couleur caramel sous le perpétuel soleil d'août des tropiques. Vêtue d'un short kaki, d'un ample corsage de coton et de sandales, elle tenait un sac Coach en bandoulière, un sac dont Blackburn était conscient qu'il avait dû coûter plus que le revenu annuel de l'ensemble des habitants de ce village.

Il se souvenait d'avoir aussitôt noté sa plastique superbe. Même dissimulée sous l'ampleur des vêtements, c'était manifeste. Cela devait tenir à son port altier, estima-t-il. Mais il avait toujours eu l'œil pour ce genre de détail.

Un de tes meilleurs atouts sur le terrain, songeait-il maintenant, trois mois plus tard, les traits soucieux, et dans sa voix intérieure résonnait une touche de mépris de soi. Assis dans son bureau près du téléphone, il n'arrivait plus à se souvenir si son envie de coucher avec elle et l'idée de la convaincre de se transformer en joli papillon piqué au mur de Marcus Caine avaient été liées dès le début... Certes, il avait éprouvé d'emblée de l'attirance pour elle, mais quand avait-il croisé une femme séduisante sans avoir en tête de l'accrocher à son tableau de chasse ?

Malgré tout, la désirer était une autre histoire. La désirer, et ensuite seulement, décider qu'il pourrait l'*utiliser*...

Soudain, de manière imprévue, lui revint le souvenir de Megan Breen... comme tout était alors différent quand ils étaient ensemble ; pas mieux, mais plus simple, sans culpabilité. Ils s'aimaient bien tous les deux, se sentaient solitaires et perdus dans le morne hiver russe. Aucun ne s'était raconté d'histoires sur l'avenir de leur relation. Pas de plan à long terme, rien à cacher. Une aventure aux limites clairement définies.

Bien entendu, il n'avait pas su pour qui elle travaillait avant les cinq dernières minutes de leur conversation, qui avait commencé par cette discussion sur la marionnette.

« ... un dieu symbolisant la nature animale de l'homme », avait-elle expliqué.

Il l'avait regardée et souri. « Merci. Apparemment, une mascotte idéale pour mon bureau.

— Vous verrez son image sur quantité de pendentifs et d'amulettes, ajouta-t-elle en lui rendant son sourire. On les porte comme talismans contre la malchance et le mauvais œil.

— Alors, c'est parfait. Je crois bien que je vais l'accrocher directement au-dessus de mon téléphone. Pour les coups de fil inquisiteurs du patron. »

Le sourire amusé de la jeune femme s'épanouit.

« Je peux également vous préciser que le prix demandé est tout à fait justifié, ajouta-t-elle. Il faut un temps fou pour fabriquer ces *wayang kulit*, tout du moins celles de qualité. Celle-ci est même dotée de baguettes en corne de bison.

— C'est également censé porter chance ?

— Pas si vous êtes un bison, j'imagine. Mais c'est une preuve de qualité de fabrication. La majorité des marionnettes qu'on vend aux touristes sont dotées de baguettes en bois. »

Blackburn fixa ses yeux noisette et se rendit compte qu'elle l'étudiait elle aussi... « Cette expression que vous venez d'employer... *wayang*...

— *Kulit*. Traduit grossièrement, cela veut dire “théâtre d'ombres”. Une retranscription des épopées hindoues à l'aide peut-être d'une centaine de marionnettes, accompagnées par un orchestre entier. C'est une forme de spectacle très ancienne dans cette partie du monde, et un moyen de maintenir les traditions vivantes. De nos jours, toutefois, question popularité, Nintendo leur a taillé des croupières...

— Toujours la même histoire, non ?

— Peut-être, n'empêche que c'est désolant. Les marionnettistes — on les appelle des *dayangs* —

consacrent des années à leur apprentissage. Ils fabriquent eux-mêmes leurs marionnettes à la main et prêtent leur voix à tous les personnages. Lors d'une représentation, les marionnettes sont manipulées derrière un écran translucide de coton blanc, éclairé à contre-jour par des lampes à huile... quand l'éclairage est bien réglé, les ombres sont même colorées, voyez-vous. Le public est séparé en deux groupes : une moitié assiste au théâtre d'ombres face à l'écran et l'autre peut voir le spectacle des manipulateurs et des musiciens placés derrière.

— Afin de matérialiser le clivage entre le matériel et le sublime, le soi et la divinité, compléta-t-il. L'illusion du monde profane et la vérité ultime...

— L'Atman et le Brahman, reprit-elle, avec un regard entre surprise et curiosité. Je vois que vous êtes familier de la philosophie hindoue...

— Apprise à l'école des Beatles, tout du moins, avoua-t-il. J'ai bien dû user cinq vinyles du triple album de George Harrison, *All Things Must Pass*, quand j'étais lycéen. »

Ils restèrent quelques instants à se contempler en silence, face à face, sans se quitter des yeux. La foule continuait de se bousculer autour d'eux, dans l'odeur tenace de friture qui imprégnait l'air lourd.

« Cinquante ringgits, vingt-cinq dollars américains ! » clama le vendeur à tue-tête. Il s'était rapproché, craignant manifestement qu'on ait pu l'oublier.

Blackburn fourra la main dans la poche pour sortir son portefeuille, prit deux billets américains — un de vingt, un de cinq — et acheta la marionnette. Le vendeur le remercia d'une petite courbette et disparut rapidement dans la foule, laissant Blackburn avec son acquisition, l'air un peu interdit, comme lorsqu'on vient de gagner un ours en peluche au stand de tir d'une kermesse villageoise et qu'on s'aperçoit brusquement qu'on n'a pas la moindre idée de ce qu'on va en faire.

« Eh bien, dit la femme. Je suis certaine que la marionnette fera un passionnant sujet de conversation lorsque vous la ramènerez chez vous au bureau. Je doute qu'on en voie des masses aux États-Unis. »

Blackburn lui jeta un regard intrigué, pas trop sûr de deviner ce qu'elle voulait dire. Puis il se rendit compte qu'elle avait supposé qu'il travaillait là-bas. Erreur bien compréhensible, vu son allure typiquement américaine, sans compter qu'il avait payé en dollars.

« À vrai dire, mon ami Ganesha ne va pas quitter la péninsule de sitôt, expliqua-t-il. Mais j'imagine qu'il est grand temps que je me présente. Max Blackburn. Je suis responsable de la sécurité pour la société Uplink International, et pour le moment, je travaille à notre siège régional dans la ville de...

— Johor, c'est cela ? » Elle éclata d'un rire soudain, tandis qu'ils se serraient la main. Que diable avait-il pu donc dire de si drôle ? Elle se reprit tout de suite, mais en voyant réapparaître l'expression stupéfaite qu'elle avait notée chez lui depuis quelques minutes, elle rit de plus belle.

Pourtant, elle n'avait toujours pas lâché sa main. Ce qui devait sans doute être un point positif, malgré tout.

« Je suis désolée, vous devez me trouver épouvantablement impolie, dit-elle, réussissant à se maîtriser enfin. Je me présente : Kirsten Chu. Et il se trouve que je travaille pour Monolith Industries à Singapour. À la direction des communications. Je suis ici en vacances, j'étais venue rendre visite à ma sœur et à mes nièces. »

Un éclair de compréhension traversa le visage de Blackburn.

« Ah-ah-ah. Voilà ce qui explique la crise de fou rire...

— Certes, fit-elle. Nos employeurs sont sacrément rivaux, non ? Ces six derniers mois, je n'ai eu quasiment qu'une activité : me colleter avec nos lobbyistes et nos gars de la publicité sur ce volet du cryptage, afin de chercher désespérément un moyen de contrer l'opposition de Roger Gordian. »

Même si Blackburn ne devait en prendre conscience que plusieurs mois après cette révélation, c'est à ce moment-là qu'il avait décidé de se servir de Kirsten. À ce moment précis. Une décision froidement calculée, sans le moindre rapport avec l'attirance sincère qu'il éprouvait pour elle. Et depuis, tout le temps qu'ils avaient passé ensemble, toutes ces heures où la passion entrelaçait étroitement leurs deux corps, cette préoccupation était restée constamment présente à son esprit.

« Ma foi, à en juger par les difficultés que nous rencontrons, je dois dire que vous avez fait du bon boulot. » Le tout assorti d'un sourire engageant, une pointe de coquetterie dans la voix. Équilibrant avec soin les deux pour un maximum d'effet. « Mais être dans des camps adverses dans le cadre professionnel empêche-t-il les ouvertures amicales ?

— Ouvertures..., répéta-t-elle.

— C'est cela. Une trêve personnelle. »

Leurs yeux se croisèrent.

« Je suppose... Ça devrait être possible.

— Alors, si nous la scellions ce soir, autour d'un bon dîner ?

— Ma foi...

— Je vous en prie, fit-il, sans lui laisser le

temps de répondre. Je vous garantis une résolution mutuellement acceptable. »

Son regard sur lui s'attarda. Elle sourit.

« D'accord, fit-elle enfin. Ça me ferait plaisir de dîner avec vous. »

Et c'est ainsi que tout avait commencé. Une aventure qui s'était révélée des plus gratifiantes pour lui. Excellente du point de vue sexuel, excellente du point de vue information.

Qu'est-ce qu'un homme pouvait désirer de plus ?

Assis dans le silence de son bureau, Blackburn contemplait par la fenêtre, l'air préoccupé, l'ensemble de bâtiments bas préfabriqués qui composaient la station-satellite de Johor. Il aimait mieux ne pas songer aux dangers auxquels il l'avait exposée, il s'interdisait même d'y penser, préférant garder à l'esprit ce qui était concret pour l'un et l'autre, imaginer son corps collé au sien, joint à lui, leurs cris de plaisir mêlés dans l'obscurité de sa chambre et se prolongeant interminablement dans la nuit.

Oui, ça, c'était du concret.

Du concret.

Il tendit la main vers le téléphone, composa son numéro au bureau, attendit que sa secrétaire lui passe la communication.

« Max ? fit-elle dès qu'elle fut en ligne. Tu as eu mes messages ?

— Ouais. Désolé de ne pas avoir pu te contacter avant. Ils sont en train d'ajouter des composants au système d'alarme et je dois tout surveiller. J'ai passé la matinée à régler tous les problèmes. »

En réponse, elle prit un ton de conspirateur :

« J'imagine que l'angoisse me travaille. Mais il s'est passé quelque chose, et je crois que ça pourrait être important. Peut-être même justement le truc que tu cherchais.

— Dans ce cas, tu ferais mieux de ne pas m'en dire plus...

— Entendu. Même si je n'étais pas au bureau, ce serait par trop risqué d'en parler au téléphone.

— Reçu cinq sur cinq. Alors, on en discute en tête à tête.

— Ça te dit de passer ce week-end ?

— Oui.

— Mon Dieu, quel enthousiasme ! »

Surtout, ne pas culpabiliser. « C'est juste que je suis crevé... Sauf imprévu, je prends le car pour rejoindre le continent demain matin.

— Tu prendras tes affaires pour la nuit ?

— Elles sont prêtes depuis hier.

— Inutile de te charger. Les vêtements ne sont pas nécessaires, vu le programme que je nous ai préparé.

— Brosse à dents et déodorant, c'est tout ?

— Là, c'est effectivement le minimum exigé. » Elle rit. « Bon, faut que je te laisse, Max. Je t'aime. »

Les yeux de Blackburn glissèrent de la fenêtre à l'emplacement au mur où il avait suspendu la marionnette.

L'Atman et le Brahman... L'illusion et l'absolu.

« Je t'aime, moi aussi », s'entendit-il dire.

Tout en se demandant si les mots paraissaient aussi creux et mécaniques à l'autre bout du fil qu'à ses propres oreilles.

4

San Jose, Californie
17 septembre 2000

« Félicitations, Alex. Je parie que tous les commentateurs politiques du pays crèvent de jalousie devant l'éclat de ta gloire montante. »

Alex Nordstrum eut un petit sourire gêné en entrant dans la salle de conférences. Il espérait que la remarque de Gordian, accompagnant son arrivée tardive, n'allait pas faire naître des impressions défavorables. Qu'elles fussent justifiées n'était pas la question. Mais pourquoi ce ramdam ? La suffisance était une qualité que Nordstrum préférait voir compensée par la discrétion ; il avait un vieux copain d'université, à Harvard, qui depuis vingt ans arborait, accrochée à un gousset en or, la clé de leur association d'anciens élèves, et ça l'avait toujours mis mal à l'aise.

« Je vois que tu es au courant de ma prochaine petite virée en sous-marin », fit-il, prenant place à la table. Question litote, c'était pas mal joué... Ou bien aurait-il commis une fausse note ? Peut-être était-il maladroit de jouer les blasés quand on avait été sélectionné pour faire partie de la petite brochette de reporters qui devaient accompagner le président et plusieurs autres dirigeants internationaux à bord d'un sous-marin nucléaire de classe Seawolf. Autant de gratte-papier avides de faire mousser au maximum les circonstances entourant la signature d'un traité.

Finalement, peut-être qu'il aurait intérêt à laisser les autres invités rester bouche bée.

« Puis-je savoir malgré tout qui t'a donné l'information ? » demanda-t-il, sachant pertinemment que Gordian avait dû l'avoir d'un de ses innombrables contacts dans les milieux de la politique ou des affaires — parmi lesquels au moins deux des participants à la réunion. Même si la liste des journalistes invités n'avait été rendue publique que quelques heures auparavant, s'il y avait des « branchés », ils étaient réunis dans cette salle.

« Ma source a tenu à garder l'anonymat, sourit Gordian. Cela dit, Alex, t'as intérêt à aller te servir du café. On a pas mal à discuter ce matin, et tu risques de te sentir largué bien avant qu'on ait fini... »

L'enchaînement n'était pas mauvais, jugea Alex, en professionnel.

Il parcourut la salle du regard, saluant de la tête ceux qui l'avaient précédé. La plupart des visages lui étaient familiers : ils appartenaient au petit groupe d'amis intimes et de conseillers de Gordian. Alex reconnut deux employés d'Uplink en dehors de lui-même qui, d'un point de vue technique, au titre de consultant aux affaires étrangères, travaillait en indépendant : Megan Breen, vice-présidente chargée des projets spéciaux, assise à la droite de Gordian, et Vince Scull, responsable de l'évaluation des risques, à sa gauche. Juste en face de Nordstrum il y avait le député Dan Parker, représentant du quatorzième district de Californie et confident de Gordian depuis l'époque où ils faisaient ensemble des sorties de bombardement au sein de la 355ᵉ escadre de chasse tactique au Viêt-nam. Assis au côté de Parker, un autre haut fonctionnaire du gouvernement : Robert Lang, chef de l'antenne du FBI à Washington.

L'homme qui examinait un document tout au bout de la table était Richard Sobel, fondateur et directeur général [1] de Secure Solutions, une jeune société de techniques de cryptage installée dans le Massachusetts. Sa présence complétait le petit groupe et justifiait à elle seule cette réunion matinale. Nordstrum n'aurait su dire ce qui était le plus significatif : qu'un rival dans le domaine de la cryptographie soit ici pour offrir à Gordian son aide et son soutien, ou que Sobel ait été le seul, parmi la cinquantaine de grands patrons du logiciel, à avoir accepté l'invitation.

« Parfait, on démarre, dit enfin Gordian, la gravité du ton à peine compensée par la cordialité du sourire. Tout d'abord, je veux vous remercier tous d'être venus. Ensuite, je tiens à vous faire savoir que j'apprécie à sa juste mesure la raison qui motive votre présence. Il aurait été de toute évidence beaucoup plus confortable pour chacun de rester invisible et silencieux. Notre attitude commune sur la question du chiffrement des données nous a déjà valu bien des tracas, et il est à parier qu'ils vont croître de manière exponentielle dans les prochaines quarante-huit heures. » Il marqua un temps et se tourna vers Megan Breen. « C'est à Mme Megan Breen que revient le mérite d'avoir élaboré la déclaration que je vais lire à notre conférence de presse. Puisque chacun d'entre vous en a reçu copie par fax et aura eu, j'espère, le

1. Dans les sociétés américaines, il est d'usage que le poste de président-directeur général soit partagé entre le CEO, *chief executive officer*, ou directeur général, responsable de l'aspect opérationnel et de la gestion à court terme, et le *chairman*, président proprement dit, responsable de la stratégie à long terme de l'entreprise *(N.d.T.)*.

temps d'en prendre connaissance, je crois que vous serez d'accord avec moi pour dire qu'elle a su à merveille ramener nos inquiétudes à un niveau propre à ne pas effaroucher les médias...

— Tout à fait, renchérit Sobel, en levant les yeux de la liasse de papiers qu'il examinait. Megan, si je pensais avoir la moindre chance de vous enlever à Roger, je vous ferais sur-le-champ une proposition, nonobstant l'ordre du jour... »

Megan accepta le compliment avec un sourire. Femme grande et mince âgée de trente-six ans, avec de grands yeux couleur saphir et des cheveux auburn qui lui tombaient aux épaules (aujourd'hui coiffés en natte), elle avait une allure à la fois pimpante et professionnelle renforcée par son corsage pourpre et son tailleur-pantalon griffé.

Nordstrum, qui se targuait de savoir reconnaître les femmes séduisantes, avait depuis toujours considéré que c'était un canon. Compte tenu qu'elle était une collègue de travail, il admettait qu'il n'était pas politiquement correct de le crier sur les toits et avait donc eu la sagesse de garder son opinion pour lui... même s'il savait n'être pas le seul à la partager. N'avait-il pas perçu un soupçon d'envie dans la voix de Scull quand ce dernier s'était fait l'écho de la rumeur selon laquelle Meg et Max Blackburn avaient trouvé le moyen de réchauffer ensemble l'hiver russe l'année passée ?

« Même si le compliment de Roger est peut-être un rien flatteur, je tenais effectivement à ce que notre rapport soit à la fois direct et concis, était en train d'expliquer Megan. Cela dit, j'espère qu'aucun d'entre vous n'hésitera à me faire savoir ce qu'il conviendrait d'ajouter, retirer ou éclaircir. Nous avons quarante-huit heures avant que le président Ballard ne signe la loi Morrison-Fiore, ce qui me laisse tout le temps pour peaufiner les passages de la déclaration qui auraient besoin d'être revus. Je pense toutefois que notre message doit rester simple.

— Pour ma part, c'est en tout cas l'impression qu'il me donne », grommela Vince Scull. Avec sa touffe de cheveux en bataille autour de son crâne légèrement dégarni et son visage de bouledogue fripé de rides soucieuses, il paraissait habité d'une colère rentrée. Cette attitude n'avait rien d'inhabituel pour ceux qui le connaissaient un tant soit peu, puisque la palette de ses émotions semblait d'ordinaire aussi étroite que fugace, depuis l'irritation cassante, tout au bas de l'échelle, jusqu'à la colère noire, au sommet, avec des fluctuations entre ces deux extrêmes, selon un rythme presque horaire. « Nous diffusons les modules de cryptage à l'étranger sans restriction aucune et hop, n'importe quel tordu muni d'une liaison informatique peut s'acheter des logiciels de communication électronique qu'aucune structure juridique ne pourra craquer. Si Ballard possède bien le cerveau survitaminé qu'il se vante d'avoir, il devrait être capable de piger ça sans problème. Merde, c'est quand même évident, non, Bob ? »

Le représentant du FBI haussa les épaules. « En toute franchise, tout n'est pas si tranché. Certains disent à juste titre que des individus malhonnêtes ont déjà mis la main sur cette technologie grâce à sa diffusion sur Internet, sans compter les entreprises américaines qui ont contourné la loi en revendant à l'extérieur les logiciels de cryptographie par le truchement de leurs filiales à l'étranger. Si l'on suit ce raisonnement, on est bien obligé de se demander si ça vaut vraiment la peine d'empêcher nos concepteurs de logiciels de se lancer dans la compétition sur le marché international.

— Puisqu'on ne peut plus réintroduire le génie dans la bouteille, autant le mettre au boulot. C'est le genre de connerie que j'entends depuis des années dans la bouche de ceux qui veulent légaliser la drogue. Et je peux vous dire un truc, ça ne tient pas debout. Du temps où j'étais encore policier en tenue, j'ai pu voir...

— Écoute, tu m'as posé une question, j'ai répondu, coupa Lang. Si j'avais besoin d'être convaincu, je ne serais pas ici ce matin, au risque de mettre en jeu ma réputation et ma carrière. Dan en est témoin, je me suis battu avec véhémence contre la déréglementation devant une bonne douzaine de commissions parlementaires.

— Je te l'accorde, dit Gordian. Inutile de ressasser à nouveau l'ensemble du débat politique. Notre but devrait être de nous assurer que nous n'avons négligé aucun moyen de bloquer la loi Morrison-Fiore, ou à tout le moins de présenter efficacement notre défense — et manifester notre solidarité — devant le public, le gouvernement et les milieux industriels. »

C'était précisément l'opinion de Nordstrum et il était soulagé que Gordian ait libéré l'atmosphère de son électricité statique avant que les étincelles ne se mettent à fuser.

« Concernant les derniers points évoqués, j'estime que lire notre petite déclaration devant le Club national de la presse le jour même de la signature est de bonne stratégie, admit-il. Cela va susciter la controverse, attirer l'attention des médias, et propulser à la une des journaux une histoire qui, sinon, aurait été reléguée en page neuf. » Nordstrum marqua une pause songeuse, rajustant sur le bout de son nez ses lunettes à monture métallique. « Quant à balancer un obstacle de dernière minute pour empêcher la loi de passer... à moins d'empêcher le président d'entrer après-demain dans son bureau ou de s'arranger pour lui casser le poignet, je ne vois franchement pas comment ce serait possible.

— Des idées, Dan ? s'enquit Gordian.

— Pour ma part, j'opte pour lui briser le poignet », mais la réponse de Parker ne suscita chez Gordian qu'une esquisse de sourire.

Parker observa ses traits et, pour la quatrième fois peut-être depuis ce matin, se fit la remarque qu'il n'avait pas l'air en forme du tout : ses joues étaient cireuses, et l'on voyait sous ses yeux des rides profondes suggérant qu'il n'avait pas eu de vraie nuit de sommeil depuis des semaines. Gordian n'était pas homme à partager volontiers ses problèmes, mais il finissait en général par s'en ouvrir à Parker bien avant d'être submergé. Ainsi lui avait-il confié ses difficultés à se réhabituer à la liberté après cinq années passées dans un camp de prisonniers à Hanoi, et un peu plus tard, quand son mariage avait traversé une crise.

Ces derniers temps, toutefois, il était demeuré muet comme une carpe, laissant Parker s'interroger sur ce qui ne tournait pas rond. Son instinct lui disait qu'il devait s'agir d'un problème personnel... mais faute d'éléments concrets, et devant le mutisme de Dieu, sans compter la pagaille générale due au débat sur la cryptographie, il n'avait guère eu le temps d'approfondir la question.

Parker prit soudain conscience du silence général et se rendit compte que Gordian attendait toujours sa réponse.

« D'un strict point de vue politique, je pense que nous devrions attendre la prochaine session du Congrès, dit-il, mettant de côté ses inquiétudes concernant Gord. Adopter une ligne dure pour avoir l'avantage côté relations publiques, défendre un retour à la politique antérieure du gouvernement visant à instaurer des limites strictes au niveau des logiciels de cryptage autorisés à l'exportation...

— Et tâcher ainsi peut-être de décrocher un compromis à mesure que l'idée grimpera les échelons hiérarchiques, termina Gordian, lisant dans les pensées de Dan. Ça me plaît bien.

— Idem pour moi, approuva Lang. Telle qu'elle est actuellement libellée, la loi Morrison-Fiore sera calamiteuse pour notre sécurité nationale. Mais on pourrait y introduire certaines modifications permettant d'atténuer les dégâts.

— Par exemple ?...

— Tiens, au hasard : un article bien torché interdisant l'exportation de cartes additionnelles de cryptage et aussi celle de composants critiques pour les unités de codage multiplexe, du type de celles utilisées par les forces armées... celles-là mêmes que M. Sobel et vous refusez de commercialiser à l'étranger.

— Une autre possibilité serait un solide corpus de lois et de normes internationales régulant l'instauration d'un système de tiers de confiance, dit Parker. En gros, des banques privées où les gouvernements déposent les codes numériques d'accès aux logiciels de chiffrement des données. Jusqu'à présent, la police et les services de renseignements peuvent contraindre les banques à révéler les codes... même si les défenseurs des droits civiques ont protesté contre ces actions auprès de diverses juridictions. »

Il contempla Lang. « Arrêtez-moi si je me trompe, mais il me semble bien qu'il n'existe aucun traité international en vigueur permettant au tiers de confiance d'un pays de fournir ses clés à celui d'un pays tiers, même si ce dernier peut apporter la preuve qu'elle est nécessaire pour répondre à une menace contre sa sécurité. »

Lang acquiesça. « Vous êtes pile dessus. Un terroriste doté d'un équipement électronique de pointe pourrait, en théorie, paralyser notre économie, voire neutraliser les ordinateurs de l'armée, pendant que les diplomates se crêpent le chignon pour savoir ce qui peut ou non être accepté aux termes des accords de coopération bilatéraux. »

Durant quelques secondes, Gordian resta silencieux, contemplant par la baie vitrée la ligne des gratte-ciel de San Jose, et les molles bosses des montagnes, très loin vers le sud-est. Puis il reporta son attention sur Dan.

« Et à la Commission du commerce extérieur ? Eux qui passent leur temps à nous indiquer les orientations pour l'avenir, je me demande si l'on n'arriverait pas à en trouver un qu'on puisse à tout le moins pousser à adopter une partie de nos vues.

— N'y compte pas, répondit Parker. Olivera, le président de la commission, est un ultra-libéral convaincu. Plus important, c'est un pion de Ballard. Il n'a pas cessé de lécher le cul du président depuis l'époque où ils faisaient sciences-po à l'université du Wisconsin. Rien au monde ne lui ferait décoller ses lèvres du séant présidentiel. Et il est hors de question pour lui de laisser s'égarer un de ses subalternes...

— Alors quelqu'un au Congrès. De préférence du côté de la Commission sur la sécurité nationale. »

Parker hocha la tête. « Je connais plusieurs de ses membres qui, en privé, seraient a priori favorables, et même un qui considère le projet de loi Morrison-Fiore comme une graine empoisonnée semée dans notre système de défense. Mais l'essentiel de la pression vient des États où l'industrie du logiciel pèse d'un poids prépondérant, et où des tas de gens redoutent de perdre leur boulot en cas d'incapacité à pénétrer les marchés extérieurs. » Il eut un sourire désabusé. « As-tu une idée du nombre de voix que m'a fait perdre mon opposition à ce texte ? À moi qui suis représentant de la Silicon Valley ? J'aurais sans doute perdu moins d'électeurs si je m'étais fait arrêter en flagrant délit pour vol à main armée, l'Uzi dans une main et le butin dans l'autre. »

Gordian regarda de nouveau dehors, de l'autre côté de Rosita Avenue, là où les Diablos avaient escaladé le mont Hamilton, dont les flancs lointains étaient à peine visibles sous un mince voile de brouillard de pollution. Plus près, on distinguait encore les quelques conserveries alimentaires ou usines de plastique qui naguère encore formaient le tissu industriel de la cité... mais qui n'étaient plus désormais que des reliques vieillissantes. La recherche et le développement technologiques faisaient vivre la vallée de San Jose depuis maintenant plus de vingt ans : sa survie économique dépendait des industries de matériel et de logiciels informatiques qui procuraient aujourd'hui l'essentiel des emplois. Dan Parker sous-estimait délibérément le prix qu'il aurait à payer en restant fidèle à ses principes... et à son ami. En agissant ainsi, il avait quasiment signé son suicide politique.

Gordian se détourna de la fenêtre et parcourut des yeux la table, laissant son regard s'attarder brièvement sur chaque visage, chaque membre de la coalition qui s'était formée autour de lui. Parker fut aussitôt — presque physiquement — frappé de constater qu'une partie de la dureté d'acier d'antan était revenue dans ce regard.

« Nous devrions discuter des modalités concernant notre prochain voyage à Washington, dit Gordian. Je pense que nous sommes prêts pour l'étape suivante. »

5

Singapour
18 septembre 2000

Extrait du *Strait Times* :

L'ENQUÊTE SUR LE CARGO FANTÔME
SE POURSUIT

Les autorités privilégient de plus en plus la piste des pirates pour expliquer la disparition de l'équipage

Singapour — Près de quarante-huit heures après que le cargo *Kuan Yin* eut été mystérieusement abandonné par son équipage dans le port de Sembawang, sa cargaison est toujours sous séquestre auprès des autorités douanières locales, qui ont révélé avoir consulté leurs homologues de Malaisie, ainsi que le Centre de lutte contre la piraterie à Kuala Lumpur, dans l'hypothèse d'un acte de piraterie maritime.

D'après Tai Al-Furan, porte-parole du ministère des Douanes, le bâtiment appartient à Tamu Exports, une entreprise de fret maritime installée en Malaisie orientale. M. Al-Furan a confirmé qu'il avait quitté le port de Kuching dans la soirée du 15 septembre, avec une cargaison déclarée de marchandises de gros destinées à être livrées à Singapour ce même soir. Aucune escale n'était prévue sur le manifeste. Il a été révélé par ailleurs que le bâtiment était encore à pleine charge lorsqu'il a été retrouvé amarré, dans la matinée du 16, ce qui ne manque pas de soulever de nouvelles questions quant aux motifs d'un raid de pirates et d'accroître l'inquiétude concernant le sort de son équipage, qui, précise-t-on, était formé de près d'une douzaine de marins.

« L'armateur s'est montré fort coopératif et a fourni aux enquêteurs la liste complète de ceux qui étaient de plein droit à bord du *Kuan Yin* lorsqu'il a largué les amarres », a indiqué aux journalistes M. Al-Furan.

Si M. Al-Furan admet redouter l'hypothèse d'un abordage par des pirates qui auraient forcé l'équipage à quitter en mer le navire — ouvrant la porte à l'hypothèse que le bâtiment ait pu être intercepté pour permettre aux pirates de se saisir de faux documents leur permettant ainsi d'entrer illégalement à Singapour —, il a toutefois exprimé son optimisme en se montrant convaincu qu'on pourrait d'ici peu trouver une explication plus banale à cette rocambolesque disparition.

« Nous restons ouverts à toutes les hypothèses concernant leur sort, et ne voyons, à l'heure qu'il est, aucune raison de nous lancer dans des conclusions prématurées », a-t-il déclaré.

M. Al-Furan n'a voulu ni confirmer ni infirmer les rumeurs insistantes faisant état de traces de violence armée, y compris des marques d'impact évidentes, découvertes par la police dans le pont inférieur du bâtiment.

Malgré les efforts conjoints des États membres de l'ASEAN (Association des États de l'Asie du Sud-Est) pour combattre le crime maritime, la fréquence des attaques de pirates en mer de Chine et dans toute la région — dont beaucoup sont téléguidées par des organisations mafieuses — s'est accrue de plus de cinquante pour cent ces dix dernières années, avec une escalade de la violence concomitante. Rien que l'an dernier, plus de quatre cents marins ont été agressés ou tués par des pirates, un chiffre alarmant à la lumière des récents progrès dans les équipements et les méthodes d'interdiction utilisés par les patrouilles de lutte contre la piraterie en mer [...].

Ils suivaient la femme depuis deux jours. D'après leurs informations, l'Américain devait se manifester ce soir. Et c'était ce soir qu'ils frapperaient. Sinon, il risquait de s'écouler encore une semaine avant qu'ils aient une nouvelle chance, une semaine au cours de laquelle l'enquête sur le détournement du *Kuan Yin* allait prendre de l'ampleur et se muer en chasse à l'homme, et les identités usurpées à l'équipage originel se révéleraient de moins en moins utiles à Xiang et ses hommes. D'ici là, ils auraient depuis longtemps déserté Singapour.

La pension de famille où ils s'étaient installés était un bâtiment lépreux, aux volets fermés, coincé entre deux autres bâtisses délabrées, dans un *larong* sinueux, pas très loin de chez Gros B. Ils avaient loué trois chambres à bas prix et même si le mobilier se limitait à trois couchettes avachies, une table d'angle bancale entourée de chaises tout aussi branlantes, et un lavabo au robinet qui gouttait, la situation isolée et l'atmosphère sordide des lieux décourageaient touristes et autres gêneurs de passage de chercher à y loger, ce qui était l'unique préoccupation de Xiang.

En fait, le confort était bien ce soir le cadet de ses soucis.

Exhibant son torse nu tatoué, il était assis, les deux bras posés sur la table, qu'il avait réussi à caler en glissant un petit bout de carton sous son pied bancal. Devant lui, il y avait une photo de Max Blackburn. Sur sa droite, une bougie allumée dans un cendrier plat en métal. À côté de la bougie, une longue et fine aiguille dotée d'un manche cylindrique en céramique. À l'autre bout de la pièce, deux de ses hommes, Sang et Kamal, avaient poussé leur châlit dans un coin afin d'avoir la place pour pratiquer leurs exercices d'arts martiaux : le *karena matjang* aux mouvements félins, tout en souplesse. Les rideaux étaient tirés, la lumière éteinte, et seule la bougie projetait leurs ombres ondoyantes aux murs et au plafond.

Jetés pêle-mêle sur un des lits, ils avaient posé les vêtements qu'ils endosseraient pour accompagner Blackburn et la femme, un peu plus tard dans la soirée : blouson kaki banal, jean et chemise de coton à manches longues. Les fringues de types mous et faibles qui vivaient une existence peinarde et sans souci.

Je vous suggère de porter des trucs pour vous fondre dans la foule, avait suggéré l'autre paon du bar. Son conseil avait été suivi à la lettre, même s'il avait cru Xiang trop abruti pour détecter la raillerie derrière son masque d'impassibilité. Peut-être s'imaginait-il que petite taille et petite cervelle allaient de pair. Erreur souvent commise par ceux qui avaient affaire à l'Iban. Et qui était tout à son avantage.

Xiang tendit sa large paluche droite, saisit l'aiguille posée sur la table et porta à la flamme son extrémité soigneusement effilée. Que les autres pratiquent leurs *katas*. Pour sa part, il avait sa méthode personnelle pour se préparer, s'endurcir en prévision des événements à venir.

Il attendit sans un mot, tenant l'aiguille par le manche, le temps qu'elle ait atteint la bonne température. Quand elle fut chauffée au rouge, il l'ôta de la flamme, puis leva la main gauche à hauteur de son visage, les doigts serrés à la verticale. Il les contempla ainsi plusieurs secondes, les yeux mi-clos, concentré, presque comme s'il lisait les lignes de sa main. L'aiguille rougie était toujours tenue dans l'autre.

Puis il vint la plaquer à l'horizontale contre sa main gauche, alignant son extrémité avec le petit doigt, juste sous la dernière phalange. Les lèvres serrées, il fit glisser l'aiguille à l'intérieur, perçant la chair tendre sous le gras de la pulpe, jusqu'à ce qu'elle ressorte de l'autre côté avec une petite goutte de sang.

Son vaste front couvert de sueur, il continua d'enfoncer l'aiguille dans sa main. Elle pénétra dans l'annulaire au-dessous de la phalange, cautérisant la chair qu'elle transperçait avant de ressortir, pointée maintenant vers le majeur.

Xiang continua ainsi de pousser l'aiguille jusqu'à ce qu'elle ait transpercé tous les doigts à l'exception du pouce, avec à une ou deux reprises un mouvement de rotation pour éviter les os. À ce moment, son visage était presque abîmé dans une véritable transe.

Alors, lentement, il referma le poing autour de l'aiguille. Une minute s'écoula, puis deux, trois. Son poing se crispa. Il sentait la chaleur de l'aiguille et la pression irradier dans toutes les articulations de ses doigts. Le sang qui poissait son poignet vint maculer la photo de Max Blackburn. Plus la douleur devenait intolérable, plus il pressait sur le métal envahissant, à en faire gonfler et s'étirer tout du long la chair de ses doigts. Le ruisseau de sang s'écoulait de plus en plus dense, dégouttant sur son avant-bras, couvrant entièrement l'image de la photo. Il serra encore le poing. La souffrance était une vague qu'il fallait chevaucher et surmonter par la seule force de volonté, et il n'était pas question pour lui de céder.

Il resta ainsi, l'œil vitreux, sans ciller, ayant oublié les deux autres qui poursuivaient leur rituel d'entraînement, avec leurs ombres qui s'agitaient contre les murs de la pièce, s'intégrant et se délitant dans les motifs liquides de leurs techniques de combat millénaires.

« Cela se fera, souffla-t-il d'une voix presque inaudible. Cela se fera. »

Son poing se serra, encore, encore et encore.

Une demi-heure plus tard, Xiang ôta de sa chair l'aiguille qui dégouttait de sang.

Il était prêt.

La seconde fois qu'ils s'étaient vus — la première avait eu lieu lors de ce week-end dément à Selangor, quand Max Blackburn avait fait irruption dans sa vie comme une tornade, et qu'elle s'était jetée dans ses bras sans réfléchir à ce qu'elle faisait, sans même se demander s'il y avait un pilote quelque part dans sa petite tête d'écervelée —, la conversation avait tourné autour de Marcus Caine et de sa morale en affaires. À vrai dire, c'était Max qui avait abordé le sujet. Lors d'un dîner dans un restaurant thaï de Cotts Road, si elle se souvenait bien.

Ils avaient terminé leur repas et attaqué leur seconde bouteille de bordeaux, et une demi-heure plus tard, hors d'haleine, ils s'étreignaient, dans la suite de Max au Hyatt, les vêtements dont ils s'étaient défaits en hâte jonchant le sol entre la porte et le lit. Dans l'intervalle, toutefois, ils avaient eu le temps d'écluser tout le vin et de discuter de leur employeur. Brièvement, certes. Très brièvement, même, car l'un et l'autre aspiraient à passer à des activités plus excitantes que de causer boutique. Mais suffisamment néanmoins pour déclencher une succession d'événements qui allaient bouleverser son existence.

Sa journée de travail achevée, assise dans le calme de son bureau, seule si l'on exceptait la femme de ménage qui s'affairait dans le couloir, Kirsten Chu était consciente d'être sur le point de réduire en miettes sa carrière professionnelle, voire toute son existence. Peut-être que si plus tard elle devait récapituler ces instants, histoire simplement de les débrouiller pour tenter d'y voir clair, elle réussirait à se convaincre qu'elle l'avait fait par un sursaut de conscience professionnelle, d'indignation morale, et par refus de se faire la complice passive d'actes qui transgressaient toutes les limites des lois internationales. *Une femme bien.* Oui, ce genre de pétition de principe rejetée dans les brumes fumeuses d'un avenir rétrospectif avait quelque chose de réconfortant, et l'aiderait assurément à mieux accepter sa décision dans les moments de doute. Mais pour l'heure, si elle devait regarder les choses en face, elle ne parvenait à trouver qu'une seule et unique motivation à ses actes.

Parmi toutes les raisons possibles et imaginables, c'était par amour et par désir pour un homme dont elle ignorait presque tout qu'elle avait agi ainsi.

Bougrement romantique, non ?

Kirsten consulta sa montre-bracelet et vit qu'il était dix-sept heures trente, bientôt l'heure de partir ; Max devait la retrouver devant le Hyatt d'ici une demi-heure. Elle se pencha vers l'ordinateur, éjecta du graveur de CD-ROM le disque qui allait signer sa fin professionnelle, et resta de longues secondes à considérer, avec un hochement de tête, la rondelle de plastique meurtrier, en même temps que lui revenait cette conversation au restaurant, comme si elle datait d'hier.

Ah, Max, Max, Max. La question qu'il lui avait posée était pour le moins cavalière, et sans doute, venant d'un autre, l'aurait-elle écartée d'emblée. Mais c'était si typique de Blackburn. Il avait une façon de dire des choses que nul autre n'aurait pu énoncer sans provoquer une rebuffade aussi immédiate que justifiée. En vérité, elle s'était sentie d'emblée vulnérable face à lui. Il réussissait, d'une manière ou de l'autre, à transformer son manque de tact en une qualité désarmante, peut-être parce qu'il savait que ça marchait pour lui, et que cette certitude lui procurait un plaisir confiant.

Ce qu'il lui avait demandé, apparemment à brûle-pourpoint, c'était si elle avait des préventions éventuelles vis-à-vis des « pratiques commerciales en sous-main » de son employeur. Comme s'il s'agissait d'une évidence de fait que les usages en affaires de Marcus Caine pussent prêter le flanc à la critique. Le ciel était bleu, la mer était verte, et Marcus Caine était un escroc sans scrupule. Élémentaire, ma chère Kirsten.

Au début, elle n'avait su quoi dire, s'était contentée de l'observer par-dessus son verre à vin, en se demandant s'il escomptait vraiment une réponse de sa part.

« J'estime, avait-elle finalement répondu, espérant encore éluder le problème, que ta demande constitue une violation de notre trêve.

— En aucun cas, j'ai vérifié les règles, elles sont très claires et la question est recevable, dit-il, toujours avec cette assurance dans ce regard si bougrement séduisant. N'hésite pas à répondre, tu ne risques rien. »

Elle n'avait pas compris pourquoi la question la mettait à ce point mal à l'aise. Ni sur le coup ni dans les premiers moments. Elle ne s'était pas encore sentie prête à reconnaître, aux yeux de Max ou à ses propres yeux, qu'il venait de toucher un point déjà sensible. Persuadée qu'on pourrait aisément justifier les irrégularités financières qu'elle avait relevées chez Monolith — ah oui, ces fameuses *irrégularités,* car c'est toujours ainsi qu'elle les analysait à l'époque, toujours encline qu'elle était à banaliser tout élément douteux qui venait à lui passer entre les mains.

« Ma foi, je suis sûre que c'est sa réputation parmi ses rivaux aigris ou ses adversaires dans les interminables joutes politiques », avait répondu Kirsten, avec plus de vivacité qu'elle n'aurait voulu. Si charmante qu'elle fût, l'impudence de Max l'avait alors irritée. « Autrement...

— À vrai dire, j'avais en tête l'action collective engagée contre lui devant les tribunaux, il y a deux ans... tu te souviens ? »

Bien sûr : faisant partie à l'époque de la cohorte de publicitaires chargés d'amortir les remous que l'affaire avait déclenchés dans la presse, Kirsten ne s'en souvenait que trop bien. Parce que le nouveau système d'exploitation de Caine avait pour seul rival Windows de Microsoft, et parce qu'il lui taillait des croupières, il était devenu de pratique courante pour les fabricants de logiciels de fournir Monolith avec les versions bêta de leurs produits en vue des essais de compatibilité. C'était un arrangement mutuellement bénéfique et même crucial, puisqu'un système d'exploitation n'avait aucune utilité sans programmes pour exploiter son environnement graphique, tandis qu'un programme pouvait rester à moisir sur une étagère s'il n'était pas compatible avec l'un des trois grands standards du marché.

Les problèmes avaient surgi quand Monolith s'était mis à breveter et commercialiser des logiciels dont les développeurs avaient prétendu qu'ils étaient quasiment identiques aux versions bêta qu'ils lui avaient fournies pour évaluation. Ils accusaient les techniciens de Caine d'avoir détourné leur propriété intellectuelle, effectué quelques modifications mineures sur l'interface graphique et l'architecture propriétaire, puis estampillé sans vergogne l'emballage du logo de Monolith. En bref, ils accusaient Monolith de leur avoir piqué leur produit pour le revendre sous son nom.

Assise en face de Max au restaurant, Kirsten avait reposé son verre et s'était penchée en avant, les bras croisés sur la table : « Tu n'es pas sans savoir que le tribunal a statué.

— Au terme d'un accord à l'amiable fort coûteux pour Caine.

— Ce qui n'est pas la même chose que de conclure à sa culpabilité. Quand on est un personnage public, cela vaut parfois très cher d'éviter qu'une affaire vienne sous les feux des projecteurs. Surtout quand on n'a d'autre solution que de la laisser s'éterniser au risque de devenir un boulet ingérable. »

Max avait ouvert les mains. « Il n'y a pas que là-dessus que Caine prête le flanc à la critique. Son mépris flagrant des conventions de l'OCDE contre la corruption, par exemple...

— C'est toi qui le dis, Max, observa-t-elle. Il s'agit d'une convention internationale, pas d'un traité officiel. Par conséquent, ce texte n'a rien de contraignant. On ne peut guère en vouloir à Marcus Caine d'exploiter la trouille de ses signataires... surtout vis-à-vis des Français et des Allemands qui, jusqu'à l'an dernier, osaient encore accorder des déductions fiscales aux entreprises qui versaient des compensations en espèces contre des marchés à l'étranger. »

Elle marqua un temps, reprit son souffle. « Pour l'amour du ciel, loin de moi l'idée de défendre tout ce que fait mon patron dans le cadre de son activité professionnelle. Je ne vais pas me porter personnellement garante pour lui.

Mais c'est le premier homme à posséder un réseau de télévision câblée réellement interactive avec des filiales sur quatre continents, ce qui à mes yeux fait de lui un authentique génie des affaires. Si ses méthodes en matière de concurrence s'avèrent parfois sans pitié, eh bien, tant pis. Ce qui compte pour moi, c'est qu'elles restent légales...

— Du moins tant qu'on n'est pas parvenu à conclure à leur illégalité...

— ... et qu'il paie très, très bien son personnel, avait-elle poursuivi, sans tenir compte de l'interruption.

— J'avoue bien volontiers qu'il y a du vrai dans le vieux cliché selon lequel l'argent ne serait pas tout, mais ce serait déjà un cliché en soi », observa Max. Il lui adressa un sourire pincé. « Pas vrai ? »

Elle le fixa avec un curieux mélange d'amusement et de consternation.

« Dis-moi, Max, est-ce que tu fournis à l'œil tes services à Uplink ? Parcourant le monde afin de régler et peaufiner les systèmes, tel un nouveau chevalier errant au service de Roger Gordian et de sa sainte croisade pour relier toute l'humanité par des téléphones mobiles et des télécopieurs sans fil ? »

S'il n'avait pas assorti sa réponse de ce regard franc et grave, celle-ci l'aurait totalement prise à contre-pied. En tout cas, elle lui fit aussitôt regretter ses sarcasmes.

« Roger Gordian est un grand bonhomme, et je serais prêt à sacrifier ma vie pour le protéger », avait-il avoué, tout simplement.

Bigre.

À présent, en se remémorant cette soirée, il lui revint que cette remarque l'avait quasiment laissée sur le cul. Quelque part, sa stupéfiante force de conviction avait terrassé ses dernières résistances émotionnelles, grandissant ses sentiments pour lui — des sentiments que, jusqu'alors, elle croyait, ou feignait de croire, limités au simple désir physique : au sexe, pour dire les choses crûment — jusqu'à leur faire atteindre les sommets de l'amour romantique... Tout cela était pour elle une émotion nouvelle et surprenante qu'elle n'avait trop su comment gérer...

Une voix à la porte la tira soudain de ses pensées. « *Wah !* Excusez, mademoiselle Chu. Je pensais tout le monde était parti. Voulez-vous moi repasser plus tard ? »

Kirsten avait identifié la femme de ménage à son *singlais*, typique de Singapour, avant même d'avoir levé les yeux pour entrevoir son visage par l'entrebâillement de la porte. Quand elle était retournée à Singapour à l'issue de sa formation universitaire à Oxford, Kirsten avait dû rapidement se réacclimater au sabir local, mélange d'anglais, de chinois du Sud et de phrases indiennes qu'elle entendait, où qu'elle aille, s'entrechoquer avec dissonance mais qui semblaient avoir surtout les faveurs des ouvriers immigrés venus des îles voisines et des Philippines.

Peut-être, songea-t-elle avec une ironie désabusée, parce qu'ils prenaient un malin plaisir à voir les bourgeois se carrer des migraines à tenter de déchiffrer les derniers néologismes rajoutés à ce pot-pourri.

« Non, Lin, ça ira. » D'un clic, elle termina son travail et éteignit l'ordinateur. « J'allais partir. »

La porte s'ouvrit un peu plus, livrant passage à Lin avec son chariot.

« Pourquoi vous travailler si tard, *lah* ? Vendredi soir on est, vous devriez sortir, quitter bureau. » Elle lui adressa un clin d'œil. « Où passé votre bel Américain ? »

Kirsten sourit, empoigna sa mallette et glissa le CD-ROM dans une pochette intérieure — tout à côté du magnéto numérique sur lequel Max trouverait un petit extra qui ne manquerait pas de le plonger dans l'extase.

« À vrai dire, le bel Américain et moi devons nous retrouver à son hôtel, avant de filer chez Harry passer toute la nuit à danser », répondit-elle. Et, pour ce qui la concernait, à se soûler la gueule. Après avoir livré à Max l'information qu'elle avait découverte, une information susceptible de ruiner une entreprise qui s'était montrée plus que généreuse à son endroit, question avancement, et qui (c'était son côté esprit de corps, issu de ses racines orientales) lui semblait mériter sa fidélité quoi qu'il advienne, il allait lui falloir quelque chose de sacrément corsé pour ôter de sa bouche ce goût amer.

« Alors, amusez-vous bien », répondit Lin, son visage aplati se fendant d'un large sourire. « Vous promettre de me raconter tout ça, lundi, *lah* ? »

D'un geste sec, Kristen referma son attaché-case.

« Dans la limite de la décence, promis », répondit-elle.

Blackburn remonta en hâte Scotts Road pour rejoindre le Hyatt. Claquant des semelles sur le pavé, il se frayait un passage dans la cohue, entre les hordes de badauds faisant du lèche-vitrines et les innombrables employés de bureau fatigués et pour le moins nerveux effectuant leur migration vespérale vers leur domicile. Il était sept heures du soir mais le soleil n'avait perdu qu'une fraction de sa pesante ardeur. Il était en sueur, sa chemise était déjà trempée comme une éponge et il ne rêvait que d'une chose : une bonne douche...

la meilleure façon sans conteste de débuter le week-end. Pis, il était convenu d'un rendez-vous avec Kirsten à dix-huit heures, et bien qu'il l'eût appelée sur son mobile pour l'avertir de son retard, ça l'embêtait malgré tout qu'il soit plus important que prévu. Et qu'elle se retrouve seule avec une véritable bombe en sa possession, à attendre qu'il se pointe et vienne l'en délivrer.

Elle méritait quand même mieux de sa part.

Le plus énervant pour Blackburn, c'était qu'il avait cru prendre pas mal d'avance : d'abord, en se faisant conduire à la gare routière de Johor Bahru par un membre de son équipe de sécurité, puis en sautant dans l'express Johor Bahru-Singapour qui empruntait la chaussée. Jusqu'à aujourd'hui, il avait toujours jugé que c'était le moyen de transport le plus simple et le plus rapide pour rallier l'île depuis le continent — autrement plus pratique que d'emprunter l'une des Land Rover de la compagnie : les cars avaient en effet leur couloir sur l'autoroute et, en temps normal, ils franchissaient sans arrêt les postes de douane où camions et voitures particulières se retrouvaient englués dans des queues interminables. Toutefois, ce soir, tous les véhicules empruntant le pont, y compris les transports en commun publics et privés, avaient été soumis à des fouilles en règle, engendrant des retards dans les deux sens de circulation. Et même si aucun des fonctionnaires chargés de ces contrôles n'avait pris la peine d'en expliquer la raison, nombre des autres voyageurs étaient persuadés qu'ils étaient liés à l'affaire du *Kuan Yin* qui, toute la semaine, avait monopolisé les journaux radiotélévisés. N'ayant rien de mieux à faire que de prendre son mal en patience, chacun finit par convenir que les fonctionnaires devaient être à la recherche des pirates qui avaient détourné le cargo ou d'éventuels complices cherchant à s'introduire par la frontière malaise pour les aider à s'échapper.

Max n'avait pas d'avis sur la question ; il avait été bien trop accaparé par une analyse de sécurité sur la station au sol pour suivre l'affaire dans tous ses rebondissements. Malgré tout, il n'avait pu manquer de remarquer les uniformes à épaulettes de membres de la police de Singapour venus renforcer le contingent habituel de fonctionnaires des douanes, d'où il avait déduit qu'il devait assurément se passer quelque chose qui sortait de l'ordinaire.

Bien entendu, il avait d'autres préoccupations en tête alors que l'autocar poursuivait par à-coups sa progression à travers le détroit de Johor pour s'engager sur l'autoroute de Bukit Timah, en direction du sud, contournant une succession de parcs luxuriants soigneusement entretenus, et se diriger vers le terminal de Ban San. Si Kirsten avait finalement réussi à déterrer les preuves qu'il avait espéré obtenir dans la base de données informatiques de Monolith, alors le double jeu dans lequel il s'était lancé le jour de leur rencontre était sur le point d'aboutir. Mais à quel coût pour elle ? Elle pourrait tirer un trait sur sa carrière chez Monolith. Et la froide et dure vérité était qu'elle pourrait quasiment tirer aussi un trait sur ses relations avec lui.

Effectivement, elle méritait mieux, bien mieux, que ce qu'il s'apprêtait à lui offrir au bout du compte.

Blackburn avait évacué ce souci de ses pensées jusqu'à la fin du trajet. Dès son arrivée à la gare routière d'Arab Street, il avait sauté dans un autobus du réseau urbain qui menait au centre-ville, pour de nouveau se traîner à une allure d'escargot, cette fois à cause des embouteillages de l'heure de pointe. Convaincu désormais qu'il aurait plus vite fait d'aller à pied, il était descendu à l'arrêt d'Orchard Road pour se hâter en direction de l'ouest, en longeant les galeries marchandes dont les vitrines se succédaient sans interruption, comme autant de versions contemporaines du Crystal Palace, avec leurs façades qui reflétaient les rayons du soleil et l'aveuglaient malgré ses lunettes noires.

Il avait à présent obliqué sur Scotts et louchait, ébloui, pour découvrir une nouvelle rue commerçante avec, tout au bout, le gratte-ciel du Regency.

Kirsten attendait à son endroit habituel, près de l'entrée principale, ses cheveux cascadant sur les épaules d'une robe coquille d'œuf ; elle guettait avec attention la chaussée de la rue à sens unique, s'attendant sans doute à le voir débarquer du flot continu de taxis et d'autobus qui passaient devant l'hôtel. En approchant, Max éprouva aussitôt un mélange de culpabilité et de désir, comme à chacun de leurs rendez-vous. Elle s'était offerte sans inhibitions, et à sa façon à lui, son désir était tout aussi intense, mais il ne l'aimait pas comme elle en était venue à l'aimer, et s'il le lui avait dit, c'était dans le seul but de parvenir égoïstement à ses fins. Et même si ses mensonges et ses manipulations avaient profané jusqu'à leurs instants de plus grande intimité, il savait qu'il continuerait à la mener par le bout du nez jusqu'à ce qu'il ait atteint ses objectifs... et que ce ne serait franchement pas si difficile.

Non, Dieu merci, pas difficile du tout, se dit-il en pressant le pas pour la rejoindre.

Xiang était installé au volant d'un camion à ridelles garé devant la porte de service du Hyatt, vers le haut de Scotts Road. Moins d'une demi-heure plus tôt, le véritable chauffeur du véhicule livrait encore du linge propre à l'hôtel. À présent, son cadavre nu gisait à l'arrière, enveloppé dans une nappe tachée de rouge, extraite de la pile même qu'il ramenait de la blanchisserie quand l'Iban avait surgi derrière lui. Le sang gouttait de l'oreille dans laquelle Xiang avait introduit les quinze centimètres de son aiguille *kanata*, perforant le tympan du type ; il avait continué de l'enfoncer dans la chair tendre du cerveau en passant par le conduit auditif, entraînant une mort instantanée et silencieuse.

La blouse blanche de l'uniforme dont il s'était emparé portait des taches de sang sur le col et Xiang se sentait terriblement engoncé dedans, mais il était à peu près certain que personne ne le remarquerait tant qu'il resterait au volant. Malgré tout, il sentait croître son inquiétude. Où était l'Américain ? Il ne pouvait pas rester garé indéfiniment sur cette rampe de chargement sans éveiller les soupçons.

Luttant contre son impatience, Xiang piqua légèrement du nez, pour faire comme s'il s'était assoupi au volant. Et il continua d'attendre. Avec un peu de chance, le chauffeur assassiné n'allait pas tarder à avoir de la compagnie.

Un peu plus bas dans la rue, le reste du groupe d'assaut avait pris position tout autour de l'hôtel : deux hommes couvraient les portes, deux autres étaient devant le complexe du Royal Holiday Inn, de l'autre côté de la rue, les quatre derniers répartis entre les angles nord et sud de Scotts Road.

Tous avaient en gros la même allure : bruns, l'œil impassible, les traits anguleux, le teint basané, une carrure trapue révélant des muscles tendus comme des lanières de cuir. Chacun avait dissimulé l'une ou l'autre arme sous des habits amples de style passe-partout, qui leur permettaient aisément de se fondre dans la foule pressée.

La cohue ne les gênait pas. Pas plus que les dernières lueurs du jour. Il aurait été plus risqué d'intervenir dans l'obscurité, avec une circulation plus réduite et des trottoirs moins encombrés. La nuit, leurs mouvements auraient attiré le regard comme une ride soudaine sur un étang calme ; alors qu'à présent, le bruit et la confusion, la cohue des piétons les camouflaient même en plein jour.

La femme attendait déjà depuis quelque temps devant l'entrée du Hyatt, surveillant la rue, comme si elle guettait l'arrivée de quelqu'un d'un instant à l'autre. Ce qui, bien entendu, était précisément le cas. Ils la filaient depuis plusieurs jours, tels des loups en chasse. Ce soir, elle s'apprêtait à attirer dans leur cercle leur véritable proie, et ils accompliraient la tâche pour laquelle on les avait payés.

La femme hasarda soudain un regard dans la direction d'Orchard Road et ses yeux s'agrandirent.

Les guetteurs le remarquèrent. Elle sourit, agita le bras, à la fois ravie et légèrement excitée.

Les autres le notèrent également.

Ils se tournèrent à leur tour, l'œil aux aguets, suivant la direction de son regard. *Enfin*, songèrent-ils comme un seul homme. Même si le type qui se dirigeait vers elle portait des lunettes d'aviateur, ils n'eurent aucun mal à l'identifier à l'individu sur leurs photos. Il leva la main pour répondre au salut de la femme et pressa le pas.

« Max ! » lança-t-elle, en descendant les marches du perron.

Les guetteurs firent mouvement pour les intercepter.

6

Washington, DC
18 septembre 2000

« Pensez-y, mon petit Alex. Ce n'est pas les verrous, mais bien les clés que votre ami Gordian devrait garder dans sa ligne de mire... ah, que ce putain de machin bourré de câbles aille se faire mettre, moi j'arrive plus à suivre le rythme ! »

Au sommet de sa carrière, le contre-amiral Craig Weston, rayé des cadres d'active, était l'un des gros bonnets de la marine américaine, en tant que responsable du SUBGRU 2, le commandement de tous les sous-marins d'attaque de la côte atlantique, dont le QG partageait les mêmes locaux que le principal centre de formation des sous-mariniers de la Navy, à Groton, Connecticut. Cela voulait dire qu'il avait sous ses ordres trois escadres de sous-marins nucléaires mouillés le long des côtes au calme trompeur de Nouvelle-Angleterre, ainsi que deux autres escadres réparties entre leur port d'attache de Charleston, en Caroline du Nord, et Norwalk, en Virginie — soit un total de quarante-huit SSN, sous-marins nucléaires stratégiques —, un submersible de recherche, plus toute une armada de navires de soutien. Compte tenu que l'armement conventionnel et nucléaire embarqué par un seul sous-marin stratégique était suffisant pour rayer de la carte n'importe quelle grande métropole côtière, l'ampleur de la force de destruction alors aux mains de Weston pouvait être aisément qualifiée de *remarquable*.

Pour Alex Nordstrum, le plus réconfortant quand il observait Weston sur le rameur de leur centre de remise en forme, c'était cette impression qu'il avait su emporter avec lui une bonne partie de cette force en partant à la retraite. Grand et mince malgré ses presque soixante-dix ans, avec des cheveux argent taillés en brosse, des yeux gris comme des nuées d'orage, et la mâchoire acérée comme un éperon rocheux, Weston abordait chaque séance d'entraînement matinal avec le plus grand sérieux, la plus extrême concentration... et une férocité mordante qui se manifestait souvent par de longues bordées d'injures, caractérisées par des références anatomiques pleines d'imagination et proférées juste assez bas pour ne pas enfreindre les règles de bonne conduite de mise dans le gymnase.

« *Fils de pute !* Tu vas la sentir passer, bougre de saleté de putain de morpion affamé ! » grommela-t-il en accélérant le rythme de ses coups de rame. Il était en short et maillot d'athlétisme afin d'exhiber — de manière tout à fait intentionnelle, Nordstrum en était convaincu — un physique qui aurait été déjà impressionnant chez un homme de trente ans son cadet, et qu'on pouvait considérer comme proprement phénoménal chez un quasi-septuagénaire au mieux de sa forme. Ayant récemment subi une chimiothérapie intensive pour lutter contre un cancer de la prostate qui avait métastasé dans les ganglions lymphatiques, Weston avait presque acquis le statut de surhomme dans l'estime d'Alex. Les quadriceps saillaient au rythme de ses mouvements. Ses abdos et ses pectoraux qui donnaient l'impression d'avoir cinq centimètres d'épaisseur se dilataient sous le maillot de corps, au milieu de chaque extension. Les biceps gonflaient lorsqu'il tirait sur les poignées des rames pour achever le mouvement, avant de se pencher en arrière vers le volant d'entraînement et de reprendre son élan, avec une légère oscillation des hanches, tandis que le câble de tension vibrait comme un archet.

Juché sur le vélo d'exercice placé à côté, Nordstrum jeta un regard navré vers son abdomen ramolli, sentit un léger embarras, et d'un doigt sur le clavier, monta le niveau de difficulté d'un cran.

« Moi qui pensais que vous alliez me donner un cours aujourd'hui sur les bâtiments de la classe Seawolf, remarqua-t-il, en essayant de ne pas paraître essoufflé, comment se fait-il qu'on en soit venus à parler de Roger Gordian ?

— Ne faites pas votre petit malin, rétorqua Weston. Je ne suis pas toujours aussi enclin à donner des conseils. »

Alex fronça les sourcils. « D'accord, comme vous voudrez. Mais j'ai réellement besoin de cette information.

— Et vous en aurez jusqu'à plus soif d'ici une minute. »

Weston ramait, bandant ses muscles, inspirant et expirant doucement par le nez. Il avait les yeux rivés sur l'écran vidéo de la machine, où de minuscules bateaux rouges et bleus filaient sur des eaux vertes, longeant une plage blanche, en un simulacre informatique de course d'avirons. Nordstrum attendit que son interlocuteur poursuive, conscient à l'arrière-plan du silence huilé des divers appareils d'exercice fonctionnant dans la salle, juste entrecoupé parfois d'un chuintement pneumatique, lorsqu'on modifiait l'inclinaison d'un tapis de marche ou du cliquetis métallique d'un changement de poids sur les presses, mais ce qu'il décelait surtout, c'étaient les divers bruits d'efforts humains maîtrisés dans cette vaste chambre acoustique : expirations contrôlées, martèlement cadencé des pieds sur les tapis de caoutchouc.

« Laissez-moi vous poser une question, dit enfin Weston. Qu'est-ce qui vous préoccuperait le plus... l'intrusion d'une bande de malfrats chez un voisin équipé du même système d'alarme que vous, ou ces mêmes truands qui foncent sans prendre eux-mêmes la moindre mesure de sécurité mais en disposant des outils et de tout le fourbi leur permettant de neutraliser votre système ? D'ouvrir votre porte d'entrée, couper l'alarme et pénétrer quand ils veulent dans votre chambre, pendant votre sommeil ou en votre absence ?

— Si rhétorique que soit l'alternative, répondit Nordstrum, je préférerais encore me passer de l'un ou l'autre terme.

— Comme tout le monde, mais ce n'est pas moi qui les ai choisis, je vous ferai remarquer. »

Nordstrum haussa les épaules et pédala de plus belle, le torse penché sur le guidon, la serviette entourant son cou trempée de sueur.

« Alors imaginons que je n'aie pas envie de les voir s'introduire chez moi », répondit-il enfin.

Weston lui adressa un bref regard. « Eh bien voilà. C'est là où je voulais en venir. Si Gordian tient à démontrer publiquement la validité de sa technique de cryptage, il doit forcément aboutir à la même conclusion.

— C'est tout ce que vous avez l'intention de me dire ?

— Oui, répondit Weston avant de se retourner vers l'écran. À présent, qu'est-ce que vous voulez savoir sur ce sub ? »

Nordstrum se demanda s'il n'avait pas loupé un enchaînement. « Tout ce que vous pourrez me dire. J'aime mieux savoir à l'avance dans quel genre de bateau je vais embarquer.

— Et sur quoi vous allez écrire.

— Comme tout journaliste consciencieux et comme quelqu'un qui ne tient pas à passer pour un imbécile », confirma Nordstrum.

Weston lorgna l'écran, émit un nouveau flot d'épithètes et tira de plus belle sur le câble.

« Déjà vu cette vieille série télévisée *Voyage au fond des mers* ? Mes gamins la suivaient religieusement quand ils étaient mômes. Tous les dimanches soir à sept heures. Quand j'étais en mission, je devais les appeler et me taper leurs résumés de tous les épisodes. »

Nordstrum hocha la tête. « On ne recevait pas les chaînes américaines à Prague, à l'époque. Mettez mon ignorance sur le compte des cocos.

— Bien sûr, j'avais encore oublié où vous avez grandi. » Weston rama, reprit son souffle. « Dans la série, il y avait un sous-marin futuriste baptisé le *Nautilus*, en hommage à celui du roman de Jules Verne. Eh bien, le Seawolf est son équivalent concret, doté de capacités que seuls pouvaient imaginer les architectes navals des bâtiments de la classe Los Angeles. Ce putain de rafiot est un véritable banc d'essai pour toutes les technologies avancées de guerre navale. Il a été conçu de façon modulaire pour permettre des mises à niveau illimitées. Dessin hydrodynamique réduisant la signature sonar, systèmes de communication, de télémétrie et de détection intégrés. Armement standard : missiles anti-vaisseaux de surface Harpoon, torpilles Mark 48, mines, tout le tremblement... plus le tout nouveau Block Tomahawk série 5. Un missile d'attaque terrestre d'une autonomie de vol de près de deux heures, avec toute une chiée d'options d'emport, y compris des charges à détonateur intelligent pour cible durcie, capables de pénétrer jusqu'à sept mètres de profondeur avant de détoner. »

Il cligna de l'œil et prit un ton de conspirateur : « Même si la Navy n'a pas *officiellement* de Tomahawk armés de charges nucléaires à bord de ses submersibles, ils en ont bien évidemment la capacité.

— Bien évidemment, répéta Alex.

— Je me dois d'ajouter que le Seawolf est également à même d'opérer à proximité du littoral.

— Près des ports, des villes, des places fortes ennemies ou autres cibles terrestres ?

— Tout juste. » Weston examina son reflet dans les miroirs équipant du sol au plafond le mur voisin, pesta dans sa barbe et redressa sa posture. « Mais avant d'entrer dans le détail, laissez-moi vous dire une chose : j'estime que le déploiement du Seawolf dans le cadre du SEAPAC [1] n'est pas simplement la résultante d'un de ces nouveaux délires typiques de notre président, mais bien la plus grosse des foutues boulettes qu'il ait commises jusqu'ici.

— Laissez-moi deviner..., intervint Nordstrum. Ce qui vous chagrine, c'est la perspective d'avoir des Japonais, des Sud-Coréens et autres personnels de la région à bord, même s'ils sont strictement cantonnés à des rôles de non-combattants... service médical, recherche, et ainsi de suite.

— Vous me connaissez bien, Alex. C'est la clause la plus stupide du traité. »

Nordstrum continua de pédaler. Alors que Weston n'était même pas encore en sueur, il commençait pour sa part à se liquéfier.

1. Traité Sud-Est asiatique/Pacifique *(N.d.T.)*.

« Je n'en sais rien, Craig, avoua-t-il. Il semblerait que vous n'ayez pas choisi la bonne série télévisée pour votre comparaison... Peut-être vaudrait-il mieux imaginer le Seawolf comme une sorte d'USS *Enterprise*. Des représentants de tous les peuples pacifiques de l'espace, unissant leurs ressources pour protéger la fédération de la menace des Cardassiens.

— Jamais compris comment une telle connerie a pu rencontrer un tel succès », bougonna l'amiral.

Nordstrum sourit. « Quoi qu'il en soit, vous savez que nos alliés asiatiques du Pacifique tiennent depuis quelque temps déjà un rôle grandissant dans les manœuvres militaires régionales. Les Japonais ont à eux seuls investi chaque année plusieurs millions sur un projet de recherche mené avec nous pour un missile balistique défensif. Et il y a effectivement des Cardassiens dans cette partie de l'espace. La Corée du Nord est équipée de Nodong-2 capables d'expédier des têtes chimiques ou biologiques au cœur même dc Tokyo. » Il marqua un temps, légèrement à bout de souffle. « Ce n'est pas un lapin que quelqu'un a tiré de son chapeau, mais l'évolution logique de stratégies géopolitiques existantes.

— C'est ce que vous ne cessez de répéter à longueur d'éditos, bougonna Weston. Et moi qui pensais que vous ne faisiez ça que pour gagner une virée gratuite à bord d'un sub. »

Nordstrum le regarda : « Dois-je le prendre mal ?

— C'était une blague, lança Weston, sans la moindre trace d'humour. Écoutez, la coopération est une chose. Mais comment en est-on venu à laisser des marins étrangers vivre et travailler à bord d'un sous-marin nucléaire, un putain de

Léviathan des profondeurs ? À quoi pensaient nos bougres de responsables de la défense et du renseignement quand ils ont autorisé un truc pareil ? Je n'ai jamais eu la phobie des Japonais, mais ils feront de leur mieux pour servir les intérêts de leur nation. Ces dernières années, cela a inclus des exercices militaires conjoints avec la Chine et la Russie. Ils bouffent à tous les râteliers, pas seulement au nôtre.

— Je n'ai jamais suggéré que le SEAPAC n'avait pas ses risques. De toute évidence, il doit exister des procédures de sécurité draconiennes...

— Vous avez évoqué le personnel médical. Comme vous pourrez le constater par vous-même d'ici une quinzaine de jours, même les plus gros submersibles vous ont des allures de boîtes de sardines propices à la claustrophobie dès qu'on a passé quelque temps à bord. Il n'y a qu'un pas de l'infirmerie à la salle des torpilles. Ou au poste de commandement. Il y a des fantômes qui savent se glisser entre les ponts, Alex. Et filer où bon leur semble sans qu'on les remarque. Parce que les bougres savent se rendre invisibles. »

Weston rama sans un mot ; il semblait n'avoir rien à ajouter, alors qu'il était resté fort peu loquace sur les caractéristiques techniques du submersible. Comment la conversation avait-elle pu ainsi dévier vers la politique ?

Alex descendit du vélo d'exercice et s'épongea le front.

« Pour moi, ça suffit pour aujourd'hui... un petit déjeuner, ça vous dit ?

— Je dois à cet enculé d'engin de torture encore un quart d'heure de mon existence, répondit Weston. Mais la prochaine fois, promis : on se bouffera des crêpes.

— Entendu, répondit Nordstrum qui se dirigeait vers les vestiaires.

— Alex... »

Il marqua un temps d'arrêt et se retourna.

« C'est la clé, pas le verrou. Dites ça à Roger Gordian. Avant la conférence de presse. D'accord ? »

Alex considéra longuement Weston, puis acquiesça.

« D'accord. »

7

Singapour
18 septembre 2000

Le plus imperceptible indice mettait aussitôt Blackburn en alerte. Il n'aurait pu formaliser ce sentiment : il était instinctif, programmé dans ses circuits neurologiques par de longues années d'expérience au combat dans les rangs du SAS, le Special Air Service. Et il s'y fiait tout autant qu'à sa vue ou à son ouïe.

L'homme qui avait déclenché cette réaction était plongé dans un magazine à l'arrêt d'autobus — dans ce cas, pourquoi ses yeux étaient-ils apparus au-dessus du bord supérieur des feuillets au passage de Blackburn ? Et pourquoi cet air de l'avoir soudain reconnu, trahi par l'intensité du regard, la brusque crispation de la posture ?

Pourquoi, tout d'un coup, Blackburn avait-il eu la très nette impression d'être *observé* ?

Vingt mètres devant lui, peut-être, Kirsten avait commencé à descendre les marches du perron de l'hôtel Hyatt. Max ralentit le pas et balaya du regard l'ensemble du secteur, de droite à gauche, surveillant les abords sur les premiers mètres, puis de gauche à droite, en portant son regard un peu plus loin, jusqu'à ce qu'il englobe de nouveau Kirsten. Son attention s'était machinalement divisée pour embrasser simultanément plusieurs plans de référence : général et particulier, large et serré, points et traits.

Blackburn repéra les individus à portée de regard, les répartissant en points fixes ou mobiles, établissant des corrélations entre leur position et le schéma général de la circulation piétonnière. À l'affût de bizarreries dans leurs agissements.

Plusieurs étaient manifestes.

Il y avait déjà cet homme qui venait de quitter le trottoir pour s'engager sur la chaussée sur sa gauche, négligeant le passage zébré, pour gagner son côté de la rue en se faufilant entre les voitures — spectacle rare dans un pays où l'on verbalisait sévèrement les piétons indisciplinés. Plus près, un autre individu s'avançait vers lui sur le même trottoir, en bousculant les passants. Deux autres encore convergeaient vers l'entrée de l'hôtel.

Blackburn jeta un coup d'œil derrière lui et sentit un frisson sur sa nuque. L'homme qu'il venait de dépasser à l'arrêt de bus marchait lui aussi dans sa direction, le magazine qu'il tenait ayant apparemment disparu.

Les cinq individus étaient tous à peu près du même âge, tous asiatiques, et tous vêtus à peu près de la même manière.

L'ensemble de ce survol avait pris en tout et pour tout moins de huit secondes, et ne lui laissait guère d'hésitation sur la conduite à tenir : il avait appris à surveiller ses abords et à intégrer promptement le résultat de ses observations. Il était clair désormais qu'il s'était jeté dans un piège. Un piège qui était en train de se refermer. Il ne savait pas qui étaient ses ennemis, ni comment ils s'étaient déployés, ni même combien ils étaient... mais il en avait au moins localisé cinq avec précision.

Il continua de progresser, tâchant de contrôler ses nerfs, faisant un effort immense pour ne pas montrer qu'il avait repéré ses agresseurs. Kirsten avait à présent descendu la moitié des marches, les deux hommes les plus proches de l'hôtel s'apprêtaient à fondre sur elle. Ce qui ne pouvait signifier qu'une chose : ces types — ou leur mystérieux commanditaire — étaient au courant des fichiers Monolith. Et Max devait donc absolument leur échapper. Mais comment ? Oui, comment ?

En parcourant du regard les abords de l'hôtel, une idée lui vint.

Sans perdre un instant, il glissa la main dans son blazer pour sortir son mobile, l'ouvrit d'une pichenette, pressa la touche pour l'allumer, composa un des numéros en mémoire et appuya sur la touche « Envoi ». En priant le ciel que le téléphone de Kirsten soit allumé, et qu'elle puisse ainsi répondre à son appel.

Kirsten avait presque atteint le trottoir quand son mobile pépia au fond de son sac. Elle marqua un temps d'arrêt, regarda en direction de Max, sourit. Il avait porté son propre appareil à l'oreille. S'apprêtait-il à lui susurrer des mots doux tout en s'approchant d'elle au milieu de la rue ?

Elle alla s'appuyer à la rampe, posa son sac sur une marche et sortit son téléphone.

« Salut, fit-elle dans le micro. Je vois que t'as enfin...

— Ne dis rien. On n'a pas le temps. »

Perplexe, elle leva les yeux et découvrit, à quelques mètres à peine, que ses traits étaient aussi sérieux que sa voix.

« Max, quel est le problème ?

— Je t'ai dit de te taire et de m'écouter, bon sang. »

Elle sentit une boule au creux de l'estomac. Déglutit, acquiesça, la main crispée sur le téléphone.

« Il y a une station de taxis après la prochaine rue à droite. Dirige-toi par là aussi vite que tu peux, sans courir. »

Elle acquiesça derechef, le fixant avec de grands yeux interrogateurs. La station était dans la direction opposée à celle d'où arrivait Max. Qu'est-ce qui se passait ?

Soudain, l'émotion qui lui nouait l'estomac n'était plus de l'anxiété mais de la peur.

Le disque. Seigneur, cela devait avoir un rapport...

« Je veux que tu sautes dans un taxi et que tu dégages vite fait. Je te contacterai bientôt. Compris ? »

Nouveau signe d'acquiescement. Le troisième.

« Fonce ! »

Le cœur battant la chamade, elle remit le téléphone dans son sac, récupéra sa mallette, et descendit en hâte les dernières marches vers le trottoir.

Les deux membres du commando les plus proches de la femme la virent s'arrêter et sortir son téléphone mobile, puis, en se tournant vers Blackburn, ils le virent parler dans son propre appareil, et comprirent aussitôt qu'ils avaient été démasqués.

L'un d'eux leva la main pour prévenir les autres.

À peine quelques secondes plus tard, le premier homme vit la femme se remettre en route, atteindre le bas du perron et tourner le dos à Blackburn pour se diriger vers la station de taxis.

Lui et son compagnon pressèrent le pas, bousculant les badauds, certains d'être assez près d'elle pour l'intercepter avant.

Blackburn était encore à quelques pas de Kirsten quand il vit l'homme tourner la tête vers lui, puis donner à l'évidence l'alerte à ses compagnons.

Mauvais, ça, songea Blackburn. Si le type les avait surpris tous les deux avec leur téléphone, il n'avait pas besoin d'être sorti de Polytechnique pour conclure qu'ils se parlaient, et que sa petite embuscade était désormais éventée.

Kirsten avait gagné le trottoir et se hâtait vers la station de taxis, où une file de berlines bleu ciel attendaient le client. Les deux hommes en faction de part et d'autre de l'entrée s'étaient aussitôt ébranlés pour la filer, la dissimulant à la vue de Blackburn.

Serrant les dents, Max bouscula un petit groupe de femmes aux bras chargés de sacs à provisions, se faufila entre plusieurs hommes d'affaires en costume sombre et se retrouva derrière les deux types ; il marchait d'un pas rapide, en se forçant à ne pas courir. Sinon, il était prêt à parier que ses agresseurs feraient de même, et il n'était absolument pas certain de les avoir tous repérés. Il était toujours possible qu'un autre complice non encore identifié soit encore plus près de Kirsten que les deux hommes devant lui... et encore mieux placé pour le semer.

Il gagnait sur eux... continuait de gagner, et au moment où il était presque parvenu à leur hauteur, il obliqua brusquement sur la gauche, descendit du trottoir, remonta aussitôt après les avoir dépassés, s'interposant ainsi entre Kirsten et ses poursuivants. Il était à moins d'un mètre d'elle, désormais, moins peut-être.

Presque assez près pour la toucher.

Presque...

Il entendit dans son dos des pas précipités et se rua en avant, sans plus se soucier de sa sécurité, sachant que l'heure n'était plus à l'hésitation. Parvenu à sa hauteur, il lui passa le bras droit autour de l'épaule et l'entraîna vers les taxis en attente, la maintenant avec fermeté pour qu'elle ne s'étale pas sur le bitume, tout en lui faisant un rempart de son corps pour la protéger de leurs poursuivants.

Raidie sous le choc, Kirsten le suivit en titubant, sans comprendre, cherchant à résister sur les premiers mètres — puis tout d'un coup, ayant reconnu Max, elle se décrispa et se laissa faire.

Elle se tourna pour le dévisager alors qu'ils approchaient de la station, une lueur de désarroi dans les yeux; leurs joues se touchaient presque. « Max, Dieu du ciel, *Max,* je t'avais pris pour l'un d'eux. Je...

— *Chhht!* »

Kirsten se tut, tremblante, contre lui. À peine s'était-elle rendu compte qu'il avisait l'un des taxis de la file qu'il ouvrait la portière avec une telle violence qu'elle eut un instant l'idée délirante que la poignée allait lui rester dans les mains.

Ce qui suivit devait se mêler en une sorte de brouillard dans les souvenirs de Kirsten. À un moment donné, ils étaient ensemble, Max lui tenait le bras, la portant presque, et l'instant suivant, il l'avait poussée sur la banquette arrière du taxi et se retrouvait seul dans la rue, la tête penchée à l'intérieur, par la portière ouverte.

« *Selangor!* » lança-t-il au chauffeur.

L'homme au volant tourna brusquement la tête pour le regarder à travers la vitre de séparation, ébranlant d'un coup d'épaule la brassée de talismans religieux qui pendaient au rétro.

« Désolé, moi pas transport en province, *lah* », fit-il en hochant la tête.

Blackburn glissa une main dans sa poche de pantalon, sortit précipitamment son porte-billets, le jeta sur le siège à côté de Kirsten.

« Il y a là-dedans plus de deux cents dollars américains. Conduisez-la et ils sont à vous. »

Kirsten l'observait bouche bée, avec une sorte de désespoir impuissant. Dans l'intervalle, le chauffeur avait ouvert la vitre de séparation et déjà récupéré le portefeuille pour en examiner le contenu, l'air ahuri.

« Max, je ne saisis pas..., s'écria-t-elle d'une voix stridente. Enfin, qu'est-ce qui se passe ? Pourquoi ne viens-tu pas ?

— Reste avec ta sœur. Si je ne t'ai pas donné de nouvelles d'ici quelques jours, je veux que tu prennes contact avec un homme du nom de Pete Ni... »

Max sentit une main lui saisir le coude gauche par-derrière. Il se crispa, cherchant toujours à s'interposer entre le taxi et les deux agresseurs.

« *Démarrez ! Vite !* » s'écria-t-il avant de ressortir la tête et de claquer la portière de la main droite. Il aperçut dans la vitre le reflet des deux agresseurs — le premier qui le tenait toujours, le second qui le bousculait pour essayer d'atteindre le taxi.

Durant ce qui lui parut une éternité, le véhicule demeura immobile et Max fut convaincu que le chauffeur n'allait pas mordre à sa proposition. Puis il le vit rabattre la manette du taximètre pour mettre en route le compteur, et il poussa un soupir de soulagement.

L'étonnement et la terreur peints sur les traits, Kirsten se retourna sur la banquette, alors que le véhicule s'éloignait du trottoir, pour contempler Max par la vitre arrière.

Leurs regards se croisèrent fugitivement : celui de Max, ferme et résolu, celui de la jeune femme, brouillé de larmes... et puis le taxi se fondit dans le flot continu de véhicules filant vers le nord et disparut bientôt.

Ce devait être la dernière fois qu'ils se voyaient tous les deux.

Max entendit un bref soupir s'échapper des lèvres de l'homme qui lui avait maintenant immobilisé l'avant-bras droit.

« Tu viens avec moi, *kambing* », siffla-t-il, en resserrant son étreinte. Il avait collé ses lèvres contre l'oreille de Max, plaqué son corps derrière le sien.

Max ne bougea pas d'un pouce. Le partenaire du type essaya de suivre le taxi au petit trot durant quelques dizaines de mètres mais fut bientôt contraint de dégager la chaussée, chassé par le flot de la circulation ; il regagna en hâte le trottoir et fit demi-tour... mais il n'était pas encore revenu à leur hauteur.

Ce qui laissait à Max une marge de manœuvre, étroite mais exploitable.

Agissant avec une vivacité réflexe, il ramena le bras gauche devant lui, au niveau de la taille, tout en faisant porter son poids sur la jambe droite pour attirer vers lui son ravisseur. Lorsque l'homme bascula en titubant, la main toujours fermée sur l'avant-bras de Max, ce dernier plaqua dessus sa main libre, saisit les trois doigts du milieu et les rabattit sèchement vers l'arrière.

L'homme relâcha aussitôt son étreinte avec un hoquet de douleur et de surprise, tout en cherchant à reprendre son équilibre.

Max s'écarta de lui et tourna sur lui-même pour observer les deux côtés de la rue. Quelques rares passants s'étaient arrêtés, bouche bée, pour observer l'altercation, mais la majorité les contournaient en hâte comme s'ils n'avaient rien relevé d'anormal. Peut-être était-ce vraiment le cas, ou peut-être n'avaient-ils pas oublié que, si prospère que fût Singapour, la ville-État demeurait une dictature où il valait toujours mieux ne s'occuper que de ses propres affaires.

Quoi qu'il en soit, Max avait des soucis plus urgents. Le lecteur du magazine arrivait sur lui par la gauche, avec désormais le renfort de son collègue, le piéton indiscipliné. Un troisième membre du petit commando fendait la foule pour les rejoindre par la droite. En comptant le type dont il venait juste de se défaire, plus celui qui avait tenté de courir après le taxi — tous deux présentement situés derrière lui —, Max se retrouvait en gros à au moins un contre cinq.

La seule voie encore dégagée était droit devant, direction l'hôtel.

Il traversa la largeur du trottoir au pas de course et escalada les marches du perron vers l'entrée.

Max traversa le hall en ligne droite sans un regard derrière lui. Il connaissait la disposition des lieux à la suite de ses séjours réguliers dans la suite réservée à l'année par Uplink, et il savait ce qu'il cherchait. Passé la réception et le salon principal, il y avait une rangée d'ascenseurs et, sur leur droite, un petit corridor rectiligne donnant sur une porte de service. Derrière, un escalier qui le mènerait sans doute au sous-sol et au quai de livraison. Pas de vigile de service ; en tout cas, pas un en vue... quand il avait espéré que leur présence aurait pu dissuader ses poursuivants... Néanmoins, s'il pouvait gagner la porte de service avant que ces derniers ne l'aient rattrapé — un gros « si » puisqu'il les avait quasiment sur les talons —, il devrait pouvoir s'en débarrasser en s'éclipsant par la sortie latérale de l'hôtel.

Max avisa un paquet de nouveaux arrivants qui faisaient du potin devant la réception, des touristes allemands à en juger par le son de leur voix. Espérant un abri momentané, il plongea au milieu du groupe, puis passa devant les entrées de la boîte de nuit et du bar de l'hôtel, devant la batterie d'ascenseurs, pour gagner l'entrée de service, évitant toujours de se retourner... inutile de perdre son temps, ce n'était vraiment pas le moment.

La porte métallique grise était légèrement en retrait du mur et munie d'une ouverture vitrée à hauteur d'œil. Personne de l'autre côté. Max tourna le bouton de la main gauche, poussa le battant du plat de la droite, s'engagea dans le passage, quittant la moquette du hall pour un sol de béton nu.

Bref coup d'œil aux alentours : d'étroites volées de marches montaient et descendaient depuis le palier sur lequel il se trouvait. Il choisit celles qui descendaient, mais il n'avait pas atteint le bout du palier que la porte s'était rouverte à la volée derrière lui, qu'une main se plaquait sur son épaule et qu'il se sentait violemment tiré en arrière.

Max saisit la rampe une seconde avant d'être déséquilibré. Il pivota vers son agresseur inconnu et se retrouva avec un poignard à lame mince plaqué contre sa gorge.

« Suis-moi. » C'était le piéton indiscipliné. Face à lui, à quelques centimètres à peine, le poing serré autour du double manche de son arme. « Tout de suite. »

Blackburn croisa son regard et n'y lut pas la moindre trace de sentiment humain, rien qu'une sorte de vide glacial et vertigineux. Puis il entendit des pas assourdis et quitta l'autre des yeux pour reporter son attention sur la porte de service. Par le panneau vitré, il vit le type au magazine arriver depuis le hall avec deux des autres compères. Ils allaient débouler dans le couloir de service d'une seconde à l'autre. Et toujours pas un membre du personnel de l'hôtel en vue.

Blackburn resta immobile, les mains aux côtés, la lame plaquée contre sa gorge, à moins de trois centimètres de l'oreille, où elle pourrait aisément trancher la carotide. Du sang gouttait de l'endroit où le fil aiguisé comme un rasoir avait entaillé la peau.

Son esprit passa la surmultipliée. Il portait un Heckler & Koch MK23 planqué dans un étui caché à la ceinture, mais son agresseur ne lui laisserait pas le temps de le dégainer. Il se retrouvait dans la position la plus vulnérable qui se pût imaginer et le confinement des lieux ne lui laissait qu'une faible marge de manœuvre.

Bon, alors, que faire ?

Il n'avait pas une fraction de seconde à perdre en questions oiseuses. Redressant le bras gauche à la volée, il heurta le dos de la main de Piéton, celle qui tenait le couteau, écartant la lame de sa gorge, puis il saisit le poignet de l'homme pour l'empêcher de remettre ça. Pris au dépourvu, Piéton voulut se dégager mais Blackburn tenait bon, et il lui flanqua un coup de genou dans les parties. Piéton se plia en deux, le souffle coupé, et lâcha son couteau qui tomba sur le béton avec un cliquetis. Max s'approcha de l'agresseur et enchaîna une rapide succession de coups de poing à la tête — direct du gauche, uppercut droit, crochet du gauche. Cherchant à reprendre sa respiration, le nez et les lèvres en sang, Piéton recula, groggy, contre la rampe. Max ne relâcha pas un instant sa pression. Le menton baissé, dans l'attitude d'un boxeur sur le ring, il expédia un nouveau direct à la tempe de son adversaire, espérant le mettre KO pour un petit moment... avant que ses amis ne viennent à la rescousse.

Mais il ne réussit qu'à moitié. Alors que Piéton s'effondrait en tas, inconscient, la porte coupe-feu s'ouvrit à la volée et le reste de la bande déboula sur le palier. Le meneur était un gringalet sec et maigre, vêtu d'une ample chemise beige, et qui portait des lunettes de soleil Oakley. Courant sur ses talons, Magazine avait peut-être une tête de plus et surtout une carrure autrement plus imposante.

C'est pourtant Oakley qui se révéla causer à Max des ennuis qu'il n'aurait jamais pu prévoir.

Blackburn s'apprêtait à dégainer son arme quand Oakley s'accroupit et, tournoyant sur une jambe, tendit l'autre parallèlement au sol : le côté de son pied vint frapper la cheville de Max avec une violence terrifiante. Max partit à reculons, voulut se rattraper à la rampe, mais rata son coup et dégringola les marches.

Il fit deux roulés-boulés, parvenant sans trop savoir comment à garder la main droite sur la crosse de son semi-automatique, l'autre bras pliant sous lui car il l'avait tendu pour amortir sa chute. Il atterrit sur le palier inférieur avec un craquement audible, grimaça, tandis qu'une immense gerbe de douleur envahissait tout son flanc gauche. Pas de doute : c'était l'omoplate gauche qui avait morflé, peut-être même avec une fracture.

Il n'avait, malgré tout, pas lâché son arme. L'objet béni était armé et prêt à tirer, bien calé dans la main droite.

Se redressant sur le dos, il vit Oakley dévaler les marches vers le palier, et surtout vers lui, fonçant comme un putain de missile à tête chercheuse. Le regard vide et vertigineux le fixait toujours. Comprenant qu'il était perdu si jamais il manquait sa cible, Max leva le pistolet, visa en plein centre de la cage thoracique, et pressa la détente.

La détonation retentit, étrangement sèche et plate dans cette cage d'escalier en béton, mais ses effets n'en furent pas moins spectaculaires : le sang et les chairs jaillirent de la chemise déchirée d'Oakley quand le lourd projectile de calibre 45 ACP le transperça de part en part. Les lunettes de soleil allèrent s'écraser contre le mur. Comme s'il venait soudain d'enclencher la marche arrière, le type partit à la renverse avec de grands moulinets des bras, les yeux agrandis, incrédules. Puis il s'étala sur les marches tel une poupée de son.

Max regarda par-delà le cadavre le palier du dessus, vit que Magazine avait glissé une main sous sa chemise trop grande et il tira avant que l'autre ait eu le temps de dégainer une arme quelconque.

Il y eut une nouvelle détonation sèche, une nouvelle explosion de rouge et Magazine s'effondra en se tenant la poitrine.

Blackburn savait qu'il n'avait gagné qu'un bref répit et il essaya tant bien que mal de se redresser en position assise. Les trois types qu'il avait neutralisés ne devaient précéder que de peu le reste de la bande... S'ils étaient restés en contact avec eux, ce qui était probable, les autres allaient se ramener d'un instant à l'autre.

Il fallait déguerpir au plus vite.

Max se releva en s'agrippant à la rampe. Sa cheville et son épaule blessées protestèrent. Il parcourut du regard les deux bouts de couloir du sous-sol où il avait atterri, avisa une large porte métallique à deux battants. Elle n'était qu'à cinq ou six mètres sur sa droite et il décida aussitôt d'aller voir sur quoi elle donnait.

Il lâcha la rampe avec un petit soupir épuisé, parvint à son but en quelques pas titubants.

Soudain, un bruit fracassant : la porte de l'escalier qu'on venait de rouvrir à la volée.

Puis une cavalcade dévalant les marches.

Max sentit à nouveau l'aiguillon de l'urgence. Il n'était pas difficile de s'imaginer la réaction des arrivants à la découverte du sort qu'il avait fait subir à leurs amis. Ils ne seraient pas ravis, pour user d'une litote.

Il poussa de tout son poids contre la barre métallique du verrou et les portes s'ouvrirent vers l'extérieur. La faible lumière du couchant l'inonda soudain. Devant lui il y avait une rampe de chargement où s'alignaient des chariots à ordures. Un fourgon de livraison était garé au bord du trottoir, au débouché de la rampe. L'inscription « Blanchisserie New Bridge » était peinte en anglais sur la portière latérale. Le livreur se tenait au volant.

Max marqua un temps d'arrêt. Vit le chauffeur se dévisser le cou pour regarder dehors par la vitre du passager. Nota son expression inquisitrice et menaçante. Et comprit immédiatement qu'il allait se jeter droit sur le véhicule choisi par ses adversaires pour s'échapper.

Le livreur se tourna vers sa portière, l'ouvrit, descendit, contourna en hâte l'avant pour descendre la rampe. Max vit aussitôt que le type était énorme et ne se sentit pas de taille à l'affronter. En temps normal, ce dernier aurait constitué un adversaire formidable, mais pour l'heure, il était loin d'être au mieux de sa forme. Tenant toujours son pistolet braqué dans sa main droite, il recula dans l'embrasure, saisit de l'autre la barre coup de poing de la main gauche et la tira vers lui pour reverrouiller la porte, en espérant trouver une autre issue avant que ses poursuivants ne lui tombent sur le paletot...

Une douleur lui traversa brusquement le bras droit. Celui-ci se redressa avec un soubresaut, comme saisi par un hameçon, échappant à son contrôle, tandis que le pistolet s'envolait de ses doigts. Ses lèvres laissèrent échapper un bref soupir quand, baissant les yeux, il découvrit, incrédule, que quelque chose l'avait effectivement touché sous le coude, lacérant sa manche de blouson pour s'enfoncer dans la chair... une espèce de grappin métallique à l'extrémité d'une chaîne mince... encore une de ces putains d'armes d'arts martiaux que les Chinois baptisaient griffe volante. Avec son regard dépourvu de pitié, l'homme qui tenait l'anneau à l'autre bout de la chaîne aurait pu être le frère jumeau d'Oakley.

Les doubles portes métalliques s'ouvrirent brusquement derrière Max. Du coin de l'œil, il reconnut la silhouette massive du type qui approchait sur sa gauche.

De sa main valide, il essaya désespérément d'agripper la chaîne tendue et se débattit pour se libérer, mais le harpon ne voulait pas se dégager, trop profondément enfoncé dans le bras, enfoui dans les chairs.

Bon Dieu, mais qui sont ces types ? Le sang coulait à flots de la blessure, dégouttant le long de la chaîne et maculant le sol. L'homme à l'autre bout de celle-ci s'y accrochait comme dans une lutte à mort. *Mais enfin qui... ?*

Avant qu'il ait pu finir de se poser la question, la grosse paluche du chauffeur-livreur était venue s'écraser sur sa tempe et le monde explosa dans un éclair blanc aveuglant avant de virer aux ténèbres.

8

New York / Palo Alto, Californie
19 septembre 2000

Extrait du *Wall Street Journal* :

LE MONDE DE L'INDUSTRIE :
L'AFFLIGEANTE CHUTE PROGRAMMÉE DE ROGER GORDIAN

par Reynold Armitage

Les chiffres dans leur sécheresse ont déjà quelque chose de dramatique : d'après ses propres estimations comptables, les profits d'Uplink ont chuté de 18 % au cours de l'année écoulée, soit la plus importante dégringolade après trois trimestres consécutifs de déclin. La valeur de l'action continue de s'effondrer à un rythme encore plus rapide, puisqu'elle a terminé la semaine avec une baisse de 15,4656 dollars pour atteindre 45,7854 dollars sur un volume d'échanges de 100 millions de titres, soit une décote de 25 %. Conséquence de ces pertes, la valeur sur le marché de l'entreprise a effectué un plongeon de près de 9 milliards de dollars, soit très nettement en dessous des prévisions les plus alarmantes des analystes financiers, ce qui ne laisse pas de soulever de nouvelles questions sur la capacité du géant des technologies de pointe à continuer d'assumer les lourds investissements indispensables à son « réseau mondial de communications par satellite ». Cette technologie exige en effet le lancement d'environ cinquante satellites en orbite basse et l'installation de quarante passerelles de communication réparties sur toute la planète, soit un investissement total supérieur à 3 milliards de dollars au cours des cinq prochaines années.

Les chiffres dans leur sécheresse ont quelque chose de dramatique, mais l'affaire dans son ensemble est encore plus complexe que ces derniers ne pourraient le révéler à première vue. Il est indéniable qu'il faudra au plus tôt remédier aux défaillances diagnostiquées sur les systèmes de défense et de communications qui ont été naguère au cœur de la réussite de Roger Gordian. Toutefois, si l'on veut parfaitement comprendre les forces qui sont en train d'abattre sa société mère, il convient de tenir compte des maigres résultats de ses filiales. Pour ne citer que quelques exemples : les piètres performances de la branche automobile d'Uplink, les pertes chroniques des divisions spécialisées dans le matériel médical et l'énergie électrique, sans compter les récentes pertes en Bourse des filiales de matériel et de logiciels informatiques, dues presque entièrement aux déclarations fracassantes et déraisonnables de Gordian contre la vente des technologies de chiffrement sur les marchés étrangers émergents. On pourrait poursuivre longtemps ce catalogue d'échecs ou de quasi-échecs pour ce qui était naguère encore une start-up*, fleuron de la haute technologie américaine.

Le malaise est profond parmi les investisseurs, qui redoutent que Roger Gordian n'ait créé un monstre de bric et de broc, une aberration aux membres surnuméraires, dont l'énergie s'épuise à nourrir ses filiales. Pour dire les choses crûment, à mesure que les actions d'Uplink jusqu'ici fortement évaluées continuent de perdre du terrain, la question de savoir si ces problèmes sont dus à la malchance, à la négligence ou à de simples erreurs de jugement de la part des dirigeants de la société est devenue purement rhétorique. En revanche, il convient désormais de constater une évidence, l'échec patent de son conseil d'administration dans une de ses responsabilités essentielles : maintenir la confiance des actionnaires, en particulier en leur garantissant un retour correct sur investissements.

Qu'on nous permette ici d'invoquer une image, celle de frères siamois... et même de triplés, dont les organismes seraient reliés par un réseau de chair, de nerfs et de vaisseaux sanguins entremêlés... Dans leur berceau, ils roucoulent et s'étreignent. Enfants, ils envisagent un avenir qui semble brillant, sans limites.

Mais une fois adultes, tout change, et la discorde s'instaure. L'un des frères se met en tête de composer des poèmes romantiques. Le second passe son temps à boire et à se bagarrer dans des bouges mal famés. Quant au troisième, son seul plaisir est d'aller pêcher au soleil. Affligés d'une tare dès la naissance, mal assortis et finalement misérables, ils tentent en vain de parvenir à un modus vivendi, en divisant à parts égales leur temps entre leurs préférences mutuelles, mais leurs natures foncièrement incompatibles les mènent tous trois à l'échec.

Le poète ne peut écrire parce que les longues nuits passées dans les bars lui interdisent toute pensée lyrique, et parce qu'il souffre des cuites dues à l'alcool infusé dans leur système circulatoire commun. L'enfant prodigue devient dépressif et contrariant quand son frère versificateur tente de se concentrer sur les rimes et la métrique. Leurs constantes prises de bec fatiguent le pêcheur, si bien qu'il passe l'essentiel de ses matinées à roupiller au bord de la rivière, et que bien souvent sa canne lui échappe des mains, tirée par une truite ou une perche qui l'emporte avec le courant.

Au bout du compte, les trois frères dépérissent et disparaissent. Cause de la mort inscrite sur le certificat de décès ? J'ignore le terme médical mais on pourrait sans doute évoquer à juste titre un excès de diversification.

Que faudrait-il faire pour éviter à Uplink un sort analogue ? Par contraste avec cette intenable politique d'expansion tous azimuts, une réponse pourrait venir de la prudence avisée avec laquelle une société comme Monolith Technologies gère sa croissance [...].

Même si la réception ne touchait pas encore à sa fin, Marcus Caine se sentait las et la tête lourde, dans cette grande salle des Nations unies noire de monde. Depuis son poste sur l'estrade, il pouvait distinguer, par-delà les savants arrangements de fleurs exotiques, une profusion de caméras de télévision, de câbles, projecteurs et perches de micros, manipulés par une foule de techniciens affairés. Derrière lui, un grand rideau amovible exhibait le symbole de l'ONU, un globe vu du pôle Nord et cerné de branches d'olivier. Comme il s'agissait d'une manifestation patronnée par l'UNICEF, au centre du globe s'ajoutait la silhouette d'une femme tenant dans ses bras un jeune enfant. Odielle, l'épouse de Caine, était assise, immobile, à sa droite, son mince visage arborant une expression fermée. Les entourant de part et d'autre, des fonctionnaires du comité exécutif et de hauts responsables de l'organisation mère, le Conseil économique et social. Au-dessous d'eux, des rangées d'interprètes casqués traduisaient en six langues leurs discours insipides et verbeux.

Tandis que l'orateur dissertait sur le thème des largesses philanthropiques de Caine, ce dernier parcourait d'un regard absent la table où se tenait Arcadia Foxcroft, *Lady* Arcadia, la femme qui l'avait introduit auprès du secrétariat de l'ONU et qui avait organisé la présente manifestation. Désireux d'empêcher son esprit de partir à la dérive, il s'obligea à la fixer, à polariser entièrement sur elle toute son attention. Ce n'était guère difficile. Elle avait le genre de traits qu'on s'attendrait à rencontrer chez un mannequin —

séduisants, brillants, provocants. Sa robe pêche accentuait encore sa silhouette sexy. Des yeux d'un bleu vif éclatant, des lèvres délicates s'ouvrant sur des dents d'une blancheur étincelante... elle était en grande conversation avec son voisin, riant à ses paroles... Même si, de sa place, Caine ne pouvait entendre ce rire, il le connaissait bien.

Quelque part, il lui évoquait des éclats de verre acérés.

Caine l'observa. Une tueuse d'hommes, cette Arcadia. Et consciente de son pouvoir, comme toutes les femmes de ce type. Elle repoussa une mèche de cheveux auburn, révélant une des boucles d'oreilles en diamant qui lui avaient coûté une petite fortune chez Harry Winston et qu'il lui avait offertes, alors qu'ils étaient au lit, la nuit précédente. Il les avait lâchées entre ses cuisses après qu'ils eurent fait l'amour, et elle avait trouvé ce geste formidablement excitant. Elle les avait mises et s'était aussitôt coulée sur lui, grognant à perdre haleine, réveillant son désir, et il s'était alors demandé combien d'autres badinages sexuels du même ordre elle menait de front, combien d'autres partenaires la couvraient de présents coûteux. Sans aucun doute un certain nombre. Ce qui était parfait. Une rouée, cette Arcadia. Il en avait sa part, et ce n'était que justice que les autres aient également la leur.

Du reste, l'un de ses fantasmes était de l'imaginer se livrant à des actes illicites hors de sa présence... tout comme il était tout excité de savoir son épouse et sa maîtresse assises dans la même salle, au coude à coude, partageant des confidences, des secrets courant entre elles comme autant de pièges aux fils invisibles.

C'est à peine s'il nota qu'une autre personne

était venue au micro. Une célèbre actrice de Hollywood qui avait épousé un parlementaire new-yorkais et avait pris une semi-retraite du grand écran pour venir s'installer à East Hampton, et qui, atténuant sa beauté incandescente derrière des lunettes à monture d'acier très universitaires, s'était muée en porte-parole zélée de la cause des enfants. Caine aurait aimé la rencontrer quand l'occasion s'était présentée quelques années plus tôt. En ce moment précis, elle exprimait son admiration pour ses qualités professionnelles, pour son talent à marier les médias de masse à la technologie informatique, pour ses incursions sur le nouveau marché asiatique des réseaux de télévision câblée. Elle suscita des petits rires dans l'assistance en citant dans une phrase le mot « bidule », puis reprit un ton tout de sobriété et, enfin et surtout, réaffirma son dévouement inébranlable à la Cause des enfants avec un grand C. Grâce à Marcus Caine, conclut-elle sur un ton légèrement narquois, on pouvait enfin à juste titre dire que le monde était petit.

Pendant tout son laïus, Caine n'avait pas quitté des yeux Arcadia, observant son numéro de charme avec le dignitaire assis à côté d'elle. Il ne la comprenait que trop bien : par plus d'un côté, ils étaient semblables. Née en Argentine, fille illégitime d'un riche Allemand expatrié et de sa bonne de l'époque, elle avait été élevée par sa mère sans aucun lien ni aide financière du côté paternel. Elle n'avait pas douze ans qu'elle faisait déjà le trottoir dans les rues de Buenos Aires. Dix ans et plusieurs riches clients plus tard, ayant appris seule les manières de la bonne société, elle avait su user de ses charmes pour conquérir les boudoirs douillets de la verte Angleterre et finir par épouser un vieux lord cacochyme qui avait déjà un pied dans la tombe, récupérer son héritage et se garantir ainsi sa place dans l'élégante Haute Société (H et S majuscules, je vous prie). Bref, c'était une poseuse. Une gamine des rues qui avait réussi à se faufiler dans la salle de bal en séduisant les invités. Guère étonnant que chacun de ses gestes parût outré. Comme si elle avait à tout moment besoin de faire ses preuves à ses propres yeux.

Oui, Caine la comprenait. Lui qui se retrouvait assis parmi les invités retenus par l'ONU pour leur statut social ou leurs relations, diplômés des grandes écoles, hommes et femmes dont le rang ou la fortune remontaient à plusieurs siècles, bibelots délicats et choyés, qui n'étaient guère plus que des blasons ambulants, comment, en effet, aurait-il pu ne pas la comprendre? Ils étaient issus du même monde. Son père était un ancien cadre commercial qui touchait une modeste retraite après une carrière terne et ennuyeuse. Sa mère avait été institutrice jusqu'à ce qu'elle soit enceinte de lui et devienne femme au foyer. Pour sa part, Caine avait été un bon lycéen et ses résultats lui avaient permis d'obtenir une bourse pour Harvard où il avait passé deux années car certaines difficultés l'avaient conduit à lâcher au quatrième semestre, de sorte qu'il n'avait jamais décroché son diplôme. S'il n'avait pas lié quelques solides amitiés avant son expulsion, il se serait retrouvé éliminé avant même le début de la course.

Toutes ces belles dames et ces beaux messieurs auraient été bien étonnés s'ils avaient su ce qu'il pensait d'eux, le profond mépris qu'il nourrissait à leur égard.

Une certaine agitation à la droite de Caine, tout près de la tribune, le tira soudain de ses pensées. Il se raidit sur son siège, quittant des yeux Lady Arcadia. L'orateur en train de dresser son panégyrique de bienfaiteur de l'humanité n'était autre qu'Amnon Jafari, secrétaire exécutif de l'ECOSOC, le Conseil économique et social, et il semblait sur le point d'achever son laïus. Un groupe de types en costume sombre avait surgi de derrière la cloison amovible, portant l'agrandissement sur deux mètres de large du chèque de la donation faite par Caine à l'UNICEF — trois millions de dollars, somme qu'il avait promis de doubler, une fois que ce montant initial aurait été atteint par les autres dons de particuliers fortunés. L'imitation de chèque était collée sur du contreplaqué, et elle était soutenue par deux types à chaque bout.

Le secrétaire avait une voix de stentor, et il haussa encore le ton en achevant son discours, pour exprimer sa gratitude à Caine, dans une ultime bouffée d'enthousiasme. Caine entendit son nom jaillir des lèvres de Jafari et résonner sur les voûtes du plafond acoustique, se répercutant jusqu'au fond de la salle occupée par les personnalités et jusqu'aux galeries réservées au public. Un tonnerre d'applaudissements accueillit ses dernières paroles.

L'heure était venue pour lui d'accepter les accolades. Il se faisait déjà une fête de plastronner devant les caméras tout en cherchant à surpasser ses hôtes en matière de verbiage pompeux.

Il se leva, gagna la tribune, serra à deux mains la main droite de Jafari. Puis le secrétaire s'effaça et Caine se tourna vers la foule, la reproduction surdimensionnée du chèque formant un superbe décor derrière lui. Il entama son allocution en remerciant la brochette de fonctionnaires des Nations unies responsables de la manifestation ; il parlait sans s'aider des notes qui défilaient sur le prompteur : sa mémoire photographique avait toujours été l'un de ses gros atouts.

« Oui, je suis honoré de me trouver ici », dit-il, une fois qu'il en eut terminé avec sa litanie de noms. Des flashes crépitèrent, les caméras s'approchèrent pour le prendre en gros plan. « Mais plus que tout, je suis heureux d'avoir l'occasion de me présenter aujourd'hui devant vous avec un défi. Comme beaucoup parmi vous doivent déjà le savoir, je me suis depuis toujours consacré au développement planétaire des médias électroniques interactifs, en particulier à Internet, car je demeure convaincu qu'il s'agit là de la magie moderne capable d'unir les habitants comme les gouvernements de la planète Terre, d'outils qui nous aideront à franchir une nouvelle étape dans l'évolution de notre espèce. Le cyberespace nous permettra à tous, jeunes ou vieux, riches ou pauvres, humbles ou puissants, de nous retrouver sur le même terrain. Un terrain aux horizons sans cesse élargis, un terrain au potentiel illimité... »

Il marqua un temps pour laisser place à quelques applaudissements épars, et jeter un coup d'œil, par-delà la tête de son épouse, à Lady Arcadia. Elle croisa son regard et lui sourit, la lèvre inférieure pincée entre ses dents en une petite moue aguicheuse.

« Toutefois, au moment où nous effectuons nos premiers pas dans ce XXIe siècle balbutiant, nous ne devons pas hésiter à faire preuve d'audace, ne surtout pas être timorés si nous voulons être certains que nul ne se verra refuser l'accès à ce prodigieux réservoir d'information et de savoir. Ceux parmi nous qui ont eu la chance de connaître le confort matériel ont le devoir de partager les bienfaits dont ils ont profité. Écoutez-moi bien : il est temps désormais de nous vouer à l'éducation et à la formation des enfants, pour leur permettre de s'épanouir sans contraintes, de s'enrichir en découvrant de nouveaux horizons. Temps pour chacun de nous de tendre la main et de consacrer une partie de notre richesse à leur offrir les technologies qui amélioreront immensément leur existence. Les faits sont têtus : le progrès coûte de l'argent. Ordinateurs à l'école, modems numériques, connexions Internet à grande vitesse — rien de tout cela n'est gratuit. De Bahreïn à la Barbade, de l'Afghanistan à Antigua, des capitales industrielles de l'Europe aux nations émergentes de l'Ouest africain, les plus jeunes et les moins fortunés parmi nous doivent se voir garantir l'accès à... »

Caine poursuivit dans cette veine durant encore une bonne dizaine de minutes, avant de se résoudre à se calmer pour ne pas finir aphone. Le triomphe auquel il eut droit fut ponctué de vivats et d'acclamations. Il nota toutefois qu'Odielle applaudissait sans grand entrain, presque à contrecœur, et que son air pincé, un masque qu'elle avait gardé depuis le début de la matinée, semblait avoir encore empiré — l'aurait-elle surpris à échanger des regards complices avec Arcadia, ou aurait-elle eu vent de ses rendez-vous galants avec cette dernière ? Cette idée l'emplit d'une sorte d'ivresse excitante.

Mais chaque chose en son temps. Le spectacle n'était pas encore terminé, pas avant que ses associés financiers du Sud-Est asiatique — sans doute préféraient-ils pour leur part être considérés comme des *bienfaiteurs* — ne le voient se livrer à son grand numéro. Il ne faisait aucun doute qu'ils devaient le regarder et l'écouter devant leur télé.

Caine resta impavide jusqu'à ce que le silence

revienne dans l'assistance, puis il annonça qu'il était prêt à répondre à quelques questions des journalistes.

Comme de bien entendu, la première n'avait strictement rien à voir avec son don à l'UNICEF, le défi qu'il avait lancé aux gens fortunés ou sa croisade pour amener la jeunesse défavorisée à se connecter au réseau mondial.

« Monsieur Caine, comme vous le savez, la loi Morrison-Fiore doit être votée après-demain. » Caine reconnut le journaliste : il appartenait à un réseau de chaînes d'infos ; le type avait un toupet de cheveux teints et un nom à rallonge. « Pourriez-vous, je vous prie, nous faire part de votre opinion à ce sujet, ainsi que sur le fait que Roger Gordian devrait au même moment donner une conférence de presse à Washington pour renouveler son opposition à la politique présidentielle de dérégulation* des technologies de cryptage ? »

Caine prit un air pensif. « Je respecte M. Gordian pour ses prodigieuses réussites passées. Mais il a déjà exprimé son opinion sur le sujet, et le peuple a, pour sa part, fait entendre son opposition foncière par la voix de ses élus. Cette affaire concerne nos enfants et nos petits-enfants. Elle concerne l'avenir. Je constate avec regret que M. Gordian a préféré tourner son regard dans la direction opposée.

— Si je puis me permettre de poursuivre sur cette voie, monsieur..., au titre de plus ardent défenseur du texte dans le secteur public, comptez-vous vous rendre à Washington pour la cérémonie de signature ?

— Je n'ai pas encore pris ma décision. » Caine lui servit son plus beau sourire. « Le président m'a fait l'honneur de m'envoyer une invitation, mais un jour par semaine sous les feux de la rampe me paraît pour ma part amplement suffisant. Pour être franc, je suis assez las des chambres d'hôtel et brûle de rentrer chez moi me remettre au travail. »

Le journaliste se rassit et un autre se leva aussitôt.

« Pensez-vous qu'il y ait un lien entre la position de Roger Gordian sur les technologies de cryptage et la baisse des actions d'Uplink ? »

Magnifique, songea Caine.

« C'est une question qu'il vaudrait mieux poser à un spécialiste financier qu'à un fabricant de logiciels... Je ne suis pas vraiment le mieux placé pour spéculer sur les difficultés commerciales d'un collègue. Mais si vous me pardonnez ce truisme, pour n'importe quelle firme de haute technologie, la fortune va et vient au gré de la volonté et de la capacité de ses dirigeants à savoir se projeter dans l'avenir plutôt que de regarder derrière eux. » Il marqua un temps. « À présent, si nous pouvions revenir à mon initiative concernant l'enfance... »

Mais bien entendu, il n'en fut rien, ce qui était précisément ce que Caine avait voulu et prévu. Au cours des minutes restantes de questions et réponses, le nom de Roger Gordian fut cité une bonne demi-douzaine de fois, jusqu'à ce qu'il finisse presque par devenir une présence invisible à la conférence de presse.

Mais sans y participer, songea Caine. Aujourd'hui, il monopolisait la scène, et c'était sa voix seule qu'on entendait.

Captivé par sa propre performance, il fit signe à un autre reporter.

L'avenir.

C'était précisément le sujet du débat.

« Roger... »

Plaquant la main sur le téléphone, Gordian

leva les yeux vers son épouse dont le visage était apparu à la porte de son bureau. Coinçant le combiné entre le cou et l'épaule, il dressa l'index. « Juste une seconde, ma puce...

— C'est déjà ce que t'as dit il y a vingt minutes, je te ferai remarquer... Avant que t'appelles Chuck Kirby.

— Je sais, désolé, on a tendance à être bavards, observa-t-il distraitement. Mais pour l'heure, en fait, je téléphonais juste à l'aérodrome. J'ai l'intention de piloter l'avion pour assister à la conférence de presse à Washington et je voulais que les mécanos y jettent un œil... »

Ashley lui lança un regard tout ce qu'il y avait de sérieux.

« Gord, qu'est-ce que tu vois devant toi ? »

Il reposa le combiné sur sa fourche. « Une merveilleuse épouse qui se consume d'impatience ? »

Ça ne la fit toujours pas rire.

« Séduisante, également, ajouta-t-il, sachant qu'il n'y couperait pas.

— Cela fait trois heures que je suis revenue du salon de coiffure et je n'ai jamais eu les cheveux aussi courts avec des reflets aussi blonds, et toi, tu es resté enfermé là sans tourner la tête, trop occupé pour le remarquer. On est samedi. Je pensais que tu comptais prendre ta soirée. »

Il resta un moment sans rien dire. Trois heures qu'elle était rentrée ? Si elle le disait... L'après-midi avait filé sans qu'il s'en rende compte. Comme du reste les six derniers mois, entièrement absorbé qu'il avait été par son travail, son *apostolat,* pour reprendre le terme d'Ashley, au point d'avoir frôlé le divorce. Il avait toujours l'impression de tenter vainement de rattraper son retard. Ce n'était qu'après le meurtre de ses grands amis, Elaine et Arthur Steiner, en Russie

— une rafale de balles tirée par des terroristes avait mis fin à leur vie et à leurs trente ans de mariage, sans raison et sans avertissement [1] —, que Gordian avait soudain compris sa chance d'avoir Ashley, en même temps qu'il avait pris conscience avec une terrible lucidité qu'il était à deux doigts de la perdre. Six mois d'aide psychologique intensive et de dévouement sincère avaient contribué à combler une bonne partie des failles... mais de temps à autre, ils connaissaient des répliques de ce séisme conjugal, comme pour leur rappeler que tous les ponts n'étaient pas totalement stabilisés... pas encore, en tout cas.

« Tu as raison, c'est ce que je t'avais promis. » Il étira le cou pour chasser un début de courbature. « Je te présente mes excuses. Penses-tu qu'on peut à présent remettre les compteurs à zéro ? »

Ashley était une femme élégante et mince, chez qui le début de l'âge mûr n'avait, semblait-il, aucune prise et dont les yeux couleur aigue-marine soutinrent son regard sans ciller.

« Gord, écoute-moi bien. Je ne suis pas pilote. Je déteste déjà être assise près du hublot dans un avion de ligne, parce que ça me rappelle que j'ai des nuages sous les fesses, et non pas au-dessus de ma tête, ce qui est leur place normale ! Mais tu m'as expliqué en long et en large comment être aux commandes d'un avion à réaction te libérait l'esprit et te donnait une sensation de recul et... comment dis-tu déjà... d'espace ambiant ?

— C'est ça ou le mal de l'air, répondit-il avec un sourire désabusé. Tu sais écouter, Ash.

— C'est ma plus grande qualité. » Elle traversa lentement la pièce pour venir se planter devant

1. Cf. *Power Games 1 : Politika, op. cit.*

son bureau. « Cet espace dont tu me parles... c'est une sorte de luxe que tu peux te permettre et j'en suis ravie pour toi. Mais parfois, ça me rend aussi un peu jalouse. Est-ce que tu comprends ça ? »

Il la regarda.

« Oui, fit-il. Certainement. »

Elle poussa un grand soupir. « Je ne suis pas aveugle, je sais ce qui se passe. J'ai lu le dernier torchon de Reynold Armitage dans le *Wall Street Journal*. Je vous ai entendus, Chuck et toi, parler des actions bradées. J'ai vu ta tête quand ils ont rapporté au journal télévisé les remarques de Marcus Caine sur ton compte lors de la réception à l'ONU. Et j'imagine sans peine combien ça doit faire mal. »

Gordian voulut répondre, puis il hésita, le front plissé, les lèvres pincées. Ashley attendit. C'était dans la nature de son époux de cacher le fond de ses pensées, et elle savait qu'il avait souvent du mal à les extérioriser.

« J'ai connu naguère un de ces charlatans de publicitaires qui aurait qualifié la tactique de Caine de pseudo-campagne pour la défense, finit-il par expliquer. Ou plutôt, de pseudo-campagne pour le ministère public... tout dépend du point de vue. Il joue sur les deux tableaux, vois-tu. L'idée de base est d'exploiter un débat public pour attirer l'attention sur ton entreprise, tout en promouvant certains projets internes, mais sans le faire ouvertement. Tu amènes la cible à te remarquer en t'introduisant dans une controverse, voire en la suscitant de toutes pièces, et tu en profites pour glisser entre les lignes le message que tu cherches réellement à faire passer. C'est l'équivalent marketing d'un tour de passe-passe.

— Et le soi-disant “défi pour l'enfance” de

Marcus serait à l'évidence un exemple du premier type de campagne.

— L'exemple parfait. Il lui procure une image de philanthrope responsable, une plate-forme morale virtuellement inattaquable. Tu as déjà vu quelqu'un qui soit contre les enfants ? »

Elle lui adressa un pâle sourire.

« J'ai quelques souvenirs du temps où nos petits monstres nous en ont fait tellement voir qu'on aurait presque pu entrer dans le lot, mais oui, je vois ce que tu veux dire. Quant à la pseudo-campagne pour le ministère public... ce serait cette controverse avec toi à propos de la loi sur la dérégulation du cryptage, c'est ça ? »

Il acquiesça. « Si on décide de se lancer dans ce genre de jeu, les gains potentiels doivent toujours excéder les risques, et Marcus sait pertinemment que les enjeux entourant le cryptage ne passionnent pas vraiment l'opinion publique. L'homme de la rue ne voit pas en quoi un relâchement du contrôle des exportations sur ces techniques va influer sur sa vie quotidienne. Tout le monde s'en contrefout, à l'exception de groupes d'intérêts bien spécifiques au sein, d'un côté, de l'industrie de haute technologie, et de l'autre, des milieux de la police et du renseignement. »

Ashley ne dit rien, digérant tout cela.

« La stratégie masquée par la croisade de l'UNICEF relève du secret de polichinelle, remarqua-t-elle enfin. On refile aux gamins des ordinateurs, ce qui permet de fourguer toujours plus de logiciels Monolith, comme ça tout le monde est content et se refile des grandes tapes dans le dos. Mais que cherche-t-il à faire en s'en prenant à toi sur la question du cryptage ? Je ne vois pas le... texte sous-jacent. »

Gordian haussa légèrement les épaules.

« Tu viens de poser la question super-banco. Et je ne suis pas certain de pouvoir y répondre. »

Un silence lourd emplit la pièce. Ashley comprit que son époux allait à nouveau s'y embourber et, se penchant un peu, elle s'appuya du bout des doigts au rebord du bureau.

« Je comprends ce que tu ressens, Gord. Es-tu au moins prêt à l'admettre ? »

La question le prit au dépourvu.

« Plus qu'à l'admettre, dit-il d'une voix douce. Savoir que tu me comprends... c'est comme un prix que j'aurais gagné sans trop savoir comment, ni même si je l'ai mérité. Ça me rend plus fort que si j'avais continué à l'ignorer. »

Elle eut un sourire pensif, le fixa droit dans les yeux. « Je n'ai jamais, au grand jamais, voulu minimiser tes difficultés ou suggérer que je ne lèverais pas le petit doigt pour t'aider à t'en sortir. Mais ce que je m'apprêtais à te dire juste auparavant... »

Il profita de cette brève pause pour scruter son visage.

« Oui ?

— Je m'apprêtais à dire que si tu voulais bien mettre de côté tous ces problèmes pendant quelques heures, si on pouvait partager un peu de cet espace que tu vas chercher à trente mille pieds, ici même sur le plancher des vaches, le partager ensemble, je serais prête à larguer Uplink, cette maison, nos voitures, jusqu'à notre dernier sou, tout ce que nous possédons... Ou est-ce qu'il faut toujours que tu sois seul dans le siège du pilote pour enfin te laisser aller ? »

Nouveau silence, prolongé. Ashley crut voir l'expression détachée, introspective, quitter graduellement les traits de son époux, mais sans en être trop sûre. Peut-être prenait-elle simplement ses désirs pour des réalités.

Elle faillit pousser un soupir de soulagement quand, avec lenteur, il tendit le bras, posa la main sur la sienne, et la laissa là.

« Sortons dîner. Tu choisis le restaurant, dit-il enfin. Ta superbe nouvelle coiffure mérite bien d'être admirée en public. »

Elle sourit gentiment.

« Tu auras peut-être remarqué que mon inscription à l'institut de beauté et de remise en forme d'Adrian n'entrait pas dans la liste des choses auxquelles j'étais prête à renoncer... »

Il plongea son regard dans les vertes profondeurs océanes des yeux de son épouse et lui rendit son sourire.

« Il se pourrait bien que je l'aie remarqué », admit-il.

9

San Jose, Californie / Détroit de Singapour
20-21 septembre 2000

Quand Max Blackburn avait pour la première fois annoncé à Pete Nimec qu'il avait réussi à plonger une sonde dans les profondeurs de Monolith et qu'il s'en servait pour suivre à la trace ce qu'il avait décrit comme « des pratiques commerciales et des arrangements financiers illicites », Nimec l'avait écouté avec un intérêt soutenu; mieux, en s'abstenant de lui demander de renoncer à sa fièvre inquisitrice comme il l'avait fait, il l'encourageait à poursuivre. Cependant, au titre de chef de la sécurité chez Uplink, il l'avait averti : sous aucun prétexte la société ne devait être mise dans une situation qu'on puisse assimiler à de l'espionnage industriel; les risques juridiques potentiels étaient beaucoup trop grands. Nimec lui avait en outre fait remarquer qu'il ne serait guère indiqué de sa part de lui fournir de plus amples détails sur ladite sonde, au cas où il déciderait de poursuivre ses investigations de son propre chef... du moins jusqu'à ce qu'il déterre quelque élément concret.

Max avait saisi le message à demi-mot. Comme chaque fois en de telles circonstances, le clivage des responsabilités avait été tacitement admis. Si ses agissements venaient à être connus, personne d'autre chez Uplink ne serait compromis. Nimec tenait à ce que tout le monde garde les mains propres dans la boîte, de l'employé de bureau aux cadres dirigeants.

Officiellement, cela avait signifié la fin de son implication dans cette expédition de pêche en eaux troubles. Officieusement, il avait hâte de savoir ce qu'elle donnerait. Et sa curiosité n'avait fait que croître avec l'intensification des attaques publiques de Marcus Caine contre Gordian.

Gardant toujours présent à l'esprit leur accord tacite, Max s'était montré excessivement circonspect au sujet de l'affaire au cours des trois mois qui avaient suivi cette première conversation téléphonique... quand il l'évoquait même. Nimec avait juste glané que le « sous-marin » de Blackburn chez Monolith était une employée avec qui il avait noué, pour citer ses termes, « une relation personnelle », avant de l'enrôler ensuite comme informatrice. Qu'elle avait un poste élevé chez Monolith, à Singapour, à la direction des communications. En dehors de ces éléments d'information, il ne savait pas grand-chose.

Bien entendu, ils avaient d'autres raisons légitimes de rester en contact. Max avait été dépêché en Malaisie pour mettre en œuvre les procédures de sécurité à la station-satellite de Johor, et une bonne partie de ses plans requéraient l'avis de Nimec ainsi que son accord préalable. Raison pour laquelle il avait tenté de téléphoner à Blackburn depuis son bureau chez lui, le dimanche à seize heures, soit en tout début de matinée à Johor, avec le décalage horaire. Après avoir examiné en détail la coûteuse mise à niveau des scanners biométriques proposée par Max la semaine précédente, il avait décidé de lui donner le feu vert pour commencer l'installation — et appris en fin de compte qu'il n'était pas encore arrivé au bureau.

« M. Blackburn était à Singapour pour le week-end, et il est fort possible qu'il ait été retardé au retour, avait expliqué la standardiste. La traversée est épouvantablement difficile, ces derniers temps... à cause d'un bateau piraté saisi par les douanes. Malgré tout, je reste convaincue qu'il ne va pas tarder. Voulez-vous que j'essaie de le contacter sur son portable ?

— Non, il n'y a rien d'urgent, dites-lui simplement que je l'ai appelé quand il arrivera », répondit Nimec.

Cela s'était produit huit heures plus tôt, et Max ne l'avait toujours pas recontacté. Quant à lui, il n'avait pas eu un instant à lui pour repasser un coup de fil : l'accord de garde des enfants que Nimec avait élaboré avec son ex-épouse lui permettait de passer les dimanches avec leur fils Jake, et il venait juste de ramener le gamin chez sa mère après l'avoir emmené voir un match de base-ball.

Malgré tout, Nimec se demanda si son message ne se serait pas perdu, à moins que Max ne l'ait oublié. Aussi voulut-il faire une dernière tentative avant la fermeture des bureaux. La plus grande faiblesse de Blackburn était de laisser sa curiosité le mener dans trop de directions à la fois, et il lui semblait nécessaire de lui rappeler qu'il était d'abord et avant tout responsable de la station de réception au sol.

Nimec se dirigea vers son bureau, décrocha le téléphone, composa le numéro de Max.

« Uplink International, bureau de Max Blackburn.

— Joyce, c'est encore Peter Nimec.

— Oh, bonsoir monsieur... » Puis elle hésita une fraction de seconde. « M. Blackburn ne s'est toujours pas manifesté. »

Nimec haussa les sourcils.

« Pas de la journée ?

— Non, je suis désolée. Et personne n'a appelé.

— Vous avez essayé de le joindre ?

— Eh bien, oui. Sur son portable. Je crois d'ailleurs vous l'avoir suggéré...

— Et ?

— Ça n'a pas répondu, monsieur. »

Nimec resta un instant silencieux. Il avait décelé quelque chose de bizarre dans le ton de Joyce sitôt qu'il s'était identifié, et il en comprenait désormais la raison. Elle lui dissimulait quelque chose. Et elle avait décidé de le couvrir.

« Joyce, reprit-il enfin, c'est peut-être une idée de ma part, mais vous me semblez bien discrète. »

Elle se racla la gorge. « Monsieur, M. Blackburn s'était montré assez vague concernant ses projets avant son départ. Mais...

— Oui ?

— Ma foi, pour parler franc... je crois qu'il s'agissait de problèmes de nature personnelle.

— Bref, vous pensez qu'il est allé roucouler quelque part avec sa petite amie ? C'est ça ?

— Hum, peut-être... je veux dire, il ne me l'a pas dit expressément...

— Votre loyauté à l'égard de votre supérieur est admirable. Mais en dehors de vos soupçons d'escapade galante, êtes-vous bien certaine qu'il ne me cache rien ?

— Non, monsieur. Absolument rien.

— Alors, prévenez-moi dès qu'il aura réapparu », dit Nimec et il raccrocha.

Quelques secondes plus tard, il quittait son bureau, éteignait la lumière et allait prendre une douche. Si Max cherchait délibérément à rester injoignable, c'était qu'il passait un peu trop de bon temps avec son informatrice infiltrée chez

Monolith ou — pour être juste — qu'il était un peu trop accaparé par les aspects plus concrets de son enquête. L'une et l'autre possibilité laissaient à Nimec un léger sentiment de malaise.

Quand il réussirait à avoir Max au bigophone, il comptait bien savoir ce qu'il avait fabriqué, et si nécessaire lui rappeler qu'il devait cesser de se disperser.

L'indépendance était tolérable dans certaines limites, mais aucune information ne valait les problèmes que Max risquait d'engendrer en allant trop loin.

Moteurs diesel ronronnant doucement, noyé dans les brumes et l'obscurité de cette fin de nuit, le huit mètres était à moins de quinze kilomètres de la côte nord-est de Sumatra quand Xiang, agrippant la rambarde du pont avant, avisa l'éclat éblouissant d'un projecteur braqué presque droit sur lui.

Il garda son calme, resta immobile au bastingage, et vérifia sa montre.

Le petit bateau de plaisance voguait tous feux éteints, aux mâts comme en cabine, mais il y avait toujours le risque qu'il ait été repéré au radar ou par le scanner infrarouge d'une vedette rapide des gardes-côtes. Le risque était minime, toutefois. Il était à peu près certain que le vol du bateau n'avait pas encore été détecté ; ses hommes l'avaient fait glisser de sa cale après minuit, se faufilant à bord dès que les environs avaient été quasiment déserts, puis déconnectant le système d'alarme primitif de quelques coups de pince coupe-câble.

Ligoté et anesthésié, l'Américain avait été amené au bout du quai dans la camionnette utilisée par les ravisseurs pour son enlèvement, puis embarqué à bord pendant que les moteurs chauffaient.

Personne ne s'était interposé pour leur mettre des bâtons dans les roues. Les policiers enquêtant sur l'affaire du *Kuan Yin* avaient établi des contrôles stricts aux aéroports, sur le passage et sur les quais des navires de commerce — toutes voies de sortie évidentes —, mais il n'y avait eu aucun renforcement de la surveillance ou des inspections du côté des ports de plaisance où les gens fortunés amarraient leurs bateaux à moteur et leurs voiliers.

Xiang avait compté sur une surveillance relâchée de ces cordons improvisés, et prévu dès le début d'exploiter les trous inévitables dans leur maillage. Les autorités de Singapour étaient habituées à traquer le contrebandier banal, les immigrés clandestins venus de Thaïlande et de Malaisie qu'ils séquestraient dans des camps d'internement, tabassaient à coups de badine, puis renvoyaient chez eux, le crâne rasé en guise de punition. Ils n'avaient aucune expérience d'une chasse à l'homme d'une certaine envergure ; même avec le système informatisé de commandement IBIS acheté aux Britanniques pour faciliter la coordination du travail des unités sur le terrain, ils étaient de toute façon largement surpassés. Au contraire des boat-people ramenés à la dérive sur leur côte comme des poissons échoués après une tempête, Xiang et ses hors-la-loi n'étaient ni désespérés ni dociles.

Xiang fixait toujours le cône de lumière qui brillait désormais à angle droit de leur navire, et il attendit, son coupe-vent claquant dans la chaude brise du sud. Il discernait à présent le grognement d'un petit hors-bord survolant les vaguelettes clapotant sous sa quille. Parfait, se dit-il. Les embarcations des gardes-côtes étaient propulsées par des moteurs turbo et des hydrojets. L'embarcation qui approchait n'avait rien d'aussi moderne ou d'aussi formidable.

Alors qu'il se penchait au-dessus du bastingage, le projecteur s'éteignit soudain et l'épaisse brume de mer revint mêler le ciel et les eaux sous un voile de ténèbres insondables. Xiang consulta de nouveau sa montre, attendit cinq secondes pile, puis reporta de nouveau son attention vers les eaux.

La lumière clignota rapidement, à deux reprises.

Il jeta un coup d'œil derrière lui. À travers le pare-brise de la cabine, il distingua plusieurs de ses hommes. À la barre, Juara contempla le projecteur puis baissa la tête pour étudier son compas et sa carte marine à la chiche lueur de l'habitacle. Au bout de quelques instants, il se redressa, regarda Xiang et, d'un signe de tête, lui confirma qu'ils étaient aux coordonnées prévues pour le rendez-vous.

Ravi, Xiang dégrafa de sa ceinture la torche halogène, la brandit devant lui et répondit au signal par deux brefs éclats lumineux. Puis un troisième, après un intervalle de quinze secondes.

Il se pendit à la rambarde jusqu'à ce qu'il parvienne à distinguer la silhouette du canot, puis retourna prestement dans la cabine et descendit l'échelle de coupée pour gagner le pont inférieur, désireux de s'assurer que leur prisonnier était prêt à être déposé à terre.

10

New York
20 septembre 2000

« Sérieusement, Jason, on devrait baptiser ce coin “Au rendez-vous du cholestérol”, “À la plaque d'athérome” ou un truc dans le genre », nota Charles Kirby en contemplant son méga-sandwich Rudy Giuliani [1], empilement précaire de corned-beef, saucisson, munster et gruyère, noyé sous la mayonnaise à la crème, et couronné de salade de chou en lanières. Il avait bien été tenté par le Barbra Streisand, avec ses couches multiples de dinde et de rosbif, mais s'était découvert incapable d'en prononcer le nom sur le menu, lui trouvant un petit quelque chose de pusillanime.

« Ah bon, pourquoi ? » s'enquit Jason Weinstein en ouvrant grand la bouche pour engouffrer les strates de saucisson, corned-beef et foie de veau du Joe DiMaggio [2] qu'il avait préféré au

1. S'est d'abord illustré dans la lutte contre la drogue. En 1993, Rudolph W. Giuliani fut élu 107e maire de New York. Sous son mandat « musclé », la criminalité a diminué des deux tiers, faisant de sa ville la grande métropole la plus sûre des États-Unis *(N.d.T.)*.

2. Grand joueur de base-ball aux États-Unis. Entré dans l'équipe des Yankees en 1936, et détenteur d'un nombre incalculable de records sur le terrain, cet immigré italien est mort en 1999 à l'âge de 84 ans, encensé comme un authentique héros de l'Amérique *(N.d.T.)*.

Tom Cruise. C'était tout bête : il n'avait jamais trop apprécié les récents films de ce dernier.

D'un geste du menton, Kirby indiqua la vitrine. « Ma foi, entre ce Fameux Cheesecake de Lindy et la Super Pizza Ray, juste en face, un type pourrait se faire des couilles en or s'il lui prenait l'idée d'ouvrir un cabinet de cardiologie dans ce pâté de maisons, tu crois pas ? »

Jason haussa les épaules, indifférent, mordit dans son sandwich, tendit la main vers l'autre bout de la table pour piocher dans le bocal de cornichons aigres-doux, visiblement chagriné de le voir plus proche de Kirby que de lui. Pourquoi Jason ne lui avait-il pas simplement demandé de les lui passer plutôt que d'opter pour la vulgaire méthode « pension de famille », comme disait toujours sa grand-mère, c'était un truc qui dépassait son entendement. C'était quand même un avocat de Wall Street, enfin, merde ! Qu'est-ce qu'il faisait des bonnes manières à table ?

Il prit son couvert, coupa une tranche de son sandwich et mastiqua en silence, ayant décidé que toute tentative pour le porter à sa bouche entraînerait une inexorable avalanche de viande et de tranches de fromage — nonobstant les capacités de Jason à réussir ce défi à la pesanteur.

Imagine que t'aies dû grandir à Brooklyn, songea-t-il.

Jason mastiquait et déglutissait son sandwich avec un appétit inébranlable. « C'est encore mieux que le cul, non ?

— Peut-être pas pour moi, vois-tu, observa Kirby. Mais j'admets que c'est rudement fameux. »

Jason lui lança un regard exprimant avec éloquence que tous les goûts étaient dans la nature.

« Bien. À présent, si on causait ? Pourquoi ce déjeuner impromptu ? »

Kirby resta quelques instants sans répondre.

« Tu représentes le consortium Spartus. Ou, du moins, ton cabinet. Je veux savoir qui cherche à lever une OPA sur Uplink.

— Dont, par le plus grand hasard, il se trouve que toi, tu es l'avocat...

— Il n'y a là aucun conflit d'intérêts, observa Kirby. La vente est une affaire de notoriété publique...

— Ou le sera dès qu'on aura mis les points sur les i et les barres sur les t, rétorqua Jason. Si l'on tient à être précis. »

Kirby haussa les épaules. « Tout ce que je te demande, c'est de m'éviter une partie du travail de défrichage. »

Jason déposa dans l'assiette son Joe DiMaggio et le considéra avec une sorte d'admiration envieuse.

« Et eux, tu crois qu'ils décarcassent la viande eux-mêmes ?

— Allons, Jase », fit Kirby, raisonnable.

Jason le regarda. « Ma foi, pourquoi pas, mais tu n'auras jamais ce renseignement de ma bouche. Le mieux-disant est une entreprise du Michigan, la "Gélatine du Midwest". J'imagine que je n'ai pas besoin de te préciser sa spécialité... »

Kirby se renfrogna. « Tu veux me faire gober qu'un vague fabricant de gelée au fin fond de la province a les capitaux pour acheter plusieurs milliers d'actions d'Uplink ? Tu te fous de ma gueule ?

— C'est la pure vérité, contra Jason. Et je te parle de *gélatine*, pas de gelée. On en trouve partout : de l'isolation domestique aux semelles de basket en passant par les bancs d'essai de missiles balistiques. Sans oublier la variante pharmaceutique qui entre dans la composition de ces gélules contre la migraine que t'avales par flacons entiers... Pour ta gouverne, il se trouve que la Gélatine Midwest est le plus gros fabricant du pays de ce produit.

— Société par actions ou boîte familiale ?

— Une SA, répondit Jason. C'est la filiale d'une conserverie détenue à cent pour cent par une entreprise introduite en Bourse qui fabrique des feuilles de Plexiglas. Ou peut-être de la porcelaine... franchement, je t'avoue que je ne sais plus. »

Kirby réfléchit tandis que Jason plongeait à nouveau dans son sandwich.

« Sais-tu s'il y a quelqu'un de... hum, connu, parmi les dirigeants de la Gélatine du Midwest ? Ou d'une des sociétés mères ? »

Jason le fixa de nouveau.

« Si tu veux suivre la piste du journal, découvrir qui est à l'origine de ce raid* sur Uplink, je te suggère d'aller interroger Ed Burke quand on ira faire un tour au parc.

— Ed ? Notre Ed ? » Kirby tourna le pouce vers le devant de sa chemise d'uniforme sur laquelle STEALERS [1] était inscrit en grosses lettres. « Notre première base ?

— La conserverie est un de ses plus gros clients, acquiesça Jason. Promets-moi simplement que mon nom ne sera pas cité dans la conversation.

— Je croyais l'avoir déjà fait. »

Jason hocha la tête. « Non, non, absolument pas. »

Kirby fit le signe de promesse des scouts, index et majeur levés. « Promis. »

1. « Voleurs » : au base-ball, qualifie le joueur qui a réussi à « piquer » une base à l'équipe adverse *(N.d.T.)*.

Satisfait, Jason se retourna pour observer un serveur maigre et plutôt âgé se faufiler entre les tables avec une pile d'assiettes en équilibre sur le bras.

« Ce gars bosse ici depuis que je suis tout gosse, observa-t-il. Trente ans à trimer dans ce resto, j'arrive pas à piger comment il tient le coup.

— C'est peut-être qu'il s'y plaît autant que toi », observa Kirby.

Le regard de Jason continua de suivre la trajectoire énergique du serveur jusqu'au bout de l'allée.

« J'imagine », dit-il, imperturbable, avant de mordre à nouveau à pleines dents dans son improbable sandwich.

Le duplex de vingt-deux pièces de Reynold Armitage était situé dans un célèbre gratte-ciel rococo, à la façade décorée de balustrades et de corniches et à l'entrée surmontée d'un auvent en verre et fer forgé, sis sur la Cinquième Avenue à la hauteur de Central Park. Les signes extérieurs de richesse étaient tout aussi évidents — certains auraient dit *outrageusement* évidents — à l'intérieur de l'appartement qu'à l'extérieur ; sitôt franchie l'entrée, on accédait à un vaste hall de réception lambrissé donnant sur un salon octogonal suivi d'un séjour au sol parqueté, orné d'une imposante cheminée et dont les murs étaient décorés de hautains portraits à l'huile accrochés sous le haut plafond voûté. De l'argenterie d'origine européenne étincelait sur des tables d'époque, verres et carafes en cristal de Venise jetaient les feux de leur taille en pointe de diamant derrière les vitres biseautées de grands vaisseliers, tandis que des vases Ming trônaient, perchés telles des fleurs délicates, sur de minces guéridons de marbre au pied délicatement ouvragé.

Marcus Caine trouvait tout cela fort impressionnant, quoique moins que l'attention scrupuleuse mise par Armitage pour dissimuler la matrice de systèmes électroniques intégrés destinés à compenser ses handicaps physiques — l'essentiel reposant sur les technologies de pointe développées par Monolith en matière de reconnaissance vocale.

« Les gens ordinaires encombrent leur domicile de rampes et de plans inclinés, les privilégiés d'ascenseurs et de plates-formes élévatrices, avait-il un jour expliqué à Caine. Je veux que vous me fournissiez quelque chose de mieux. »

Caine était assis à déguster son vermouth quand les portes du petit salon s'ouvrirent comme par enchantement, livrant passage au maître des lieux... dont l'allure grandiose n'était en rien entachée par le fait d'être cloué dans un fauteuil roulant. Dans un sens, au contraire, elle l'élevait du statut de simple m'as-tu-vu à celui de solitaire intrépide. Don Quichotte chassant les moulins à vent, Achab traquant la baleine blanche, archétype de l'obstination contre les revers du destin. Bref, tous les ingrédients du mélodrame parfait.

« *Fermeture* », murmura Armitage, d'une voix presque inaudible, tandis que son fauteuil électrique le propulsait avec un imperceptible ronronnement mécanique. Derrière lui, les deux battants se refermèrent en douceur. « Pas d'interruptions, prendre les messages », continua-t-il de chuchoter.

Il s'approcha de son hôte et immobilisa le fauteuil en manipulant le manche à balai intégré à l'accoudoir gauche. Naguère encore, il était situé à droite, mais ces dernières années, sa main s'était par trop atrophiée pour lui servir encore.

« Marcus, fit-il en élevant la voix sur le ton de la conversation. Désolé de vous avoir fait attendre, mais j'étais au téléphone. Heureusement, je vois que vous avez pris vos aises. Vous me semblez même plongé dans la méditation...

— L'admiration, plutôt », rectifia Caine. D'un petit geste de la main, il embrassa le décor. « Cette pièce est fascinante. »

La surprise se peignit sur les traits du vigoureux quinquagénaire aux yeux sombres et vifs, au visage étroit surmonté d'une crête de cheveux bruns dégarnis sur les côtés.

« Et moi ici, je vous ai toujours vu tout affairé... On dirait que vous êtes enfin en train de grandir, Marcus. En fait, j'estime que vous avez atteint un nouveau palier à la suite de votre prestation à l'ONU. Du reste, je tenais réellement à vous en féliciter. »

Caine lui jeta un regard froid. « Vraiment, hein ?

— Vraiment. Vous êtes apparu tout à fait sympathique, ce qui est l'essentiel du point de vue des relations publiques. Il y a des sondages qui mesurent ce genre de chose, vous ne l'ignorez sans doute pas. Comment saurions-nous sinon quelles célébrités engager pour vanter des produits ou jouer dans les feuilletons quotidiens ? » Un sourire sardonique se dessina sur ses lèvres. « Je vous donnerais volontiers une tape dans le dos si j'en étais capable. »

Caine essaya de ne pas paraître gêné.

« Vous est-il venu à l'esprit que j'aurais pu apprendre certains de ces trucs en vous voyant, vous, à la télévision ? »

Armitage hocha la tête. « J'occupe une niche unique. Mes lecteurs et spectateurs n'ont pas besoin de m'aimer, juste de m'écouter. Et ils le feront, tant que mes conseils fiscaux resteront valables... et que je serai apte à les communiquer. » Il marqua un temps, déglutit, avec un effort musculaire visible pour accomplir cette fonction élémentaire. « Voulez-vous que Carl remplisse votre verre ou pouvons-nous aborder à présent le sujet qui vous amène ?

— Je me passerai de vermouth, merci. » Caine se demanda si les références cassantes d'Armitage à sa maladie masquaient l'impression personnelle qu'il avait des progrès foudroyants de celle-ci, ou si l'élocution de son interlocuteur était effectivement plus laborieuse que lors de leur dernier tête-à-tête. C'était fort possible. Celui-ci remontait à plus d'un mois, et l'évolution de la sclérose latérale amyotrophique pouvait être rapide malgré les traitements expérimentaux dont il bénéficiait. « Dites-moi comment ça s'est passé avec le président de la MetroBank. »

Armitage le regarda. « Ne me félicitez pas, mais je pense avoir convaincu Halpern d'accepter votre offre. »

Caine sentit un frisson d'excitation. « Vous êtes sérieux ?

— Ce qui importe, c'est que lui semblait l'être. Bien entendu, il va lui falloir obtenir l'accord de son conseil d'administration pour entériner la vente, aussi conviendrait-il d'avoir la prudence de nous garder de toutes célébrations prématurées avant leur réunion, la semaine prochaine. »

Caine ignora l'avertissement. Il avait soudain le feu aux joues. « Leurs parts représentent quoi ? Neuf pour cent d'Uplink ?

— Pas loin de dix », en fait, rectifia Armitage.

Caine serra le poing et le brandit dans les airs. « Sacré nom de Dieu, c'est fantastique... Fantastique... »

Le silence retomba. La main droite estropiée de Reynolds eut un soubresaut, trahissant un court-circuit dans un des neurones mourants du cerveau, et le bracelet capitonné retenant son poignet crissa contre l'accoudoir du fauteuil. Caine détourna les yeux. Neuf pour cent... Ajouté aux achats déjà en cours, cela allait lui donner une large majorité des actions d'Uplink. Il aurait enfin ce qu'il voulait, tout comme l'autre enculé de chinetoque qui le tenait par les couilles.

Plusieurs minutes s'écoulèrent avant qu'Armitage ne rompe le silence.

« J'hésite à le faire, dit-il enfin, mais j'aimerais vous poser une question sur un autre sujet. »

Caine haussa distraitement les épaules. « Bien sûr, faites.

— Ça concerne le problème à Singapour... ce Blackburn qui est allé fouiner là-bas...

— Oubliez cette histoire, coupa Caine. Elle est réglée. »

Armitage haussa un sourcil.

« Et de quelle manière, je vous prie ? »

Caine hocha la tête comme un chien qui s'ébroue. Le sujet le tracassait et il n'aimait pas qu'on vienne le troubler dans ses réflexions. Quelle manie avait donc Armitage de toujours vouloir le mettre mal à l'aise ?

« Je n'en sais rien et n'ai aucune envie de le savoir, répondit-il.

— Quelqu'un a-t-il réussi à déterminer pourquoi cet homme vous espionnait ? insista son interlocuteur.

— Je vous l'ai dit, je me contente de gérer mes affaires. Cela ne me touche pas directement.

— Pas encore, tout du moins », nota sèchement Armitage.

Caine lui lança un regard. « Et que diable est-ce censé signifier ?

— Ne vous emportez pas... Je ne fais que souligner le fait que vous auriez tout intérêt à surveiller vos affaires de très près. Si mes problèmes de santé m'ont appris une chose, c'est que toute situation peut vous échapper en un clin d'œil. »

Caine reposa son verre sur la table près de son siège.

« Eh bien, merci du conseil, dit-il en se levant. J'en prends bonne note. »

Le petit sourire vaguement méprisant était revenu sur les lèvres d'Armitage. « Vous partez déjà ? »

Caine acquiesça.

« Je dois rentrer ce soir par le vol de nuit, expliqua-t-il. Comme vous l'avez suggéré, il faut que j'aie l'œil sur tout, ce qui implique de m'assurer que la côte Ouest n'a pas dégringolé dans le Pacifique en mon absence. »

Armitage le considéra sans broncher.

« Bravo, mon ami. Vous finissez par apprendre vos leçons. »

« Toute cette histoire n'est qu'un mauvais rêve, dit Ed Burke. Pas vrai ?

— J'aimerais bien », répondit Charles Kirby.

On était à la fin de la huitième des neuf manches du match entre les Stealers et les Slammers, et ces derniers menaient 6-0 avec les Stealers à la batte, un joueur qui se languissait en position de deuxième but, et un troisième sur la troisième base, prêt à bondir. C'était Dale Lanning, du cabinet Lanning, Thomas et Farley, qui était à deux doigts de se faire étendre.

Tassé avec ses compagnons sur le banc des joueurs, derrière le plateau du batteur, Kirby regardait les arrière-champs de l'équipe adverse s'approcher si près qu'il pouvait voir les gouttes de sueur luire au-dessus de la lèvre supérieure de Lanning. Même si personne n'aurait mis en doute sa réputation pour protéger ses clients de l'influence des représentants de la partie adverse, l'exhibition de ses talents à la batte avait suscité une réaction bien différente sur le terrain.

« Avec la pression, peut-être qu'il va réussir, observa Burke.

— Je suis pas trop optimiste. »

Kirby intercepta une brassée d'aigrettes de pissenlit qui voletaient devant lui, dans la lumière diffuse de ce début d'automne. Il avait connu un temps où on ne voyait plus fleurir de pissenlits en ville passé la mi-août, songea-t-il. Mais ces dix dernières années, les étés à New York s'étaient rallongés et réchauffés, au point que l'automne ressemblait de plus en plus à une simple date sur le calendrier plutôt qu'à un véritable changement de saison. L'an passé, d'ailleurs, les arbres avaient conservé leur feuillage jusqu'à ce que les gelées de janvier finissent par détacher des branches les feuilles encore vertes. Elles étaient tombées sur les trottoirs en s'y éparpillant comme autant d'éclats de céramique vernissée...

Estimant qu'il avait suffisamment retardé l'inévitable, Kirby se tourna vers Burke et, d'un petit signe de tête discret, l'attira à l'écart du reste de l'équipe.

« Ed, j'aurais besoin de te demander un service.

— Laisse-moi deviner, dit Burke. Tu veux que j'aille tuer notre as de la batte avant qu'il nous cause une humiliation supplémentaire ? »

Kirby ouvrit la main et libéra dans les airs les aigrettes de pissenlit.

« À vrai dire, j'aimerais que tu me dises qui est derrière l'OPA sur Uplink. Je parle de celui qui déplace les pions sur l'échiquier. »

Burke le regarda. « Qu'est-ce qui te fait penser que je détiendrais cette information ? »

Kirby se contenta d'un haussement d'épaules.

Du bout de sa tennis, Burke fit des ronds dans le sable. Là-bas, sur le terrain, Lanning venait de laisser passer un coup lancé bas et rajustait sa prise sur la batte.

« Je te refile le tuyau, et je te dis pas le gigantesque merdier que je déclenche », reprit Burke.

Kirby acquiesça, et attendit.

« Il y a une entreprise du nom de Safetech, à Danvers, dans le Massachusetts, qui dessine et fabrique des pièces de rechange en verre armé de polymère, expliqua Burke. Panneaux anti-effraction, vitres résistant aux ouragans, blindages pare-balles, et ainsi de suite... Sa clientèle va des agences immobilières aux chaînes de magasins à succursales en passant par les Affaires étrangères et la Défense. Safetech est la société anonyme qui a réalisé l'acquisition... par le truchement de diverses filiales.

— Le nom de la personne, insista Kirby. Ce que je veux savoir, c'est le nom de la personne.

— J'y venais justement », reprit Burke. Il fixa sa chaussure, continuant de dessiner des ronds dans le sable. « Les dirigeants de Safetech sont deux diplômés du MIT dont la seule richesse était leur savoir-faire technologique, point final. Quand leur est venue l'idée de monter cette affaire, ils ont trouvé quelqu'un qui leur offrait un prêt sans intérêts pour fonder une start-up, en échange d'une participation occulte à la société. Une participation de 51 %...

— Rien de bien inhabituel pour une joint-venture*, quand on cherche à lever des capitaux, observa Kirby. On a vu pire. »

Burke haussa les épaules. « L'essentiel, c'est que les deux grosses têtes sans le sou ont trouvé les conditions du prêt acceptables.

— Et l'identité de ce généreux tiers est... ? »

Burke le fixa de nouveau.

« Marcus "Plein aux as" Caine. Ton détracteur numéro un de Roger Gordian. »

Kirby inspira un grand coup, exhala, regarda vers la plaque du receveur juste à temps pour voir Dale Lanning lever sa batte et rater la balle d'un bon kilomètre.

Burke se pencha pour récupérer leurs gants par terre ; il en donna un à Kirby.

« Circulez, y a rien à voir ! dit-il en plissant le front. Il est temps d'empêcher la partie civile de marquer de nouveaux points. J'y crois pas, ça doit être un cauchemar, c'est pas possible autrement. »

Kirby était en train de regarder de l'autre côté du terrain, mais Burke ne pouvait pas voir quoi.

« Eh si, pourtant, répondit-il en enfilant son gant. Ça ne fait aucun doute. »

11

Kalimantan, Indonésie
22 septembre 2000

Bien qu'il ne fût qu'à peine plus de huit heures du matin, Jiu Cheng avait relevé une réduction spectaculaire des transactions au marché flottant, alors que son canot à moteur arrivait à l'endroit où le chenal se rétrécissait, enserré entre les misérables maisons sur pilotis entassées sur chaque rive. La plupart des trafiquants et des acheteurs étaient apparus dès l'aube, préférant régler leurs petites affaires avant que la chaleur et l'humidité ne deviennent par trop oppressantes — les premiers avec leurs marchandises étalées sur le pont de leurs barques ou de leurs radeaux, les derniers poussant à la gaffe leurs pirogues basses, ou arrivant à bord de *klotoks* comme celui qu'il avait loué, l'ensemble formant une longue file d'embarcations progressant avec lenteur sur les canaux qui serpentaient aux confins de Banjarmasin, comme les tentacules de quelque pieuvre langoureuse.

Jiu avisa plusieurs petits bateaux chargés qui, de bananes, caramboles, litchis, melons et salaks ; qui, de légumes verts ; qui, de poisson, anguilles, langoustes et grenouilles ; qui, d'un choix de plats préparés. Détail notable, il ne remarqua pas un seul vendeur de poulet, naguère encore la principale source de protéines animales pour les citoyens indonésiens, aujourd'hui devenu un mets raffiné, importé principalement pour les étrangers et servi dans les restaurants luxueux de Djakarta. Les prix croissants de l'alimentation animale conjugués à la dévaluation de la roupie avaient ruiné l'industrie de la volaille quand le prétendu « miracle asiatique » avait commencé à perdre de son éclat, entraînant une liquidation de la majeure partie de l'élevage d'origine locale. Les volaillers américains s'étaient engouffrés dans la brèche pour exploiter la pénurie et avaient promptement accaparé le marché... ironie du sort, leur succès avait été assuré par l'avidité des producteurs de grain chinois et malais qui avaient refusé de baisser leurs prix ou de faire crédit aux Indonésiens.

Jiu comprenait la loi de l'offre et de la demande, mais cela le contrariait malgré tout.

Il progressait en silence, contemplant avec une fascination toujours renouvelée les autres embarcations qui sinuaient le long du canal. En plus de ceux du marché, il y avait des bateaux postaux, des coches d'eau et des barges à riz, creusées comme des baignoires, bâchées avec de la toile à voile, qui avançaient en ondulant en direction des quais du centre-ville. C'était une scène qui raviva le souvenir de sa dernière visite dans la région, près de trente ans plus tôt, quand le PKI, le parti de Sukarno, était à l'apogée de son pouvoir et que le président indonésien avait cherché à instaurer un front communiste uni avec le gouvernement de Pékin. Lui-même était alors venu ici, envoyé officiellement par Chou En-lai, pour aider à l'organisation des projets de construction étatisée... une mission toute naturelle pour un homme chez qui brûlait toujours la flamme révolutionnaire.

Comme bien des choses dans l'existence lorsqu'on prend de l'âge, observa Jiu, les circonstances entourant son actuel déplacement étaient autrement plus complexes.

Il acceptait les changements et n'avait guère de nostalgie pour les débuts de sa carrière, mais revenir ici après tant d'années l'avait rendu songeur. Dire que Sukarno s'était battu pour effacer les taches laissées par l'influence culturelle occidentale... comme il aurait souffert de constater à quel point celles-ci demeuraient indélébiles. Même ici, on ne pouvait les ignorer. Quelques instants plus tôt, un groupe de touristes occidentaux était passé comme une flèche à bord d'une flottille de hors-bord de location ; ils lui faisaient penser à des macaques bruyants, avec leurs yeux ronds, leurs joues rougies par les coups de soleil, leurs braillements surexcités. Mais il avait tu son irritation, préférant, comme toujours, voir le bon côté des choses. Au moins, les gerbes liquides rejetées par les hélices chassaient-elles les moustiques tout en ajoutant une fraîcheur agréable au semblant de brise qui venait du fleuve Barito.

« *Pelan-pelan saya* », dit Jiu à son pilote, dans un bahasa mâtiné d'accent mandarin. Il indiqua du doigt une femme qui vendait des gâteaux de riz, installée à bord d'une embarcation bricolée avec de vieilles planches goudronnées.

« *Ya.* »

L'homme coupa le moteur du canot, s'approcha à la pagaie de l'embarcation branlante et se pencha pour récupérer une gaffe en bambou terminée par un clou. Tendant celle-ci par-dessus la proue de la barque, il transperça un gâteau de riz pour Jiu Cheng et le lui tendit pour qu'il y goûte.

Jiu mordit dedans, et jeta une pièce couleur de bronze sur le pont de la vendeuse.

« *Terima kasi banyak* », répondit cette dernière avec un sourire de gratitude.

Jiu donna l'ordre à son pilote de remettre en route le moteur, avant de se rasseoir pour déguster ce petit déjeuner léger.

Peu de temps après, le pilote négocia un dernier coude du canal, puis il obliqua vers une maison flanquée d'un grenier à riz qui dominait la rive la plus proche, tout en informant son passager qu'ils étaient parvenus à destination. Jiu ne prit pas la peine de lui dire qu'il l'avait déjà deviné. Plus ils s'étaient éloignés du marché, plus il avait senti la présence d'yeux qui l'épiaient derrière les volets, en même temps qu'il notait que des jeunes gens vigoureux suivaient leur progression avec de brefs regards jetés à la dérobée, du haut des passerelles en bois reliant ces bâtisses construites de bric et de broc.

Khao Luan était comme un seigneur de la guerre féodal pour les habitants d'ici : il leur donnait juste de quoi entretenir leur loyauté, mais pas assez pour qu'ils aient des velléités d'indépendance.

Le pilote avait à présent coupé son moteur et rejoint à la rame une échelle plongeant dans les eaux boueuses depuis l'entrée de l'habitation. Trois adolescents étaient assis chacun sur un échelon — deux garçons en T-shirt et jean délavé, et une fille vêtue d'un short en jean et d'un dos-nu en tissu diaphane noué sous les seins et qui ne cachait pas grand-chose. Il y avait dans son attitude une espèce de sexualité affectée qui aussitôt écœura et attrista Jiu Cheng. Les garçons semblaient également jouer des rôles qu'ils maîtrisaient mal, assis les épaules voûtées et fumant des cigarettes sans filtre tout en écoutant une énorme radiocassette qui beuglait de la musique rock américaine.

Ils lézardaient sous le soleil brûlant, le regard perdu vers le canal, comme s'ils pouvaient y découvrir autre chose que des paquets d'algues à la dérive ou des sédiments accumulés sous ses eaux torpides.

Le miracle asiatique, songea Jiu Cheng avec amertume.

Il les vit quitter des yeux les eaux paresseuses quand le pilote approcha son canot de l'échelle. Tous avaient le teint maladif. Tous avaient l'air sales et sous-alimentés. Ils arboraient une expression lasse, impassible, et uniformément morose.

Jiu attendit que l'embarcation eût été amarrée à un mouillage formé de quatre piquets de bambou, puis il paya le pilote, passa son sac à l'épaule et se leva pour gagner la rive.

Les ados continuèrent à l'observer du haut de leur perchoir. Puis le plus grand des garçons se leva pour lui bloquer le passage, croisant les bras en bombant le torse, espérant sans doute se donner ainsi des allures de dur.

Une attitude qui l'amènerait sans doute à se faire tuer dans une rixe avant ses vingt ans.

Jiu Cheng termina son gâteau de riz, puis se frotta le bout des doigts pour en enlever les dernières miettes de pâtisserie.

« *Saya mahu laki bilik,* lança-t-il depuis la proue du bateau. Je suis venu voir les hommes à l'intérieur. »

Le grand gars le toisa, la cigarette aux lèvres, comme les Américains dans les films de gangsters. La fumée qui s'élevait en volutes du bout incandescent avait une odeur entêtante de girofle.

« Quel est ton nom ? »

Jiu n'était pas d'humeur à discuter. « Allez, file. Va prévenir les hommes que leur ami du Nord est arrivé.

— Je t'ai demandé...

— *Berhenti!* » Jiu le congédia d'un geste de la main. « Cesse de tergiverser et obéis. »

Le garçon le dévisagea pendant une seconde, puis il se retourna pour escalader les derniers échelons menant à la porte, en prenant tout son temps pour tenter de sauver la face devant ses deux camarades.

Accordons-lui au moins ce petit plaisir, songea Jiu, magnanime. Il pourrait bien n'avoir pas grand-chose d'autre.

Le garçon frappa à la porte — deux coups longs, une pause, puis trois coups rapides — et attendit quelques secondes avant de pousser le battant. Puis il passa la tête par l'ouverture, dit quelque chose et attendit encore. Après un bref intervalle, Jiu entendit une voix masculine répondre de l'intérieur. Si les paroles étaient indistinctes, le ton était sans conteste celui de la réprimande.

Le garçon se détourna de la porte et, d'un geste, chassa ses amis, qui redescendirent sur l'appontement avant de filer vaquer à quelque autre affaire sur la rive.

« *Ma'af saya,* dit-il, nerveusement, en gratifiant Jiu Cheng d'une courbette contrite. Je n'avais pas l'intention de vous offenser...

— Laisse tomber. »

À bout de patience, Jiu le bouscula pour escalader l'échelle branlante, s'attendant presque à la voir céder sous son poids.

Il fut accueilli par deux insulaires basanés, efflanqués, aux mains recouvertes de tatouages de kriss à lame ondulée. Ne disait-on pas qu'il suffisait de plonger un de ces poignards dans l'ombre de sa victime pour la tuer ? Peut-être que c'était vrai, songea Jiu. Mais quoi qu'on pense des mythes, il demeurait convaincu que les pistolets semi-automatiques accrochés à l'épaule des deux hommes se révéleraient infiniment plus meurtriers.

« *Selamat datang* », dit l'un des hommes. Il inclina la tête avec déférence. « Bienvenue. »

Jiu acquiesça et entra.

L'intérieur de l'habitation était un vaste rectangle, au sol et aux parois en contreplaqué, et au toit soutenu par des rangées de poutres inclinées. À mi-distance du mur à main droite, il avisa une porte close gardée par un troisième insulaire. Imposant et raide, il arborait des traits taillés à la serpe, de longs cheveux bruns, et il était torse nu sous sa veste en jean à moitié ouverte. Ses pectoraux et ses biceps imposants disparaissaient sous les tatouages. En plus de son arme à feu, il portait un poignard — un kriss, sans aucun doute — glissé dans un étui de cuir ouvragé fixé à la ceinture.

Le regard de Jiu se reporta vers le centre de la pièce, où les hommes qu'il devait rencontrer — le général Kersik Imman, Nga Canbera et Khao Luan, le trafiquant de drogue — attendaient, installés derrière une longue table à tréteaux.

Quittant des yeux ses compagnons avec qui il conversait, Kersik fut le premier à noter sa présence.

« Jiu Cheng, tu m'as l'air en pleine forme, lança-t-il en inclinant la tête. Comment s'est passé ce voyage ?

— Moite, morne et, je l'espère, méritant le détour », répondit Jiu sans se démonter.

Un sourire effleura le mince visage ridé du général. Alors que sous les sourcils broussailleux, le regard était resté toujours aussi vif et aiguisé, l'homme avait pris un sacré coup de vieux au cours des derniers mois, et avec les habits civils qu'il portait désormais, il avait presque des allures de brave grand-père qui cachaient sa dureté naturelle.

Par contraste, estima Jiu, Canbera semblait à peine plus âgé que les gamins dehors, et comme eux, il semblait jouer un rôle qui le dépassait. Subversif en politique, champion des pauvres. Ses traits mous et sa conduite vaniteuse étaient cependant tout aussi trompeurs... Comme sa position sociale. Fils aîné d'un ponte du diamant, Nga était né avec une fortune incommensurable et, s'il contrôlait la plus grande banque de Banjarmasin, c'était dans le seul but de servir de pion sur le toujours plus vaste échiquier financier que gérait sa famille. Il ne comprenait pas grand-chose aux luttes des hommes, et encore moins aux difficultés matérielles. Pas plus qu'il ne comprenait les activistes bourgeois avec qui il complotait en secret... et dont il contribuait à financer le mouvement de réforme nationale.

Ce n'était qu'un dilettante narcissique, qui ne cherchait qu'à soigner son image, et qui serait prêt à se réfugier dans la sécurité des privilèges si jamais il était dépassé par les conséquences de ses actes.

« *Sawadsee.* Mon domicile n'est pas, et de loin, aussi confortable que la résidence de Kersik, mais n'étant pour ma part qu'un humble exilé et un étranger, c'est le mieux que je puisse offrir. »

C'était Khao Luan qui venait de s'exprimer. Assis en bout de table, il leva les mains dans le signe d'accueil traditionnel thaïlandais, les paumes jointes comme en prière, le bout des doigts effleurant le nez pour indiquer la familiarité. Lors de leurs rencontres antérieures, nota Jiu, il avait joint les mains plus bas et plus près de la poitrine — le *wai* adressé à un étranger.

La signification du geste n'avait pas échappé à Jiu et il devait reconnaître qu'elle le désola... car ne jugeait-on pas un homme, pour une grande part, à ses relations ? Il retourna néanmoins le salut sans hésiter. Le temps des doutes était bien révolu. Et si corrompue que soit sa présente activité, le Thaïlandais était sans prétention et digne de respect.

« Je vous en prie, dit Luan, indiquant une chaise libre sur sa droite. Mettez-vous à l'aise. »

Jiu s'approcha de la table et détailla l'homme. Rond et dégarni, Luan avait un large front lisse, des lèvres arquées, une fine moustache et un petit bouc. Ses pommettes étaient luisantes de sueur. Assis un peu en retrait de la table, il était boudiné dans sa chemisette en batik qui retombait au-dessus de sa large ceinture en tissu, et dont l'encolure béante dévoilait un gros anneau d'argent Hmong. L'étoffe était maculée de taches de transpiration sur le torse et aux aisselles.

« L'Américain, dit Jiu en s'asseyant à son tour. Où est-il ? »

D'un signe de tête, Luan indiqua la porte dans le mur de droite.

« Mon ami Xiang et ses loups de mer le tiennent à l'œil.

— A-t-il dit quelque chose ? »

Luan ne répondit pas tout de suite.

« Il s'est montré, euh, incapable de communiquer ce matin, mais je pense qu'il devrait sous peu retrouver ses esprits, dit-il enfin. Peut-être que nous apprendrons alors ce que nous désirons savoir. »

Jiu adressa un regard surpris au général Kersik, à l'autre bout de la table. « Il a été capturé, il y a quoi... quatre jours ? »

Kersik acquiesça d'un lent signe de tête.

« C'est un dur à cuire.

— Inutile de s'inquiéter, on finira bien par tirer de lui ce qu'on veut, répondit Luan avec l'esquisse d'un sourire. La Dame Blanche sait s'y prendre. »

Jiu haussa les sourcils. « L'héroïne ?

— Ils sont quasiment restés ensemble depuis que nous avons fait les présentations, hier, expliqua Luan. Elle réussira bien à le faire parler.

— C'est barbare.

— C'est nécessaire, rétorqua Kersik. Et préférable à certaines autres solutions.

— Comme notre prisonnier devrait le conclure de lui-même d'ici peu », nota Luan.

Ils se turent. Jiu se prit à contempler l'énorme pirate. Quelque part, l'homme semblait vivre dans son propre univers, ses yeux calmes et dépourvus de sentiment évoquant ceux d'une créature du mésozoïque prête à frapper.

« À mon avis, ce qui devrait nous préoccuper, c'est la femme », observa Nga.

Jiu se tourna vers lui. « Chu, c'est cela ?

— Kirsten Chu. Elle a disparu de la circulation. Et nul ne peut dire ce qu'elle a découvert sur notre implication avec Monolith ou quel genre de preuve elle a pu emporter. Une formidable quantité d'informations pourrait avoir transité par le service où elle travaille.

— J'imagine que nous avons des hommes qui la recherchent à Singapour ?

— Et ailleurs, compléta Luan.

— Il n'empêche, dit Nga. Cela pourrait nous nuire gravement si jamais les Américains avaient vent de...

— J'ai tenté de rassurer Nga en lui disant qu'il mettait la charrue avant les bœufs, coupa Kersik. Tenons-nous en à ce que nous savons avec certitude. Il pourrait s'agir d'une banale affaire d'espionnage industriel, sans aucun rapport avec nous.

— Elle s'est connectée à moult reprises aux bases de données financières les plus sensibles de Monolith depuis le terminal de son bureau.

Plusieurs dizaines d'appels téléphoniques adressés à la station de réception au sol d'Uplink installée à Johor... et combien d'autres sans doute qu'on n'a pu détecter parce qu'ils ont été passés sur une ligne protégée, s'obstina Nga. Est-ce que vous suggéreriez qu'on renonce purement et simplement à s'occuper d'elle ?

— Vous devriez réellement devenir un auditeur plus attentif, le morigéna Kersik. Sans l'Américain pour la guider, il est probable qu'elle ne saura pas vers qui se tourner, ou quoi faire des documents qu'elle aura pu recueillir. Il est probable qu'elle va finir par se manifester. Sinon, on réussira bien à la dénicher. » Il désigna Jiu Cheng d'un signe de la main. « Laissons de côté toutes les spéculations et venons-en à la raison qui motive la visite de notre camarade. »

Jiu acquiesça d'un léger hochement de tête. Malgré ses manières égales, Kersik le fixait sans ciller.

« Je vous apporte des nouvelles positives. Ceux que je représente sont prêts à vous fournir toutes les munitions dont vous aurez besoin. Les vedettes rapides seront plus difficiles à obtenir, mais ne devraient pas non plus tarder.

— Et les péniches de débarquement ?

— Il faudra vous contenter d'un nombre moins important que prévu.

— Combien ?

— Trois, peut-être quatre. »

Kersik se pinça l'arête du nez. « Les fusils d'assaut, ils n'ont jamais servi ? »

Jiu savait qu'il pensait aux silencieux intégrés, qui devenaient vite inefficaces à l'usage.

« Ce sont des type 85 neufs d'usine. »

Kersik semblait toujours songeur. « Nous devons avoir la garantie d'une livraison rapide. Comme vous le savez, notre fenêtre d'action est fort réduite.

— Dès que nous serons convenus d'une date, elle sera ferme. Vous avez ma parole. »

Kersik inspira lentement.

« Ce qui me préoccupe, c'est l'incidence du nombre réduit de péniches de débarquement sur nos capacités d'invasion, expliqua-t-il. Cela signifie qu'il va falloir revoir l'ensemble du plan opérationnel.

— Peut-être pas aussi radicalement que vous pourriez le penser. Les vedettes d'attaque sont puissamment armées, et les navires amphibies réaménagés pour accroître leur capacité. Pour ce qui concerne les effectifs disponibles, cela ne devrait sans doute faire aucune différence. Si vous voulez bien me laisser vous exposer les modifications précises...

— Plus tard », coupa Kersik. Il n'avait toujours pas quitté des yeux son interlocuteur chinois. « Votre gouvernement... Quelle est sa position vis-à-vis de notre tentative ?

— Officiellement, il n'est pas au courant.

— Et dans la pratique ?

— Je puis vous affirmer qu'il n'y aura aucune opposition à aucun niveau de l'État », répondit Jiu, choisissant ses mots avec un soin extrême.

Kersik acquiesça, satisfait.

« Bien. Voilà au moins une bonne nouvelle. »

Le regard de Jiu parcourut la table.

« Eh bien, dans ce cas, j'espère qu'aucun parmi vous ne verra d'objection aux modalités de paiement. »

Luan pinça les lèvres, réagissant avec une méfiance prévisible.

« Qui sont ? s'enquit-il.

— Je me vois contraint de réclamer l'intégralité de la somme par avance.

— Quoi ? s'exclama Nga, les yeux agrandis par l'incrédulité. Vous ne parlez pas sérieusement ! »

Jiu ne broncha pas.

« Nous réclamons beaucoup de choses dans un délai court, observa-t-il. Nos fournisseurs ont leurs propres contraintes. Il est normal qu'ils s'attendent à être réglés en espèces, en compensation des risques qu'ils prennent.

— Et nos risques à nous, alors ? siffla Nga d'une voix étranglée. J'en ai déjà fait beaucoup pour vous et les Jongnanhai que vous représentez. Si jamais l'affaire devait mal tourner, la réputation de ma banque au niveau international ne s'en remettrait pas.

— Croyez que nous y sommes sensibles. Mais je suis au regret de vous dire que c'est une situation dans laquelle mes supérieurs ne peuvent marchander sur les tarifs ou faire la moindre concession. »

Nga se cabra. « Excusez-moi, Jiu, mais à vous entendre, j'ai l'impression que vous nous présentez des excuses au nom des profiteurs de l'Armée populaire de libération. Comment pouvez-vous espérer que nous... ?

— Ça suffit ! coupa Kersik. Je comprends votre frustration, Nga. Mais nous sommes tenus à certaines exigences, et je dois admettre que nos besoins sont assez particuliers. » Il se tourna vers Luan. « Qu'en dites-vous ? »

Le Thaïlandais hésita un instant, puis haussa ses épaules massives.

« Si attaché que je sois à mon argent, j'avais déjà tiré un trait sur ma quote-part, et je suppose que cela fera peu de différence si je dois désormais m'en dessaisir pour de bon... Cessons de pinailler sur ce qui ne peut être changé et consacrons-nous plutôt aux questions importantes qui restent pendantes. Nous nous sommes tellement polarisés sur Sandakan et consorts qu'aucun de nous ne parle plus des chambres fortes de stockage des données aux États-Unis. Or, elles sont essentielles au succès de notre entreprise et au moins aussi bien gardées que... »

La porte du grenier à riz s'ouvrit alors, les faisant tous sursauter. Ils reportèrent aussitôt leur attention sur Xiang, alors qu'un des pirates venait de passer la tête par l'embrasure et s'adressait à lui à voix basse, pour disparaître à nouveau, laissant la porte entrouverte.

Xiang se retourna et fixa le Thaïlandais.

« L'Américain a rouvert les yeux. »

Un silence lourd tomba dans la pièce.

Un sourire effleura les traits de Luan qui jeta un regard impatient sur ses compagnons.

« Excusez-moi, mes amis, dit-il en soulevant de la chaise sa masse pesante. J'ai du boulot qui m'attend... »

Il suivit Xiang dans le hangar, avant de refermer lourdement la porte derrière lui.

12

Kalimantan, Indonésie
22 septembre 2000

Blackburn retrouva brutalement ses esprits, désorienté, trempé de sueur, des grappes de taches noires flottant devant ses yeux. Il avait les paupières boursouflées, tout le corps parcouru de douleurs lancinantes. Où était-il ? Pourquoi ne pouvait-il pas bouger les bras ?

Il se rendit compte qu'il était assis sur un siège... affalé dans un fauteuil dur à dossier droit... et aussitôt, il se redressa. Trop vite. Un vertige le prit, accompagné de crampes d'estomac. Il lutta pour réprimer sa nausée, le goût de vomi qui montait dans sa gorge. Durant plusieurs secondes, ce fut tangent, mais le malaise finit par se dissiper.

Il se força à garder les yeux fermés, inspira laborieusement, lèvres serrées, narines pincées.

Bon, d'accord. Recommençons. Mais plus lentement.

Il fit rouler sa tête pour détendre son cou et sa nuque, la releva de quelques centimètres, doucement, tout doucement, et rouvrit les yeux.

Mieux.

Plissant les paupières, il s'examina de la tête aux pieds.

Sa chemise était déchirée, ensanglantée. Est-ce qu'on lui avait tiré dessus ? Non, non, il ne pensait pas. Il y avait eu une méchante dégringolade dans l'escalier de service de l'hôtel... Puis cette espèce de grappin d'acier s'était planté dans son bras... Il avait essayé de l'extraire et alors, quelqu'un ou quelque chose l'avait assommé. Et ensuite... ?

Que s'était-il passé ensuite ?

Max avala une autre goulée d'air. *Allons, allons, fais un effort, qu'est-ce qui s'est passé ?* Mais il n'arrivait à retrouver que de brefs éclairs, fugaces, et se demanda s'il n'avait pas souffert d'une commotion due au coup sur la tête, ou peut-être à la chute dans l'escalier. Il avait connu de longues périodes d'obscurité qui alternaient avec des moments où il était à moitié éveillé, conscient de la réalité par bribes confuses.

À un moment donné, il se trouvait dans une camionnette... le fourgon garé devant l'hôtel. C'est là qu'on lui avait passé les menottes... dans le compartiment arrière du véhicule. Puis on avait traîné un corps à côté de lui. Un cadavre, sans doute celui du chauffeur. L'homme avait été dépouillé de ses vêtements et un mélange de sang et d'autres fluides visqueux suintait de son oreille. Max se souvenait d'être demeuré allongé près du cadavre nu, sur des draps imbibés de sang... et c'était tout. Il ignorait s'il était resté longtemps dans la camionnette, et à quel endroit on l'avait emmené par la suite. Seule impression, vague, celle du temps qui file... Puis d'être soulevé, trimbalé sur une courte distance, et précipité à terre, sur le dos.

Encore un laps de temps. Il s'était retrouvé dans un espace confiné, soumis à un roulis monotone, des mouvements de bascule. Cela avait duré un moment. Puis une forte brise l'avait balayé. Une brise salée. Avec cette brutale prise de conscience : il était sur un bateau, ils l'emmenaient à bord d'un bateau...

Il avait à nouveau sombré dans l'inconscience, pour se réveiller ailleurs. Un autre fourgon ? Une autre embarcation ? Rien à faire, pour cette partie-là, c'était le noir presque complet. Il n'en gardait quasiment aucun souvenir, sinon qu'on l'avait à nouveau déménagé vers ce qu'il supposait être l'endroit où il se trouvait actuellement, une espèce de grange ou de remise. Un endroit large, plongé dans la pénombre et chaud comme une fournaise, avec un toit de chaume et un escalier abrupt menant à un grenier à foin. Il avait les deux poignets fixés par des menottes aux bras du fauteuil. Le modèle métallique classique équipant les locaux de la police.

Sauf que ses chiens de garde étaient tout sauf des flics. Il en avait reconnu plusieurs de la bande qui l'avait traqué à l'hôtel, y compris le gros, celui qu'il avait vu d'abord en faction près de la camionnette, et qui lui était arrivé dessus par la porte de service...

Blackburn sentait ses idées se remettre en place. À chaque nouvel intervalle de conscience, de nouveaux fragments lui revenaient, les morceaux épars du puzzle des souvenirs se recollaient pour former un tout cohérent lui permettant peu à peu de saisir dans quel guêpier il était fourré.

C'est ici, dans ce grenier, qu'il avait été interrogé, le plus souvent par celui qui semblait le chef — Luan, c'était son nom. Interrogé et tabassé quand il refusait de répondre. Mais cela n'avait pas été le pire. Et de loin. Il avait déjà connu ce genre d'épreuve douloureuse, et il avait cru pouvoir résister un certain temps à leur interrogatoire.

Et merde... Ces bougres de salauds ont dû aboutir à la même conclusion, pas vrai ?

Un frisson lui parcourut la nuque quand il se

remémora la seringue. Comment avait-il pu l'oublier, ne fût-ce qu'une seconde ?

Mais c'était peut-être pour ça, justement, que son esprit était resté déconnecté pendant un certain temps. Pour interrompre ce qui, sinon, eût été inévitable. Pour lui éviter de penser à la seringue.

La première fois avait été la plus dure. Ils l'avaient maintenu, avaient déchiré sa manche de chemise, et enfoncé l'aiguille à la saignée du coude. Comme il s'était débattu, celui qui tenait la seringue avait dû s'y reprendre à plusieurs reprises pour trouver la veine. Mais il avait fini par y parvenir, plaquant l'aiguille sur la peau pour mieux l'introduire avant d'aspirer un peu de sang pour s'assurer qu'il avait bien visé. Puis de presser le piston.

Blackburn avait poussé un petit gémissement avant de s'affaler de nouveau contre le dossier, dodelinant du chef, les yeux roulant dans leurs orbites. Des fourmillements s'étaient soudain emparés de son bras pour venir lui exploser directement dans le cerveau, avant de s'épanouir en ondes de chaleur anesthésiante qui avaient submergé sa chair, ses os et ses viscères jusqu'à ce qu'il retombe comme une chiffe molle. Et l'horreur, l'horreur suprême de cette expérience, était que quelque part au fond de lui, il s'était réjoui de cet abandon au néant. Il avait entraîné son esprit et son corps à subir toutes sortes de sévices, mais voir subitement toute douleur se dissiper, remplacée par une immense et miséricordieuse vague, tel un grand souffle paradisiaque...

Baifen, avait dit Luan.

L'héroïne, en argot chinois.

C'était une pute aguicheuse, et c'était bien là-dessus qu'ils comptaient.

Désormais assailli par les souvenirs, Max contempla la saignée de son bras gauche et vit les marques noires et bleues des injections... combien ? Cinq, peut-être six. Il avait plusieurs ampoules sous la peau, marquant les endroits où l'aiguille était sortie de la veine et où la drogue s'était accumulée entre l'épiderme et le muscle. Les deux premières fois qu'ils l'avaient piqué, une furieuse irritation s'était propagée depuis le coude jusqu'à l'épaule et au cou, mais son organisme s'était rapidement accoutumé, et la rougeur et la terrible démangeaison disparaissaient maintenant peu à peu.

Blackburn en était là de ses réflexions quand il perçut un mouvement sur sa droite. Il leva les yeux et vit l'un de ses gardes — il en avait compté quatre dans la pénombre — se diriger vers une porte dans le mur du fond, l'ouvrir et se pencher pour parler à quelqu'un de l'autre côté... le gros type de la camionnette de livraison, apparemment son supérieur. Quand il revint à grands pas dans le grenier un moment plus tard, Luan l'accompagnait.

Et c'est reparti, songea Max, en se raidissant pour l'épreuve.

Il observa en silence Luan qui s'approchait d'une table à deux mètres de là. C'était là que ses ravisseurs gardaient l'héroïne et tout le fourbi, ainsi qu'un broc d'eau et un petit camping-gaz pour faire chauffer la drogue. Il vit la flamme bleutée du brûleur, vit Luan mettre une pincée d'héroïne dans une cuillère, la mélanger avec un peu d'eau et porter le tout au-dessus de la flamme.

Après peut-être une minute d'ébullition, il déposa un morceau de coton dans la cuillère, attendit qu'il se gorge de liquide, y plongea l'aiguille et aspira, pour filtrer la solution narcotique à travers le coton.

« Mon ami, tu nous as dissimulé tes secrets malgré tous nos efforts de persuasion, mais tôt ou tard, tu vas bien devoir me dire ce que je veux savoir », dit Luan en s'approchant avec la seringue. Il parlait correctement l'anglais, même si sa langue butait sur les syllabes.

Max resta assis sans rien dire.

« Tu ne compromettras pas ton honneur en rompant ton silence », poursuivit Luan. Il s'approcha encore. « Tes employeurs seraient fiers de toi. Aucun homme ne pourrait endurer plus que ce que tu as déjà enduré pour leurs beaux yeux. »

Max ne dit toujours rien.

Luan secoua la tête. C'était devenu une espèce de routine... les questions sans réponses, le passage à tabac et, en cas d'échec, la dope. Ils essayaient toutes les armes à leur disposition, songea Max. En se disant que tôt ou tard, il finirait par succomber à la douleur ou au désir de liberté. *Sales vicieux.* En injection intraveineuse, l'héroïne atteignait en quelques secondes les centres cérébraux du plaisir. La dépendance prendrait un certain temps, mais l'envie d'y regoûter...

C'était bien ça le pire, non ? Cette partie de son esprit qui avait refusé de l'admettre, raison pour laquelle elle s'était déconnectée.

L'envie avait déjà insinué en lui ses racines fines mais bien perceptibles.

Luan fit encore un pas.

« Je sais qui tu es, et pour qui tu travailles, ce qui ne laisse qu'une inconnue. Que cherchais-tu, Max Blackburn ? »

Silence.

« Une dernière fois, dit Luan. Dis-le-moi. »

Max s'avisa qu'il aurait été intéressé d'entendre son interlocuteur répondre précisément à cette même question... et que son ignorance en ce domaine était le signe que Kirsten avait dû réussir à échapper à leurs investigations. À force de se frotter aux méchants, on finissait par comprendre qu'ils arrivent à trouver des justifications aux actes les plus vils... son sort actuel ne le prouvant malheureusement que trop bien. Si la jeune femme était tombée entre leurs griffes, ils auraient usé de tous les moyens en leur possession pour lui extorquer ce qu'ils voulaient.

Non, ils ne la détenaient pas. Ou du moins, ça le soulageait un peu de l'imaginer.

Il continua de fixer Luan en silence.

Le visage du Thaïlandais s'était assombri. « Je ne devrais pas, mais je vais quand même te donner un conseil d'ami. Si jamais tu avais oublié de te servir de ta langue, je peux t'assurer que ça te sera revenu avant que je reparte d'ici. Est-ce que tu saisis ? »

Max déglutit avec difficulté. Non, peut-être qu'il n'avait pas saisi, pas tout à fait. Mais il avait l'affreux pressentiment que ça n'allait plus tarder. Il avait gardé l'œil sur le garde baraqué, et l'avait vu se couler vers la table, saisir le couteau glissé dans l'étui contre sa jambe, puis s'approcher du camping-gaz, l'arme à la main. C'était un kriss, doté d'une lame de quinze centimètres, ondulée comme une sinusoïde...

Un truc nouveau et différent...

Luan se tenait à présent devant lui et le considérait avec une admiration feinte, un petit jeu uniquement destiné à faire le contrepoint à la menace qu'on lisait dans son regard.

Finalement, il lâcha un soupir entre ses lèvres pincées.

« Eh bien, non, constata-t-il, résigné. Je ne pense pas que tu vas suivre mon conseil, en définitive. »

Il se tourna légèrement vers le gros gorille. Hocha la tête.

Max regarda du côté de la table et sentit son estomac se serrer.

Le gorille avait porté son couteau à la flamme et l'y maintenait. La lame luisait déjà dans la pénombre du grenier.

« Xiang », dit le Thaïlandais.

Le gros type se retourna pour s'approcher de Max ; le couteau chauffé au rouge semblait presque palpiter dans sa main. Du coin de l'œil, Max vit deux autres gardes jaillir soudain de l'ombre, de chaque côté de lui. Ils le saisirent aux épaules et le plaquèrent sans ménagement au dossier du siège. Il voulut se débattre mais leur poigne était aussi inexorable que les menottes d'acier entourant ses poignets.

Tout son corps se tendit, son cœur battait dans sa poitrine comme un marteau-pilon.

Sans se presser, Xiang le toisa un moment, telle une montagne de chair. Puis il fit descendre le kriss vers son bras et lui incisa la peau juste au-dessus du poignet — une incision si fine que les bords se ratatinèrent presque aussitôt sous la chaleur de la lame. La douleur vrilla Max alors que Xiang faisait tourner le couteau dans sa chair, remontant sous la peau, l'écorchant petit à petit... remontant plus haut, toujours plus haut.

Agrippant les accoudoirs, Max se retint de crier, serrant les dents pour ne pas hurler ; seul un gémissement d'animal blessé s'échappait de lui. Les veines de ses tempes se mirent à saillir. Il agita la tête de gauche à droite. Il sentait l'odeur douceâtre, écœurante de sa propre chair cautérisée, des tissus nerveux détachés sous le fil de la lame. Il se débattit convulsivement, entendit les pieds de la chaise heurter le sol, le marteler, entendit le claquement sec du bois contre le bois, au rythme violent et saccadé de ses spasmes. Il ne voyait plus rien, hormis cette douleur aveuglante, insensée, ne pensait plus à rien qu'au cri verrouillé dans sa gorge, cherchant à s'en évader comme une bête prise au piège qui se jette contre les barreaux de sa cage.

Max ne se rendit compte que la torture avait cessé qu'une trentaine de secondes après que le Thaïlandais en eut donné l'ordre. Il estima qu'il avait fallu plus de temps que cela pour que Xiang fasse ressortir la lame de sous la peau du bras, en détachant un long lambeau d'épiderme... long de quinze centimètres, oui, au moins quinze... qui tomba comme un copeau sur le sol.

Finalement, les gardes qui l'avaient maintenu reculèrent, le laissant s'effondrer sur le siège, avalant l'air à grandes goulées, les muscles de son bras mutilé parcourus de spasmes.

Il sentit sa conscience lui échapper et se força à garder l'esprit clair.

Le visage de Luan le dominait, menaçant.

« Ton patron, Roger Gordian... Dis-moi ce qu'il veut. »

Max ne bougeait plus. Des rigoles de sueur dégoulinaient de son front et lui piquaient les yeux. Il avait l'impression d'avoir le bras gauche nappé d'huile bouillante.

Luan lui présenta la seringue.

« Dis-le-moi, et je peux grandement améliorer ta situation. »

Blackburn soutint son regard. Inhala. Exhala. Avant d'acquiescer lentement.

Luan sourit et se pencha, rempli d'impatience.

« Mon patron est... P.T. Barnum... et je suis chargé de lui dénicher des monstres pour sa parade, dit Blackburn d'une voix faible. J'ai trouvé ce qu'il lui fallait, poursuivit-il. Un obèse (de la tête, il indiqua le Thaïlandais), un géant (il indiqua Xiang) et trop de tordus pour pouvoir les compter », conclut-il en tournant la tête pour indiquer les deux gorilles postés derrière lui, de chaque côté.

Le sourire de Luan se décomposa pour se muer en un rictus horrible et menaçant. Il se raidit, adressa à Blackburn un long regard lourd d'hostilité, puis hocha lentement la tête.

« Pauvre crétin », lâcha-t-il enfin, avant de donner à Xiang un ordre en bahasa, tout en désignant Max. Max, et son visage.

Blackburn vit le géant s'avancer d'un pas, le kriss dans la main, et les deux gorilles se matérialiser à nouveau à la lisière de son champ visuel.

Il réfléchit au moyen de les empêcher de le découper à vif, jugea qu'il n'y avait sans doute rien à faire, mais décida quand même de tenter le tout pour le tout.

Mobilisant le peu de force qui lui restait, Max s'élança en avant de tout son poids et réussit à se lever tout en étant toujours ligoté à la chaise, les poignets attachés aux accoudoirs, le dossier collé contre son dos, l'obligeant quasiment à se plier en deux au niveau de la taille.

La surprise des deux gardes devant son mouvement inattendu ne les fit hésiter qu'un instant, mais il n'en fallut pas plus à Blackburn pour se jeter sur le Thaïlandais et l'envoyer valdinguer contre la table sur laquelle il entreposait son attirail. Tandis que les sachets d'héroïne et le camping-gaz encore allumé dégringolaient pêle-mêle, la flamme faisant onduler et danser les ombres dans la pièce, il vit le gorille sur sa gauche charger droit vers lui, attendit qu'il soit assez près et pivota en demi-cercle pour le cueillir en plein estomac avec les pieds relevés de la chaise. Le type poussa un cri de douleur et s'effondra à genoux.

Max prit une inspiration et se redressa. Il entendait à présent des pas précipités, venant du côté opposé. L'ombre qui s'allongeait vers lui aurait pu être intimidante par son immensité s'il ne s'était pas préparé à l'attaque de Xiang. Malgré tout, la limitation de ses mouvements et de son équilibre rendait le choc inévitable.

Je vais passer un sale quart d'heure, quoi qu'il arrive. Autant que je leur en fasse baver à mon tour.

Pivotant vers le géant, il plongea pour charger tête baissée, le torse de Xiang le dominant telle une colonne de marbre lorsqu'il lui arriva dessus comme un bélier.

Xiang hennit de colère et de surprise, le kriss lui échappa des doigts. Toujours tête baissée, Max se remit à percuter le torse monumental. Le gigantesque insulaire recula en chancelant, mais sans tomber. Dans sa rage, il avait oublié son couteau et se jeta en avant comme un ours blessé, ses bras de colosse grands ouverts, les biceps gonflés ondulant sous la chair. Avec un rictus mauvais, il referma ses grosses pattes sur les épaules de Blackburn et le souleva.

Max sentit une douleur le vriller quand ses pieds quittèrent le sol. Malgré ses quatre-vingt-dix kilos, Xiang le maintenait en l'air sans effort apparent.

Blackburn lut sur ses traits une sauvagerie atavique qui le glaça sur-le-champ. Le géant ne pensait plus à l'information qu'ils cherchaient à lui extorquer. Il ne pensait plus aux ordres de son chef. Il ne pensait plus, point final. Sa fureur était un cyclone qui l'avait attiré dans son giron à mesure qu'il gagnait en inertie et en énergie destructrice. Il était parti sur sa lancée.

En un sens, ils l'étaient tous les deux.

Xiang secoua Max comme un prunier, le

tenant suspendu au-dessus du sol de sorte qu'ils se regardaient presque les yeux dans les yeux. Max émit un vague grognement, peu à peu vidé de l'énergie qu'il avait réussi à mobiliser par la seule force de sa volonté, le corps trop maltraité pour répondre à ce qu'il exigeait de lui. Soudain, il sut ce qui l'attendait, il le sut avec un tel sens de l'inéluctable qu'il crut presque entendre une porte se refermer dans sa tête. Il n'y aurait pas d'évasion de dernière minute comme on en rencontre dans les romans ou les films, pas d'envolée orchestrale au moment où le héros plus grand que nature réussit à sauver sa peau. C'était à chier, d'accord, mais la vraie vie était parfois comme ça, on ne pouvait jamais dire quand la litière du chat allait se mettre à puer, et le mieux qu'il lui restait à faire était d'exprimer ses sentiments d'une façon qui transgressait toutes les barrières de langue.

Emplissant sa bouche de ce qui lui restait de salive, il cracha au visage de Xiang.

Ce dernier rugit, littéralement, la joue luisante de salive ensanglantée. Il fit un grand pas, un autre encore, plaquant Max contre le mur. Puis, avec une poussée formidable qui fit saillir ses deltoïdes et les muscles des épaules en masse noueuse, il propulsa Max en arrière avec la force d'un marteau-pilon, l'attira de nouveau contre son torse, le repoussa, l'attira, le repoussa... Max essaya vainement de tirer sur ses menottes, son corps se tordait de douleur, une glaire sanglante envahit sa bouche, tandis que la chaise se fracassait entre son corps et le mur, se fendait en éclats de bois qui jonchaient peu à peu le sol à mesure que Xiang continuait à le jeter et le rattraper.

Perdu dans une brume rosée, Blackburn sentit quelque chose se rompre dans son cou, suivi immédiatement d'une aveuglante étincelle de douleur. La brume s'assombrit et se gélifia. De ce qui lui semblait une distance infinie, il entendit le Thaïlandais crier quelque chose d'une voix excitée dans une langue qu'il ne comprenait pas. Il eut une sensation de chute libre déconnectée, comme s'il était un petit caillou dévalant une faille sans fond.

Puis il cessa de ressentir quoi que ce soit.

« Stop ! » Le Thaïlandais traversa le grenier en titubant pour retenir Xiang par le bras. « Assez déliré comme ça ! »

Le géant le toisa du regard. L'instant d'après, ses traits changèrent du tout au tout : le regard fou, éperdu de colère, disparut. Il se tourna vers la forme inerte qu'il tenait plaquée au mur, la contempla longuement comme s'il la voyait pour la première fois, et la laissa choir.

Luan s'agenouilla au-dessus de Blackburn et se hâta de lui tâter le pouls. Il n'aimait pas l'angle que faisait sa tête, ce cou incliné comme celui d'une poupée de chiffon.

Quand son regard se redressa pour croiser celui de Xiang, il était glacial.

« Il est mort », dit-il simplement.

13

San Jose, Californie/Asie du Sud-Est
22-23 septembre 2000

Chaque matin de la semaine, Roger Gordian quittait son domicile dans la banlieue de San Jose, montait dans sa Mercedes SE 1984 noir de jais, et prenait la route de l'Est, par El Camino Real, descendait à la sortie de San Carlos Street et traversait le centre-ville pour rejoindre le siège social d'Uplink, sur Bonita Avenue. Comme Gordian, la Mercedes était en excellent état général, bien que montrant quelques signes de vieillesse : une certaine lenteur à la mise en route, telle conduite obstruée ou telle autre pièce usée, bref, rien à ses yeux qui ne puisse être réglé par un entretien régulier et, à l'occasion, une virée sur l'autoroute pour se dérouiller les bielles.

Malgré tout, son entourage se tracassait. Inquiète de sa fiabilité, Ashley avait insisté pour qu'il prenne une des voitures de société, bien plus récentes, mais la Land Rover lui faisait l'effet d'un monstre et la BMW 01 d'une miniature, sans substance ni caractère; en plus, elle ressemblait à un rasoir électrique ou à une savonnette. Soucieux de sa sécurité personnelle, Pete Nimec avait de son côté tenté de le convaincre d'engager un chauffeur ou un garde du corps, mais Gordian appréciait ces instants de solitude propices à la réflexion, tandis que l'exubérance de la végétation campagnarde cédait peu à peu la place à des jardins de banlieue bien clos, puis bientôt à une métropole urbanisée, la transition d'un paysage à l'autre lui semblant comme une métaphore du progrès humain.

Et puis, il aimait conduire, avoir les mains sur le volant, tandis que le gros V-8 tournait avec un ronronnement grave et satisfait, qui lui faisait penser à une note tenue, parfaite, jaillie du tréfonds des entrailles d'un baryton d'opéra.

Enfin, il appréciait particulièrement qu'il y ait juste assez de circulation sur l'autoroute pour lui donner une sensation de marche en avant, de lien avec ces autres usagers, eux aussi à la poursuite de leur objectif quotidien, devançant eux aussi légèrement le gros du troupeau, progressant vers leur destination sur des files qui d'ici deux ou trois heures seraient obstruées par les embouteillages.

Maintenant qu'il était en route vers son travail, il était ravi d'avoir résisté aux recommandations pressantes de Pete et d'Ashley. Il avait un certain nombre de choses en tête, qui exigeaient d'être examinées à tête reposée, et l'endroit idéal pour ce genre d'exercice était justement derrière le volant d'une voiture.

Ça se ramène toujours à une question de volonté, de disponibilité et de marge de manœuvre... Quel que soit le combat à livrer, tu dois toujours éviter de te faire coincer, tu dois t'assurer que tu es prêt à exploiter toutes les occasions de prendre l'adversaire par surprise.

C'était en deux mots la doctrine du combat moderne, même si, en l'occurrence, Gordian ne songeait ni à un conflit armé, ni même à l'art martial de la conduite sur autoroute, mais au monde des affaires qui, comme il l'avait appris depuis belle lurette, était en soi une forme de guerre bien spécifique... froidement opportuniste, pleine de pièges cachés, et capable d'entraîner d'énormes pertes et de provoquer un carnage chez ceux qui étaient mal préparés, indécis ou, au contraire, trop inflexibles.

La veille au soir, Gordian avait reçu le signal du combat de Chuck Kirby qui lui avait téléphoné pour lui confirmer ce dont il se doutait déjà viscéralement, et l'informer de ce que la procédure légale d'instruction allait révéler au public d'ici quelques jours : à savoir que l'OPA sur la holding* Spartus venait de Marcus Caine, par le truchement d'un prête-nom à peine déguisé... plus précisément, une entreprise du Midwest du nom de Safetech.

D'accord, point suivant.

Une fois établi ce que Caine voulait, la question de savoir pourquoi il le voulait restait toujours pendante. Une prise de contrôle semblait être l'objectif évident, mais les choses n'étaient pas forcément aussi limpides. La loi Williams ainsi que toute une tripotée de textes californiens réglementant les prises de participation majoritaire obligeaient Safetech à exposer les raisons de son achat d'actions dans un formulaire officiel transmis à la Commission des opérations de Bourse, ainsi que dans d'autres documents qu'elle était tenue de présenter aux actionnaires. Toutefois, même en se conformant scrupuleusement à la réglementation, il restait à Caine une marge de manœuvre suffisante pour masquer ses intentions réelles.

Son offre par prête-nom interposé ne laissait en tout cas pas le moindre doute sur son désir de rester discret... Or, si Gordian avait une certitude au sujet de Caine, c'est que le bonhomme ne restait jamais dans l'ombre, à moins d'y être contraint et forcé. Marcus manquait souvent peut-être de subtilité, il n'en était pas pour autant simpliste. S'il s'apprêtait à monter un raid contre une entreprise, il allait prendre tout son temps, afin d'être dans la meilleure position tactique pour l'exécuter. L'air de ne pas y toucher, il se présenterait dans le plan non pas comme celui qui cherche à dessaisir Gordian et son conseil d'administration du contrôle d'Uplink, mais bien au contraire comme un homme cherchant à obtenir une minorité de blocage* qui lui donnerait une voix sur les décisions de gestion et lui permettrait de protéger ses investissements. Qu'une telle position résiste à un examen un tant soit peu minutieux était sans importance puisque, de toute manière, la seule chose que pourraient faire les tribunaux en cas de faux témoignage ou de témoignage incomplet serait d'exiger une révision de la procédure.

Et dans l'intervalle Caine aurait eu précisément ce qu'il cherchait : le temps de séduire un certain nombre de petits porteurs pour les attirer dans son camp, le temps de contourner les dispositions de la loi Williams sur les concentrations monopolistiques en rachetant de petits paquets d'actions d'Uplink sur le marché libre, le temps de développer et peaufiner toutes sortes d'autres stratégies de prises de contrôle... à supposer, bien entendu, que la prise de contrôle à cent pour cent fût son but ultime.

Comment, dans ce cas, prévoir le coup ? Kirby et ses fonctionnaires chargés de l'application des lois antitrusts s'apprêtaient déjà à porter plainte au civil, au motif que les intérêts de Marcus Caine dans divers secteurs des industries de l'informatique et des communications entraient déjà en concurrence directe avec Uplink. Le procès s'annonçait un vrai spectacle : avocats et juges allaient se retrouver à patauger dans les méandres des complexités juridiques, et à moins que les fédéraux ne décident de déposer eux-mêmes une plainte pénale aux termes de la loi antitrust dans le but d'appuyer la position d'Uplink (mais de ce côté, ils étaient en général plutôt lents à réagir), tout cela allait déboucher sur une interminable guerre d'usure aux résultats imprévisibles, et rester attendre tapi dans son coin n'avait jamais été dans le style de Gordian. Comme l'avait dit un jour Sun Tzu, la possibilité de la victoire résidait dans l'attaque. Avec toutes les ressources à sa disposition, il devait certainement y avoir moyen de...

Le front plissé par la concentration, Gordian se glissa dans la file de gauche pour dépasser le semi-remorque qui se traînait devant lui. De manière assez incongrue, son esprit était revenu au papier de Reynold Armitage qu'il avait lu l'autre jour dans le *Wall Street Journal*. Qu'avait-il à redire contre Gordian ? L'argument essentiel de l'article était une philippique contre une diversification excessive qui aurait conduit à des erreurs de gestion, puis Armitage avait enchaîné avec sa métaphore grotesque des frères siamois, sur le thème des membres mal assortis et d'une croissance mal maîtrisée... L'article l'avait toutefois piqué au vif... Se pouvait-il qu'Armitage tînt là un véritable argument ?

Gordian fut bien forcé d'admettre, à contrecœur, qu'il pouvait bien en être ainsi et il supposa qu'une partie de son irritation à la lecture de l'article venait de ce qu'il s'en était rendu compte dès les premières lignes, ne fût-ce qu'à un niveau semi-conscient. Il ne pouvait se permettre de laisser son dédain pour Armitage (ou ses soupçons concernant les motivations du bonhomme) l'empêcher d'user de son intelligence pour évaluer ses assertions. Dans un combat, l'émotivité était à la fois aveuglante et corrosive. Quel que soit en définitive son mérite, l'ennemi lui avait, à son insu, fourni un indice qui valait d'être exploré.

Et s'il se trouve qu'il a raison, dans quelle voie tout cela me mène-t-il ? se dit Gordian, parfaitement conscient que ce n'était pas à lui de se poser une telle question. La voie s'ouvrait devant lui, parfaitement balisée, et ce dont il devait réellement se soucier, c'était de savoir s'il aurait la force et la volonté de la suivre... et d'accepter les douloureux sacrifices auxquels elle allait fatalement aboutir.

Inspirant un grand coup, il jeta un œil par la vitre latérale pour admirer le soleil, perché, gras et paresseux, au ras des montagnes, comme s'il avait trouvé un nid confortable où il pourrait flemmarder jusqu'à la fin des temps, définissant un horizon constant et reconnaissable, qui permettrait à Gordian de traverser tranquillement l'existence en suivant une voie immuable, baignée d'une chaude lumière.

Dommage, vraiment dommage, que la vie ne soit pas aussi simple.

Dans le meilleur des cas, ces dernières vingt-quatre heures auraient été pour Pete Nimec un marathon épuisant. Alors qu'il ne restait plus que deux jours à courir avant que Roger Gordian et ses plus proches collaborateurs s'envolent pour Washington afin d'y tenir leur conférence de presse, il y avait encore à régler un million de problèmes de sécurité — de la sélection du personnel aux questions de logistique. De surcroît, il y avait eu un certain nombre de défaillances dans le réseau d'alarme de l'unité de stockage de données du Nevada. Et deux des administrateurs de la station-satellite du Botswana en étaient venus aux mains pour un problème d'autorité : résultat, un des types avait des côtes cassées, l'autre se retrouvait en taule, et Nimec devait décider s'ils méritaient ou non l'un comme l'autre de se faire virer.

Tels étaient les sujets à traiter d'urgence, mais c'était toutefois l'inexplicable disparition de Max Blackburn qui avait accaparé l'essentiel de ses pensées... et la conversation téléphonique qu'il venait d'avoir avec la secrétaire de Max n'avait pas peu contribué à accroître son inquiétude.

Lors du coup de fil précédent, depuis le siège d'Uplink, mardi à dix heures — soit mercredi, onze heures du matin en Malaisie —, Joyce l'avait informé que Max n'était toujours pas retourné à la station-satellite ni ne l'avait contactée pour justifier son absence ; cela faisait donc presque quatre jours qu'on avait perdu toute trace de lui. L'impression de dissimulation que Nimec avait cru déceler dans la voix de la secrétaire lors de leur premier entretien téléphonique avait laissé place à la perplexité et même à l'anxiété.

« Joyce, j'ai besoin que vous me parliez franchement, avait-il dit. Vous a-t-il déjà fait ce genre de coup ? Disparaître soudain ainsi ?

— Non, monsieur, avait-elle répondu sans hésiter. C'est bien pourquoi je suis aussi perplexe. Je croyais franchement qu'on aurait des nouvelles de lui à un moment ou un autre dans la journée d'hier. »

Nimec avait marqué un temps, pour réfléchir.

« Cette femme qu'il voyait à Singapour... Savez-vous comment la contacter ?

— Ma foi, oui, je suis à peu près certaine d'avoir noté les numéros de Kirsten, à son domicile et à son bureau. Max m'avait laissé les deux, au cas où je...

— J'ai besoin que vous fassiez une vérification, l'avait coupé Nimec. Appelez cette... Kirsten, c'est bien son nom ?

— Oui, Kirsten Chu...

— Appelez-la d'abord au bureau, pour voir si elle peut vous dire ce qui se passe. Si vous n'arrivez pas à la joindre, essayez chez elle. Et continuez jusqu'à ce que vous l'ayez au bout du fil. Prévenez-moi dès que vous lui aurez parlé, d'accord ? Peu importe l'heure ici aux États-Unis, de toute façon, je suis un couche-tard. Si vous voulez bien noter mon numéro personnel...

— Bien sûr, tout de suite. »

Au cours des six heures qui avaient suivi cette conversation, Nimec avait réglé d'innombrables affaires, était rentré chez lui, s'était forcé à une épuisante séance d'entraînement au karaté sur son dojo, avait pris une douche, mangé un morceau, puis s'était enfin installé dans son bureau personnel pour lire son courrier électronique — sans jamais oublier un seul instant que Joyce ne s'était toujours pas manifestée. Elle l'avait finalement rappelé, à peine dix minutes plus tôt — minuit, heure de la côte pacifique — quatre heures du matin à Johor.

« Du nouveau ? avait-il dit, reconnaissant la voix à la seconde même où il décrochait.

— Je suis désolée, non, avait répondu Joyce. Après notre conversation, je lui ai laissé plusieurs messages chez Monolith... c'est là qu'elle travaille, vous savez... »

Ouais, je sais, je ne le sais même que trop bien, avait-il songé.

« ... Mais elle n'y a pas répondu. Idem quand j'ai essayé à son domicile personnel. »

Nimec attendit. Il pressentait qu'il y avait autre chose, et se doutait que ça s'annonçait mal.

« Monsieur, j'ai relevé une longue pause entre

l'annonce de Kirsten et le bip de son répondeur, avait-elle enfin observé. Le genre de truc qu'on obtient quand il y a déjà pas mal de messages en attente sur la machine...

— Comme si elle n'était pas venue les récupérer depuis un certain temps », avait-il terminé pour elle.

Nouvelle pause. Il imaginait Joyce acquiesçant à l'autre bout du fil.

« Juste avant de vous appeler, j'ai pris la liberté d'appeler la réceptionniste du service où travaille Kirsten, poursuivit la secrétaire. Je me suis présentée comme une amie personnelle, disant que j'avais essayé de la contacter et que je me demandais s'il était possible qu'elle n'ait pas réécouté sa messagerie vocale...

— Oui ? Continuez. »

Elle soupira. « Kirsten n'était pas là. Elle était partie depuis vendredi et depuis, personne n'avait eu de nouvelles d'elle. Tous ses collègues commencent à sérieusement s'inquiéter. Ils disent que ça ne lui ressemble pas du tout. »

Ni à elle, ni à Max, ni à aucun des deux... Dans ce cas, où sont-ils ?

Sentant venir un début de migraine, il avait remercié Joyce de ses efforts, l'assurant qu'il la tiendrait au courant, écoutant cette dernière l'assurer à son tour, d'une voix nerveuse, qu'elle ferait de même dès qu'elle aurait du nouveau, avant de raccrocher.

Et maintenant, dix minutes plus tard, la migraine de Nimec avait crû de manière exponentielle — le genre de mal de tête dont on ne peut se débarrasser qu'après une bonne nuit de sommeil. Sauf qu'il était trop tendu pour dormir. Max était l'un des hommes en qui il avait le plus confiance, un type responsable, et il était vain de vouloir se rassurer en se racontant qu'il avait prolongé un week-end de galipettes avec sa petite amie... Tout laissait au contraire présager qu'il avait dû tomber sur un très gros os lors de son enquête chez Monolith... et Dieu seul savait ce qui avait pu clocher.

Nimec contempla le mur face à son bureau, le front plissé ; il regrettait à présent d'avoir laissé Max se lancer dans cette opération. Qui avait dû mal tourner, il en était désormais de plus en plus convaincu. Savoir quoi faire pour y remédier exigeait un minimum de réflexion, mais il allait faire quelque chose, pas de doute là-dessus...

Et son instinct lui disait qu'il ne faudrait pas traîner.

« Je vais vous demander un service dans une affaire passablement épineuse, était en train d'expliquer Nga. Sachez bien que je ne serais pas venu vous déranger s'il y avait eu un autre moyen...

— C'est toujours un plaisir de pouvoir vous rendre service », mentit Kinzo, car son vrai plaisir aurait été de se retrouver le plus loin possible de Nga Canbera. Mais les apparences et la cupidité vous contraignaient parfois à des choses désagréables.

Ils se regardaient, assis l'un en face de l'autre dans le bureau de Nga à la banque de Kalimantan, un vaste espace lumineux et dégagé, au trente-deuxième étage de la tour, jouissant d'une vue stupéfiante sur l'océan et décoré en style oriental moderne : mobilier discret, bois de teinte neutre, murs nus, à l'exception d'un paravent du XVIIe représentant un paysage hivernal stylisé.

« Peut-être préférerez-vous réserver votre décision jusqu'à ce que vous ayez entendu ce qu'il convient de faire », observa Nga.

Kinzo attendit en silence. Maigre, de petits yeux, un visage chiffonné comme un poing fermé, l'homme était vice-président d'Omitsu Industrial, un fabricant de composants électroniques de Banjamarsin ; l'entreprise avait commencé sous la forme d'une participation nippo-indonésienne à parts égales, durant les années des tigres de l'économie, avant de tomber dans le giron des Japonais après que le tigre eut bondi un peu trop loin et fut allé se viander dans un fossé.

C'était l'histoire typique de la majorité des affaires du Sud-Est asiatique en quête de sauvetage financier à la fin de la décennie précédente. Alors que nombre d'analystes occidentaux s'étaient empressés d'annoncer un cataclysme pour l'économie nippone, les Japonais avaient fait ce en quoi ils avaient toujours excellé tout au long de leur histoire : tirer la leçon de leurs erreurs, s'adapter aux nouvelles circonstances et, en définitive, tirer parti de leur infortune. Leur stratégie de rebond s'était déroulée en deux temps. D'abord, ils avaient créé des joint-ventures avec des entreprises thaïlandaises, malaises, indonésiennes et philippines, leur offrant d'y infuser des capitaux en échange d'une plus grosse part d'actions — c'est-à-dire d'obtenir une minorité de contrôle. Ensuite, ils avaient modifié les priorités stratégiques, abandonnant un marché asiatique qui s'étiolait pour se concentrer sur l'exportation vers les acheteurs américains riches en devises.

Cette habile exploitation des circonstances n'avait pas seulement procuré de solides dividendes aux hommes d'affaires légitimes mais également contribué à remplir les bouteilles de saké des *yakusas*, la Mafia japonaise. L'un des premiers bénéficiaires avait été l'influente Inagawa-kai, bien implantée dans le monde bancaire nippon, qui avait elle-même capitalisé dans un large pourcentage de ces rachats d'entreprises. Nul doute qu'une analyse graphique de ces relations financières aurait pu se traduire par une longue file d'hommes souriants et satisfaits, chacun plongeant la main dans la poche de son prédécesseur...

Dans le cas spécifique de la résurrection d'Omitsu Industrial, la famille Canbera avait à la fois négocié la transaction et prêté les capitaux aux investisseurs japonais à des conditions de crédit d'une générosité exceptionnelle. Que les Canbera eussent des myriades de liens avec les *yakusas* était un fait connu des emprunteurs et qu'ils avaient accepté d'emblée. Qu'on puisse éventuellement faire appel à eux pour procurer quantité de faveurs illicites à leurs créanciers, disons, « occultes », était de la même façon jugé écœurant mais tolérable dans le cadre de leur accord de remboursement.

Pour reprendre le dicton, songea Kinzo, il était nécessaire de passer bien des détroits pour parcourir le monde.

« Laissez-moi vous exposer mon problème », dit Nga, qui maudissait Khao Luan et ses barbares pour les complications qu'ils lui causaient. « Il s'est produit hier un accident impliquant un étranger... Un Blanc. » Il adressa à Kinzo un regard entendu. « Un accident fatal, voyez-vous. »

Kinzo le dévisagea longuement sans rien dire.

« Je veux qu'il soit bien clair que je n'ai rien à voir avec ce qui s'est passé et que, pour ma part, j'aurais choisi de signaler ce décès à la police, poursuivit Nga. Mais les circonstances... et les parties impliquées... sont telles que j'aurais bien du mal à prouver que l'intention n'était pas délibérée. »

Kinzo demeura silencieux.

Nga croisa les mains sur son bureau, pesant avec soin ses paroles. On abordait la phase délicate.

« Il y a un problème avec le corps, dit-il enfin, croisant le regard de son interlocuteur. Pour s'en débarrasser. »

Kinzo inspira, souffla, attendit encore un moment. Puis, lentement, il acquiesça, tout en se demandant comment Nga se débrouillait pour l'amener à devenir le complice, à son corps défendant, de ses diaboliques machinations.

« J'ai une cargaison de marchandises qui quitte Pontianak demain après-midi. Le bateau traversera le détroit de Melaka sur sa route pour mettre le cap à l'ouest. »

Nga le regarda.

« Ah, fit-il. La haute mer... est un lieu solitaire. »

Kinzo opina.

« Si un homme tombait par-dessus bord au cours d'un tel voyage, reprit Nga, j'imagine qu'on ne retrouverait jamais le corps. »

Kinzo haussa les épaules. « Même si les courants le drossaient au rivage, les ravages provoqués par le séjour dans l'eau de mer et par les poissons empêcheraient sans doute de l'identifier. Ou d'établir avec certitude les causes de sa mort. »

Nga esquissa un sourire.

« Comme toujours, mon ami, vous êtes la voix du bon sens. Donnez-moi le nom du navire et son quai de départ, et je puis m'arranger pour que l'infortuné dont nous venons de parler soit conduit à bord dès ce soir. »

Kinzo discerna de la gêne aux coins du sourire de Nga et décida de l'accentuer par un mot d'avertissement. Il détestait le banquier et supportait mal son emprise excessive... en plus de cela, il tenait à s'assurer que Nga se rendait bien compte qu'il ne s'agissait pas là d'un dérangement mineur, du genre de ceux que son père avait passé sa vie à dissimuler.

« Puisque vous semblez apprécier mes réflexions, je me sens obligé d'en partager quelques-unes avec vous, reprit-il. Si un individu sans amis devait disparaître inexplicablement, sa perte serait un vide que personne ne remarquerait ou ne chercherait à combler. Mais les choses se déroulent rarement dans le vide, surtout lorsqu'il s'agit d'affaires humaines. » Il marqua un temps, puis se pencha en avant. « S'il a laissé derrière lui des gens qui s'inquiètent de son absence, une enquête est inévitable. Que la police s'obstine, et alors même l'absence complète de restes physiques pourrait ne pas suffire à les empêcher de découvrir les circonstances de l'"accident". Il convient donc d'envisager avec un soin extrême toutes les éventualités possibles. Est-ce que vous me comprenez ? »

Nga le dévisagea. Il avait cessé de sourire.

« Ne vous en faites pas. Je m'occupe de tout. »

Peu convaincu, Kinzo s'abstint de répondre.

Assise dans la cuisine de sa sœur, dans son domicile de Petaling Jaya, Kirsten regardait celle-ci. Les deux femmes se dévisageaient sans rien dire, l'air grave. Soigneusement empilés sur la planche à découper posée entre elles, des piments, des épinards, du chou chinois, du radis blanc et autres ingrédients pour le salmis de légumes frits qu'elles préparaient pour le dîner. Une marmite coiffée d'un récipient en bambou rempli de pousses de soja réchauffait déjà au bain-marie, prêt à cuire à la vapeur. Derrière

Kirsten, le riz mijotait doucement dans un autocuiseur électrique.

Anna tremblait de désarroi, le visage livide, sans se rendre compte qu'elle tenait toujours dans sa main le couteau à légumes.

« Peut-être que tu ferais mieux de poser ça avant de risquer de blesser quelqu'un », observa Kirsten, indiquant l'ustensile d'un discret mouvement de menton. Elle gratifia Anna d'un sourire contraint. « Toi ou moi... »

Anna la fixa comme si elle n'avait pas compris un mot de ce qu'elle venait de dire. Seul le faible sifflement de l'autocuiseur troublait le calme régnant dans la pièce.

Kirsten ouvrit la bouche pour dire autre chose, estimant qu'une autre tentative d'humour, même tordu, serait toujours préférable à ce silence... et puis elle décida de laisser tomber. Qu'avait-elle espéré, de toute façon ? Sûrement pas de la sympathie. Cela faisait déjà plusieurs jours qu'elle logeait chez Anna et sa famille ; elle avait débarqué avec un récit tout préparé, arguant qu'elle avait besoin de prendre du recul à la suite d'une rupture sentimentale, une situation émotionnelle qui l'avait poussée à bout, tout cela bien sûr inventé de toutes pièces.

Elle n'avait pas eu d'emblée l'intention de cacher la vérité à Anna et son mari, certainement pas aussi longtemps, en tout cas, mais chaque fois qu'elle essayait de la partager avec eux, les mots refusaient de sortir. Et c'est pour ça qu'elle avait continué à leur mentir jusqu'à ce que la situation leur échappe... comme du reste tout ce qui lui arrivait ces derniers temps.

À force, Kirsten avait cru que son sentiment de culpabilité et son affreuse inquiétude concernant le sort de Max finiraient par la rendre folle, et depuis ce matin, elle s'était rendu compte qu'elle ne pouvait plus supporter le poids du secret. Sa religion faite, elle avait prévu d'attendre que son beau-frère soit revenu du travail pour s'asseoir avec Anna et lui dans le salon, et leur narrer la vérité, toute la vérité, rien que la vérité, je lève la main droite et je dis : je le jure.

Mais avec son boulot de chirurgien à l'hôpital gouvernemental, Lin était souvent retenu par des urgences, et quand il avait téléphoné pour prévenir que ce pourrait bien être le cas ce soir, Kirsten avait aussitôt redouté que sa détermination ne s'effrite avant son arrivée ; c'est pourquoi elle avait décidé qu'il vaudrait peut-être mieux se confesser à Anna seule plutôt que de courir le risque d'un nouveau report.

Malgré tout, Kirsten ne s'était pas montrée trop pressée et choisir le moment crucial s'était avéré délicat. Assez curieusement, toutefois, elle avait l'esprit distrait par autre chose, tandis que les deux jeunes femmes s'étaient mises à préparer le dîner une demi-heure plus tôt, juste avant qu'elle ne déballe enfin son histoire... ou plutôt que celle-ci ne lui jaillisse toute seule des lèvres.

L'incident dont elle gardait le souvenir s'était produit la veille, alors qu'elle gardait les deux enfants d'Anna, Miri et Brian. Ils étaient sortis jouer dans le jardin de l'immeuble et Miri, qui avait cinq ans, avait attrapé une sauterelle alors qu'elle fouinait dans un parterre de fleurs, avant de crier à son grand frère de lui trouver un pot pour y mettre l'insecte. Le gamin s'était précipité en chercher un à la maison, la laissant toute seule, les mains en coupe pour retenir prisonnière la bestiole... mais comme il avait pris plus de temps que prévu, l'excitation initiale de la capture s'était bientôt transformée en désarroi.

« Elle veut s'en aller, s'était-elle écriée, les yeux agrandis de panique. Elle est bien trop grosse ! »

Et c'était vrai qu'elle était grosse : le fait que dans ce pays les insectes soient toujours de la variété géante était un de ces détails auxquels Kirsten avait eu le plus de mal à se réhabituer à son retour d'Angleterre — encore plus même qu'à leur foutu singlais — et ce qui avait sans doute tant contrarié sa petite nièce, c'était de sentir la bestiole se débattre affolée entre ses doigts, cogner sa carapace contre les petites paumes délicates en cherchant à se libérer, une bestiole qui semblait bien trop grosse et vigoureuse pour être longtemps maintenue prisonnière sans infliger une piqûre ou une morsure douloureuse.

Ayant noté l'agitation de Miri, Kirsten s'était précipitée (elle était en train de tailler une haie à l'autre bout du jardin) pour se porter au secours de la pauvre gamine au moment même où celle-ci ouvrait les mains pour libérer la sauterelle. L'insecte avait aussitôt jailli dans les airs comme une balle de fusil, lançant une espèce de cliquetis crépitant qui avait tant éberlué Miri qu'elle avait sursauté et s'était mise à piailler. Il avait fallu un bout de temps à Kirsten pour calmer la petite, et elle n'y était parvenue qu'après lui avoir maintes fois répété que la bestiole était partie, loin, très loin, et qu'elle ne reviendrait pas exercer contre elle sa vengeance insectoïde.

En un sens, Kirsten avait deviné que son propre combat pour garder la vérité prisonnière n'était pas sans rapport avec la mésaventure survenue à sa nièce... Elle s'était retrouvée terrifiée, impuissante, confrontée à une chose qui s'était révélée considérablement plus encombrante que ce qu'elle aurait voulu.

Et puis, que diable avait-elle redouté d'Anna et de Lin, de toute façon ? Comment une réaction pourrait-elle être pire que de les laisser dans l'ignorance de l'inexplicable et dangereux gâchis dans lequel elle s'était fourrée ?

« Anna, s'il te plaît, écoute-moi, disait-elle à présent, cherchant ses mots. Je suis tellement désolée...

— *Désolée* ? » Anna eut un petit rire sec et douloureux.

« Qu'est-ce que tu veux que je te réponde ? Qu'est-ce que je suis censée faire ? »

Kirsten hochait la tête, désemparée.

« J'en sais rien, avoua-t-elle. Tout ce que je peux te dire, c'est que je n'avais surtout pas l'intention de vous embêter avec ça. Et que venir ici a été une terrible erreur. Je serai partie dès ce soir si c'est cela que vous...

— Merde, est-ce que tu vas arrêter de compliquer les choses ? coupa sèchement sa sœur. C'est déjà bien assez grave que tu nous aies menti depuis ton arrivée, en nous laissant croire que tu étais venue soigner tes peines de cœur. Ensuite, j'apprends que tu pratiques l'espionnage chez ton employeur, puis cette histoire dingue de types te dressant un guet-apens dans une des rues les plus fréquentées de Singapour, comme dans un James Bond. Et voilà maintenant, pour couronner le tout, que tu nous dis *dzai-jyan*, au revoir, comme si tu t'imaginais qu'on n'a qu'une envie : te voir franchir cette porte et te faire enlever, ou même tuer... Je ne sais trop si je dois me sentir fâchée, terrifiée ou insultée. »

Kirsten sentit sa gorge se nouer et elle déglutit.

« Pourrais-je te demander d'ajouter *indulgente* à ta liste ? »

Anna soutint un long moment son regard sans rien dire. Le silence se fit pesant.

« Oui, dit-elle enfin. Tu peux. »

Kirsten laissa échapper un soupir étranglé. « Je suis tellement bouleversée, Anna, souffla-t-elle, dans un murmure. Max... il connaît mon numéro de portable, et il m'avait promis de me contacter d'ici quelques jours. Quand je suis montée dans le taxi, il s'apprêtait à me donner le nom de quelqu'un, une personne à prévenir au cas où je resterais sans nouvelles de lui, mais je ne l'ai pas saisi...

— Kirsten, si tu veux mon avis, les gens que tu devrais prévenir, c'est les flics. D'abord, c'est ce Max qui t'a fichue dans ce pétrin. Je veux bien admettre que tu aies un penchant pour lui, mais comment sais-tu qu'il n'est pas en réalité un criminel ? Que les hommes qui vous attendaient à l'entrée de l'hôtel n'appartenaient pas à la police ? »

Kirsten hocha la tête avec véhémence. « Non, ce n'est pas possible.

— Mais tu ne connais ce type que depuis quelques mois. Pourquoi une telle certitude ?

— Parce que j'ai peut-être cinq ans de moins que toi, mais je ne suis pas une lycéenne à qui le premier béguin fait tourner la tête, répondit Kirsten, sentant de nouveau sa gorge se nouer. Écoute, je ne nie pas que je suis amoureuse de Max. Ni que j'ai eu des doutes sur la réciprocité de ces sentiments, ou que je me suis parfois demandé si mon poste chez Monolith ne me rendait pas... utile à ses yeux. Mais je sais... ça, je le sais... qu'il tient vraiment à moi. » Kirsten se passa la main devant les yeux et elle sentit ses doigts se mouiller. « Tu peux toujours discuter de son respect à mon égard, mais ce n'est certainement pas un escroc manipulateur, un arnaqueur ou je ne sais trop quoi. Il a risqué sa vie pour me protéger de ces hommes. Je ne peux pas le laisser tomber comme ça. »

Anna soupira. « Ce n'est pas ce que je voulais dire, et si tu voulais bien cesser une seconde d'être sur la défensive, tu t'en serais aperçue. Tout ce que je te dis, c'est que tu es — qu'on est tous — dans une situation très sérieuse, et qu'on a besoin d'aide. Qu'est-ce qui te chiffonne tant dans l'idée d'appeler la police ? Du moins d'envisager cette éventualité avant qu'il nous arrive quelque chose, à toi, à moi, à Lin ou aux enfants ? »

Kirsten ouvrit la bouche pour parler et se rendit compte qu'elle ne savait pas quoi répondre... mais non, ce n'était pas ça. Ce serait se mentir à soi-même, et elle était censée jouer franc-jeu. Elle avait plus d'un indice. Elle savait, avec une certitude absolue, ce qu'il convenait de dire et elle ne pouvait se permettre de laisser son orgueil ou son entêtement lui mettre des bâtons dans les roues.

Soudain, elle sentit l'émotion la submerger et elle éclata en sanglots incontrôlables.

Anna déposa le couteau sur la paillasse, la contourna pour venir aux côtés de sa sœur et lui prendre la main.

« Kirst, je ne voulais pas...

— Non, ne dis rien », répondit Kirsten, essuyant avec colère ses yeux humides de sa main libre, détestant ces larmes qui ruisselaient à flots sur ses joues. « C'est ce que tu voulais dire, mot pour mot, et tu as parfaitement raison. Tu m'as laissée séjourner sous votre toit sans poser de questions, et moi, en échange, j'ai mis en danger toute ta famille. Et ça ne peut pas continuer. »

Anna resta à ses côtés, en silence, la regardant sans cesser de lui tenir la main.

Croisant le regard de sa sœur, Kirsten se pencha pour déposer sur sa joue un timide baiser.

« Tu as raison, il est temps que je prenne conseil de quelqu'un d'autre que moi, finit-elle par admettre. Je vais prévenir la police. »

14

Divers sites
23-24 septembre 2000

« Tu veux faire *quoi* ? » s'exclama Charles Kirby, serrant le combiné du téléphone. Il était dans son bureau à Broadway. « J'arrive pas à croire que tu sois sérieux.

— Je suis pourtant on ne peut plus sérieux, répondit Gordian, de l'autre bout du pays. J'ai bien réfléchi à la question. »

Kirby n'était pas facile à désarçonner, mais là il en restait comme deux ronds de flan.

« On a causé, il y a moins de deux jours, et tu n'as jamais mentionné que...

— C'est parce que ça ne m'était pas encore arrivé, coupa Gordian. Je viens de te dire que j'avais bien réfléchi à la question. *Bien,* pas *long-temps.* » Il marqua une pause. « Parfois, il suffit de reconnaître que l'on a eu une authentique inspiration. »

Encore sous le coup de la nouvelle, Kirby écarta de sa bouche le combiné, inspira, puis compta lentement jusqu'à dix. Il regarda par la fenêtre, tout en bas de la tour, des manifestants qui défilaient dans la rue avec des pancartes au pied des marches de l'hôtel de ville; il voyait ça presque chaque jour depuis qu'il avait installé ses bureaux dans cette rue. Qu'est-ce qui les amenait ici aujourd'hui? Il loucha pour essayer de lire les pancartes, se rendit compte qu'il n'arrivait pas à déchiffrer un seul mot et s'empressa d'oublier la question avec un soupir.

« Notre dossier dans la poursuite pour infraction à la loi antitrust fait déjà dix centimètres d'épaisseur, observa-t-il. On est quasiment prêts à déposer nos conclusions.

— Alors, allez-y, dit Gordian. Tu sais aussi bien que moi que l'objectif réel est de gagner du temps, et on n'en aura pas de trop. »

Kirby fronça les sourcils. « Gord, mon boulot est de te fournir des conseils juridiques et de te défendre. Je ne peux pas prendre de décisions à ta place. Mais j'espère que tu es conscient des risques que tu cours en poursuivant dans cette voie...

— J'assume les risques. Cause à un type enrhumé et il peut te refiler sa crève. Longe un immeuble en construction et tu peux te prendre une brique sur le crâne. On ne peut pas non plus passer sa vie tapi dans un terrier. »

Kirby ne répondit rien. *Respire. Compte jusqu'à dix. Souffle lentement.*

« Tu sais, c'est toujours un peu effrayant quand tu te mets à philosopher, observa-t-il au bout de quelques secondes. Je veux juste que tu me confirmes que tu vas au moins attendre ton retour de Washington.

— J'aimerais mieux tout mettre en branle tout de suite, rétorqua Gordian. En fait, je m'apprêtais à te demander de venir ici, avec Richard Sobel, pour qu'on puisse se voir le matin avant que je prenne l'avion.

— Mais on est jeudi. Et c'est pour après-demain, nota Kirby en feuilletant son carnet de rendez-vous.

— Je comprendrais très bien que ça ne te soit pas possible, Chuck. Mais comprends, de ton côté, que si tu as de bonnes raisons de me dissuader, ce sera ta dernière chance de m'en faire part. »

Kirby prit son stylo et raya sur son agenda un rendez-vous à déjeuner avec une fort séduisante collègue, pour inscrire à la place : « Se rendre à San Jose. » Avant de marmonner : « Précipitation est mère de confusion.

— T'as dit ?

— J'ai dit que je serai à ton rendez-vous », répondit Kirby.

De même qu'Alexandre le Grand avait tranché le nœud gordien d'un grand coup d'épée — se gagnant ainsi les faveurs de Zeus —, de même Megan Breen et Peter Nimec avaient rapidement conclu, devant la rapide expansion mondiale d'Uplink, que la société exigeait une capacité de réponse immédiate similaire, c'est-à-dire une équipe de sécurité capable de gérer les situations de crise dans lesquelles la stabilité régionale et les intérêts de l'entreprise étaient menacés. Pour ce faire, il était nécessaire de partager les renseignements avec les autorités des pays d'accueil, de recourir à des scénarios préétablis afin de désamorcer la majorité des problèmes avant qu'ils n'éclosent, et d'être prêts à répliquer à la violence par une épreuve de force si cette option devait s'avérer inévitable.

Comme leur patron s'était montré assez coopératif pour avoir un nom de famille (et un tempérament) qui invitait à la comparaison avec le légendaire général macédonien, ils avaient baptisé l'Épée ce bras armé de leur organisation. Et grâce aux contacts de Nimec dans le monde généralement inaccessible de la police — il avait débuté simple flic dans les quartiers sud de Philadelphie avant d'être muté à Boston, en milieu de carrière, pour s'y illustrer à la Brigade criminelle et obtenir son bâton de maréchal à Chicago, comme commissaire principal chargé des opérations spéciales, tout cela en moins de dix ans —, ils n'avaient pas eu de mal à séduire la crème des professionnels dans divers services de police et de renseignements de par le monde; résultat, leur projet fétiche était bourré d'hommes et de femmes d'une qualité sans équivalent.

L'un des jeunes talents de la section new-yorkaise de l'Épée était une femme, Noriko Cousins, qui avait été choisie personnellement par Nimec lors de l'enquête menée près d'un an plus tôt [1] sous le nom de code Politika, et c'est à elle qu'on devait ses progrès rapides et son heureuse conclusion. Après que son chef de section, Tony Barnhardt, blessé durant l'opération, eut dû prendre une retraite anticipée, le choix s'était porté naturellement sur elle pour occuper son poste, ce qui, avec les méthodes plutôt décontractées de Pete Nimec, lui avait permis de mener son affaire sans être gênée par sa hiérarchie. C'était bien rare qu'elle entende parler de Nimec, à moins que la situation ne soit vraiment grave.

Aussi, quand en revenant de déjeuner par cette fraîche après-midi d'automne, elle trouva trois messages téléphoniques sur son répondeur personnel, tous reçus durant l'heure où elle s'était absentée, elle comprit que l'affaire était urgente.

Décrochant son téléphone, elle composa le numéro de sa ligne directe sans même prendre le temps de dégrafer son blouson.

Il répondit aussitôt. « Ah, Nori, je suis content de vous entendre. »

Sans blague..., pensa-t-elle.

« Tout va bien, chef?

1. Cf. *Power Games 1, Politika, op. cit.*

— J'espère... Écoutez, sans vouloir vous forcer la main, j'aimerais que vous passiez à San Jose ; je vous expliquerai tout une fois que vous serez sur place. »

Malgré sa surprise, Noriko n'eut besoin que d'une seconde pour se décider. La fidélité personnelle et professionnelle qu'elle éprouvait pour son patron lui facilita la tâche.

« Quand ? demanda-t-elle.

— Dès que possible. Ce soir, demain, si vous n'avez rien d'autre sur le feu.

— Rien que ne puisse régler mon adjoint. Tout est calme dans le coin, ces derniers temps, touchons du bois.

— À la bonne heure. » Il se tut quelques secondes, le silence prolongé semblant traduire la gravité de son humeur, plus encore que le ton de sa voix. « Je sais que c'est beaucoup vous demander et je m'excuse encore de faire tant de mystères, mais c'est un sujet dont je préfère discuter seulement en tête à tête.

— Il n'y a pas de problème. Dès que j'ai raccroché, je prends mes dispositions. Je vous rappelle une fois que tout est réglé.

— Alors, à plus tard. » Nouvelle pause. « Eh, Nori ?

— Oui ?

— Je vous suggère de vous munir d'un stock de vêtements légers. Il se pourrait qu'on voyage pas mal. »

Elle se massa la nuque, soupesa la remarque. *De plus en plus curieux.*

« Noté, chef. »

C'était ce qu'on aurait pu qualifier de nuit équatoriale parfaite sur le port de Pontianak : l'air était chaud et limpide, d'innombrables étoiles emplissaient le ciel, les eaux paisibles reflétant leur éclat comme un miroir. Sur les quais, une flottille de bâtiments de commerce étaient ancrés au milieu d'un dédale de portiques et de grues à présent silencieuses ; les cargos déjà déchargés étaient amarrés coque contre coque près de ceux lestés de la proue à la poupe de conteneurs de fret, l'étrave enfoncée dans l'eau sous le poids de leur cargaison.

La plupart du temps, il régnait ici la nuit une sorte de sérénité somnolente, le calme précédant l'agitation de l'aube, quand le brouhaha et les cris des dockers, le cliquetis rythmé des estacades, le chuintement des treuils couvriraient le doux clapotis du courant.

La plupart du temps.

Cette nuit, toutefois, le grondement sourd d'un camion avait troublé le calme, avec sa bâche humide claquant sur la ridelle arrière tandis que le véhicule remontait le long des hangars des douanes, à l'extrémité des quais, empruntait une rampe de chargement et s'immobilisait pesamment.

Quelques instants après, deux hommes en faction émergeaient de l'ombre des entrepôts et se dirigeaient vers le poids lourd. Assis au volant, Xiang les vit pénétrer dans le faisceau jaune de ses phares : cheveux courts gominés vers l'arrière, tatouages rouges aux bras, autant de signes indiquant qu'il s'agissait de *yakusas* ; à peine sortis de l'adolescence, ils étaient cependant assez vieux pour avoir été recrutés chez les *bosozuku,* ces bandes de motards qui étaient l'équivalent d'une école de formation pour la pègre nippone.

Xiang adressa un signe de tête à Juara, qui était sur le qui-vive. Puis, laissant les phares, il coupa le moteur, descendit de la cabine, et contourna la calandre pour s'approcher des deux *yakusas.*

Deux petites gouapes, songea-t-il en les toisant

avec un regard de marbre. Les alliances fondées sur la contrebande et le trafic de drogue que les familles de la pègre japonaise avaient nouées avec les autres syndicats du crime du Sud-Est asiatique n'avaient pas seulement donné des résultats fort lucratifs, elles avaient aussi permis d'employer utilement ces voyous sans foi ni loi. Le boulot de nettoyage qu'ils effectuaient était le genre de besogne à laquelle personne d'autre n'aurait voulu toucher.

« Z'êtes foutrement en retard, observa un de ces petits durs, en bahasa. On vous attendait il y a une heure. »

Xiang releva légèrement la tête, sans rien dire. La porte de droite du camion s'ouvrit à la volée et Juara bondit dehors, un fusil d'assaut FN P-90 dans les mains, la minuscule lentille de son système de visée laser visible sous le canon muni d'un silencieux. Impassible, il se tint près de la cabine, l'arme pointée dans la direction du *yakusa*.

« Peu importe, dit Xiang. Je veux que vous me disiez qui vous a envoyés à notre rencontre. »

Le *yakusa* parut un instant perplexe. « Pourquoi ? On a des gueules de douaniers ?

— Vous avez des airs de rats d'égout trop stupides pour savoir qu'ils sont à deux doigts de se faire pulvériser la tronche », répondit-il en adressant un signe de tête à Juara.

Ce dernier releva sèchement l'arme compacte en résine synthétique pour centrer le point rouge du laser en plein front du *yakusa*.

« Dis-moi qui t'envoie, répéta Xiang, les yeux rivés sur la petite frappe. Tout de suite. »

Le *yakusa* plissa les paupières, haussa les épaules.

« On fait ça pour un dénommé Kinzo. Vous êtes satisfait ? »

Xiang continua de le dévisager sans bouger durant peut-être encore une demi-minute, puis finalement il adressa un signe de la main à Juara. Le second pirate rabaissa son arme.

« Le corps est à l'arrière du camion, saucissonné dans une bâche. Sortez-le de là et embarquez-le sur le premier cargo en partance. Et pas de questions, bande de petits merdeux. »

Essayant de masquer son soulagement, le *yakusa* haussa de nouveau les épaules et dit quelques mots à son collègue, en japonais. Puis tous deux passèrent à l'arrière du camion pour accomplir leur tâche.

En les regardant soulever le cadavre de l'Américain et l'emporter dans le hangar, Xiang se souvint brusquement d'un détail qui lui donna une envie irraisonnée mais néanmoins irrépressible de ne pas moisir ici. Il revint au camion, marqua un bref temps d'arrêt pour contempler les eaux noires qui léchaient le quai — les eaux qui bientôt engloutiraient Max Blackburn dans leurs profondeurs — et se trouva incapable de chasser la pensée troublante qui lui était venue un moment plus tôt.

Pontianak tenait son nom d'un mot malais signifiant « esprit vengeur ».

Le corps parcouru d'un frisson nerveux, il ordonna à Juara de remonter dans la cabine, puis il le suivit et redémarra dans la nuit.

Comme avec toute combustion meurtrière, le massacre de Djakarta était inévitable, une fois les composants de l'explosif mis en contact dans les conditions physiques de leur point d'ignition.

Les organisateurs de la manifestation, pour l'essentiel des étudiants appartenant à divers groupes politiques rassemblés sous la large bannière de la « défense de la démocratie » (et issus en fait de toutes les tendances, des communistes aux ultra-nationalistes), avaient prévu de défiler devant le centre culturel depuis de nombreuses semaines déjà. Ils avaient distribué des tracts à la phraséologie jargonnante, placardé des affiches, vendu T-shirts et casquettes de base-ball aux couleurs de leurs organisations, et même gravé des CD remplis de discours enflammés et d'hymnes protestataires destinés à être diffusés par la sono durant la manif. Sur les principaux campus universitaires indonésiens et aux abords de ceux-ci, les meneurs avaient fait œuvre de prosélytisme pour recruter des adeptes, gagnant à leur cause des milliers d'étudiants et réussissant à secouer une bonne partie d'une classe ouvrière d'ordinaire apathique, mais qui avait souffert quatre années de misère noire après que la bulle économique asiatique eut soudain éclaté.

Même si la force de cohésion liant ces groupes était fragile, ils étaient unanimes à se plaindre de l'inflation galopante, à dénoncer un pouvoir qui s'obstinait à tourner le dos aux réformes économiques, et à critiquer leur président, d'une part à cause de son attitude conciliante vis-à-vis de la corruption et du gaspillage qui régnaient dans la bureaucratie, et de l'autre à cause de son refus de démanteler les monopoles d'État sur les principales entreprises du pays, qui toutes étaient contrôlées par une multitude apparemment infinie de frères, demi-frères, fils, gendres et neveux.

Réunis, les dissidents constituaient une force politique avec laquelle il fallait compter.

Le gouvernement s'était toutefois préparé lui aussi à coordonner une épreuve de force.

Inquiets de voir l'agitation gagner les campus, les villes et les villages entrer en rébellion ouverte, une bonne partie des dirigeants du parti au pouvoir avaient estimé qu'une action ferme était indispensable pour effacer l'image de faiblesse du gouvernement. Tous savaient qu'écraser la protestation populaire à la façon des Chinois sur la place Tiananmen risquait de provoquer une levée de boucliers et de nuire aux relations avec leurs alliés occidentaux et japonais. Pourtant, après avoir mis ce risque en balance avec la probabilité, réelle ou supposée, d'un soulèvement populaire généralisé, certains conseillers influents du président avaient décidé qu'il valait la peine d'être couru ; ils avaient donc obtenu son accord pour une action destinée à montrer que leur tolérance à l'égard des dissidents avait finalement atteint sa limite.

D'après des estimations fiables, la foule des manifestants était de près de cinq mille personnes au plus fort du rassemblement, avec des revendications qui allaient du parfaitement sérieux au franchement frivole. On voyait des gens avec des pancartes dénonçant la politique sociale répressive, exigeant des privatisations dans l'industrie, et d'autres protestant contre le manque de diversité dans les programmes offerts par les opérateurs du câble. Des femmes qui faisaient campagne pour bénéficier d'une meilleure formation, exiger de nouvelles lois pour interdire la discrimination sexuelle à l'emploi, et protester contre la pénurie de cosmétiques due aux barrages douaniers. Des journalistes des deux sexes qui exigeaient la liberté de la presse, des citadins se lamentant de l'absence de transports publics fiables, des banlieusards se plaignant de l'état d'entretien lamentable des routes et autoroutes, et des écologistes réclamant l'instauration de contrôles antipollution plus stricts. Il y avait même un groupe, restreint mais bruyant, de gourmets exprimant leur indignation devant la récente fermeture de plusieurs restaurants quatre étoiles.

Quoique moins nombreux que les manifestants, les forces militaires déployées pour les contenir avaient revêtu leur tenue de combat et étaient dotées de toute une panoplie d'armes et de matériel anti-émeute, qui leur procurait un considérable avantage défensif et offensif.

Les miliciens avaient en outre, planqué dans leur manche collective, un méchant petit secret sous la forme d'agents de renseignements en civil dispersés dans la foule et jouant les manifestants. La tâche de ces éléments infiltrés était d'inciter à la confrontation avec la troupe, qui bien entendu était au courant du plan, et réagirait par une démonstration de force aussi prompte que violente. Peu importerait que leur réaction soit critiquée par les défenseurs des droits de l'homme ; tout au contraire, le message se voulait explicite : le gouvernement en avait assez de la désobéissance civile et allait se mettre à châtier les agitateurs avec la plus extrême sévérité, quoi que puissent en dire les bonnes âmes.

Pour ménager les apparences, les premiers incidents orchestrés restèrent au niveau des bousculades et des bourrades, les « manifestants » se montrant de plus en plus difficiles à maîtriser, les soldats jouant les professionnels pleins de retenue et de discipline pour les ramener dans le rang. Les heurts se firent plus fréquents, suivant une véritable logique d'escalade, et bientôt, les forces de l'ordre se retrouvèrent criblées d'une grêle de pavés et de bouteilles. On recourut alors aux grenades lacrymogènes, aux bombes au poivre, aux canons à eau et aux matraques pour mater les trublions, qui furent prestement traînés à l'écart, menottés et entravés.

Ensuite, plusieurs taupes du gouvernement placées en première ligne se mirent à lancer des cocktails Molotov, noyant la chaussée sous des flaques de flammes jaunes et d'épais nuages d'âcre fumée noire. Qu'il n'y ait pas plus d'une vingtaine d'agents provocateurs passa inaperçu dans la confusion grandissante. De même que le fait que chacun des projectiles incendiaires fût soit intercepté par les boucliers des soldats, soit jeté délibérément à côté pour ne pas faire grand mal à leurs cibles supposées. L'image de forces de l'ordre agressées physiquement, cernées par les explosions de cocktails Molotov, fut le prétexte recherché pour qu'elles passent à l'attaque pour de bon.

Fusils d'assaut et armes automatiques furent sortis des arsenaux et chargés à balles réelles. Des transports de troupes blindés foncèrent dans la foule, provoquant un surcroît de colère et d'hystérie. Un jeune homme se précipita devant le blindé de tête, et fut écrasé avant que le chauffeur ait pu s'arrêter ou dévier de sa course, les chenilles aplatissant la victime jusqu'à ne laisser qu'un horrible tas de chairs déchiquetées. Une jeune femme qui s'était trouvée tout à côté du malheureux bondit sur un soldat, et vengea sa mort en lui lacérant la joue avec un éclat de verre ; elle fut aussitôt jetée à terre et tabassée à coups de matraque et de coups-de-poing américains. Deux hommes qui avaient voulu se porter à son secours furent à leur tour étendus à coups de matraque, inconscients. Quelqu'un tira au pistolet automatique et dès lors, peu importait que le tireur fût un soldat en uniforme, un provocateur en civil ou un véritable manifestant rendu fou par cette violence.

Les troupes convergèrent aussitôt sur la foule, venant de toutes parts, déclenchant un tir nourri à balles réelles. Ceux qui cherchaient à fuir se retrouvèrent coincés par l'amoncellement des corps et tombèrent, hurlant et gémissant, balayés par la mitraille, dérapant dans leur propre sang, rampant dans des mares d'hémoglobine.

Les équipes de télévision déjà présentes sur les lieux furent rejointes par celles des chaînes par satellite qui avaient les moyens techniques de retransmettre en direct la mêlée.

Observant attentivement les événements à la télévision, Nga Canbera ne savait trop qu'en penser. Il avait dépensé une fortune en roupies à financer la manifestation ; il se souciait peu des motivations politiques des protestataires, mais il aimait bien les joutes politiques avec le gouvernement, en grande partie parce qu'il supportait mal l'avantage dont profitaient les membres de la famille du président dans les affaires — et tout particulièrement l'un de ses fils, naguère étudiant avec lui et qui se retrouvait aujourd'hui à la tête d'une banque rivale, soutenue par des prêts et des investissements gouvernementaux qui lui valaient des performances records.

Malgré tout, Nga jugeait cette populace antipathique, vulgaire et indigne d'attention. La répression jouerait-elle à l'avantage du parti au pouvoir ou au contraire renforcerait-elle encore l'opposition intérieure ? Et si le Fonds monétaire international différait ses aides pour le rétablissement économique du pays, voire les supprimait totalement au nom du respect des droits de l'homme ? Quelles seraient les conséquences de telles mesures sur les avoirs de la famille Canbera ? Et surtout — et là, il était encore plus perplexe —, *pourquoi diantre ne s'était-il pas déjà posé cette question ?*

Tout cela était à la fois déroutant et inquiétant, surtout lorsqu'il se prenait à songer que son implication au côté des étudiants n'était qu'un début, la partie émergée de l'iceberg si quelqu'un s'avisait de creuser un peu dans ses affaires... et que sa complicité, si indirecte fût-elle, dans le meurtre de l'espion américain pourrait bien être le lien amenant à découvrir où il gardait planqués ses secrets. L'avertissement à peine voilé de Kinzo n'était pas tombé dans l'oreille d'un sourd... Il y avait autour de lui tant d'éléments susceptibles de le mener à la catastrophe. Et qu'aurait dit Kinzo s'il avait su son rôle dans le complot ourdi par le général Kersik et ses sbires ? Nga ne comprenait pas comment le jeu avait pu devenir si compliqué et dangereux, comment il avait pu prendre une telle envergure. Il se sentait dépassé.

Il regarda la télévision. Les blindés, les troupes, les manifestants avec leur terreur pathétique, en train de se faire prendre à revers alors qu'ils tentaient de fuir ou s'abriter. On devait au moins reconnaître au président et à ses conseillers le mérite d'avoir eu le courage d'agir avec fermeté, quitte à en subir les répercussions éventuelles, plutôt que d'attendre sans rien faire que les loups soient à leur porte... Et peut-être, songea Nga, y avait-il là une leçon à tirer, un exemple à méditer pour sa propre conduite.

Une fois encore, on en revenait au conseil donné par Kinzo. Si les employeurs de Max Blackburn se mettaient à enquêter sur les circonstances de sa mort, la piste déboucherait fatalement à la porte même de Nga. Comment, dès lors, empêcher une telle enquête ? Bien sûr, Marcus Caine allait finir par absorber Uplink, le dévorer — Nga n'en était pas moins convaincu qu'auparavant. Mais, comme il avait tenté de le faire comprendre alors qu'ils étaient dans la planque miteuse du Thaïlandais, le processus d'absorption allait prendre du temps. Beaucoup trop de temps.

Nga continua de fixer la télé, mais ses yeux ne regardaient plus les images chaotiques qui défilaient à l'écran. Il se demanda si le problème n'était pas tant que la partie avait fini par lui échapper, mais plutôt qu'il convenait d'élargir sa stratégie. Il était parvenu à un stade où une succession de mouvements calculés et savamment dosés ne donnaient plus de résultat… et où un seul mouvement bien étudié pourrait suffire à emporter la mise.

Branlant du chef comme un homme qui vient de découvrir brusquement la solution d'une énigme complexe, il décrocha son téléphone et appela Marcus Caine.

« Allô ?

— Marcus ? Salut. Je vous avoue que je suis surpris de vous trouver chez vous. D'après ce que j'ai pu lire, on ne parle que de vous, ces derniers temps. »

Caine haussa le sourcil au son de la voix de Nga. Cela faisait plus d'une heure qu'il était devant sa télé à regarder sur CNN les images du bain de sang de Djakarta. Le temps que le reportage parvienne aux chaînes généralistes, il serait coupé et monté pour le grand public, épargnant au téléspectateur moyen les scènes d'atrocité les plus sordides — mais il préférait pour sa part regarder en face les horreurs du monde. Une fois diluée, la réalité n'offrait plus guère de prise à la compréhension.

« Si libertin que je sois, il m'arrive de me lasser de mes délires et de me remettre au courant de l'actualité, dit-il en se demandant si le moment de l'appel de Nga était vraiment fortuit. Et justement, d'ailleurs, c'est quoi, ce délire qui se passe dans votre pays ?

— Notre bien-aimé chef d'État semble avoir décidé de serrer la vis à l'opposition.

— Est-ce que ça vous pose un problème ? »

Caine entendit Nga soupirer. « Je suppose que

tout dépendra de l'influence que vont entraîner ces événements sur mes avoirs. »

Les sourcils de Caine s'arquèrent un peu plus. Il s'était attendu à subir encore une fois la rhétorique fumeuse de son interlocuteur... sympathie pour l'homme de la rue, toutes ces balivernes... Tout au contraire, l'apparente franchise de sa réponse était presque déroutante.

« Tant que votre banque continue de se bien porter, j'imagine que votre position demeurera solide, quelle que soit l'évolution dans les hautes sphères », répondit-il, sans trop savoir si c'était vrai, compte tenu de cette tendance de Nga à vouloir se mêler de la politique indonésienne, et de toute façon, c'était le cadet de ses soucis. En fait, c'était juste histoire de meubler le silence.

« Marcus, écoutez-moi, reprit Nga au bout d'un moment. Il faut que nous parlions de Roger Gordian. Il est survenu quelque chose qui pourrait avoir pour nous des conséquences fâcheuses, si l'on ne s'en occupe pas sans tarder. »

Caine se caressa le menton, songeur. Il ne savait trop ce que signifiait la déclaration de son interlocuteur, sinon qu'elle devait sans doute avoir un rapport avec la prise de contrôle.

« Je vais déclarer officiellement mon intention de me porter acquéreur d'Uplink dans l'édition d'aujourd'hui du *Wall Street Journal*, dit-il. Les avocats de la société sont certains de pouvoir faire traîner les choses au tribunal, mais pour ma part, je crois que toute cette histoire n'est qu'un écran de fumée. Laissez-moi quelques semaines et...

— J'ai parlé de *Roger Gordian*. Pas d'Uplink. »

Soudain troublé, Caine réfléchit un peu plus. Il aurait bien voulu que Nga crache simplement le morceau. « Est-ce que ça aurait un rapport avec le fils de pute qui était allé fouiner du côté de ma filiale de Singapour ? J'avais cru que vous vous étiez occupé de lui... »

Une pause.

« Marcus, la ligne est-elle protégée ?

— Je ne peux vous le garantir que de mon côté.

— Dans ce cas, on devrait pouvoir parler librement, répondit Nga. L'individu que vous évoquez est mort. Et c'est à partir de là que débutent les complications. »

Soudain, Caine se rendit compte que son cœur battait la chamade. « Je... je ne comprends pas. Je veux dire, qu'est-ce qui a cloché ? Et qu'est-ce que j'ai à voir là-dedans ?

— Récapituler les circonstances serait trop long, mais soyez assuré que ce n'était absolument pas intentionnel. À vrai dire même, enlever cet homme était a priori une erreur, et je m'y suis opposé dès le début. S'il avait été libéré, il aurait été en mesure de donner aux autorités et à son patron le signalement de ses ravisseurs. Sa mort, toutefois, va sans aucun doute entraîner une enquête. En définitive, où est la différence ? Les gens vont vouloir des réponses, et toutes les pistes mènent dans notre direction.

— Attendez une seconde, le coupa Caine. Vous parlez comme si j'avais voix au chapitre. Et ce n'est pas le cas. Je ne voulais même pas en entendre parler. Vos amis ont eu l'idée saugrenue de l'enlever, quand il devait y avoir une façon plus simple de découvrir ce que nous cherchions. Plus simple et, surtout, plus saine.

— Du calme. Ce qui est fait est fait. L'important pour nous, désormais, c'est d'avoir le courage d'en assumer les conséquences.

— Arrêtez ces salades. Merde, c'est vous qui allez vous les carrer, quelles qu'elles soient. Je vous ai remboursé vos prêts à dix fois leur valeur. J'ai fait tout ce que vous demandiez, comme un putain de domestique sous contrat. Mais ça... je ne veux rien avoir à faire avec ça. »

Nouvelle pause, cette fois plus longue encore que la précédente.

« Marcus, je n'ai pas besoin de vous rappeler que vous avez déjà participé à des actions qui seraient jugées comme crimes de haute trahison par votre gouvernement. Si jamais elles sont révélées au grand jour, vous vous retrouverez condamné à perpétuité, si ce n'est condamné à mort. Selon vous, pourquoi fallait-il absolument stopper Blackburn ? On n'avait pas le choix...

— Ne prononcez pas son nom. Et vous avez un sacré culot d'oser me qualifier de traître ! » protesta Caine. Sa voix était devenue stridente. « Bon Dieu, je n'ai pas l'habitude de ce genre de situation. Ces fils de pute avec qui vous fricotez, ces voyous, c'est leur problème. Du reste, qu'est-ce que vous attendez de moi ?

— Directement, rien. Mais il y a des personnes aux États-Unis qui ont déjà accompli certaines tâches pour notre compte. Des personnes capables d'entrer et de sortir de certains endroits sans que nul ne remarque quoi que ce soit. Vous savez de qui je veux parler, Marcus. »

Caine était incrédule.

« Non, répondit-il. Je ne veux plus entendre parler de ces histoires...

— Oh que si, vous allez les entendre, rétorqua Nga. Je vais vous dire ce qu'il convient de faire au sujet de Gordian, parce qu'il n'y a pas d'autre choix. Et pour cette même raison, vous allez m'écouter.

— Non, non et non...

— Je vais vous le dire, Marcus », répéta Nga.

Et avant que Caine n'ait pu encore une fois l'interrompre, c'est ce qu'il fit.

15

San Jose, Californie
24 septembre 2000

Assis dans son pick-up devant le motel Bayview, Jack McRea résista à la tentation de consulter sa montre pour la troisième fois en dix minutes. Il était partagé entre des désirs contradictoires : d'un côté, l'envie de voir la femme avec qui il était censé avoir rendez-vous arriver dans sa voiture ; de l'autre, l'espoir qu'elle ne se manifeste pas. Il n'avait été infidèle à son épouse qu'une seule fois en plus de dix ans de mariage, et cela s'était produit alors qu'il était pris de boisson et qu'Alice s'était absentée pour quelque temps. Qui plus est, il n'avait encore jamais enfreint son serment de shérif adjoint du comté ou déconné dans aucun des petits boulots qu'il faisait au noir pour arrondir ses fins de mois. Pas même au plus fort de ses problèmes d'alcool.

Et pourtant, il était ici, dans un parking de motel, quand il aurait dû être de service à l'aérodrome privé où il bossait comme veilleur de nuit. Il était ici, à attendre une femme rencontrée dans un bar où il buvait à l'occasion une ou deux bières entre la fin de sa journée au bureau du shérif et le début de sa nuit à l'aérodrome. Il ne savait rien d'elle, sinon qu'elle s'appelait Cindi, avec deux i, qu'elle était blonde, qu'elle avait de jolis yeux et qu'elle était extra en minijupe et talons aiguilles. Et puis aussi, qu'elle mettait ce truc brillant sur les lèvres qui les faisait paraître si moites, et qu'elle avait un sourire incroyablement sexy, du genre à vous donner des fourmis au creux du ventre.

Quand ils avaient fait connaissance au bar, la veille au soir, elle lui avait dit qu'elle attendait un ami qui lui avait posé un lapin, et lui, il lui avait payé un verre parce qu'elle avait l'air plus ou moins abattu, et sans qu'il sache trop comment, ils s'étaient mis à flirter, elle s'était rapprochée de lui sur son tabouret, et quand il lui avait lancé un regard entendu, elle s'était contentée de sourire, sans plus bouger, la jupe remontée haut, la cuisse effleurant sa jambe.

Bref, de fil en aiguille, ils étaient devenus très câlins, et comme l'issue devenait de plus en plus manifeste, juste pour qu'elle sache à quoi s'en tenir, il avait alors décidé de mettre les points sur les i en lui avouant qu'il était marié. Elle avait gloussé en entendant cette confession, et quand il lui avait demandé ce qu'il y avait de si drôle, elle s'était contentée de poser un doigt sur son alliance en disant qu'elle avait comme qui dirait deviné que c'était ça ou alors qu'il jouait les types indisponibles, et il s'était rendu compte qu'il avait dû passer pour un gland avant de se mettre à rire à son tour. Alors, elle lui avait confié qu'elle avait un copain régulier, ce qui les mettait à égalité, enfin presque, et pour on ne sait quelle raison, ils avaient ri de plus belle, et ils riaient encore quand ils s'étaient rapprochés pour échanger un baiser fougueux, avant de commencer à se peloter assis au comptoir, en se disant à quel point ils avaient hâte de se retrouver seuls tous les deux, adieu la femme, adieu le petit ami, vraiment seuls, bien seuls, à deux doigts de conclure, là, en plein bar.

Jack connaissait le Bayview à force de passer devant chaque soir en se rendant au boulot, le fameux boulot à l'aérodrome ; celui-ci appartenait à un groupe d'hommes d'affaires du coin qui s'étaient réunis pour gérer en commun leur parc de jets privés, et il n'était situé qu'à un saut de puce du bar. S'il avait choisi ce motel, c'était aussi parce que deux de ses potes mariés s'y étaient déjà rendus avec des nanas qu'ils fréquentaient en douce, et qu'ils lui avaient dit que les tauliers étaient des modèles de discrétion.

Il avait évoqué l'établissement à Cindi, alors qu'ils étaient déjà quasiment en train de se grimper dessus, ajoutant qu'il avait deux heures de battement avant d'aller bosser, et lui demandant si ça lui dirait d'y aller avec lui terminer ce qu'ils avaient si bien commencé. C'est alors qu'elle lui avait parlé du type avec qui elle sortait plus ou moins, expliquant que c'était un chauffeur de semi qui la voyait chaque fois qu'il faisait étape en ville, et qu'il devait justement passer ce soir-là, sur le coup de minuit, au milieu d'un long parcours, et que même si elle ne l'attendait pas avant bien plus tard dans la nuit, elle supposait qu'il aurait envie d'un petit câlin, comme chaque fois, ce qui lui ferait tout drôle, après s'être trouvée avec Jack la même nuit...

Jack n'avait trop su quoi penser de son récit, sinon qu'il lui faisait un peu l'effet d'une douche froide et l'avait amené à lui demander de but en blanc si, tout bien réfléchi, elle n'avait pas quelque hésitation à se lancer dans une aventure avec lui, et elle avait répondu non, non, t'as tout faux, avant de glisser la main entre ses jambes en ajoutant que son petit copain serait reparti le lendemain matin, et que ça vaudrait mieux s'ils pouvaient se voir quand elle pourrait être libre de s'offrir entièrement à lui, Jack... c'était exactement sa formulation, alors qu'elle avait gardé la main posée sur lui de bout en bout, le massant là où il fallait, au vu et au su de tous les clients du bar. Et puis ce sourire qu'elle avait, ce sourire, ça la rendait... comment disait la rengaine, déjà ? Belle, belle, belle comme le jour, belle, belle, belle comme l'amour, quelque chose comme ça.

Tout ce qu'il me fallait.

Enfin merde, comment pouvait-il résister ?

Et c'est ainsi qu'ils avaient ourdi leur plan pour ce soir. Son idée première avait été de la retrouver au bar aux alentours de six heures, et ensuite de filer en voiture au Bayview, où ils auraient deux heures devant eux avant qu'il aille prendre son tour de garde au terrain d'aviation. Mais elle lui avait dit qu'elle avait quelques courses importantes à faire ce soir-là, et qu'il vaudrait donc mieux qu'ils se voient un peu plus tard, disons sur le coup de sept heures, sept heures et demie, pour compter large. Et il lui avait répondu que pour lui, ça n'allait pas, puisqu'il devait réellement aller pointer à huit heures pile, ce qui leur aurait laissé une demi-heure maxi, et qu'il ne pensait pas que l'un ou l'autre avait envie, la première fois où ils avaient l'occasion de se retrouver seuls, de faire ça à la va-vite.

Ils s'étaient ainsi renvoyé la balle pendant quelque temps, l'un et l'autre désireux de conclure, aucun n'ayant envie de reporter l'échéance à nouveau, mais Cindi s'entêtant à expliquer qu'elle ne pouvait reporter ses rendez-vous, jusqu'à ce qu'elle finisse par lui demander s'il ne pourrait pas, pour une fois, se pointer peut-être un peu en retard au boulot, ou bien trouver quelqu'un pour le remplacer, voire s'absenter de son poste une heure et quelque, ce qui, ajoutait-elle, rendrait la chose encore plus excitante pour eux deux, avec comme qui dirait le piment supplémentaire du danger, mais enfin, pour de rire, quoi...

Si dingue que l'idée ait pu lui paraître quand elle l'avait évoquée, il s'était aussitôt rendu compte que Cindi avait mis le doigt sur un truc. Il pouvait effectivement laisser la grille d'accès sans surveillance pendant un certain temps, sans que personne le remarque ; en fait, il avait déjà eu l'occasion de le faire pour aller s'acheter du café ou un paquet de clopes, et à une ou deux reprises il avait même pris le temps d'écluser un demi avant de regagner l'aérodrome. La discipline n'était pas aussi stricte qu'à Frisco International. Il n'y avait guère d'allers-retours lors de sa garde. Il pouvait toujours pointer à l'heure, puis s'éclipser durant une heure ou deux avec Cindi, et être de retour comme si de rien n'était. Et c'est vrai, elle avait raison, ça donnait effectivement un peu de piment à l'histoire.

Ils étaient finalement convenus de se retrouver au parking devant le Bayview — il lui avait indiqué l'itinéraire et elle lui avait répondu qu'elle savait à peu près où c'était — sur le coup de huit heures et demie : cela lui donnait le temps d'aller pointer dans la guérite de garde, de s'assurer que son collègue de jour était rentré, et de repartir aussi sec.

Et c'est ainsi qu'il se retrouvait la nuit suivante, lorgnant encore une fois sa montre, impatient de voir arriver Cindi tout en se demandant si elle allait au bout du compte lui poser un lapin après tous ces préparatifs... dans leur cas, on pouvait même parler de *négociations*. Ce qui, en définitive, valait peut-être mieux. Alice était une brave femme, ils en avaient pas mal bavé tous les deux, et il savait que ça le démolirait s'il devait la perdre. Mais ils n'avaient plus rien fait au lit depuis la naissance de Tricia, et lui, il était un type en pleine santé qui avait ses exigences naturelles... Ce qu'il faisait ce soir était purement sexuel, sans rien à voir avec les sentiments qu'il éprouvait pour son épouse. N'empêche, une fois qu'on était embringué dans ce genre de plan, on ne pouvait jamais être sûr à cent pour cent de ne pas se faire pincer, le pantalon autour des chevilles, et c'était sans doute pourquoi, quelque part, il n'aurait pas été mécontent qu'elle ne...

Le bruit d'une voiture le tira soudain de cet enchaînement de réflexions. Jack lorgna son rétro extérieur, vit une Honda Civic rouge entrer dans le parking, tous phares allumés, se garer dans la rangée derrière lui... et puis, il sentit son cœur se mettre à battre à tout rompre dès qu'il vit ses longues jambes descendre du côté conducteur, et la jeune femme se diriger vers lui, *belle, belle, belle comme le jour, belle, belle, belle comme l'amour,* vêtue de fringues qui auraient pu sortir de ses fantasmes les plus chauds, des fringues qui le mettaient dans l'impossibilité de penser à autre chose qu'à l'allure qu'elle aurait une fois qu'il les lui aurait ôtées.

Il pressa la touche sur l'accoudoir pour faire descendre la vitre et attendit.

« On attend quelque chose en particulier ? » fit-elle, tout sourire, en se penchant par la portière ; ses grands yeux de biche et l'odeur de son parfum lui donnaient des palpitations.

« Plus maintenant », répondit-il en saisissant la poignée intérieure, sachant désormais avec certitude qu'il n'allait pas retourner de sitôt à l'aérodrome, qu'il était prêt à larguer définitivement son boulot et que, comme ce bougre de Samson dans le vieux récit biblique, il était merveilleusement, délicieusement maudit...

L'aérodrome avait été choisi pour son site discret, en lisière d'une crique étroite dans la baie, juste au nord-est de la limite entre les comtés d'Almeda et de Santa Clara. Chacun des quatre hangars d'entretien en parpaings exhibait, peints sur la toiture et sur au moins l'un des murs extérieurs, le sigle de son entreprise propriétaire, afin d'en faciliter l'identification par les pilotes en approche. Il y avait à l'écart quelques bâtiments préfabriqués et deux pistes, l'une d'un peu plus de sept cents mètres et l'autre de mille, pour les gros appareils à hélice ou les jets. Ce soir, une poignée de zincs étaient garés sur l'aire de stationnement sous le ciel calme et limpide : un monomoteur Pilatus, un biturbopropulseur King Air C90B, nettement plus imposant, des biréacteurs d'affaires Cessna et Swearingen, et trois ou quatre avions de voltige construits à partir de kits. Une flotte d'hélicoptères civils était également rangée sur l'héliport situé à l'extrémité nord du site.

Petit ovale de bitume avec de quoi accueillir peut-être deux douzaines de voitures, le parking de l'aérodrome était désert quand une fourgonnette anonyme déboucha de la route d'accès bordée d'arbres, à huit heures et demie, pour venir se ranger le nez contre la clôture courant derrière les hangars et l'aire de stationnement des avions. Les deux hommes à l'intérieur du véhicule n'avaient rencontré personne à la guérite de garde, ce à quoi ils s'étaient attendus : le vigile avait été attiré dans un motel par une femme dont l'expertise amoureuse aurait tôt fait de l'amener à oublier jusqu'à son propre nom, sans parler de ses responsabilités à l'aérodrome.

Quelques instants après avoir coupé le moteur et éteint les phares, le chauffeur et son passager descendirent et franchirent aussitôt le portail d'accès à la zone des hangars. Tous deux étaient vêtus d'une combinaison de mécano de couleur verte. Le chauffeur avait un portefeuille muni de faux papiers, deux clés à molette dans une pochette à zip sur la poitrine, et dans la main un bidon vide. Son compagnon avait lui aussi des faux papiers, mais il n'avait rien dans les mains ou dans les poches, à l'exception d'un Beretta à silencieux caché dans un étui discret.

La route de service décrivait une boucle autour du site et elle était dotée d'un trottoir en béton le long des hangars. Ils s'y engagèrent et eurent tôt fait de repérer celui d'Uplink, à une trentaine de mètres sur leur droite. D'un pas vif et silencieux, ils obliquèrent dans cette direction.

Si jamais ils tombaient sur quelqu'un qui leur demande la raison de leur présence, ils avaient préparé une explication : on les avait engagés pour effectuer un entretien pré-vol de dernière minute sur le Learjet de Roger Gordian et ils étaient arrivés en retard, ayant eu du mal à trouver l'aérodrome. Le Beretta devait leur servir uniquement de position de repli, au cas où leur réponse ne réussirait pas à calmer d'éventuels soupçons.

En définitive, ils parvinrent au hangar sans rencontrer âme qui vive, et trouvèrent ses portes grandes ouvertes. Ils entrèrent, repérèrent l'interrupteur de l'éclairage général et allumèrent les tubes au plafond. L'intérieur du bâtiment sentait le kérosène, l'huile et le métal.

Bloqué par ses cales de train, le Learjet 45 de Roger Gordian était un appareil élancé, d'une capacité de huit passagers, avec des bouts d'aile relevés et de puissantes turbosoufflantes. Le chauffeur resta un long moment à l'admirer. Une machine superbe, mais comme toute chose, elle avait son talon d'Achille.

Le chauffeur du fourgon se tourna vers son complice, avança le menton pour lui indiquer l'entrée du hangar, et attendit qu'il aille s'y poster pour monter la garde. Une fois parvenu au seuil, le complice armé passa la tête dehors, regarda à gauche, à droite, puis il se retourna vers son partenaire pour lui confirmer d'un signe de tête qu'il n'y avait personne aux alentours.

Le chauffeur répondit en acquiesçant sans rien dire, puis il alla se couler sous la carlingue de l'appareil. Il s'allongea sur le dos, sortit les clés de sa poche et se mit à l'ouvrage. Il dévissa le bouchon de son bidon qu'il déposa, ouvert, sur son ventre. Puis il fixa l'un des outils à la tubulure qui sortait du vérin de train avant et, la maintenant d'une main, il prit l'autre clé pour dévisser le raccord-union entre le tube hydraulique et le cylindre du vérin. Il cala le bidon sous le liquide qui se vidangeait, attendit qu'il soit plein. Puis il le reboucha, revissa le raccord, rangea les outils dans sa poche, et se dégagea de dessous l'avion.

Moins d'un quart d'heure après avoir pénétré dans le hangar, les deux hommes étaient de retour dans la fourgonnette. Le chauffeur rangea dans la boîte à gants le bidon de liquide hydraulique vidangé, puis il mit le contact et regagna la route de desserte.

Quand ils repassèrent devant le cagibi du garde, il était toujours sombre et vide.

Le vigile devait toujours prendre son pied, et nul doute qu'il se rappellerait avec un sourire ces heures de plaisir volé, sans jamais se rendre compte qu'elles auraient pratiquement scellé avec certitude la mort spectaculaire de Roger Gordian.

16

Washington, DC / San Jose, Californie
25-26 septembre 2000

« Je vais te dire une chose, si ces gens du bureau de presse ne se décident pas à faire correctement leur boulot, je m'en vais aller leur botter le cul moi-même, et Terskoff sera le premier à sentir le contact de ma chaussure, bougonna le président Ballard, évoquant sa récente prise de bec avec l'attaché de presse de la Maison-Blanche, Brian Terskoff.

— Très franchement, je ne pense pas qu'ils soient responsables », nota Stu Encardi, dont le titre officiel était conseiller spécial auprès du président, et qui pour l'heure se contentait d'attendre que la tempête soit retombée. « Vous savez comment ça se passe avec les journalistes. Ils parlent de ce dont ils ont envie de parler. »

Grimace dégoûtée de Ballard. « Oh, laisse-moi rire. On est sur le point de signer un traité d'envergure historique avec le Japon et d'autres pays d'Extrême-Orient, tu as trois dirigeants régionaux plus ma pomme qui participent à la cérémonie de signature à bord d'un sous-marin nucléaire, et tu viens me raconter que cette histoire de cryptographie serait plus bandante ? C'est absurde.

— Que vous dites. Je vous l'accorde, les sondages indiquent que jusqu'à cette semaine, le grand public ne s'intéressait pratiquement pas à ces histoires de techniques de chiffrement, et qu'il n'y pige toujours que dalle. Mais de mon point de vue, c'est cette escalade dans l'affrontement Gordian-Caine qui a réveillé la presse. Le traité symbolise la coopération et l'harmonie... et comme on ne parle jamais des trains qui arrivent à l'heure...

— Épargne-moi ces généralités, coupa Ballard. Bon Dieu, qu'est-ce qu'on doit faire pour attirer leur attention ? Amener avec nous sous les eaux l'Homme de l'Atlantide ?

— Je vous demande pardon, monsieur ?

— Laisse tomber, tu es de vingt ans trop jeune, dit Ballard en inclinant la tête pour dresser l'oreille. Au fait, tu ne trouves pas que le vent fait curieusement bruire ces feuilles ?

— Effectivement, monsieur. »

Ils se trouvaient sous un saule planté par une ancienne Première Dame sur la pelouse sud, en souvenir éternel de son séjour à la Maison-Blanche, un peu comme Encardi avait été lui-même planté dans le cercle des confidents du président par l'adorable épouse de celui-ci : elle s'était entichée de cet ancien étudiant de Yale, alors âgé de trente ans, qui faisait partie des coordinateurs de la campagne de réélection de Ballard ; elle avait décelé en lui une âme sœur, et par la suite, après son élection, c'est elle qui avait poussé son mari à l'intégrer dans son équipe de proches conseillers, sentant qu'il ferait un substitut idéal pour lui transmettre en gros son point de vue — qu'il s'agisse d'affaires politiques ou personnelles — chaque fois qu'elle ne serait pas présente en personne pour le faire.

D'une manière générale, Ballard considérait Encardi comme un gentil petit chiot dévoué, plein d'idées et de sens pratique, et il aimait bien l'avoir près de lui, telle une incarnation du *Weltanschauung* [1] de son épouse. Malgré tout, ce qui le chagrinait parfois, c'était que son conseiller exhibait une abondante pilosité digne d'un cosaque du Don, quand pour sa part, seuls des prodiges d'art capillaire parvenaient encore à dissimuler une calvitie grandissante et rebelle à tout traitement.

Ça l'énervait aussi quand Encardi empruntait à son épouse ses tics verbaux, par exemple, cette manie de ponctuer chaque déclaration présidentielle d'un « Non mais, vraiment ? » ou de commencer toutes ses réponses d'un pédagogique « Pour parler franchement », ou d'un « De mon point de vue », autant d'expressions qui remontaient à la lointaine époque où Mme Ballard était prof d'université. C'était ce genre de petit détail qui vous assombrissait les jours déjà gris et rendait carrément noires les journées déjà sombres, sauf quand un beau ciel bleu et le bruit du vent caressant le feuillage de son arbre préféré lui faisaient voir les choses sous un éclairage nettement plus radieux.

« Stu, laisse-moi te remettre un peu tout ça en perspective, reprit Ballard. Après-demain, je serai en train de signer la loi sur le chiffrement dans le même temps que Roger Gordian fera son cinéma avec sa conférence de presse. Dans deux mois d'ici, tout le monde aura oublié cet incident, et s'imaginera que Morrison-Fiore est le nom d'un duo de dresseurs officiant dans un casino de Las Vegas. Mais dans l'intervalle, j'aurai signé un traité qui définit les grandes lignes du rôle dévolu à l'Amérique pour la sécurité en Asie au cours des vingt prochaines années, et sans doute plus loin. Voilà ce que je

1. « Vision du monde » en allemand *(N.d.T.)*.

laisserai à la postérité... enfin, une bonne partie de mon héritage. Tout ce qu'on a à faire, c'est s'assurer que les gens le remarquent. »

Encardi contempla son chef sous l'ombre légère de l'arbre au feuillage caressé par le vent. Une nuée d'insectes voletait autour d'eux. En fait, il y avait toujours plein de bestioles sous cet arbre. Pour quelque raison mystérieuse, elles semblaient tout particulièrement attirées par ce putain de saule.

Il balaya de devant son visage une escadrille de ces minuscules busards, convaincu qu'il serait bien plus heureux si, rien qu'une fois, le grand manitou daignait faire ses balades sous un cornouiller, un orme ou un aulne quand il cherchait à retrouver la paix intérieure.

« Je pense que nous devrions veiller à ce que Nordstrum du *New York Times* ait droit à un traitement de faveur...

— Et moi qui pensais qu'on le lui accordait déjà, nota le président.

— Certes, c'est bien le cas, mais on peut toujours dérouler une nouvelle longueur de tapis rouge, dit Encardi. Nordstrum est le plus chaud partisan de notre politique Asie-Pacifique dans les médias nationaux. Pourquoi ne pas lui donner un coup de main pour décrocher des interviews avec le Premier ministre nippon, ainsi qu'avec les chefs d'État indonésien et malais ? Pourquoi ne pas l'inviter au dîner officiel que vous organisez à bord du Seawolf ? N'importe quoi, pourvu qu'il ait du grain à moudre pour ses articles... »

Ballard s'étira de tout son long en inhalant l'air embaumé des jardins de la Maison-Blanche ; il avait le visage zébré par le soleil traversant les longues feuilles du saule.

« *Ahhhh,* je me sens presque détendu, fit-il. N'est-ce pas une matinée magnifique ?

— Magnifique », répéta Encardi, sans enthousiasme, en écrasant un insecte.

Ballard le regarda.

« Ton idée concernant Nordstrum me paraît bonne, mais seulement comme point de départ, remarqua-t-il, le front plissé par la réflexion. Tu sais, maintenant que tu m'en parles, c'est tout de même bizarre que Roger Gordian n'ait pas convaincu Nordstrum de rédiger plus d'articles sur la question du cryptage dans sa rubrique. Tu savais qu'il émargeait comme consultant chez Uplink International ? »

Encardi considéra l'information puis haussa les épaules.

« Il est toujours possible qu'il soit en désaccord avec Gordian sur ce sujet.

— Ou qu'il juge les questions de chiffrement tout aussi ennuyeuses et inintéressantes que le reste de ses lecteurs », ajouta le président.

Étendue sauvage et vierge, l'atoll faisait partie de la centaine d'îlots essaimés sur la mer des Célèbes, à l'ouest de la côte de Sabah, en bordure des eaux territoriales philippines. Une barrière de corail circulaire formait des brisants à quelque distance de la plage où une dense bande de mangrove protégeait celle-ci des typhons et enserrait la forêt tropicale qui s'étendait plus à l'intérieur des terres, elle-même formant un fer à cheval entourant sur trois côtés le lagon au centre de l'île.

Les mêmes caractéristiques topographiques qui protégeaient l'atoll des ravages de la mer et des intempéries en avaient fait un site indétecté — et virtuellement indétectable — pour l'enclave des pirates. Rares étaient ceux, en dehors de la fraternité, qui avaient réussi à le localiser, plus rares encore ceux qui avaient pénétré ses lignes naturelles de défense, et aucun de ceux qui y étaient parvenus sans y être conviés n'en était revenu vivant.

Jiu Cheng ne s'y était rendu jusqu'ici qu'une seule fois, et encore, uniquement pour un bref périple autour de l'île, à la requête du général Kersik, désireux d'avoir un avis de première main sur la logistique de l'invasion prévue. Aujourd'hui, toutefois, il avait pris la direction de l'intérieur. Une heure auparavant, le chalutier chinois qui l'avait amené depuis le port de Xiamen, dans la province de Fujian, s'était lentement introduit dans l'étroit bras de mer pour accéder au lagon avant de jeter l'ancre près du banc de sable. Le moment de l'arrivée avait été propice : quelques minutes plus tard, le gros amas charbonneux en forme d'enclume d'un cumulo-nimbus s'était ouvert dans un éclair qui avait illuminé le ciel durant plusieurs secondes, annonciateur d'une violente averse tropicale. Si le navire avait encore été au large, les déferlantes et les rafales de vent auraient pu le faire chavirer.

Dès que la pluie se fut calmée, l'équipage, une douzaine de soldats de confiance, sélectionnés avec soin dans les unités de commando de la région militaire de Guangjou, s'était mis à la tâche pour décharger la cargaison de caisses anonymes dans des canots qui les déposèrent sur le rivage. Conformément aux ordres, ils étaient en tenue civile kaki. Pour leur part, Xiang et la poignée de pirates qui les avaient accueillis sur la plage étaient vêtus de treillis camouflés, détail dont l'ironie n'avait pas échappé à l'œil aigu de Jiu. Bien trop souvent, les rôles des individus tendaient à devenir confus et interchangeables.

À présent, portant les lourdes caisses en équilibre sur leurs épaules, la chemise trempée de sueur, les soldats pataugeaient jusqu'aux genoux dans l'eau d'un torrent qui serpentait entre des rangs serrés de cycas, s'enfonçant toujours plus avant dans la jungle, menés par leurs guides pirates. Au début, ils avaient dû s'ouvrir un passage à la machette entre les lianes épiphytes et les plantes grimpantes, mais le sous-bois s'était éclairci dans la pénombre régnant sous la canopée, facilitant leur progression.

Citadin de longue date, Jiu Cheng se sentait malgré tout enfermé, confiné, et ce sentiment ne faisait que croître à mesure qu'il progressait. C'était comme s'il s'était retrouvé propulsé plusieurs millions d'années en arrière, à quelque époque préhistorique, un environnement auquel des hommes comme Xiang semblaient aussi bien adaptés que lui aux rues du Pékin contemporain. Traînant la patte derrière le géant alors qu'ils pataugeaient dans l'eau, il se souvint de la première fois où il l'avait vu, dans la planque du Thaïlandais, gardant la porte derrière laquelle était détenu le prisonnier, les yeux empreints d'une vigilance à laquelle rien ne semblait devoir échapper, sans pour autant rien laisser transparaître à leur surface. Bien que ce regard l'eût frigorifié, Jiu n'avait pas réellement compris, sur le moment, pas même après avoir vu ce que Xiang avait fait subir à Max Blackburn. Mais ici, dans cette forêt ancienne et étrangère, il le comprenait enfin. Ici, il y avait reconnu un regard dont les origines remontaient avant la mémoire humaine, un regard imprégné de jungles et de marais primordiaux, un regard qui appartenait tout entier, exclusivement, aux chasseurs sans pitié.

Jiu pataugeait toujours. Alors que son sac à dos ne contenait que des rations, de l'eau et une trousse de premiers secours, la traversée du torrent l'avait crevé et il voyait bien que ses hommes étaient proches de l'épuisement sous leur lourd fardeau.

Il ne fut pas mécontent de voir Xiang finalement remonter sur la rive et ramener leur petite troupe sur le sol de la forêt.

Il leur fallut encore vingt minutes de marche pour atteindre le camp : une zone déboisée occupée par un groupe de paillotes temporaires installées devant une croupe calcaire en forme de cuillère. Jiu regarda au travers du feuillage abritant le périmètre et reconnut Kersik et cinq ou six autres types près d'une des huttes ; tous, à l'exception du général, étaient armés de fusils de combat — apparemment, d'antiques AKM russes. À l'instar des pirates de Xiang, les hommes étaient vêtus de treillis camouflés, mais la comparaison s'arrêtait là. Leur entraînement et leur discipline étaient manifestes au premier regard, les rendant par ce côté bien plus proches de sa propre équipe.

C'étaient là des soldats entraînés, sans aucun doute sélectionnés parmi les divisions des forces spéciales du KOSTRAD que Kersik avait commandées avant son départ à la retraite.

Jiu leva les yeux vers la canopée sans relever la tête. Il n'aperçut pas les tireurs d'élite gardant le périmètre, mais il savait bien qu'ils devaient être planqués quelque part au-dessus de lui, prêts à descendre depuis leur perchoir tout visiteur indésirable.

« Ah, Jiu, vous voilà ! » lança Kersik en avisant le Chinois. Il s'avança en écartant les broussailles. « Notre cause nous amène à nous rencontrer dans des endroits pour le moins incongrus, vous ne trouvez pas ?

— Effectivement, confirma Juang en dépassant Xiang pour serrer la main que tendait le général. Mais celui-ci, je le confesse, me met à plat avec sa chaleur et son humidité. »

Kersik esquissa un sourire. « Je suppose que le

fait d'être natif des îles me rend insensible à leurs effets. » Il jaugea les hommes qui l'accompagnaient d'un seul regard, hocha la tête, apparemment satisfait, comme impressionné par ce qu'il voyait. « Venez, vous devez tous être fatigués. Je vais vous montrer où déposer le matériel. »

Leur faisant signe de le suivre, il retourna vers le camp et se dirigea à grands pas vers la formation rocheuse derrière les huttes. Un tapis de feuilles de palmier, séchées au soleil et ligaturées par des cordes, recouvrait une bonne partie de la paroi calcaire. Kersik appela deux de ses hommes, leur donna d'une voix douce un ordre en bahasa, et attendit qu'ils aient relevé le tapis pour laisser apparaître une anfractuosité dans la roche, d'environ un mètre cinquante de haut sur autant de large.

Curieux, Jiu s'approcha, se pencha un peu, et passa la tête à l'intérieur pour mieux voir. L'ouverture semblait donner sur un espace relativement profond — en fait, il ne pouvait distinguer le bout du tunnel. Des scarabées et autres insectes rampaient sur l'épaisse couche de guano qui tapissait la roche près de l'ouverture de la caverne. Il tendit l'oreille un instant et reconnut le discret froissement des chauves-souris nichées à l'intérieur.

Un endroit incongru, en effet.

Il se redressa, se tourna vers ses hommes.

« Nous allons amener les armes là-dedans », et il leur indiqua l'entrée de la grotte. Il marqua un temps, songea à la couche glissante de guano recouvert d'insectes qu'ils allaient devoir enjamber. « Et faites gaffe où vous mettez les pieds », crut-il bon d'ajouter.

Anna était installée sur le divan du salon, les jambes ramenées sous elle, quand Kirsten revint de la chambre d'amis, après avoir raccroché le téléphone.

« Je viens d'avoir la police de Singapour, annonça-t-elle. Je leur ai donné mon nom, leur ai parlé des hommes qui nous avaient poursuivis, Max et moi, leur ai indiqué où je résidais en ce moment. Ils semblaient déjà au courant de ce qui s'est passé devant l'hôtel. »

Anna lui lança un regard signifiant qu'à son avis c'était la moindre des choses.

« Dans un pays où faire de la contrebande de chewing-gums ou cracher dans la rue est un crime, ce genre de bagarre aurait du mal à passer inaperçu, remarqua-t-elle. Qu'est-ce qu'ils te conseillent ?

— Ils ont essayé de me persuader de retourner dans l'île rencontrer un inspecteur mais j'ai dit que je refusais. Que j'estimais trop dangereux pour moi de retourner là-bas sans escorte. Quand ils ont compris que je ne bougerais pas, ils ont dit qu'ils allaient devoir s'arranger avec la police de Johor et qu'ils me recontacteraient. »

Anna hocha la tête, compréhensive.

« Comment tu te sens ? »

Kirsten ne savait que répondre. Elle n'était plus retournée chez elle depuis presque une semaine, se cachait des hommes qui avaient tenté de l'enlever ou pire, et elle attendait toujours d'avoir des nouvelles de Max après avoir laissé sur son répondeur plusieurs messages restés sans réponse. De quoi l'emplir de terreur et de confusion.

Qui plus est, elle avait la vague impression d'avoir trahi Max en prévenant les autorités, quand il lui avait bien stipulé d'attendre qu'il la contacte, après avoir tenté de lui donner le nom d'une personne à avertir si elle n'avait pas de nouvelles de lui. Mais il n'avait pas eu le temps de finir sa phrase — à moins que ce ne soit elle qui n'ait pas bien saisi, depuis l'intérieur du taxi ; même si elle se doutait que la personne en question devait être quelqu'un de chez Uplink, sa sœur et son beau-frère lui avaient conseillé de ne pas appeler la boîte, soutenant que ce serait hasardeux tant qu'elle n'aurait pas une idée plus nette de ce dans quoi Max s'était embringué. Tout portait à croire, ne cessaient-ils de lui seriner, que l'Américain l'avait entraînée dans un plan pas très net. Et sans preuve du contraire, il lui avait été impossible d'écarter cette éventualité sans paraître déraisonnable.

Ce qui la laissait avec la question d'Anna. Comment, dans de telles conditions, exprimer son état psychique et émotionnel ? Comment exprimer l'indicible ?

Elle regarda sa sœur depuis l'entrée, pensive.

« Je me sens..., dit-elle enfin, cherchant ses mots, comme si le ciel m'était tombé sur la tête et que le monde était à l'envers. Toute retournée, tu comprends ? »

Accablée, Anna voulut porter la main à ses lèvres dans un geste de détresse muette, mais elle se reprit à la dernière seconde et la reposa dans son giron.

« J'essaie, Kirsten, fit-elle d'une voix sèche, terrorisée. Je t'en prie, crois-moi, je tâche de faire de mon mieux. »

« Sincèrement, je considère l'orchidée comme l'incarnation de notre héritage indien, expliquait Gros B. Durable quoique délicate, son succès, sa *floraison* dépendent d'un ensemble précis de conditions.

— Pas possible ? répondit le commandant Sian Po de la police singapourienne.

— Tout à fait, tout à fait, confirma Gros B.

Nourries dans le riche terreau de leur évolution, les orchidées se multiplient et prospèrent, leurs générations successives tapissant nos collines, recouvrant nos landes et nos jardins. Que l'on change un élément essentiel à leur état naturel... qu'on pousse trop loin les croisements... qu'on gâche la pureté de leur hérédité séculaire... et elles s'étiolent comme des âmes en peine. Et même si vous me jugez excentrique, j'ai toujours été convaincu que leurs fleurs multicolores sont habitées par les esprits de nos ancêtres.

— Une croyance répandue veut que certaines variétés soient effectivement capables de dérober l'âme de quelqu'un, vous savez. Que leur sublime beauté, tirant son énergie du principe féminin, puisse plonger un homme dans une transe, puis capturer son essence, en aspirer le *yin*.

— Non, non, ça, je pense que c'est ridicule.

— Ma foi, moi aussi, également. Si vous voulez mon avis, tout ça, pour moi, c'est un tas de conneries, alors laissez tomber. C'est vous qui avez voulu me voir. Alors, si vous avez quelque chose à dire, dites-le. »

Gros B le regarda et acquiesça.

Accoudés au garde-corps d'une passerelle qui enjambait un étang dans le jardin d'orchidées sur la route de Mandai, au nord de l'île de Singapour, ils admiraient les poissons vifs et l'éclat pourpre aux reflets argentés des orchidées grimpant sur les bambous plantés sur la rive.

« Est-ce que les noms de Max Blackburn ou de Kirsten Chu vous disent quelque chose ? » demanda Gros B.

Le commandant hocha la tête. « Ils devraient ? »

Gros B hésita. « Il s'est produit un incident sur Scotts Road, vendredi dernier dans la soirée. Vous êtes certainement au courant. »

Le commandant ne quitta pas des yeux les orchidées. Petit homme trapu aux traits chiffonnés, il s'était rendu à ce rendez-vous clandestin sans insigne ni uniforme, ne souhaitant pas être identifié comme policier, et surtout pas comme un policier de haut rang. Il savait qu'il serait fort ennuyeux qu'on le voie fricoter avec un individu aussi peu recommandable que Gros B.

« Scotts dépend du commissariat central, expliqua-t-il. Ce n'est pas ma juridiction. »

Gros B trouva curieux ce laconisme. Il se pencha, les coudes posés sur la balustrade et regarda, par-delà l'étang, là où les fleurs frissonnaient au souffle léger de la brise, leur éclat au soleil radieux surpassant encore celui des papillons peints à la main qui ornaient sa chemise.

« Votre commandement englobe treize commissariats de quartier et plus de trois cents agents de police. L'incident auquel je fais allusion impliquait une bagarre en pleine rue devant un grand hôtel. Un endroit très fréquenté. D'après ce que je sais, il y a eu de nombreux témoins. Êtes-vous en train de me dire qu'il n'y a pas eu procès-verbal ? Aucun compte rendu ? »

Le commandant tourna la tête vers Gros B et lui adressa un regard flegmatique.

« À supposer qu'il y en ait eu, quel rapport avez-vous avec cet incident ?

— Aucun, je vous l'assure. » Gros B haussa les épaules. « Comme vous, j'essaie de ne pas sortir de mes attributions. Mais il arrive que des gens me posent des questions, et dans ce cas, je fais de mon mieux pour leur fournir des réponses.

— Et ces gens sont-ils généreux dans leur gratitude ?

— Très. »

Le commandant inspira, souffla entre ses lèvres serrées.

« Il s'est bel et bien passé quelque chose de bizarre devant le Hyatt, et peut-être à l'intérieur de l'hôtel également. Quoi au juste, je n'en sais trop rien. Mais la Brigade criminelle est sur l'affaire.

— La Brigade criminelle ?

— Oui. Et pas que la base. Le bruit court que la section d'enquête spéciale et la division d'enquête sur les sociétés secrètes seraient également sur le coup.

— Dites-moi tout ce qu'on sait de cet incident.

— À vrai dire, pas grand-chose. Ou s'il y a des éléments, la Crim les garde pour elle. » Sian Po haussa les épaules. « Je crois savoir qu'un passant nous a donné un coup de fil anonyme, et que son témoignage a été corroboré par un autre compte rendu. Il y a eu une confrontation devant une station de taxi, impliquant un *quai lo,* une femme, et plusieurs autres personnes. La femme a filé dans un taxi et l'homme blanc est resté sur le trottoir ; il semblerait qu'il ait été alors suivi dans le hall de l'hôtel. On ignore ce qui s'est passé ensuite, mais tout était fini quand une voiture de patrouille est arrivée. Tous les acteurs impliqués semblaient s'être volatilisés, et rares sont les passants qui ont reconnu avoir remarqué quoi que ce soit. Mais enfin, tels sont les faits.

— Personne ne veut d'ennuis, *lah.* »

Le commandant acquiesça, poussa un autre soupir.

« Malgré tout, les ennuis s'annoncent. »

Ils gardèrent un moment le silence. Les yeux de Gros B saisirent un pot-pourri de couleurs frôlant presque la surface de l'étang — une grosse truite arc-en-ciel qui fila se réfugier sous l'ombre d'un nénuphar et s'arrêta brusquement, dans une immobilité totale.

« Si jamais on devait déposer un avis de disparition pour le *quai lo,* ou la dénommée Chu, je vous serais reconnaissant de m'informer de leur source, reprit-il. Par ailleurs, mes amis curieux apprécieraient particulièrement tout indice que je pourrais leur transmettre concernant la situation présente de cette femme. »

Leurs regards se croisèrent.

« Vos amis, dit le commandant. Que feront-ils s'ils la localisent ?

— Je n'ai pas demandé. »

Le commandant le regarda une longue minute sans un mot, puis il acquiesça lentement.

« Je vais voir ce que je peux faire. »

Sourire satisfait de Gros B. « Et je vais faire en sorte que vous n'ayez pas à le regretter. »

Le commandant resta encore quelques instants accoudé à la balustrade avant de se retourner pour prendre congé. Gros B ne bougea pas. Il n'avait pas l'impression que Sian Po serait ravi de ressortir du jardin en sa compagnie.

Le commandant fit deux pas sur la passerelle, puis marqua un temps d'arrêt, indiquant du menton la chemise de Gros B.

« Ces papillons sont réellement splendides. Ce sont des Graphii, n'est-ce pas ? »

Gros B acquiesça.

« J'ai entendu dire qu'ils survivent en aspirant la pisse des animaux terrestres de grande taille », observa le commandant.

Gros B maîtrisa sa réaction.

« Merci de me faire partager cette information. Extérieurement, nous sommes deux types d'hommes fort différents, vous et moi, mais l'amour et la connaissance de la nature sont notre point commun. »

Le commandant le regarda avec un sourire désagréable.

« L'argent aide bien », laissa-t-il tomber avant de s'éloigner.

17

San Jose / Palo Alto
25-26 septembre 2000

« Cette pièce est vraiment incroyable », nota Noriko Cousins.

Nimec se pencha pour saisir le petit cube de craie bleue posé sur le bord du tapis de billard.

« C'est ce que tout le monde me dit, admit-il en frottant la craie sur le procédé avec un mouvement circulaire. C'est ici que je viens décompresser, me remettre les idées en place. »

Ils étaient dans la salle de billard au dernier niveau de son triplex à San Jose, reproduction scrupuleuse des salles enfumées de Philadelphie où il avait passé sa jeunesse à faire l'école buissonnière, jouer à cache-cache avec les pions du lycée, tout en poursuivant une éducation d'un genre qui ne les aurait guère portés à revoir son statut de jeune délinquant. Mais en ce temps-là, Nimec ne cherchait l'approbation que d'un seul homme, et pour tenter de l'obtenir, il était devenu le plus assidu des étudiants... ou, comme il aimait à le dire, s'il y avait eu des tests d'aptitude et des QCM pour mesurer la capacité à faire des bandes avant, des coups en trois bandes, des piqués ou des rétros, il aurait été le candidat idéal pour une bourse d'études complètes.

Toujours est-il qu'il avait mentalement relevé tous les détails de la salle de sa jeunesse — tout du moins, filtrés par la lentille subjective de ses souvenirs —, depuis les brûlures de cigarettes sur le tapis vert jusqu'à la fontaine d'eau gazeuse, en passant par les calendriers à pin-up, les appliques lumineuses de plastique laiteux, et le juke-box Wurlitzer bourré de 45 tours d'époque (aux alentours de 1968), une machine qu'il avait pu récupérer pour trois fois rien dans une vente aux enchères, et qui, après quelques réparations mineures, était encore capable de vous ébranler les murs du sol au plafond avec ses trois sélections pour une pièce de vingt-cinq cents.

Pour l'heure, elle passait la reprise par les Cream de *Crossroads,* un vieux classique du blues. Les impros à la guitare solo de Clapton sinuaient autour de la ligne de basse de Jack Bruce comme un filet de mercure brûlant, ramenant Nimec trente ans en arrière, ressuscitant le souvenir de son vieux pote Mick Cunningham, son aîné de quelques années, tout juste revenu d'un tour au Viêt-nam et délirant sur l'impact *monstrueux* qu'avait Clapton à Saigon.

Mick, qui avait eu un problème avec la came — un autre putain de truc monstrueux à Saigon — était mort en 1975, poignardé dans la cour d'une prison, alors qu'il se coltinait ses cinq ans de taule pour une banale tentative de vol avec effraction, son premier délit, puni d'une sentence particulièrement sévère, de l'avis général.

« Une bille, par ici », lança Nimec, en indiquant, du bout de sa queue, la poche au fond à gauche. Il avait remporté le coup d'ouverture.

Noriko acquiesça.

Il se pencha par-dessus le tapis et déposa la bille à jouer sur la mouche centrale. Puis il posa la main droite bien à plat sur la table, et ajusta la queue de billard dans le sillon formé par le pouce et l'index. Se penchant pour viser, il fit glisser la queue à deux reprises avant de toucher la bille, avec un poil d'effet à gauche, un chouia de coulé. La bille rebondit sur la bande avec un angle un peu plus ouvert qu'il ne l'aurait prévu, effleurant de justesse la bille de choc, mais elle entra néanmoins sans problème dans la poche après avoir éparpillé le triangle des autres billes, le laissant avec au moins deux coups faciles à réussir.

« Vous savez ce que vous faites », observa Noriko. Quand il avait joué son coup, elle avait lu dans ses yeux la concentration d'acier d'un tireur d'élite.

« Heureusement. Mon père était le meilleur joueur de Philly. Il passait ses journées au billard. Son rêve était de me voir prendre la suite après sa disparition, et j'ai bossé dur pour apprendre le métier.

— Votre mère a eu son mot à dire ?

— Elle n'était pas dans le coin, qui sait même si elle était encore en vie. Elle s'est envolée du nid quand j'avais trois ou quatre ans. J'imagine qu'elle n'était pas impressionnée outre mesure que je sache compter sur mes doigts et mes orteils. » Il reprit position pour jouer. « Trois billes, poche centrale. »

Il visa, tira, faisant rebondir sa bille sur la onze. Elle entra dans la poche avec une succession de cliquetis sonores.

Noriko le regarda, quelque peu impressionnée, attendant en faisant tourner entre ses paumes sa queue posée sur le sol. Nimec lui avait toujours paru l'archétype du flic réglo — ou ex-flic dans son cas précis. Cet aspect que lui dévoilait son chef était pour elle une révélation.

« Si je peux me permettre de vous poser cette question, reprit-elle, comment avez-vous fini flic ? »

Nimec se redressa, lui fit face, haussa les épaules.

« Il n'y a pas eu de revirement spectaculaire, si c'est ce que vous voulez dire. En dehors du billard, mon autre sport préféré dans le vieux quartier où je créchais était de zoner au coin des rues, de me pinter et de me bagarrer. Tout le monde en avait après tout le monde, sept jours sur sept... les grands qui expédiaient les ados à travers les pare-brise, les ados qui tabassaient les gamins à grands coups de couvercles de poubelle, les gamins qui balançaient des briques sur les chats de gouttière. C'était comme ça. » Il haussa de nouveau les épaules. « Au bout d'un moment, j'en ai eu ma claque, et je me suis dit que la structure, la paye et les avantages du métier d'agent de police avaient un certain attrait. Un jour à marquer d'une pierre blanche, je me suis présenté à l'examen et je l'ai réussi. Quelques mois plus tard, j'avais mon poste, et j'ai décidé d'aller voir ce que ça donnait à l'École de police.

— Et ça s'est plutôt bien passé, compléta Noriko.

— Oui. Tout à fait. Et ça a comme qui dirait tué ma carrière de roi du tapis de billard. »

Il se retourna vers la table, annonça le coup suivant et empocha la bille. Sur le juke-box, *Crossroads* se termina, remplacé par la version de *Keep Me Hangin' On* par Vanilla Fudge. Noriko attendit.

« Vous connaissez Max Blackburn ? demanda Nimec, parcourant la table des yeux.

— De réputation seulement. Il est censé être le meilleur dans son domaine. Et depuis Politika, tout le monde en parle comme si c'était Superman. »

Nimec vit une combinaison possible avec une bande avant sur la onzième bille, et se mit en position pour la caramboler.

« Max est un type valable, pas de doute là-dessus. Il adore résoudre les problèmes, raison pour laquelle j'ai souvent recours à lui pour régler les pépins. Ces six derniers mois, il avait été assigné à la station de réception de Johor Bharu, pour s'occuper de tout un tas de trucs dont certains, comme on dit, à titre officieux. Des trucs délicats... » Il se retourna pour regarder Noriko. « Il y a presque une semaine, il a disparu de la circulation à Singapour, et depuis, plus personne n'a entendu parler de lui. »

Elle lui rendit son regard sans rien dire.

« Ce n'est pas dans ses habitudes de rester aussi longtemps hors de contact, à moins qu'il ne lui soit arrivé une grosse tuile, poursuivit Nimec. C'est un type trop fiable. »

Il visa, tira, mais son poignet se crispa au dernier moment et il frappa plus fort qu'il n'aurait voulu. La bille rata la poche et rebondit sur la bande, trop vite, avec un angle trop fermé.

« Le truc délicat que faisait Blackburn, reprit Noriko d'une voix lente et pensive, c'est un sujet dont on peut parler ?

— Plus tard, certainement. Mais avant tout, il faut que je sache si vous seriez prête à vous rendre là-bas. Pour m'aider à le localiser.

— J'aurai une équipe ?

— Rien que moi, répondit Nimec. Si on a besoin de renforts, on fera appel au personnel sur place. »

Elle le considéra.

« Si vous ne voulez pas vous embringuer là-dedans, je comprendrai, reprit-il. Votre participation doit se faire exclusivement sur la base du volontariat.

— Et rester officieuse, ajouta-t-elle.

— Exact. »

Il y eut un silence.

« Une question... Est-ce qu'on m'a sélectionnée pour ce boulot parce que je ne détonnerais pas au milieu d'une foule d'Asiatiques ou à cause de mon expérience sur le terrain ?

— Vous êtes chatouilleuse sur les questions raciales ?

— Que je sois ou non chatouilleuse n'est pas le problème. Je suis à moitié japonaise. C'est une question logique. On m'a choisie pour mes yeux bridés ou mes capacités ? »

Nimec lui adressa un petit sourire crispé.

« Les deux, avoua-t-il. Ça devrait vous ouvrir certaines portes un peu plus vite. Nous faciliter éventuellement la tâche dans certaines situations et avec certains individus. C'est un plus. Mais je n'aurais pas voulu de vous si je n'avais pas eu l'absolue certitude que je peux vous confier mon existence, quelle que soit la difficulté de la situation. »

Elle le dévisagea longuement, puis acquiesça.

« Je suis partante, dit-elle enfin. Quel est notre plan de bataille ?

— Première étape, finir cette partie de billard. Étape numéro deux, je règle les détails de notre voyage avec Gordian. Étape numéro trois, on file chercher nos valises.

— Et si le patron ne nous donne pas le feu vert ? »

Nimec considéra l'objection.

« Max est mon ami, dit-il, d'une voix ferme. Ce qui veut dire qu'il faudra qu'on saute directement à l'étape trois. »

Tôt le matin du jour où il devait partir pour Washington, Roger Gordian fut rejoint par Chuck Kirby et Vince Scull dans la véranda de son domicile de Palo Alto. Les trois hommes discutaient sérieusement, assis autour d'une grande table ronde en osier encombrée des soucoupes et des tasses du petit déjeuner, de papiers épars et de mallettes ouvertes. La journée s'annonçait chaude et belle, et une brise embaumée filtrait par les persiennes. Posé sur un chevalet près de la table, se trouvait l'organigramme que Gordian avait préparé pour leur réunion. Sa fille Julia était passée pour lui souhaiter bonne chance à Washington avant d'emmener les greyhounds avec elle. Avec Ashley, elle courait dehors sur le gazon.

Gordian venait juste de résumer son plan et il voyait déjà la tête que faisait Chuck. Il attendit que l'avocat regarde ailleurs pour jeter un coup d'œil à sa montre, estimant qu'il avait une bonne demi-heure devant lui avant l'arrivée de son troisième visiteur, un temps suffisant pour répondre aux inévitables objections de Kirby. Non pas que ce soit facile.

Il regarda dans le jardin, se préparant à l'attaque. Dévalant la pente à la poursuite du lapin en plastique qu'on leur avait lancé, les deux chiens n'étaient que mouvements aux courbes gracieuses sur le fond verdoyant de la pelouse. Comme d'habitude, Jack, le mâle bariolé, avait battu de vitesse Jill, la femelle bleu sarcelle. Même si les deux bêtes avaient été dressées pour les courses sur piste, même si Jill était plus jeune et élancée, son tempérament capricieux l'avait éliminée de la compétition, alors que Jack avait couru de nombreuses épreuves avant d'être mis à la retraite.

Julia avait eu les chiens par un programme d'adoption de greyhounds du comté d'Orange, six mois plus tôt. S'ils n'avaient pas été sauvés et placés, ils auraient été euthanasiés, ce qui était de pratique courante chez les éleveurs de bêtes de course quand ces dernières n'étaient plus compétitives pour des raisons d'âge, de tempérament ou de tare physique entravant leurs performances. Gordian avait été d'emblée ébahi d'apprendre par sa fille qu'en moyenne les chiens de course non adoptés étaient retirés de la compétition et abattus à cinq ans, soit à peine le tiers de leur espérance de vie normale... et chaque fois qu'il les voyait ainsi jouer avec énergie et entrain, son ébahissement revenait de plus belle.

Après tous les actes inhumains qu'il avait vu infliger par des gens à leurs semblables, toutes les pertes qu'il avait eu à subir par la faute de la guerre et du terrorisme, Gordian se demandait comment un tel gâchis — certes beaucoup moins dramatique à l'échelle de l'humanité — pouvait encore le surprendre. C'était pourtant le cas, et quelque part, il se sentait heureux de l'avoir évité.

Il but une gorgée de son café et écouta Kirby commencer à lui expliquer qu'il était sur le point de commettre la pire gaffe de son existence.

« Gord, j'ai écouté attentivement tes moindres paroles et fait de mon mieux pour garder l'esprit ouvert, dit Chuck. Mais faire ce que tu as proposé avant d'envisager des solutions moins radicales...

— Il arrive que tu sois contraint de perdre un membre pour préserver la santé de l'organisme, rétorqua Gordian. Parfois, c'est une question de survie. »

Kirby secoua la tête. « Ce dont tu es en train de parler, c'est d'un démembrement complet. Ce n'est pas tout à fait pareil. »

Les yeux bleu limpide de Gordian étaient si calmes que c'en était presque déroutant. Comme Moïse après avoir reçu les Dix Commandements, songea Kirby.

« Chuck, je n'ai jamais dit que ce ne serait pas

douloureux. Et parce que tu es mon ami, je crois que la douleur est ce que tu essaies de m'épargner. Mais je l'ai déjà acceptée, vois-tu. Mentalement, émotionnellement, je me suis fait une raison.

— *Te faire une raison ?* Et laisser échapper tout ce que tu as bâti depuis plus de dix ans ? Tout ce pour quoi tu t'es cassé le cul...

— Si tu veux bien la boucler une seconde, tu te rendras compte que tu réagis de manière excessive », rétorqua Gordian avec son indéfectible indulgence.

Chuck se tourna vers Scull. « Vince ? Est-ce que c'est ton avis ? Je sais que, selon toi, le plan de Gord est jouable, mais la question est de savoir s'il convient de l'appliquer. Si tu es prêt à le soutenir. »

Scull acquiesça.

« Tout ce qu'on te demande, c'est de nous laisser une chance. D'écouter ce que l'entraîneur de l'équipe a à dire.

— Et de jeter un coup d'œil à mon diagramme, tant que tu y es, rajouta Gordian. S'il te plaît. »

Kirby pinça les lèvres, inspira lentement par le nez, regarda. C'était le nouvel organigramme de la société divisée selon les zones de marché desservies par ses divisions centrales et ses filiales :

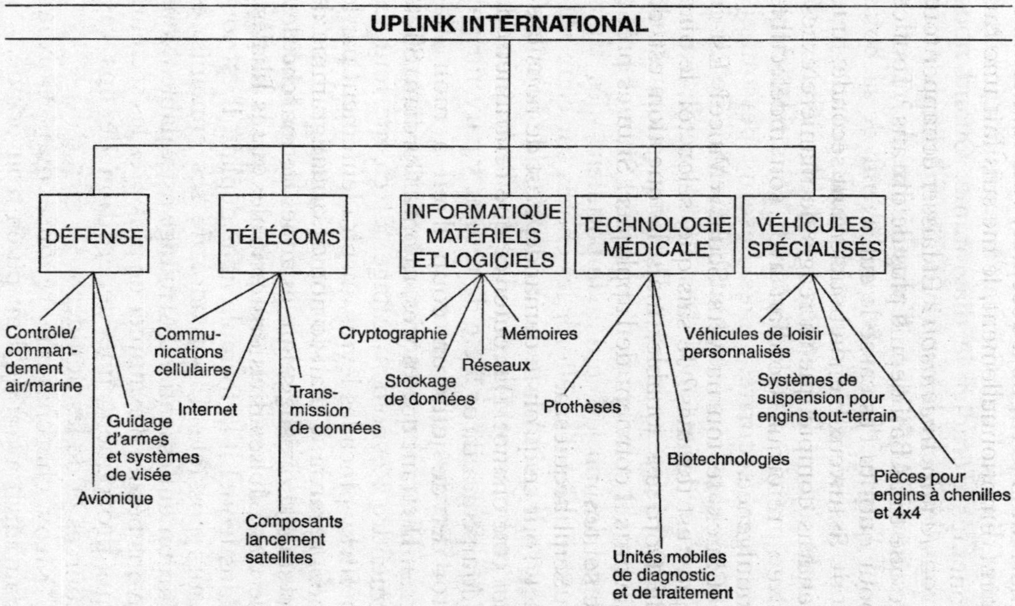
UPLINK INTERNATIONAL
DÉFENSE
TÉLÉCOMS
INFORMATIQUE MATÉRIELS ET LOGICIELS
TECHNOLOGIE MÉDICALE
VÉHICULES SPÉCIALISÉS
Contrôle/commandement air/marine
Guidage d'armes et systèmes de visée
Avionique
Communications cellulaires
Internet
Transmission de données
Composants lancement satellites
Cryptographie
Stockage de données
Réseaux
Mémoires
Prothèses
Unités mobiles de diagnostic et de traitement
Biotechnologies
Véhicules de loisir personnalisés
Systèmes de suspension pour engins tout-terrain
Pièces pour engins à chenilles et 4x4

« Comme tu l'as toi-même fait remarquer, Chuck, nous avons connu une croissance exponentielle depuis le début des années quatre-vingt-dix, expliqua Gordian après lui avoir laissé le temps d'étudier le diagramme. Quand nous avons décroché le contrat de fourniture de notre système GAPSFREE d'acquisition de missiles pour l'armée, je savais que l'avenir de la boîte était assuré, et je me suis rendu compte que j'avais atteint la position à laquelle j'avais rêvé toute ma vie. J'avais réussi et j'étais financièrement en sécurité... mes besoins personnels étaient satisfaits... et tout un éventail de choix s'ouvrait devant moi. Des choix que je n'avais même pas été en mesure d'envisager auparavant. Comment placer mon argent et mon énergie dans des projets qui m'importaient, des trucs susceptibles d'améliorer les choses sur cette planète. » Il quitta la table et s'approcha du chevalet, embrassant d'un grand geste son diagramme. « Ma seule erreur a été de vouloir y parvenir par trop de voies différentes.

— Dieu m'en préserve, nota Kirby, on croirait entendre Reynold Armitage. Et ça me fout les boules. »

Gordian eut un sourire désabusé. « Il serait stupide de négliger son analyse de nos forces et de nos faiblesses au seul prétexte que le langage dans lequel il la formule nous déplaît. Il est toujours possible d'apprendre de ses ennemis, et l'argument essentiel d'Armitage est valable. Nous avons besoin d'examiner de plus près les secteurs qui provoquent une déperdition de nos ressources et de les liquider. »

Kirby chercha une réponse mais Gordian poursuivit avant qu'il ait pu en trouver une.

« Chuck, j'aurais confiance en notre expertise dans les questions de défense même si je n'étais pas certain de notre assise financière, expliqua-t-il en posant la main sur la case supérieure gauche de l'organigramme. Nous sommes les meilleurs en ce domaine parce que j'ai été guidé par mon expérience passée de pilote de chasse, et que je peux me souvenir des améliorations technologiques dont j'aurais bien aimé bénéficier quand j'étais dans mon cockpit lors des frappes aériennes au-dessus de Khe San. » Sa main glissa vers la case voisine. « Je sais également que notre unité communications représente l'avenir d'Uplink, nonobstant les pertes et profits initiaux sur investissements... et qu'elle n'a pas encore livré son plein potentiel... » Il marqua une pause. « Ces deux divisions sont le cœur de notre entreprise. Celles qui sont indispensables pour ce que je veux réaliser. Celles que nous devons protéger. Mais pose-toi maintenant la question : a-t-on vraiment notre place dans l'informatique ? La technologie médicale ? Et je ne parle pas de la branche véhicules spécialisés... Celle-ci, nous n'y sommes entrés que parce que je voulais améliorer les petits 4 × 4 de série que nous utilisions sur nos sites les moins accessibles.

— Ce que tu as fait.

— Et maintenant que nous avons formé une vaste flotte de véhicules et que nos concurrents ont intégré nos modifications dans leurs propres produits — pour désormais nous surpasser dans certains cas, si tu veux mon opinion —, pourquoi ne pas laisser cette branche à une direction capable de bien la gérer ? Après tout, sa rentabilité dans le cadre général d'Uplink a toujours été marginale depuis le début. »

Kirby se massa la nuque.

« Je ne sais pas, dit-il enfin. Si on laisse un instant de côté la division automobile, tu as eu plutôt de bons résultats dans tous les autres secteurs censés être secondaires. Un seul exemple : la branche prothèses médicales répond aux deux critères fondamentaux à tes yeux — elle aide les gens et rapporte de l'argent. Les membres artificiels qu'elle produit sont de première qualité et se sont taillé une part non négligeable du marché international...

— Et j'en suis très fier, admit Gordian. Mais ma passion et mon savoir ne résident pas dans la médecine. Je n'ai pas porté toute l'attention voulue à cette branche et je n'ai jamais réussi tout à fait à bien situer son orientation commerciale. Par ailleurs, le budget de recherche et développement pour notre filiale de biotechnologie absorbe quelque chose comme quarante millions chaque année...

— Ce qui n'a rien d'excessif, nota Kirby. Tes employés travaillent sur toute une panoplie de nouveaux traitements qui vont de l'impuissance masculine au cancer. La recherche de pointe coûte des sous, mais les retombées financières et humanitaires d'une seule avancée notable dans l'industrie pharmaceutique justifieraient sans aucun doute les investissements initiaux.

— Je serais d'accord avec toi si nous nous trouvions dans un environnement commercial normal, et non pas entourés de prédateurs, objecta Gordian. Mais le fait est que nous sommes soumis à une attaque en règle et que nous avons besoin de nous ressaisir. Comme la division médicale est dans le rouge, elle diminue la valeur de l'action Uplink. Dans l'état actuel des choses, si je veux qu'elle continue, j'ai le choix soit de trancher dans son budget, soit de la soutenir en puisant dans les profits tirés, mettons, de notre branche avionique. Des fonds qui pourraient, sinon, financer l'amélioration des performances des émetteurs pour notre réseau de téléphonie mobile ou bien réduire les dettes que nous avons contractées après la débâcle russe... et regarde les choses en face, Chuck, ce ne sont là que deux exemples parmi d'autres. »

Kirby sirota son bloody mary et resta quelques instants songeur. Sur la pelouse, un des greyhounds avait attrapé le lapin en plastique et filait derrière un bosquet de sureau pour aller grignoter le jouet tranquillement. Ces couinements avaient apparemment rendu envieux l'autre chien qui tournait comme un fou autour de la haie. À proximité, Ashley Gordian et sa fille avaient l'air de s'amuser beaucoup.

Kirby aurait bien voulu pouvoir en dire autant.

« Gord, écoute-moi, finit-il par dire. Si je t'ai bien compris, ta stratégie pour éviter une prise de contrôle se fonde sur la supposition que la valeur des actions d'Uplink, et par conséquent la confiance des actionnaires, recevra un coup de fouet dès lors que tu te seras recentré en recapitalisant tes branches les plus profitables. En temps normal, j'aurais admis qu'il s'agit là d'une démarche défensive saine, puisqu'une remontée de la valeur en Bourse freinerait les prises de bénéfices, obligerait un acquéreur hostile à monter les enchères et l'amènerait à se demander si son OPA vaut pour lui la peine de vider sa trésorerie. Seul problème : la situation est loin d'être normale. Marcus Caine a déjà obtenu une bonne part du capital d'Uplink. Il s'est déjà bien engagé. Qui plus est, le déclin boursier d'Uplink a moins à voir avec une surdiversification réelle ou supposée qu'avec la crainte des investisseurs que ta position sur la cryptographie ne te place à la traîne des concurrents avides de vendre ces techniques à l'étranger. Et puisque tu ne tiens visiblement pas à fourguer la filiale chargée de ce domaine...

— Qui sait ? » l'interrompit Gordian, l'expression indulgente et patiente revenue sur ses traits.

Kirby le considéra une seconde avant de se tourner brièvement vers Vince Scull.

« Vous me faites marcher, tous les deux, c'est ça ? »

Scull hocha la tête.

Pris de court, Kirby attendit une bonne minute avant de reprendre la parole.

« Gord, je ne pige pas, dit-il enfin, incrédule. Tu t'es battu si dur pour garder le contrôle sur ta technologie de chiffrement... et ce serait pour la fourguer à un tiers... au risque de la voir partir à l'étranger... » Il écarta les mains. « Jusqu'ici, tu n'as jamais jeté l'éponge. Je ne peux pas croire que tu ferais une chose pareille, quelles que soient les circonstances.

— Pas dans toutes, non, répondit Gordian. Chuck, je... »

Gordian se tut, ses yeux glissèrent vers les portes coulissantes séparant la maison de la véranda. Andrew, son domestique, était apparu avec Richard Sobel, le troisième invité qu'il avait convié à ce petit déjeuner.

« Monsieur, j'ai introduit M. Sobel comme vous me l'avez demandé, dit Andrew.

— Bonjour, dit Sobel, adressant aux autres un signe de la main.

— Tu es pile à l'heure, Rich. Joins-toi à nous. »

Kirby regarda Gordian sans broncher, vit le sourire épanoui de ce dernier et, soudain, comprit tout.

« Tu peux te relaxer, désormais, Chuck, dit Gordian, souriant de plus belle. Notre chevalier blanc* est arrivé pour nous sauver la mise. »

18

Divers sites
25-26 septembre 2000

Le fax attendait sur le bureau de Sian Po quand il arriva au travail ce matin-là — une dépêche du QG central signalant un avis de recherche national concernant un ressortissant américain du nom de Max Blackburn, accompagné d'une photo de son passeport et de quelques détails sur les circonstances de sa disparition. Tous les personnels devaient s'efforcer de trouver toute information permettant de le localiser et en faire part aussitôt au central de la Crim. Le même avis, Sian Po le savait, avait dû être transmis aux QG divisionnaires de Clementi, Tanglin, Ang Mo Kio, Bedock et Jurong, ainsi qu'aux centaines de centres de commandement et d'ordinateurs embarqués sur des véhicules, grâce au système IBIS, *Incident Based Information System.*

Désireux de ne pas être dérangé, le commandant sonna aussitôt sa réceptionniste, lui donna ordre de prendre tous ses appels durant la prochaine demi-heure et, tout en sirotant une tasse de thé vert, lut le reste de la dépêche. Celle-ci ne contenait que quelques courts paragraphes sur le mystérieux incident survenu la semaine écoulée devant l'hôtel Hyatt, bref, rien qu'il ne sache déjà. Toutefois, les renseignements concernant les individus impliqués avaient de quoi intriguer.

On y trouvait un peu plus de détails sur les hommes qui avaient accosté l'Américain... et surtout, le profil personnel de Blackburn. À côté de sa photo, on pouvait y lire des informations sur son âge, son signalement, son employeur — une société de télécommunications par satellite appelée Uplink International basée dans le secteur de Johor.

Sian Po but son thé et se remémora sa promenade dans le parc avec Gros B. Dans quel plan était donc embringué le patron de boîte ? Son petit doigt lui soufflait que ce devait être un gros truc.

Il reposa sa tasse, songeur. Le rapport était aussi intéressant par ce qu'il ne révélait pas que par ce qu'il révélait, suscitant chez lui un certain nombre de questions. Il n'y avait rien sur la provenance des éléments concernant Max Blackburn et les autres individus. Rien non plus sur la femme dont Sian Po avait entendu parler. Pourquoi ? Se pouvait-il qu'elle soit à la source de l'information ? Qu'elle ait été localisée et peut-être mise au secret ? Les enquêteurs de la police criminelle étaient d'ordinaire peu loquaces, jaloux de leurs prérogatives et réticents à accepter l'aide d'autres services de la grande maison. Il était fort concevable que ces salauds sachent parfaitement où était cette femme, voire l'aient placée en détention — ou sous protection. Dans l'une ou l'autre hypothèse, ils répugneraient à partager ce genre de secret avec quiconque. Tant qu'ils pourraient l'éviter.

Toutefois, Sian Po avait ses contacts personnels, dont un inspecteur des renseignements, qui serait ravi de se confier, en échange d'une part de la prime versée par Gros B. Or ce dernier avait souligné avec insistance que la somme serait considérable. Il devait néanmoins redoubler de prudence. Poser les questions qu'il avait à poser sans trop en dire lui-même. L'essentiel était d'en savoir plus sur cette femme, de découvrir où elle se trouvait. Pour l'heure, ce serait déjà un morceau suffisamment juteux à se mettre sous la dent. Il pourrait toujours voir quoi d'autre en tirer par la suite.

Il déposa le rapport sur son bureau, près de la tasse à thé, saisit le téléphone et passa un coup de fil.

Nimec réussit à choper Gordian à son bureau, à onze heures et quart du matin. Le patron était pressé ; rien d'étonnant : il était arrivé en retard après son rendez-vous d'affaires à domicile, et n'avait prévu que de faire un saut au bureau pour régler les affaires courantes avant de filer à l'aérodrome. Vince Scull, Chuck Kirby, Richard Sobel et Megan Breen — tous quatre volant comme passagers à bord de son Learjet personnel — étaient déjà partis devant dans une voiture de société, et, dans ce climat de précipitation, cela n'avait pas été facile de lui parler de Max... puis de le persuader de lui donner le feu vert pour se rendre en Asie afin d'élucider le mystère de cette disparition.

Mais plus délicat encore fut de lui révéler qu'il avait laissé Max entreprendre un sondage clandestin dans les dossiers de Monolith à Singapour, sans en référer au préalable à son supérieur... la raison, sous-entendue mais évidente, étant qu'à coup sûr on l'en aurait dissuadé.

La réaction de Gordian aux nouvelles concernant Max — et à l'aveu de Nimec — fut un mélange prévisible de colère, de désarroi et d'inquiétude.

« Ça me dépasse que tu aies pu participer à une aventure aussi téméraire, Pete », dit-il. Il se tenait penché en avant, le coude droit posé sur son sous-main, la tête légèrement inclinée, se frottant de l'index le coin de l'œil. « Franchement, ça me dépasse... »

Assis en face de lui, Nimec le regarda.

« Je suis désolé. Je ne chercherai pas à me justifier. Mais considère l'affaire en prenant du recul. Depuis le début, Marcus Caine se sert du projet de loi sur le chiffrement pour te clouer au pilori à longueur d'articles. Et Blackburn était convaincu que Monolith était engagé dans une série de pratiques commerciales illégales dont il planquait les preuves à Singapour. Il était logique de soupçonner qu'une partie de ces activités fût destinée à faire du tort à Uplink...

— Alors, au lieu de venir m'exposer ces soupçons, vous vous êtes lancés tous les deux dans une combine qui aurait pu en un rien de temps nous faire sombrer dans les sables mouvants. Et il est bien possible que ce soit le cas, d'après ce que tu m'annonces... »

Nimec resta de longues secondes sans rien dire avant d'acquiescer.

« C'est vrai, on aurait dû t'en informer et on n'en a rien fait. C'était une erreur stupide. Et je n'ose imaginer le prix que Max risque d'avoir payé par notre faute. »

Silence.

Gordian était toujours appuyé contre le bord de son bureau, et continuait de se frotter le coin de l'œil.

« Attends voir... récapitulons, veux-tu ? Tu es convaincu que Blackburn pourrait se trouver dans de sales draps ? »

Nouveau signe d'acquiescement.

« Et tu veux l'en tirer ?

— Si je peux, convint Nimec. Avec de l'aide. »

Gordian hocha la tête. « J'ai du mal à croire

que les gens de Caine iraient jusqu'à s'en prendre physiquement à Max. Quoi qu'il ait pu découvrir à leur sujet. »

Nimec haussa les épaules. « On ne peut guère émettre d'hypothèses sur l'étendue de ce que Caine peut savoir. Ou sur la personnalité de ses hommes. Ou sur le genre d'individus avec qui ils sont impliqués. »

Gordian posa les deux mains à plat sur le bureau et les étudia, tête penchée, lèvres serrées.

« Le moment est bien mal choisi pour prendre ce genre de décision, reconnut-il en levant enfin les yeux vers Nimec. Je m'envole pour Washington dans quelques minutes. Et en plus, j'ai d'autres soucis en tête.

— L'OPA sauvage de Caine...

— Oui. »

Nouvelle période de silence. Elle pesait sur eux avec une densité presque palpable.

« D'accord, dit finalement Gordian. Vois ce que tu peux faire. Mais si tu découvres quelque chose, t'as intérêt à me consulter. J'ai perdu trop d'hommes et de femmes de valeur en Russie pour tolérer que quiconque dans notre organisation prenne des risques inutiles. »

Nimec respira.

« Merci, dit-il en se levant. Je regrette juste de ne pas pouvoir vous rejoindre à Washington. Tu auras autour de toi un détachement d'élite pour te protéger, mais tu plonges malgré tout dans la fosse aux lions. »

Toujours assis, Gordian leva les yeux vers Nimec et eut un haussement d'épaules résigné.

« Tâche juste de voir où tu mets les pieds... J'ai dans l'idée que, de mon côté, je n'affronterai rien de plus meurtrier que les tirs à vue de la presse. »

Nimec le gratifia d'un sourire contraint.

« Tu as sans doute raison. Mais c'est mon rôle de me faire du souci. »

« Marcus, qu'est-ce qui cloche ?
— Rien.
— Manifestement, il y a quelque chose qui ne tourne pas rond.
— Lâche-moi la grappe. J'ai besoin de me détendre. »
Couchée avec Caine au milieu du mobilier Arts déco restauré de leur chambre à l'hôtel De Anza, le visage près du sien sur l'oreiller, son corps nu pressé contre lui, Arcadia Foxcroft se lécha le bout du doigt et le glissa sous les draps, dessinant lentement un trait humide jusqu'à l'estomac de son partenaire.
Il resta étendu, crispé, sans réagir.
« Dis-moi, dit-elle en relevant la tête. Est-ce qu'il y en a une autre ?
— Il n'y a que toi, répondit-il distraitement.
— Enfin...
— Enfin quoi ?
— Il y a ta femme, observa-t-elle. Ça en fait déjà une que je connais, en tout cas. »
Il se détacha de ses réflexions pour la regarder.
« Qu'est-ce que c'est censé signifier ? Faut vraiment que tu sois jalouse d'Odielle ?
— Ça me ferait mal... Peu m'importe ce que tu fais avec elle quand on n'est pas ensemble, mais quand on l'est, je veux que tu sois avec moi. Que tu penses à moi.
— Arcadia, je t'en prie... On ne va pas se disputer.
— Je ne me dispute pas.
— Alors, ne poursuivons pas plus avant ce genre de discussion. J'ai été soumis à pas mal de pression ces derniers temps. Il ne faut pas chercher plus loin. »
Elle le regarda, se serra encore, ses seins nus plaqués contre son épaule.

« D'accord, fit-elle en le prenant dans sa main, resserrant ses doigts autour de lui sous les draps. D'ordinaire, pourtant, ce serait plutôt la pression qui te motive... »

Il resta étendu sur le dos, parfaitement immobile, fixant le plafond derrière elle. Qu'était-il censé répondre ? Que ses trafics avec Nga lui avaient fait dépasser une ligne qu'il n'avait jamais envisagé de franchir ? Qu'on l'avait poussé à commanditer le meurtre, oui, le meurtre de Roger Gordian — et Dieu savait qui d'autre à bord de cet avion — et qu'il aurait bientôt du sang sur les mains ? Est-ce que franchement ça aiderait Arcadia à comprendre pourquoi il ne se sentait pas vraiment excité ?

« Arrête, dit-il brutalement. Ça ne me fait rien.

— J'ai fait trois mille kilomètres depuis New York pour être avec toi.

— Personne ne t'a forcée. »

La femme écarquilla les yeux. Elle s'écarta de lui, ôtant sa main, et saisit le drap pour le remonter sur sa poitrine.

« Espèce de fils de pute. »

Caine passa les jambes par-dessus le bord du lit et traversa, nu, la chambre en direction de la chaise où il avait déposé ses vêtements. Il se revêtit sans un mot, le dos tourné.

« Tu n'as pas l'intention de dire quoi que ce soit ? » fit Arcadia qui s'était redressée, adossée à la tête de lit.

Il attendit d'être entièrement rhabillé avant de se tourner pour répondre.

« Si, dit-il enfin, tu as raison. Je devrais être franc avec toi. Tu le mérites. »

Elle le regarda.

Il n'aurait su dire pourquoi ce qu'il dit ensuite était sorti de ses lèvres, sinon que ça lui faisait du bien, le soulageait en partie de l'anxiété et de la frustration accumulées.

« Tu es superbe, Arcadia. Formidable. Mais tu as fait du chemin depuis les trottoirs de Buenos Aires, et je préfère choisir mes femmes plus jeunes. La vérité est toute bête : tu ne m'excites plus. »

Elle en resta littéralement bouche bée. Comme si elle avait reçu une gifle.

Caine se rendit compte qu'il était peut-être allé un peu plus loin que prévu, qu'il était désormais peu probable qu'elle veuille jamais le revoir après cette scène déplorable.

T'as encore une fois dépassé les limites. Pourtant, curieusement, ça ne semblait plus avoir d'importance... même s'il allait devoir considérer plus tard pour quelle raison.

« Ne te tracasse pas pour la note d'hôtel, je m'en occupe. »

Et sur ces mots, il se détourna de son visage scandalisé, ouvrit la porte et sortit de la chambre.

19

Divers sites
25-26 septembre 2000

« Trafic local pour Learjet Deux Zéro Neuf Tango Charlie, prêt à décoller de la piste 2, extrémité est », était en train d'annoncer Gordian dans son micro, informant ainsi les utilisateurs proches de la radio multifréquence de son départ imminent. Le petit terrain privé qu'Uplink partageait avec une poignée d'autres sociétés de la Silicon Valley n'avait aucun équipement radio au sol, mais la fréquence nationale d'appel sur 122,9 était souvent surveillée par les pilotes, et il avait pris l'habitude d'annoncer dessus ses intentions de décoller et d'atterrir, par courtoisie à leur égard et par mesure de protection contre toute rencontre aérienne inopinée et potentiellement désastreuse...

Même si tout laissait présager aujourd'hui un vol sans histoire. Avec un beau ciel bleu sans nuages, un plafond élevé et des vents faibles, Gordian prévoyait un décollage dans des conditions météo idéales. Son seul petit souci, bien insignifiant à vrai dire, était venu quand il avait abaissé ses volets durant le roulage et constaté que l'aiguille de la jauge de pression hydraulique était descendue un poil plus vite que d'habitude.

C'était un détail qu'un pilote moins scrupuleux n'aurait sans doute même pas détecté, ni trouvé d'un intérêt particulier au cas où il l'aurait noté. À juste titre, d'ailleurs. Gordian lui-même ne voyait aucune raison de s'inquiéter. Même si les volets, les freins et le train d'atterrissage de l'appareil étaient commandés par le même circuit hydraulique, ils continueraient de réagir convenablement, quoique un tantinet lentement, avec un niveau de liquide au minimum. Sa confiance était renforcée par le fait que son EICAS — *Engine-Indicating and Crew-Alerting System* [1] — ferait clignoter ses témoins pour signaler tout problème sur ce circuit, sérieux ou non. Or tous les voyants restaient éteints.

N'empêche, Eddie le décevait ; lui qui avait inspecté l'avion la veille et qui d'habitude était pourtant encore plus à cheval que lui sur les questions de sécurité... un gars trop scrupuleux pour qu'une anomalie, même mineure, puisse échapper à son attention.

Mais enfin, il verrait ça plus tard. Comme toujours dans les instants précédant le décollage, Gordian sentait le ciel exercer sur lui une attraction presque physique. Poussant les manettes des gaz, il se concentra sur le panneau de l'EFIS devant lui, ses yeux passant entre l'écran plat de l'afficheur de vol principal — disposé classiquement en « T » comme les panneaux d'instruments analogiques de jadis — et les bar-graphes de ses jauges ITT qui mesuraient la température intérieure des turbosoufflantes. Un départ précipité pouvait entraîner une défaillance des moteurs en quelques secondes, d'où la nécessité de surveiller de près les thermomètres.

Aucun problème de ce côté-là ; le fonctionnement des turbines était normal.

1. Écran de visualisation couleur des paramètres de fonctionnement critique des moteurs et d'alerte de l'équipage *(N.d.T.)*.

Dans le sifflement de ses compresseurs aspirant l'air et le grondement de ses roues sur le tarmac, le Learjet avala la ligne centrale de la piste en filant droit comme une flèche. Gordian sentit la poussée de l'accélération et, bientôt, l'excitation qui avait accompagné chacun de ses décollages, lesquels, au bout de trente ans de pilotage, se comptaient par centaines. Il jeta un rapide coup d'œil par la vitre latérale et avisa les marques de distance le long de la piste — détail aussi rare sur les aérodromes civils qu'il était commun sur les terrains militaires ; ces marques avaient été disposées à la demande de Gordian, comme un clin d'œil au temps où il était pilote de chasse.

Reportant son attention sur le moniteur d'affichage, Gordian vit le badin virtuel indiquer qu'il avait atteint cent quatre nœuds, la vitesse de décollage. Il effectua une ultime inspection des instruments cruciaux. Tout baignait, les témoins d'alerte étaient toujours éteints, les systèmes signalaient que tout était OK. *Go !*

Il saisit à deux mains la poignée du manche, et leva de sept degrés et demi le nez de l'appareil pour décoller. Il y eut une légère secousse et un autre picotement d'excitation quand les roues quittèrent la piste. Les mains toujours sur le manche, Gordian accrut son angle d'attaque jusqu'à dix degrés, poursuivant son ascension.

Après quelques secondes, il regarda de nouveau dehors pour avoir la confirmation de ce que lui avaient déjà indiqué son altimètre et ses propres sensations physiques. Il avait atteint un taux de vitesse ascensionnelle positif, le sol diminuait rapidement en dessous de lui, le bleu infini du ciel avait envahi son pare-brise.

Trains et volets rentrés, Gordian accéléra jusqu'à deux cents nœuds, soit plus de trois cent soixante-dix kilomètres-heure. Une fois parvenu à mille pieds, il réduirait très progressivement l'accélération jusqu'à ce qu'il soit parvenu à son altitude de croisière.

Pour l'heure, en tout cas, le moment était venu de s'adresser à ses passagers.

Il commuta l'interphone.

« Vince, Megan, Rich, on est partis. Heure prévue d'arrivée à Washington : neuf heures. Alors, mettez-vous à l'aise et essayez de ne pas parler boutique. On aura tout le temps pour ça tout à l'heure. » Il se pencha vers le bouton « off », songea aux claquements de dents que se payait immanquablement Scull à chaque vol et ajouta quelques mots à son intention : « Pour ceux qui veulent, il y a une bouteille de Glenturret dans le bar. Offert par votre commandant. À plus, les enfants. »

Esquissant un sourire, se sentant plus détendu qu'il ne l'avait été depuis des semaines, Gordian coupa finalement l'interphone et se cala dans son siège de pilote pour le reste du vol.

Reynold Armitage était dans un salon du Leominster Country Club de Southampton et contemplait l'océan derrière une baie vitrée. C'était une journée morne et frisquette à l'est de Long Island, et la menace de pluie avait attiré les mouettes vers la côte. Elles décrivaient des cercles erratiques, leurs ailes déchirant la pellicule de brume qui s'accrochait au-dessus de la plage et des digues. Loin en mer, une bouée flottante était visible, avec son feu clignotant rouge vif.

Installé au fond du fauteuil lui faisant face, William Halpern laissa échapper un gros soupir las. Vêtu d'un pantalon sombre en flanelle et d'un blazer pied-de-poule, c'était un discret quinquagénaire à cheveux blancs, au menton fuyant et au teint presque translucide.

« Affreux, comme temps, non ? dit-il avec son accent hautain de Yankee du Connecticut. La météo avait pourtant annoncé une journée chaude et ensoleillée. »

La main sur le manche de son fauteuil électrique, Armitage pivota pour faire face à son hôte. Le temps humide lui coupait le souffle, exacerbant les problèmes respiratoires liés à son état. Le seul fait de respirer lui rappelait les limites de son corps défaillant. Pourtant, à voir comment le PDG de la MetroBank semblait prendre le mauvais temps comme un affront personnel, on aurait pu croire que c'était lui le handicapé physique.

« Il est toujours difficile de faire des prédictions pour le bord de mer, expliqua Armitage. Mais ne vous en faites pas pour ça, William. Je ne suis pas vraiment d'attaque pour une promenade sur la plage et j'ai trouvé tout à fait distrayant le voyage de ce matin dans l'hélicoptère de votre société.

— J'en suis ravi », répondit Halpern, même s'il avait toujours la tête du type qui a réservé une table dans un restaurant de luxe et s'aperçoit que la chère est bien décevante. Il regarda de nouveau dehors et se rencogna dans son fauteuil, l'air résigné et vaguement dégoûté, comme s'il découvrait qu'il n'y avait aucun responsable du climat à qui aller se plaindre. « Je voulais un endroit tranquille et discret pour notre rencontre, voyez-vous. »

Armitage ne dit rien. Il y avait, estimait-il, un nombre incalculable de coins tranquilles à Manhattan où ils auraient pu se retrouver dans des conditions plus pratiques. Mais même dans leurs cercles élevés, être membre du Leominster Country Club était un éblouissant symbole de statut social qu'Halpern aimait à l'évidence exhiber. Il était en outre tout à fait conscient de l'attention portée par les médias au raid de Marcus Caine sur les actions d'Uplink, et comme la MetroBank détenait encore un pourcentage significatif de la société, il préférait éviter de susciter des rumeurs en étant vu en compagnie du plus ardent critique de Roger Gordian dans les médias.

Non, il n'y avait rien de mystérieux à ce désir de Halpern qu'ils se rencontrent en un tel lieu. La véritable question pour Armitage était avant tout de savoir pourquoi l'homme avait voulu ce tête-à-tête. Et une fois passé les politesses d'usage, il n'était pas d'humeur à tuer le temps en attendant une réponse.

« Alors, reprit-il, quels potins sur le monde financier pourrions-nous échanger ? Pensons à quelque chose de brûlant dans l'actualité. Quelque chose qui fasse crépiter les flashes. D'accord ? »

Halpern le lorgna.

« Il y a Monolith et Uplink, lâcha Armitage avec un petit sourire sec. Sans compter Uplink et Monolith. »

Le sarcasme sembla plonger son interlocuteur dans la perplexité. « J'ai rencontré plusieurs membres du conseil d'administration de la MetroBank pour discuter de la liquidation de notre portefeuille Uplink. Avant toute réunion officielle, bien entendu.

— Et ?

— L'accord pour finaliser la vente ne s'est pas conclu comme je l'espérais.

— Intéressant.

— Attendez la suite, poursuivit Halpern. Comme vous le savez, je n'ai aucun lien particulier avec Roger Gordian et j'estime que son désir de sauver le monde en installant dans tous les jardins des cabines de téléphone par satellite est une vaste foutaise.

— C'est là une vision pour le moins réductrice de ses objectifs, mais en dehors de ça ? »

Halpern haussa les épaules. « Pensez-en ce que vous voudrez, mais je ne m'intéresse à la participation de la MetroBank dans son entreprise qu'au regard de sa rentabilité, ou de l'absence d'icelle. En revanche, certains membres de mon conseil d'administration, par loyauté personnelle envers cet homme, se montrent réticents à couper les ponts avec Uplink, malgré la baisse croissante de nos retours sur investissements. Jusqu'à hier, toutefois, j'avais réussi à convaincre la majorité d'entre eux que s'obstiner à s'accrocher ainsi était en réalité une abdication de leurs responsabilités.

— Et qu'est-ce qui a changé depuis ?

— Pas quoi, mais *qui,* rectifia Halpern. Gordian lui-même a téléphoné à trois membres du conseil. Il leur a demandé de suspendre l'examen de toute proposition de Marcus Caine jusqu'à ce qu'il ait pu les rencontrer. »

Armitage se demanda s'il devait feindre la surprise.

« Sage précaution, observa-t-il. Et sans conséquence réelle. Tant que la valeur d'Uplink continuera à se déprécier, votre conseil d'administration sera bien obligé de considérer sérieusement la proposition de Marcus. C'est l'argent, pas la loyauté ou une foi mal placée en Roger Gordian, qui comptera en définitive.

— Et Gordian a promis de s'exprimer demain, lors de sa conférence de presse, sur les doutes des actionnaires concernant l'avenir d'Uplink. Il a assuré les membres du conseil qu'il y ferait une annonce importante et positive. Et qu'ils auraient, à tout le moins, envie de revoir leur position après avoir entendu son annonce. »

Cette fois, Armitage haussa les sourcils.

« Je pensais que la raison de son déplacement à Washington était de protester contre la loi Morrison-Fiore.

— Moi aussi, reconnut Halpern. Et je vais vous dire autre chose. Son principal avocat d'affaires a pris un vol de nuit pour se rendre à San Jose. Après avoir annulé tous ses rendez-vous à la dernière minute.

— Comment le savez-vous ? »

Halpern le dévisagea.

« J'ai mes contacts, expliqua-t-il, haussant de nouveau les épaules. Vous... et Marcus... pouvez me croire sur parole. Il y a quelque chose dans l'air. »

Armitage inspira. Il avait la poitrine serrée comme dans un étau. Si la sensation persistait, il allait devoir appeler son infirmière pour qu'elle lui administre un dilatateur bronchique. Il éprouva une soudaine bouffée de haine, sans trop savoir pourquoi. Ni même contre qui elle était dirigée.

Derrière la fenêtre, un oiseau de mer émit un cri strident en plongeant à travers le voile de brume basse.

Armitage regarda Halpern.

« Je vous suis reconnaissant pour le tuyau, William. Mais la seule chose que vous ne m'avez toujours pas dite, c'est où vous vouliez en venir. »

Halpern croisa les jambes, resta un instant silencieux.

« Nous nous connaissons depuis des années et vous m'avez toujours donné de judicieux conseils financiers, dit-il enfin. Mais comme vous l'avez vous-même remarqué, il s'agit ici d'une affaire d'argent, pas de loyauté ou de foi... et comme tous les banquiers, je suis un agnostique.

— Bref, vous attendrez d'avoir écouté la déclaration de Roger Gordian avant de décider de soutenir ou non l'offre d'achat. »

Halpern opina, tout en ôtant d'un revers de la main une peluche sur son pantalon.

« Oui, répondit-il sans hésiter. Et je l'écouterai très attentivement. »

Dans sa base insulaire, Kersik était juché sur un éperon rocheux trapu qui s'avançait dans l'océan et contemplait, de l'autre côté du bras de mer plongé dans la nuit, les lumières du port de Sandakan. Agité, il avait quitté le camp tout seul, pensant que la vigueur de la brise réussirait quelque part à chasser son humeur sombre, mais bien au contraire, celle-ci n'avait fait qu'empirer. Il supposa que c'était à cause de l'imminence de la violence qui s'apprêtait à déferler de ce rivage immaculé, de ces morts inévitables... Elles se compteraient par dizaines, par centaines peut-être... sinon plus, bien plus. Pour une juste cause, certes, ou en tout cas une cause en laquelle il croyait fermement. Mais n'était-ce pas cette même certitude de détenir la vérité qui de tout temps avait armé la main du guerrier ?

Les hommes se battaient. Ils s'étaient toujours battus, que ce soit avec des pierres, des flèches, des fusils ou des torpilles nucléaires. Et ils avaient leurs raisons de se battre. Certes, Kersik avait parfois l'impression que la foi dans une cause n'était jamais qu'un sombre boyau dans lequel bons et méchants sautaient avec une égale assurance, pour s'y retrouver tous à cabrioler comme des acrobates de cirque. Ainsi, l'actuel dirigeant indonésien se prenait-il pour un roi javanais, saignant à blanc son pays afin d'enrichir ses courtisans... Comme son prédécesseur, et comme Suharto et tous ceux qui l'avaient précédé, Kersik s'estimait du bon côté de l'histoire. Jiu Cheng, Nga, Luan, eux aussi avaient raison, de leur point de vue — et pourtant, les forces qui les avaient mis en branle étaient bien trop complexes pour être définies par des principes absolus.

Le front du général se plissa au-dessus de ses sourcils broussailleux. Trancher du bien et du mal ne se résumait-il pas pour finir à la question de savoir qui survivait pour rendre le verdict une fois lavé le sang répandu ? Il avait renoncé à son allégeance au gouvernement de son pays et s'apprêtait à défier l'ASEAN, le Japon et les États-Unis. Le monde entier, en fait. Avant que tout soit dit, il serait traité de canaille, considéré comme un paria sur toute la planète. Et lui, quelle opinion aurait-il de lui, en fin de compte ? Son esprit finirait-il par se scinder, une moitié se sentant justifiée, l'autre condamnable ?

Kersik contempla au loin les lumières de la cité qui au cours du siècle et demi écoulé avait été successivement gouvernée une fois par les Allemands, à deux reprises par les Anglais, et exploitée par les commerçants, les trafiquants d'armes et les rois du bois exotique venus de tous les coins de la planète ; qui durant la Seconde Guerre mondiale avait été occupée par les Japonais, puis rasée par les bombes américaines... et qui aujourd'hui, ironie du destin, détenait littéralement les clés du sort futur de ces deux dernières nations.

Kersik était toujours debout sur l'éperon rocheux, songeur, le regard perdu au-dessus de la houle... et au bout d'un moment, il prit vaguement conscience d'une agitation dans l'épaisse mangrove derrière lui.

Il pivota, alluma sa lampe torche, la main droite se portant aussitôt sur l'étui du Makarov à sa ceinture. Le bruit ne l'avait pas réellement inquiété : les seuls occupants de l'île étaient les loups de mer thaïlandais et les membres de son commando, chaque groupe ayant posté des vigies le long de la côte. Néanmoins, il demeurait avant tout un soldat... et le bon soldat était toujours prudent.

Il fit remonter le faisceau de sa torche à hauteur d'œil, ne distingua rien d'autre que les troncs lisses et minces et les racines aériennes de la mangrove, alors il releva un peu plus sa lampe. Juste sous la canopée, un lémurien volant était accroché à l'écorce et l'observait avec ses yeux énormes et ronds comme des billes.

Un bref instant, Kersik ressentit une bizarre et vertigineuse sensation de transfert, imaginant l'aspect qu'il devait avoir pour l'étrange petite créature : vaguement menaçant, déplacé, un véritable extra-terrestre. Il ôta la main de la crosse du pistolet comme si elle était portée au rouge, envahi par une intense et incompréhensible culpabilité.

La créature l'étudia encore une seconde ou deux de ses yeux parfaitement ronds, puis elle déploya ses membranes de vol et disparut en planant dans les ténèbres de la forêt.

Ébranlé sans trop savoir pourquoi, Kersik s'avança dans le sous-bois pour regagner le camp.

À l'instar de ce que lui avait un jour confié un des pilotes d'essai du premier Learjet à propos de son vol inaugural, tout s'était passé encore mieux que prévu, et pourtant Gordian avait prévu que tout se passerait bien.

C'est ainsi qu'on pouvait résumer le vol jusqu'à Washington.

À présent qu'ils étaient en approche de l'aéroport international Dulles à 8 500 pieds d'altitude et 350 nœuds face au vent, le pilote automatique coupé, sous un ciel limpide au clair de lune, Gordian compara les données du GPS et du radiocompas VHF sur son indicateur de position horizontale, pour s'assurer de l'exactitude de son cap, avant de demander par radio un couloir de vol.

« Washington de Learjet Deux Zéro Neuf Tango

Charlie, au droit de la balise VOR [1] d'Alexandria à huit mille, pour atterrissage à Dulles. Indicatif un deux zéro zéro », termina-t-il, concluant son annonce par le code d'identification numérique attribué aux appareils d'aviation générale.

Un instant plus tard, le contrôleur de trafic répondit, lui indiquant le code informatique grâce auquel son système de balise radar distinguerait l'avion de Gordian des autres appareils évoluant à proximité lors de la phase d'approche.

« Bonsoir, Neuf Tango, ici Approche Washington. Identifiant cinq zéro huit un affiché. Contact radar établi, vous êtes autorisé à entrer dans l'espace aérien de Washington classe B. Descendez et maintenez-vous à quatre mille.

— Bien reçu. Learjet Neuf Tango, identifiant cinq zéro huit un. Bien compris autorisation pénétrer TCA [2]. Descente de huit à quatre. »

Les bâtiments et les pistes éclairées de Dulles désormais en vue, Gordian réduisit les gaz et entama une descente régulière, surveillant toujours avec attention ses instruments, effectuant au fur et à mesure des corrections mineures. Moins de deux minutes plus tard, il contactait le responsable de l'approche finale.

« Approche pour Learjet Neuf Tango, en palier à quatre.

— Learjet Neuf Tango, bien reçu.

— J'ai l'habitude, je préférerais la piste 1-4 gauche.

— Autorisation accordée pour approche sur la 1-4 gauche », annonça le contrôleur d'approche

1. VOR (*Very high frequency omnidirectional range*) : radiocompas VHF, balise radioélectrique servant à la navigation aérienne *(N.d.T.)*.

2. TCA (*Terminal Control Area*) : région de contrôle terminal *(N.d.T.)*.

après une brève pause, avant de le consigner dans la liste des appareils en attente.

Puis — mais ce ne fut guère une surprise pour Gordian — l'approche conclut la transmission en l'informant qu'il allait devoir se maintenir et cercler à quatre mille pieds. À Washington comme au-dessus de bien d'autres métropoles, l'espace aérien du terminal était souvent encombré par le trafic entrant, et on devait dès lors s'attendre à devoir prendre son mal en patience.

Il réenclencha le pilote automatique et informa ses passagers qu'ils auraient encore le temps de prendre eux aussi leur mal en patience avec les blagues pénibles de Scull.

Vingt-cinq minutes plus tard, le contrôleur lui assigna une nouvelle altitude de descente avant de le confier à la tour — en définitive, cela avait pris moins de temps que prévu, même s'il n'était pas mécontent d'être sorti du carrousel. Tourner en rond avait été lassant et avait consommé plus de kérosène qu'il ne l'aurait voulu.

Il bascula sur la fréquence de la tour de contrôle et s'identifia.

« Learjet Deux Zéro Neuf Tango Charlie autorisé à se poser sur la piste 1-4 gauche », répéta le contrôle terminal.

Gordian nota les indications de vent au sol, accusa réception, puis relut sa liste de contrôle final informatisée, cochant mentalement chaque entrée jusqu'à la ligne train et volets. Même s'il avait parfois l'impression d'avoir mémorisé toutes les checklists depuis l'âge où il portait des couches, Gordian les parcourait consciencieusement avant, pendant et aussitôt après chaque vol. Procéder autrement eût été nier sa propre faillibilité, et ce n'était pas le genre d'erreur qu'il avait l'intention de commettre — surtout quand il avait charge d'âmes.

Gordian reporta son attention sur l'HSI [1], vit qu'il approchait de sa balise d'atterrissage finale, et se prépara à reprendre sa liste de contrôle. Juste en dessous de six cents pieds et à un mille nautique à peu près à l'ouest de la piste, il était prêt à pénétrer dans le couloir final et voyait désormais en détail s'étendre devant lui, brillamment éclairé, l'ensemble de l'aérodrome.

Il abaissa la manette de descente du train, s'attendant à sentir la légère secousse des vérins abaissant les roues par les trappes ouvertes.

Au lieu de cela, le témoin rouge d'alerte principale s'illumina soudain.

Les témoins d'alerte train sur son EICAS se mirent à clignoter.

Un bruiteur électronique se fit entendre dans les haut-parleurs de plafond.

Gordian écarquilla les yeux. La gorge serrée, il ramena vers le haut la commande de train, puis la rabaissa.

Les témoins rouges continuèrent de clignoter.

Le klaxon continua de résonner avec une pénible insistance dans le silence du cockpit.

Gordian sentit son cœur se serrer tandis que le sol approchait de plus en plus, que la piste commençait à défiler sous son pare-brise.

Les roues.

Alors qu'il restait moins de deux minutes avant qu'il ne touche le sol, le train d'atterrissage ne s'était toujours pas déployé.

1. HSI (*Horizontal Situation Indicator*) : indicateur de situation horizontale *(N.d.T.)*.

20

Au-dessus de Washington, DC
25 septembre 2000

Qu'il se retrouve saucissonné dans la cabine affaires d'un vieux jet bon pour la ferraille ou, comme c'était présentement le cas, doucement bercé dans un fauteuil club en cuir à bord du Learjet de luxe dernier cri de Gordian, Vince Scull était un perpétuel inquiet en avion, malgré ses centaines d'heures passées dans les airs dans le cadre de ses activités professionnelles chez Uplink.

Bon nombre de spécialistes de l'évaluation de risques, et tout particulièrement ceux dont la tâche était d'analyser les marchés internationaux, se fiaient pour leurs évaluations à des sources de seconde, voire de troisième main : dépêches d'agence, études sociologiques, tableaux statistiques et ainsi de suite. Scull, en revanche, estimait que c'était fait pour les flemmards mais sûrement pas pour rédiger des analyses financières. À son humble avis, quand on voulait en savoir plus sur un endroit, on se rendait sur place pour y respirer l'air, goûter à la bouffe locale et si on avait un peu de chance, au charme des *Fräulein* et *señoritas* du cru. Et hélas, quand il s'agissait d'un pays étranger on était bien forcé de prendre l'avion.

Ce qu'il faisait. Ce qui ne voulait pas dire qu'il

était obligé d'y prendre goût, ou de faire croire que parcourir le monde comme il le faisait aurait mérité de se voir décerner des ailes [1], sauf peut-être celles ayant appartenu à ce Grec — Zorro, Ésope... il ne savait plus — qui, s'étant approché trop près du soleil, s'était cramé les plumes du fion.

C'était lors des décollages et des atterrissages que Scull éprouvait toujours ses plus grandes frayeurs, surtout depuis que quelqu'un lui avait dit que c'étaient les moments où la voilure subissait le plus de contraintes physiques... non qu'il y connaisse grand-chose en physique ou en aéronautique, sinon qu'il lui semblait effectivement qu'il y avait plus d'accidents durant ces phases critiques que lorsque les avions étaient en vol, alors peut-être qu'il y avait du vrai dans ce qu'il avait entendu.

Quoi qu'il en soit, la raison pour laquelle Scull se cramponnait maintenant aux accoudoirs de son siège comme un condamné à mort sur la chaise électrique attendant que quelqu'un tourne le commutateur, c'était que Gordian était en train d'effectuer son approche finale à Washington, justement l'une de ces phases du voyage aérien qui lui flanquaient le plus la trouille, nonobstant le fait que son patron eût été un authentique as de l'armée de l'air. C'était également pourquoi il se fredonnait à mi-voix un vague pot-pourri des succès de Sinatra — *The summer wind came blowin' in across New York, New York, ring-a-ding and doobie-doo* ; se donner la sérénade avec quelques vieux classiques étant encore une de ses méthodes personnelles dûment éprouvées pour gérer la tension et chasser de son esprit les idées noires.

1. *Flights* (ailes) : insignes de pilote *(N.d.T.)*.

Peu lui importait que sa nervosité lui vaille les sarcasmes de Megan Breen, assise juste de l'autre côté de l'étroit passage, sur sa droite. Ou qu'il ait droit également à ceux de Richard Sobel et Chuck Kirby, assis juste derrière lui, échangeant des blagues avec Meg comme s'ils étaient deux artistes cabotinant lors d'un cocktail, et non pas les prisonniers impuissants d'une boîte à sardines capable de traverser la troposphère à près de Match 1, cette putain de vitesse du son.

Non, tout ce qui lui importait réellement, c'était d'atteindre la *terra firma* en un seul morceau ; quant aux autres, ils pouvaient bien se garder le Glenturret, qui était, il le reconnaissait, tout à fait buvable, même si son pur malt préféré venait de bien plus à l'ouest de l'Écosse : c'était le Bunahabhain, un nom imprononçable qui lui donnait toujours l'impression d'un juron lancé par Ralph Kramden lorsque son épouse Alice le prenait à mentir comme un arracheur de dents [1]...

Cramponné à son fauteuil, fredonnant à mi-voix (et faux), les yeux fermés, Scull faisait de son mieux pour ne pas penser à la descente de l'appareil, quand un bruit en provenance du poste de pilotage — dont les portes coulissantes étaient restées partiellement ouvertes depuis que Gord avait échangé quelques mots avec Chuck, un peu plus tôt au cours du vol — pénétra soudain sa conscience comme une fraise de dentiste.

1. Personnages d'un célèbre feuilleton télévisé américain, *The Honeymooners,* diffusé des années cinquante à soixante-dix, narrant les tribulations de deux familles ouvrières de Brooklyn à la fin des années quarante. Le héros, Ralph Kramden, est un chauffeur d'autobus new-yorkais, vantard et sympathique, en bisbille perpétuelle avec Alice, son épouse, à qui il promet toujours monts et merveilles *(N.d.T.).*

Il ouvrit brusquement les yeux et scruta le cockpit. Depuis son emplacement, il apercevait la moitié du dos de Gordian, et à peu près la même proportion du tableau de bord. Le patron ne semblait pas spécialement paniqué, mais ça ne voulait rien dire. C'était le genre de mec à garder la tête froide, un gars qui était ressorti de cinq ans de séjour au Hilton d'Hanoi, le camp de détention et de torture des Viêts, la tête haute, le dos droit et les lèvres aussi hermétiquement closes qu'au jour de son admission bien involontaire. C'était incontestablement le type que vous aviez envie d'avoir à vos côtés en cas de coup dur, et si jamais quelque chose allait de traviole, ça ne se lirait jamais sur ses traits.

Mais le bruit qui venait du cockpit était comme la version électronique d'un klaxon de voiture, un *coin-coin-coin* répétitif à vous vriller les tympans et qui avait pour Scull toutes les caractéristiques d'un signal d'alarme.

Il regarda Megan, se tourna vers Richard et Chuck. Tous trois se dévissaient le cou pour essayer de distinguer quelque chose dans le cockpit et s'ils n'avaient pas l'air aussi inquiets que lui, leurs visages affichaient les marques d'un désarroi assez élevé dans l'échelle de Nielsen.

Coin-coin-coin-coin...

« Merde, est-ce que quelqu'un sait ce qui se passe ? lança-t-il tout haut. Bordel de merde, c'est quoi, ce putain de bruit ? »

Silence dans les rangs.

Scull déglutit. Il avait les paumes soudain moites. *Merde, tu m'étonnes.*

Venant d'une cabine remplie de bavards, ce silence radio l'avait terrifié encore plus que tout ce qu'il aurait pu imaginer.

Gordian inspira, emplit ses poumons d'oxygène, l'esprit tournant à toute vitesse. Il plongeait vers la piste à plus de trente mètres-seconde, sans roues, une situation qui aurait les plus graves conséquences s'il n'agissait pas au plus vite pour la modifier. Et qui ne laissait aucune place à l'indécision.

Pense avec logique. Le problème est évident, il s'agit à présent d'en isoler la cause.

Il se remémora la brusque chute de pression hydraulique quand il avait sorti les volets pour le décollage. Pourtant, s'il s'était agi d'une défaillance du moteur de la pompe, l'écran d'alerte équipage le lui aurait signalé. Idem si les capteurs avaient détecté une baisse de niveau du liquide hydraulique dans le réservoir. Qui plus est, l'azote comprimé présent dans l'accumulateur était censé fournir une pression suffisant au fonctionnement des systèmes même en cas de fuite dans le circuit... avec un certain seuil de tolérance. Quand la fuite due à un composant spécifique était trop importante, ou s'il y avait trop d'air dans les canalisations, le dispositif n'était plus en mesure de répondre à la demande et de ramener la pression à son niveau nominal.

Ce qui veut dire ? Gordian se mordilla la lèvre inférieure. Ce qui voulait dire qu'il se trouvait confronté à une baisse massive de pression hydraulique dans un des éléments du système, sans doute le cylindre du vérin de train d'atterrissage. Le train était doté d'un verrouillage mécanique en position haute qui refusait de se libérer sans pression hydraulique, même avec le levier de commande abaissé... et il n'y avait aucune commande manuelle de secours.

D'accord. Point suivant. Les options.

Il pouvait envoyer un SOS au sol, attendre qu'ils tapissent de mousse la piste et fassent venir sur place les pompiers et le SAMU, au cas où il devrait effectuer un atterrissage sur le ventre. Mais l'obligation de faire des circuits avait vidé ses réservoirs, et l'épandage de mousse prenait du temps. Même s'il avait suffisamment de carburant dans ses nacelles pour reprendre de l'altitude et refaire une approche, il ne pensait pas qu'il pourrait rester en l'air assez longtemps pour que l'épandage soit terminé. Auquel cas il aurait à se poser sur le béton, ce qui avait toutes les chances de provoquer une étincelle déclenchant un incendie des moteurs et une explosion qui ne laisserait guère que des cendres à déblayer aux équipes de secours.

Allons, allons. Tu veux éviter la catastrophe, tâche d'aller à l'essentiel.

Il avait un circuit hydraulique en rideau. Un train bloqué en position rentrée. Et un besoin urgent de le sortir.

Non, attends. Pas le sortir. Le couper.

Il devait penser avec précision. Ce que faisait en réalité la pression hydraulique, c'était maintenir le mécanisme de train en position rétractée en le faisant reposer sur les verrous. Si seulement il pouvait libérer les jambes de train de leur étreinte, elles descendraient sous leur propre poids en poussant sur les trappes. En d'autres termes, elles descendraient *toutes seules.*

La pesanteur.

La pesanteur, c'était le problème mais aussi la solution.

Gordian tendit la main vers le sélecteur sous l'affichage multifonction et sélectionna l'écran du G-mètre. Il affichait 1G — ce qui signifiait que la force gravitationnelle exercée sur l'appareil était « normale » ou équivalente à celle d'un objet au repos posé sur le sol.

Sans quitter de l'œil l'afficheur, Gordian réduisit les volets, saisit le manche à deux mains et le tira sèchement vers lui, relevant le nez de l'appareil, entamant une montée en chandelle. Aussitôt après, il la repoussa vers l'avant, replongeant vers la piste.

Son estomac lui remonta dans la gorge. La carlingue vibra autour de lui. La manœuvre le plaqua au fond de son siège, puis le fit remonter avec une telle violence qu'il se serait écrasé sur le pare-brise s'il n'avait pas eu son harnais.

Jusqu'ici, impec.

Il tendit la main vers la commande de train, sans se soucier de vérifier l'écran principal. Avec les fesses en lévitation à quelques centimètres du siège comme s'il était tiré en l'air par une main invisible, Gordian savait déjà qu'il était à zéro G. Et s'il avait bien calculé son coup, il ne devait pas être la seule chose à flotter dans l'appareil.

Le train aussi.

Désormais libéré de ses verrous.

Tout en priant que Dieu, Sir Isaac Newton et son propre bon sens soient sur la même longueur d'onde, il rabaissa le levier pour la troisième et dernière fois.

La large sangle de sa ceinture lui cisaillant le gras du bide, les lunettes d'abord plaquées contre l'arête de son nez avant de s'envoler loin de son visage, sa mince couronne de cheveux aplatie sur la tête avant de se dresser en brosse raide, Scull se faisait l'effet d'être la balle dans une partie de ping-pong débridée...

Secouée par ces brusques changements de gravité, la cabine valdinguait et vibrait. Des revues lui passèrent sous le nez en vol tumultueux. Les yeux agrandis de terreur, il vit la mallette de Megan quitter la moquette du plancher comme une pierre ricochant sur l'eau, suivie par un dossier que Chuck Kirby était en train de lire derrière elle, répandant une nuée de feuilles. La banane que quelqu'un était en train de manger suivit bientôt, puis un stylo qui fila tel un minuscule missile. Il entendit des bouteilles d'alcool, de soda et d'eau gazeuse cliqueter et s'entrechoquer dans le bar, entendit Richard Sobel crier des invectives, ce qui ne lui ressemblait pas. Les sacs de voyage dansaient à l'intérieur des placards de rangement supérieurs.

« *Merde !* » hurla-t-il, ajoutant sa contribution personnelle au flot d'épithètes de Sobel.

Soudain, il entendit un bruit sourd sous ses pieds.

Plusieurs bruits sourds.

Un cri d'effroi se forma dans sa gorge, remontant, glacé, du fond de ses entrailles.

Il arrêta de hurler.

Certain qu'il allait périr, Scull se rappela soudain qu'il n'était pas seul, se rappela qu'il y avait quatre autres personnes avec lui dans l'avion et — appelez ça du machisme dinosaurien, après tout, quelle putain de différence, désormais ? — se rendit compte qu'il y avait parmi elles une femme qui avait peut-être besoin de réconfort.

Estimant qu'il devait faire quelque chose, il se tourna vers Megan, tendant le bras pour lui prendre la main...

Et fut abasourdi de voir le soulagement rayonner sur son visage.

« Tout va bien, Vince, on se calme, dit-elle en se penchant vers lui, tandis que c'était sa main à elle qui se posait doucement sur son poignet à lui. Écoute... l'alarme dans le cockpit s'est arrêtée.

— Hein ?

— L'alarme, répéta-t-elle avec lenteur. Elle s'est arrêtée. On atterrit. »

Il tendit l'oreille. Effectivement, elle avait cessé. Tout comme les soubresauts. Mais à quoi avaient rimé ces bruits sourds ?

Soudain, dans un craquement, l'interphone reprit vie.

« À tous, je suis désolé pour les secousses. Il y a eu un petit problème à la descente du train, mais nos roues sont sorties et tout va bien désormais », entendit-il Gordian expliquer, comme en réponse à sa question non formulée.

Il marmonna : « Le train...

— Quoi ? fit Megan. J'ai pas entendu ce que tu disais. »

Il baissa les yeux vers sa main toujours posée sur son bras, et sourit.

« Je disais juste que je t'aimais, moi aussi, mon p'tit lapin en sucre. »

21

Washington, DC/Asie du Sud-Est
25-26 septembre 2000

D'après une dépêche Associated Press :

Washington, DC — Le directeur général d'Uplink International, Roger Gordian, accompagné d'un groupe de proches collaborateurs, est arrivé au Club de la presse de la capitale pour tenir une conférence de presse prévue pour coïncider avec la signature demain à la Maison-Blanche de la loi Morrison-Fiore sur la dérégulation des technologies de chiffrement. On croit savoir que Gordian devrait reformuler son opposition bien connue au texte, position qui lui avait attiré des critiques tant dans les milieux gouvernementaux que dans ceux de l'industrie de haute technologie.

M. Gordian joue une partie serrée, entre le mécontentement grandissant des actionnaires et la récente OPA lancée par Monolith Technologies pour s'assurer une minorité de blocage au conseil d'administration. Interrogé par des journalistes peu après l'atterrissage de son Learjet (qu'il pilote toujours lui-même) à l'aéroport international de Dulles, le titan assiégé des industries de défense et de communications s'est refusé à tout commentaire sur les rumeurs de l'annonce surprise, lors de cette conférence de presse, de sa démission du poste de directeur général d'Uplink.

De leur côté, le président Ballard et ses conseillers

en communication ont choisi de minimiser la portée de la loi sur le chiffrement, souhaitant au contraire insister sur l'importance du voyage présidentiel en Asie, à la fin de cette semaine, pour la signature du traité SEAPAC de défense maritime, événement qui doit se produire à bord d'un sous-marin nucléaire dernier cri, dans les eaux territoriales de Singapour...

Extrait du *Strait Times* :

UN CORPS DÉCOUVERT PAR LES HABITANTS D'UN VILLAGE CÔTIER

Banda Aceh, Indonésie — La police locale a signalé la découverte d'un cadavre par des pêcheurs au large de Lampu'uk, un village isolé à la pointe nord du pays, près d'un rail de navigation fréquenté, au débouché du détroit de Melaka sur l'océan Indien.

Il n'y a eu aucun communiqué officiel sur l'état du cadavre, ou sur son éventuelle identification. Toutefois, des témoins oculaires présents lors de la découverte du corps le décrivent comme étant celui d'un individu de sexe masculin, qui aurait apparemment séjourné plusieurs jours en mer.

Un examen médico-légal afin de déterminer la cause du décès devrait avoir lieu à brève échéance.

Bien qu'on n'en sache guère plus sur l'affaire, on sait de bonne source que le Bureau international des affaires maritimes aurait été saisi, de même que d'autres services d'enquête de la région. Dans le cadre d'incidents de ce type, ce genre de consultation relève d'une procédure de routine pour les unités de police du BIAM et de l'ASEAN, organismes qui entretiennent des liens de coopération étroits et partagent leurs fichiers informatiques concernant les personnes disparues ou perdues en mer.

Gordian demeura sur le terrain après que les autres eurent rejoint leur hôtel et, accompagné par deux as de la sécurité de Pete Nimec, retrouva le mécanicien cellule/groupe motopropulseur au hangar loué par Uplink.

Quelques minutes après avoir appris ce qui était arrivé au train d'atterrissage, le mécano C/GMP, encore sous le coup de la stupeur, examinait, allongé sur un chariot à roulettes, le dessous de l'aile du Learjet.

« Pas trace de fuite extérieure et les raccords hydrauliques semblent intacts... Attendez voir une seconde... il y a un truc que je voudrais examiner d'un peu plus près. »

Le mécanicien fit courir le bout de l'index et du majeur sur un point au bas du fuselage, tout en approchant la torche électrique qu'il tenait de l'autre main. Puis il frotta ses doigts contre le pouce et les renifla.

« Ça sent vaguement le Skydol [1] et j'en ai un peu sur le doigt après avoir effleuré le cylindre du vérin. » Sa tête apparut de sous la carlingue pour fixer Gordian. « Cela dit, on ne peut rien déduire de ces seuls éléments, vu qu'il y a toujours des fuites mineures. Il va me falloir mettre les mains dans le cambouis et vérifier l'ensemble du circuit hydraulique. Du maître-cylindre aux clapets en passant par les tubulures. »

Gordian s'accroupit à côté de lui.

« Je veux absolument savoir ce qui a cloché, Mike. » Puis, songeant brusquement à Max Blackburn, il décida de suivre une intuition soudaine. « Faites-moi plaisir en cherchant d'éventuelles traces de sabotage, voulez-vous ? Quatre personnes ont failli perdre la vie par ma faute. Quatre parmi mes amis les plus proches. »

Mike éteignit sa torche, ressortit avec son cha-

1. Marque de fluide hydraulique d'aviation — équivalent du fameux Lockheed *(N.d.T.)*.

riot de sous la carlingue et se releva, prenant un chiffon pour nettoyer ses doigts des résidus de fluide hydraulique.

« Peut-être que c'est le point de vue d'un rampant, observa-t-il, mais si j'en crois ce que vous m'avez expliqué il y a deux minutes, je dirais plutôt que c'est vous qui leur avez sauvé la vie, monsieur. »

Gordian hocha la tête.

« Ce n'est pas une question de point de vue, répondit-il d'une voix sèche. Les règlements fédéraux de l'aviation civile stipulent que le commandant de bord est responsable de l'état de son appareil. Et de la sécurité de ses passagers. Peu importe qu'il s'agisse d'une négligence du contrôle pré-vol à San Jose, d'une défaillance mécanique en vol, d'une erreur de jugement de ma part ou de ces trois facteurs à la fois : en dernier ressort c'est moi le seul responsable de tout ce qui se produit dans les airs. »

Mike le considéra sans mot dire.

« J'ai eu de la veine, Mike, dit Gordian, le visage crispé. Vous comprenez ? Uniquement de la veine. »

Mike déglutit avant d'acquiescer lentement. « Je ne quitterai pas ce hangar avant d'avoir épluché ce zinc de fond en comble. »

Gordian lui donna une petite tape sur le bras. « Merci. Croyez que j'y suis sensible. »

Il se tourna vers les deux agents de l'Épée : « Vous deux, j'aimerais que vous restiez ici en compagnie de Mike. Et que vous lui filiez un coup de main si nécessaire. »

Les deux gorilles échangèrent un regard.

Gordian vit bien que cet ordre ne les ravissait pas outre mesure, ce qui était compréhensible. Athlétiques, sérieux, concentrés, c'étaient des professionnels dont l'efficacité reposait sur une discipline rigoureuse. Leur mission était de le protéger, et ce genre de laxisme allait à l'encontre de leur formation et de leurs directives.

« Pas de problème, vous en faites pas pour moi, leur assura-t-il. Je file directement m'enfermer dans ma chambre d'hôtel et je ne compte plus en sortir de toute la soirée.

— Monsieur, nous avons reçu de M. Nimec l'ordre strict de rester avec vous », indiqua l'un des deux hommes.

Gordian secoua la tête. « Je sais, je sais, Tom. Mais si vous ne lui dites pas que vous m'avez lâché pour quelques heures, je resterai muet moi aussi. »

Le garde du corps parut dubitatif.

« Il serait malgré tout préférable, monsieur, que je puisse vous contacter par téléphone dans la soirée.

— Certainement, mais je vous en prie, évitez de sauter à des conclusions prématurées si jamais je ne réponds pas... J'ai eu une journée éprouvante et j'ai surtout besoin d'une bonne douche et d'une bonne nuit de sommeil. »

Le garde du corps hésita un moment et Gordian réprima un sourire. Il se remémorait soudain sa colère paternelle quand Julia, adolescente, sortait à des rendez-vous, et le parallèle l'amusa, malgré sa tension et son épuisement.

« Messieurs, ma voiture m'attend et le chauffeur doit s'impatienter. Je vous verrai plus tard. »

Tom continua de ne rien dire, puis finalement acquiesça, avec une expression où se mêlaient le chagrin, l'inquiétude et une certaine désapprobation.

« Reposez-vous bien, monsieur.

— Je vais essayer. »

Et luttant toujours pour cacher son sourire, Gordian se retourna, salua d'un vague mouvement de bras par-dessus son épaule et sortit à grands pas du hangar.

« Bref, Alex, ce que je suis en train de t'expliquer, c'est qu'il semble que je pourrais être en mesure de t'avoir une invitation à dîner avec le chef de l'exécutif et les autres chefs d'État, au mess des officiers.

— Quoi, j'ai bien entendu ? fit Nordstrum.

— Tu as bien entendu, confirma Stu Encardi. Pile dans le ventre de la bête baptisée Seawolf. »

Ils discutaient à déjeuner autour de deux quesadillas et des salades de cactus, accompagnées d'un chili, au restaurant mexicain de la Sauge Rouge, sur la 14e Nord-Ouest, à peu près à mi-distance du centre Kennedy et de la Maison-Blanche.

« Et qui organise cette petite fête ?

— Terskoff.

— L'attaché de presse ?

— L'attaché de presse, en personne », souligna Encardi.

Nordstrum mastiqua une bouchée de salade. « C'est quoi, l'embrouille ?

— Pardon ?

— L'embrouille, le piège, l'hameçon, insista Nordstrum. Enfin, le truc qui va me rentrer dans la couenne si je mords à l'appât. »

Encardi repeigna du bout des doigts une mèche de son épaisse toison brune.

« Oh, tu veux parler de ce que demande le président Ballard... »

Nordstrum le dévisagea. « Stu, je crois que t'es un mec sympa. Mais si t'arrêtes pas de jouer au con et de tourner autour du pot, je me lève de table, je file aux cuisines, je vais récupérer un de ces plants de cactus avant qu'il en aient ôté les épines pour le mettre dans leur salade et je reviens illico te l'enfoncer dans le cul. »

Encardi fronça les sourcils. « Ouille...

— Oui, confirma Nordstrum en embrochant avec sa fourchette un nouveau morceau de quesadilla. Tu l'as dit, *ouille.* »

Encardi se pencha et, sur le ton de la confidence, expliqua : « D'accord. Tout ce que demande le président, c'est que tu t'abstiennes de participer à la conférence de presse de Roger Gordian, demain. Enfin, à supposer que t'en aies eu l'intention.

— Ah-ah, fit Nordstrum, la bouche pleine.

— À présent, ne va pas t'imaginer que la Maison-Blanche cherche à restreindre ta liberté d'exprimer ton opinion, poursuivit Encardi. Ballard estime simplement que le traité SEAPAC joue un rôle autrement plus essentiel dans son programme — et son héritage — que l'approbation de la loi sur le chiffrement. Et qu'il a quitté les feux de la rampe parce que la querelle Gordian-Caine fait vendre plus de papier.

— Ah-ah », répéta Nordstrum.

Encardi écarta les mains.

« Réfléchis-y. Tu es le seul grand chroniqueur politique à avoir traité du SEAPAC depuis les stades préalables de la négociation jusqu'à ce jour. Qui en a sans relâche souligné l'importance pour nos intérêts régionaux dans le Sud-Est asiatique. Tu ne penses pas que ça va encore plus détourner l'attention de l'opinion publique si on te voit avec Gordian à la tribune ?

— Ah-ah », fit Nordstrum en continuant de mastiquer, placide.

Encardi fronça les sourcils, exaspéré. « Bordel de merde, Alec, qui est-ce, à présent, qui n'est pas communicatif ? Tu m'as demandé de te parler avec franchise, et c'est ce que j'ai fait. Alors, s'il te plaît, j'aimerais que tu me renvoies la balle.

— Bien sûr », fit Nordstrum.

Il déposa soigneusement son couvert sur son assiette et se redressa.

« J'avais prévu de me tenir aux côtés de Roger Gordian demain, et c'est ce que je vais faire, quoi qu'il advienne, la peste, le choléra ou des manœuvres de coercition enveloppées dans le miel de la part des plus hautes instances gouvernementales. »

Encardi repoussa de nouveau une mèche de son épaisse crinière.

« Alec, tu pourrais interviewer le Premier ministre Yamamoto avec caviar et champagne à la clé, au lieu de te taper la bouffe de la cambuse avec les marins. Ne laisse pas filer l'occasion de ta vie. »

Nordstrum croisa les bras. « Tu m'emmerdes, tu sais...

— Alec...

— Arrête de gémir, tu ressembles à un écolier. »

Encardi plissa le front, s'essuya furieusement la bouche avec sa serviette, et la jeta rageusement sur la table.

« OK, j'abandonne.

— À la bonne heure. T'avais autre chose à me demander, pendant que je finis de manger ? »

Encardi le regarda avec un soupir.

« Ouais, dit-il enfin après une brève pause. T'as déjà entendu parler de l'Homme de l'Atlantide ? »

Nordstrum fit non de la tête, indifférent.

« On peut dire que tu m'aides », ronchonna Encardi.

Le vol transpacifique de San Francisco à Johor Bahru avait paru interminable et morne à Nimec et Noriko Cousins, avec une correspondance nocturne à Kuala Lumpur, pour quitter leur 747 et prendre un vieux coucou à hélices, direction Johor, et après cet ultime saut de puce, se taper quarante minutes de conduite sur des routes sinueuses et mal éclairées à bord de la voiture de location que Nimec avait réservée à l'aérogare.

Même si Nimec s'était déjà rendu à la station relais-satellite de Johor une seule fois au préalable, et même si l'idée l'avait effleuré, avant leur départ, qu'il serait peut-être judicieux de demander à un membre de la section locale de l'Épée de venir les attendre à l'aéroport, il avait en définitive décidé de les conduire lui-même jusqu'à leur destination. Il supposa que ça devait tenir à sa prédisposition au camouflage, un trait qui l'inclinait à rester discret jusqu'à ce qu'il y voie plus clair au sujet de l'enquête de Max... et sur ce qui avait pu clocher. Mais il y avait également quelque chose en lui qui aimait tout simplement jouer au cow-boy, et bien qu'il ne l'eût jamais admis devant quiconque — et, jusqu'à un certain point, surtout pas lui-même —, la vérité était que se retrouver ainsi extrait de son milieu naturel avait réveillé une facette depuis longtemps assoupie de sa personnalité.

Toujours est-il qu'il était à peine cinq heures du matin quand Nimec aperçut le sigle d'Uplink sur un panneau indiquant un chemin de terre et, scrutant par-delà un rideau d'arbres sur sa droite, avisa un peu plus loin les bâtiments d'aluminium et de béton de la station au sol.

Il vira pour s'engager sur la route en terre battue afin de rejoindre la clôture entourant les installations et freina quelques mètres avant la guérite du garde. Il y avait sur sa gauche un lecteur biométrique, de la taille d'une billetterie automatique, posé sur un socle en béton — l'une des récentes améliorations apportées par Max au dispositif de sécurité. Alors que la plupart des installations d'Uplink recouraient à des scanners d'empreinte oculaire ou digitale aux divers niveaux de contrôle d'accès, Blackburn avait voulu renforcer les contraintes d'identification aux points d'entrée sécurisés en recourant à de multiples clés d'accès biométriques, d'où les nouveaux scanners modifiés selon ses spécifications.

Nimec descendit sa glace et fit courir son pouce sur le ruban d'imagerie thermique du scanner d'empreinte tout en attendant que son équivalent optique effectue un cliché numérique de ses yeux — deux caméras pour corréler leur position à un modèle numérisé de son visage, la troisième prenant un instantané en haute résolution de son iris. Les trois images étaient ensuite analysées selon une grille de critères multiples et comparées aux informations préalablement enregistrées dans la base de données du système informatique centralisé gérant la sécurité.

Quelques secondes après son arrêt devant le multiscanner, le « feu du péage » disposé au-dessus du portail électrique passa du rouge au vert, tandis qu'une voix synthétique féminine sortait d'un haut-parleur encastré dans la plate-forme.

« Identification terminée, Peter Nimec, annonça-t-elle en anglais. Avancez, je vous prie. »

Nimec franchit la grille pour rejoindre le complexe, saluant de la tête au passage le vigile en uniforme.

« Ce n'est pas tout à fait l'endroit que j'avais imaginé, remarqua Nori, assise sur la banquette arrière et regardant par la vitre l'aube se lever. C'est tellement... comment dire... tellement terne. »

Nimec haussa les épaules sans lâcher le volant.

« Fonctionnel, c'est le mot qui me vient à l'esprit. Je ne m'étais pas rendu compte que vous n'aviez encore jamais visité une de nos stations au sol. Elles sortent toutes du même moule. Au bout d'un moment, on s'habitue à la décoration minimaliste.

— J'imagine... » Elle se rencogna sur sa banquette et bâilla.

Nimec lui jeta un coup d'œil dans le rétro.

« Déjà fatiguée par notre petit voyage en Extrême-Orient ?

— Et sur les nerfs.

— Pas le bon remède si vous comptez dormir un peu. » Il prit sur le siège du passager un journal plié et le lui tendit par-dessus son épaule. « Tenez, prenez ce numéro du *Strait Times* que j'ai récupéré à l'aéroport de Kuala Lumpur. Peut-être que ça vous aidera à vous détendre.

— Je n'ai pas souvenir de vous avoir vu le lire.

— C'est parce que je ne l'ai pas encore fait. Et je doute que j'arrive à garder les yeux ouverts assez longtemps pour ça. »

Nori prit le journal, le déposa à côté d'elle, bâilla derechef.

« Merci, fit-elle. Je tâcherai de vous faire un topo sur les brèves locales pour le petit déjeuner. »

Il opina.

« Et surtout, n'oubliez pas mon horoscope », dit-il sur un ton mi-figue, mi-raisin.

À peine Sian Po s'était-il couché après être rentré de sa garde de nuit au commissariat qu'il ferma les yeux et rêva qu'il se retrouvait dans un tripot géré par Gros B. Il y avait des femmes, des lumières clignotantes et il avait, il ne savait trop comment, réussi à gagner une somme astronomique, des montagnes de jetons qui l'entouraient de tous côtés.

Les coups frappés à la porte le réveillèrent

juste au moment où, dans son rêve, il entamait une danse avec une blonde superbe descendue des cintres en se laissant glisser sur une perche, et qui lui expliquait qu'elle était venue exprès du Danemark pour faire sa connaissance.

Sian Po ouvrit les yeux, passant sans transition du strass et des paillettes de son rêve à la morne réalité de la pénombre de son studio. Où était passée la danseuse sexy ?

Il plissa le front, se rendant compte qu'elle n'existait pas, et consulta son réveil. Cinq heures du matin. N'avait-il pas cru entendre un bruit ?

On frappa de nouveau à la porte.

Encore un peu désorienté, il sortit du lit et se rendit à cette dernière, en pyjama.

« Qui est là ? grommela-t-il en se frottant les yeux.

— J'ai quelque chose pour vous de la part de Gaffoor », chuchota une voix masculine dans le couloir.

En entendant le nom de son indic à la Criminelle, Sian Po recouvra aussitôt ses esprits. Il tourna le verrou et tira la porte.

L'homme, qui avait la trentaine, était en civil, chemisette de coton et blazer. Encore un enquêteur — en tout cas, c'est ce qu'il crut.

« Vous travaillez dans l'unité de Gaffoor ? » demanda Sian Po.

L'homme haussa les épaules, évasif, sortit de la poche intérieure de son blazer une enveloppe blanche format commercial et la tendit à Sian Po.

« Prenez ça, *ke yi bu ke yi.* »

Sian Po la lui arracha des mains.

L'homme le fixa d'un regard indéchiffrable. « Je dirai à Gaffoor que vous avez reçu le message », dit-il avant de se tourner pour gagner le bout du couloir.

Une fois la porte refermée, Sian Po déchira en hâte l'enveloppe. À l'intérieur, une feuille pliée. Il la sortit et lut le message griffonné dessus.

L'excitation inonda ses traits épatés.

Incroyable, proprement incroyable.

Oubliant l'heure, Sian Po se précipita vers sa table de nuit, retrouva dans son agenda le numéro de Gros B et lui passa un coup de fil.

Comme si son rêve avait été une authentique et merveilleuse prémonition, il venait de toucher le gros lot.

22

Washington, DC /Japon
27-28 septembre 2000

Dans le corridor à l'extérieur du salon Est de la Maison-Blanche, une salle grouillante de journalistes, de membres éminents du Congrès et autres hôtes de marque invités à la ratification officielle de la loi Morrison-Fiore, le président se sentait à la fois exaspéré et anxieux de coucher sa signature sur le papier.

Il était exaspéré parce qu'il aurait voulu signer le document, bien abrité derrière la masse robuste et solide de l'historique bureau du *Resolute,* dans le confort sûr et discret de son bureau présidentiel, sur le coup de minuit, alors que tous les types alentour étaient chez eux (ou ailleurs) au lit ou, dans certains cas, entre deux lits, à remonter leur zip, ou à le descendre, voire à se retrouver parfois coincés avec ; bref, à faire ce qui pouvait bien leur chanter, une fois le soleil couché et les lumières éteintes dans la cité d'or sur la Colline.

Il était anxieux parce que maintenant qu'on l'avait poussé à faire tout un ramdam autour de cette signature — avec les caméras de C-SPAN [1],

1. Chaîne de télévision dévolue à la retransmission des manifestations officielles et des débats parlementaires américains *(N.d.T.).*

les projos braqués sur son visage, tout le bataclan —, il avait hâte d'en avoir terminé pour qu'enfin l'attention de l'opinion se tourne vers quelque chose de vraiment fondamental à ses yeux, à savoir le traité SEAPAC, un enfant qu'il avait guidé depuis le berceau, le regardant progresser, évoluer, s'affiner sous son regard politique bienveillant. Un traité qu'il considérait comme l'apport essentiel de son séjour à la Maison-Blanche. Dont il pensait qu'il était l'esquisse d'une nouvelle collaboration stratégique et logistique dans la ceinture pacifique. Dont il était certain qu'il renforcerait les liens de l'Amérique avec ses partenaires asiatiques, et déciderait du sort de ses intérêts dans la région. Qu'était la loi Morrison-Fiore, comparée à ce grand chantier, sinon une vague législation controversée, visant à lever des restrictions commerciales dépassées car déjà contournées par des biais innombrables ?

Ballard était désormais impatient de retrouver son bureau personnel au lieu de ce tas de bois sans caractère roulé sous le portrait de George Washington exprès pour la cérémonie médiatique de ce matin et si éloigné de la solidité du *Resolute,* assemblé avec les planches du hardi bâtiment d'exploration... Le président jeta un regard dans le salon où le grand ordonnateur de la cérémonie, l'attaché de presse Brian Terskoff, se tenait près de l'entrée, roucoulant avec une jeune femme que Ballard identifia comme étant la responsable de l'info d'un des grands réseaux de télévision. Un endroit où ce bougre de salopard obstiné de Terskoff avait de grandes chances de chercher du boulot une fois qu'il aurait enfin reçu le coup de pied au cul mérité depuis si longtemps.

Et quel meilleur moment qu'aujourd'hui pour le faire ?... s'avisa-t-il soudain.

Il intercepta le regard de Terskoff et l'appela d'un signe du doigt, puis attendit qu'il se soit frayé un passage parmi la cohue des invités pour regagner le corridor.

« Oui, monsieur le président ?

— Pourquoi ce retard ?

— Ils travaillent à régler un ou deux pépins sur la liaison satellite, des détails techniques, expliqua Terskoff. On sera prêts dans cinq minutes. »

Le président le regarda.

« Dans cinq minutes ? »

Terskoff opina. « Voire moins. »

Le président continuait de le regarder.

« Tu me fais l'effet du régisseur d'un talk-show. »

Terskoff parut flatté.

« En un sens, c'est effectivement mon rôle aujourd'hui. »

Le président se pencha vers lui. « Brian, mon petit, si j'avais eu mon mot à dire, cette signature se serait déroulée discrètement, sans tralala. À la place, grâce à toi, nous nous donnons en spectacle.

— Oui, monsieur, en effet, répondit fièrement Terskoff en se retournant pour contempler la salle. Un imposant spectacle. C'est ma méthode de prédilection pour gérer ce genre d'événements.

— Ta méthode de prédilection...

— Tout à fait, monsieur le président. »

Le front plissé, Ballard se mordilla l'intérieur de la joue.

« Tu sais, reprit-il, il m'est venu à l'esprit que cette méthode aurait pu être employée pour promouvoir un autre de mes petits projets. Un projet qui, à mes yeux, n'a pas obtenu toute l'attention qu'il méritait. »

Terskoff se gratta derrière l'oreille, tout d'un coup moins sûr de lui.

« Vous faites allusion au SEAPAC...

— Oui », confirma le président en enfonçant l'index dans le torse de son attaché de presse. « T'as deviné. Et ce que je pense, Brian, c'est qu'il n'est pas trop tard pour renverser la vapeur. Par exemple, on pourrait recruter les majorettes d'une équipe de foot pour m'accompagner jusqu'à Air Force One lors de mon départ pour Singapour, demain matin. Ou mieux encore, des modèles de *Playboy* habillées en majorettes. On pourrait leur faire réciter les termes du traité pendant qu'elles font leur numéro de Pom-Pom Girls sur le terrain. "Donnez-moi un S, donnez-moi un E" et ainsi de suite... Et elles pourraient avoir le sigle SEAPAC brodé sur le haut de leur bikini en lettres de strass, une lettre par fille... Pour te paraphraser, ça ferait un spectacle *imposant,* non ? »

Grimace de Terskoff. « Monsieur le président, je sais que vous pensez que le traité a été négligé en faveur de la loi Morrison-Fiore. Mais je vous en prie, comprenez que la presse se nourrit de sensationnel. Le mieux qu'on puisse faire est de leur donner ce qu'ils veulent, et j'ai choisi de faire les choses en grand...

— Ça fait cent fois que j'entends cette chanson, ce qui est amplement suffisant. Je vais te dire une bonne chose, Brian. Vous avez fait les cons. Toi et la bande d'allumés que tu baptises ton équipe. Avec pour conséquence qu'une initiative à laquelle j'avais consacré d'immenses efforts s'est retrouvée sur la touche.

— Monsieur... »

Ballard leva la main comme un agent de la circulation.

« Je n'ai pas terminé. La cryptographie n'est

pas mon combat. Elle ne l'a jamais été. Je n'ai jamais voulu m'affronter avec Roger Gordian sur ce sujet, pas en public en tout cas, or c'est précisément ce qui se produit aujourd'hui. En cet instant précis, il est de l'autre côté de la ville, en train d'enfiler ses gants de boxe. Et ça, vois-tu, ça ne me réjouit pas. »

Une pause.

« Monsieur le président, si vous estimez que je peux faire quoi que ce soit...

— À vrai dire, oui. Pour commencer, tu peux prévenir tous ces gens de la télé que je vais rentrer dans cette pièce dans trente secondes, qu'ils soient prêts ou non. Ensuite, tu pourras inviter à déjeuner la jolie journaliste avec qui tu bavardais — je te suggère le Fourth Estate, c'est un excellent restaurant — et voir si tu peux te trouver un poste dans son service. Parce que j'attends ta lettre de démission sur mon bureau à mon retour d'Asie la semaine prochaine. C'est compris ? »

Terskoff avait pâli. « Monsieur... »

Le président indiqua sa montre.

« Vingt secondes. »

La lèvre inférieure frémissante, Terskoff hésita encore deux secondes de plus avant de replonger dans le salon Est.

Dix-huit secondes pile plus tard, le président entendit annoncer son nom et il fit son entrée.

Le salon Murrow dans la tour NPC était bourré de correspondants de presse. Tel un immense organisme autoreproducteur, les journalistes de Washington s'étaient divisés en deux fronts pour une bataille dont on espérait qu'elle atteindrait son point culminant avec la joute oratoire opposant le président et Roger Gordian de part et d'autre de Pennsylvania Avenue. Ils voulaient des gros titres, ils voulaient du spectaculaire, ils voulaient voir les légions d'avocats et d'anciens hommes politiques reconvertis en consultants pour la télé se chamailler tout au long de la prochaine période de calcul des points d'audience. Ils voulaient voir éclater des bombes, et Gordian était un peu intimidé par leurs attentes... sans doute parce qu'il savait qu'il n'avait guère de chances de répondre à celles-ci. Avoir passé sa vie à gérer ses entreprises avec la retenue et la discrétion d'un homme d'affaires vous préparait mal aux joutes oratoires.

À la fin, pourtant, peu lui importait de les décevoir. Pas plus qu'il n'aurait été désemparé si aucun journaliste ne s'était présenté, laissant sa voix amplifiée par la sono flotter, sans auditeurs, au-dessus d'une salle remplie de chaises vides. Il était venu livrer sa dernière bataille, et qu'il la remporte ou la perde, il aurait au bout du compte fait de son mieux.

Gravissant l'estrade, il attendit un long moment, Chuck Kirby, Megan Breen, Vince Scull et Alex Nordstrum derrière lui sur la droite, Dan Parker, Richard Sobel et le directeur du FBI, Robert Lang, sur sa gauche.

« Mesdames et messieurs les journalistes, merci d'abord d'être venus aujourd'hui, commença-t-il enfin. En ce moment même, juste à quelques pâtés de maisons d'ici, la loi Morrison-Fiore de dérégulation du chiffrement est en train d'être signée. J'ignore quels sont vos sentiments personnels à ce sujet, mais au cours des mois écoulés, j'ai tenté d'exprimer clairement les miens. Mon opposition à la libre circulation des matériels et logiciels de cryptographie demeure ferme et sans concession. Toutefois, il semble qu'on se soit quelque peu mépris sur mes objectifs, et cela représente au moins cinquante pour cent des raisons justifiant mon intervention de ce jour. »

Il marqua un temps d'arrêt, rajusta son micro avant de poursuivre : « Je n'y connais pas grand-chose en technologie ni en ce qui concerne le rôle de celle-ci comme ciment des forces internationales. Je crois en revanche que le savoir est synonyme de liberté, et que l'information reste le cœur et la pierre de touche du savoir. J'ai essayé, avec mon réseau de communications, d'abattre les barrières qui maintiennent les peuples du monde dans l'obscurantisme et la tyrannie. Et je suis extrêmement fier de mes succès.

« Mais la réalité est que l'Amérique a ses ennemis. Nous commettrions une erreur en confondant la mondialisation des technologies de pointe et le renoncement à nos droits et devoirs de nation souveraine, or je crois que la loi Morrison-Fiore est un écueil sur cette voie. D'un autre côté, mes détracteurs soutiennent que je tente en vain de remettre le génie dans la bouteille en défendant l'idée d'un contrôle des technologies de chiffrement, à l'instar d'autres instruments stratégiques. Leur argument est que, puisque les logiciels de cryptographie peuvent avec une relative facilité passer en fraude les frontières virtuelles du cyberespace, nous devrions faire comme si ces frontières n'existaient pas, plutôt que de chercher à mieux les définir et les réglementer. Que, puisque nous sommes conscients de l'inadéquation et de l'incohérence des lois actuelles, comme des réels obstacles à les faire appliquer au-delà des limites territoriales, nous devrions y renoncer définitivement plutôt que nous efforcer de les harmoniser.

« J'admets que ce genre de raisonnement me sidère. Allons-nous cesser de lutter contre la piraterie électronique simplement parce que cela peut créer des difficultés ? Refuser d'affronter un problème parce qu'il est compliqué ? Si tel devait être le cas, où dès lors s'arrêter ? Devra-t-on ensuite laisser les armes et la drogue circuler librement d'un pays à l'autre ? La comparaison n'a rien de caricatural. Les criminels internationaux et les terroristes savent déjà que les technologies de chiffrement peuvent leur procurer un formidable avantage sur les représentants de l'ordre, rajouter une nouvelle épaisseur de secret derrière laquelle dissimuler leurs activités. Ils le savent, et ils auront tôt fait d'apprendre à tirer parti de ce savoir.

« Je vous l'assure, quand nous concédons un point au crime et aux criminels, nous faisons bien pis que permettre la désintégration des frontières légales. Nous risquons la désintégration de notre civilisation. Et mesdames et messieurs, pour moi, simple individu, cela me terrifie bien plus que tout... »

Nordstrum parcourut du regard la foule des reporters. Il estima que Gord s'en tirait à merveille, même s'il n'était jamais évident de deviner les pensées de ses collègues, des gens notoirement blasés ; même s'il notait peu de hochements de tête approbatifs, au moins semblaient-ils enclins à lui prêter une oreille attentive... ce qui était en fait l'essentiel aujourd'hui. Gordian avait bien moins besoin de leur accord que de leur curiosité. C'était cela qui débouchait sur une couverture médiatique, quand l'ennui était synonyme d'anonymat dans l'obscurité des pages intérieures.

Nordstrum fut seulement déçu d'avoir oublié de transmettre à Gordian le message de l'amiral Craig Weston. *Ce n'est pas une question de verrous mais de clés,* avait-il dit, allusion manifeste aux codes propriétaires utilisés pour accéder ou, pour parler simplement, « désembrouiller » les données cryptées. Le problème de leur stockage était un aspect du problème qui aurait sans doute mérité d'être mieux souligné dans la présentation de Gordian, et Nordstrum avait bien eu l'intention de le lui suggérer. Mais entre les préparatifs avec Gord et les autres à l'hôtel et la nouvelle de la catastrophe à laquelle ils avaient échappé à l'atterrissage à Dulles, ça lui était sorti de l'esprit.

Enfin peut-être aurait-il l'occasion de lui souffler d'aborder le sujet durant le passage sur le gril — poliment connu sous le nom de séance de questions-réponses — qui allait suivre son laïus introductif. En fait, ce serait même peut-être le meilleur moment pour ce faire, puisque Gordian aurait sans doute besoin d'un répit après le bombardement de questions suscitées par l'OPA de Monolith et l'annonce surprise qu'il s'apprêtait à faire sur ce thème.

Se rappelant encore une fois le traitement qui l'attendait au gymnase s'il ne tenait pas la promesse faite à l'amiral, Nordstrum reporta toute son attention sur la conférence de presse.

Assis dans le monorail qui parcourait sans heurts son circuit autour du parc à thèmes technologique, des plages artificielles et autres attractions touristiques bondées de l'île de Sentosa, Omori contemplait à la jumelle l'importante flotte de vedettes des gardes-côtes patrouillant au large des côtes de Singapour. Leur présence était devenue de plus en plus notable au cours des derniers jours, une véritable escadre réunie en préparation de l'arrivée du Seawolf. Dans la ville même, les mesures de sécurité étaient également plus strictes que jamais ; tout au long du trajet entre la gare ferroviaire et la gare maritime, Omori avait été souvent obligé de contourner des barrages de police fermant les trajets qu'allaient emprunter les voitures officielles. Du reste, le Premier ministre malais était déjà en ville, ayant précédé son homologue indonésien et le président américain pour rendre visite au gouverneur de Pulau Ubin, avec lequel il entretenait des liens d'amitié personnels.

La mission qui avait amené Omori de Tokyo était également le fruit de liens anciens... avec le syndicat Inagawa-kai dont il était un *kuromaku,* un membre influent et haut placé ; avec Nga Canbera ; avec les députés à la diète dont l'opposition au SEAPAC les avait amenés à s'allier avec un groupe important d'investisseurs intérieurs et étrangers, qui s'étaient tous juré de démanteler le traité, et ce faisant, d'entraîner l'humiliation et la chute des intérêts internationaux qui l'avaient soutenu.

Omori sentit qu'on lui tirait le bras droit ; il rabaissa ses jumelles et, se retournant, découvrit un petit garçon assis sur le siège à côté de lui. Le gamin ne tenait pas en place, demandant sans arrêt à sa mère quand ils arriveraient à la galerie de jeux. Omori fit les gros yeux et tapota l'épaule du petit pour attirer son attention.

« Tu devrais être patient et bien te tenir pour faire plaisir à ta maman. Elle est déjà bien gentille de t'avoir amené ici et elle ne peut pas nous faire aller plus vite. »

Le gamin se figea, interdit, en le contemplant avec de grands yeux inquiets, comme tous les enfants quand ils se font gronder par un inconnu, avant de se tourner vers sa mère.

Omori regarda cette dernière et lui sourit avec commisération. Le gamin était intelligent et précoce, comme son propre fils qui avait à peu près le même âge. Omori priait pour survivre et voir à nouveau son épouse et les siens. Les enfants étaient sa joie la plus sincère.

Il reporta son attention vers l'extérieur, saisit ses jumelles et reprit son examen du port. Le nombre de bâtiments en patrouille ne signifiait rien pour lui. Qu'ils s'amusent à mobiliser toute la marine, si ça leur chantait. Convenablement équipé et frappant avec précision, un petit groupe d'hommes était capable de pénétrer la plus massive des lignes de défense.

Ce soir, après qu'il aurait achevé sa reconnaissance et fait un brin de toilette, il devait retrouver les membres du groupe d'insertion et vérifier avec eux les ultimes préparatifs. Ensuite, il n'aurait plus qu'à attendre l'ordre d'intervenir et consulter sa messagerie électronique pour guetter l'arrivée d'un fichier critique de Nga.

Pour l'heure, toutefois, Omori n'avait qu'à se détendre et profiter de la balade. Il espérait pour les dirigeants internationaux embarqués dans le sous-marin qu'ils profiteraient tout autant de la leur.

« Et pour conclure, j'aimerais revenir un instant à l'exemple du génie. Est-ce que j'aimerais le voir réintégrer sa lampe magique, et cette dernière être enfermée à l'abri des regards, à l'abri de la conscience même de l'homme ? Le travail de toute ma vie est la preuve du contraire. Comme j'interprète la légende, ce n'est pas le pouvoir du génie à créer des prodiges qui a entraîné tous ces tracas et ces souffrances pour le pauvre Aladin. La cause, je crois, venait du manque de jugement de ce dernier sur le meilleur moyen d'utiliser ce don, son échec à comprendre que son usage exigeait de redoubler de réserve et de précaution. Le pouvoir en soi n'a rien de redoutable. Tout dépend de son usage et donc des mains entre lesquelles il tombe. Avec de la passion et de l'intelligence, tout devient réellement possible.

« Mais à mesure que le progrès technologique nous offre de nouvelles possibilités, notre responsabilité première est de choisir les usages qui servent à bâtir plutôt qu'à détruire, à libérer plutôt qu'à asservir, à nous apporter un gain plutôt qu'une perte en tant qu'espèce. C'est une responsabilité qui n'a pas changé fondamentalement depuis la découverte du feu ou de la roue, même si les instruments sont devenus plus complexes, de même que nos choix. Des erreurs restent inévitables, mais j'espère et je crois qu'elles sont formatrices et que nous aurons la sagesse de les rectifier dans la mesure du possible. Si c'est le cas, alors vous pouvez me croire sur parole : le génie est parmi nous. Et il est dans les meilleures mains qui soient. »

Gordian écarta ses notes, prit le verre posé sur le pupitre et but une gorgée d'eau. Pas trop nul, finalement, songea-t-il. Peu lui importait que les applaudissements fussent juste polis. Retenus, même. L'essentiel était qu'il estimait que son laïus avait été bon et que ses remarques avaient de bonnes chances de traverser le filtre des médias pour atteindre le grand public.

Il prit une profonde inspiration, but une nouvelle gorgée d'eau, se pencha de nouveau vers le micro.

« Et maintenant, je suis prêt à répondre à vos questions. »

Cliquetis de chaises quand les trois quarts de l'assistance se levèrent en tendant la main.

Gordian désigna le gars du premier rang qui gérait le fameux site web.

« Monsieur Gordian, nous avons été informés que vous feriez une déclaration importante concernant votre société. Et bien que vous n'ayez pas abordé la question dans votre discours, je me demandais si vous pourriez nous dire si vous comptez rester à la tête d'Uplink International. »

Gordian le regarda avec une surprise non feinte.

C'est qu'il avait bien failli l'oublier complètement, avec toute cette agitation.

« Oh, bien sûr, fit-il. Maintenant que vous me le rappelez, j'ai effectivement une déclaration à faire. »

Une bruyante tempête d'applaudissements ébranla le salon Est à l'instant précis où le président apposa d'un geste preste et dégagé sa signature au bas de la dernière page de la proposition Morrison-Fiore, qui avait désormais force de loi. Les congratulations fusèrent. Les pontes du Sénat se serrèrent la main. Le président de la Chambre et son rival de l'opposition tombèrent dans les bras l'un de l'autre, partageant un triomphe bipartite. Le vice-président posa pour les photographes, profitant de l'aura de son commandant en chef, avec l'espoir qu'elle renforcerait son éclat personnel quand viendrait pour lui le tour, dans deux ans, de briguer l'investiture de son parti pour la présidence.

Dégoûté, le président Ballard n'avait qu'une envie : aller se coucher et dormir.

Un long vol jusqu'à Singapour l'attendait le lendemain matin, avant un déplacement historique à bord d'un sous-marin, même si apparemment le reste de la planète semblait s'en contrefiche.

« ... et M. Sobel se portera acquéreur des sociétés chargées de l'ensemble des produits informatiques d'Uplink, y compris Stronghold Security Systems, notre filiale de matériels et logiciels de cryptographie. Connaissant Richard et ayant travaillé avec lui depuis plus de dix ans, je suis certain que mes protégés au sein de l'entreprise sauront parvenir à des résultats impressionnants et des succès sans précédent. »

Gordian désigna une autre main levée devant lui.

« La jeune dame du *Wall Street Journal,* fit-il. Mlle Sheffield, n'est-ce pas ? »

Elle acquiesça, se leva. « Monsieur, sans vouloir vous offenser, comment une telle croissance sera-t-elle possible tant que M. Sobel maintiendra vos restrictions sur les exportations de techniques de chiffrement ? Bon nombre d'analystes économiques sont en désaccord avec votre argument selon lequel une société de cryptographie peut se concentrer entièrement sur le marché intérieur et demeurer rentable. Ou bien cette stratégie sera-t-elle assouplie après la vente ? »

Richard s'avança soudain pour monter à la tribune.

« Avec la permission de notre hôte, je m'en vais répondre moi-même, dit Sobel. Je puis vous déclarer sans ambages que je soutiens entièrement la position de Roger Gordian sur le problème du chiffrement et que j'entends poursuivre à la lettre sa politique actuelle. Le succès réside exclusivement dans la façon d'aborder le marché, et ma société d'électronique est la preuve même de la fausseté des analyses que vous évoquez. Nos bénéfices nets se sont accrus sans discontinuer depuis cinq ans. Nous avons choisi délibérément une croissance progressive et nous nous sommes taillé une solide réputation en concevant des systèmes de verrouillage pour nos clients industriels... systèmes qui exploitent bon nombre de licences de Roger Gordian sur les techniques de chiffrement. En tant que société de service et d'ingénierie informatique, nous estimons que la supériorité des systèmes de cryptage de données créés par Roger Gordian attirera de nouveaux clients tout en continuant d'offrir des avantages illimités à notre clientèle existante. »

Sheffield demanda à Richard un bref aperçu sur son chiffre d'affaires au cours du dernier trimestre, puis ce fut de nouveau à Gordian de répondre aux questions. Toutefois, avant de reprendre le micro, il donna à son ami une tape sur l'épaule, et lui murmura de rester coi. Il était désormais certain qu'ils auraient l'occasion de lâcher sous peu leur ultime bombe.

« Quelles réactions la proposition d'éclatement de votre groupe a-t-elle suscitées dans votre conseil d'administration ? demanda un autre reporter.

— Je me suis entretenu au téléphone avec chacun de ses membres et je puis vous assurer que mon plan a été accueilli avec une quasi-unanimité, répondit Gordian. Je ne pense pas avoir le moindre problème pour obtenir l'appui de mon conseil quand nous nous réunirons dans le courant de la semaine prochaine. »

Un autre journaliste : « En dehors de votre division informatique, il existe un certain nombre de filiales d'Uplink dans la branche médicale et l'automobile dont vous avez dit qu'elles seraient également vendues... et qui doivent encore trouver preneur. Comment estimez-vous que vont réagir les actionnaires à ces... euh... séparations forcées ?

— Très positivement, j'espère. Les unités dont nous nous séparons restent gérées par des personnes pleines de talent et d'imagination, qui pourront désormais appliquer leurs idées avec une plus grande latitude encore que lorsqu'elles étaient enfermées dans le carcan bureaucratique d'une énorme entreprise. Et si j'avoue qu'il serait irréaliste de ma part d'espérer obtenir d'emblée la pleine confiance de nos actionnaires, je pense que la majorité d'entre eux seront vite rassurés par les avantages financiers qu'on leur réserve, et qu'ils finiront par se rallier à notre cause. Nous avons le souci de l'intérêt de nos investisseurs et pouvons garantir que l'on tiendra le plus grand compte de leurs préoccupations. »

Puis ce fut une demi-douzaine de questions plus ennuyeuses, concernant pour l'essentiel les aspects techniques de l'éclatement. Quelle sorte d'avantages financiers avez-vous envisagés ? Conserverez-vous une part des actions des entreprises dont vous vous séparez ? Si oui, quel pourcentage sera mis sur le marché pour les actionnaires ?

La question numéro sept était le coup de pied de l'âne, lancé par un journaliste de *Business Week* : « Monsieur Gordian, comment vos plans seront-ils mis en œuvre si le consortium Spartus réussit à céder ses parts d'Uplink, qui s'élèvent à vingt pour cent de la société — une énorme minorité de blocage —, à Marcus Caine, dont il est de notoriété publique qu'il ne fait pas partie de vos amis intimes ? »

C'était un piège auquel Richard ne pouvait échapper.

« Dans le cadre de notre accord général, Uplink doit me céder un pourcentage équivalent du capital, dit-il en se coulant discrètement à la tribune. Si Marcus Caine veut se présenter comme invité impromptu à notre tour de table, il devra désormais trouver place entre Roger Gordian et moi-même, nous regarder droit dans les yeux et apprendre qu'on ne se sert pas tout seul...

Et laissez-moi vous dire une chose, si Caine essaie de piquer dans mon assiette, il aura intérêt à numéroter ses abattis. »

Après un bref moment de silence surpris dans l'assistance, la remarque de Richard fut accueillie par un rire.

Un rire énorme et communicatif.

Gordian contempla le public et dut constater avec un certain embarras qu'il souriait lui aussi.

Mais l'embarras n'était pas si grand, après tout.

Boum, et voilà la bombe.

Pile sur la cible, en plus.

Installé dans son bureau à regarder C-SPAN, Caine déposa sur le plateau son croissant entamé pour adresser à sa secrétaire un regard circonspect. Quand Deborah était entrée avec le café et la viennoiserie, il lui avait demandé de rester regarder la conférence de presse pour prendre des notes ; or elle était à présent installée sur le divan, le portable sur les genoux, et tapait, les yeux rivés sur l'écran. Avec un peu trop d'attention peut-être. Elle avait posé la main sur ses lèvres un instant plus tôt, les masquant fugitivement. Avait-elle trouvé les remarques de Sobel amusantes ? Ce soupçon lui donnait envie de l'étrangler. Si jamais celui-ci devait se confirmer, elle allait se retrouver à la porte, vite fait bien fait. Il veillerait à ce qu'elle ne remette plus jamais les pieds dans un bureau, même pas comme employée.

Caine sentit de fulgurantes brûlures d'estomac. Comme si un feu le rongeait de l'intérieur.

Les salopards, songea-t-il, incrédule. Les salopards. Ils auraient dû être morts. Tués avec Gordian lors de l'atterrissage de l'appareil. Les types qu'il avait chargés du boulot lui avaient pourtant assuré que ce serait le cas. Seulement, d'une façon ou de l'autre, ils s'en étaient sortis. Et au lieu de cela... au lieu de cela...

Il était bien forcé d'admettre la faculté de rebondir de son adversaire. En segmentant ainsi des divisions entières d'Uplink, il allait presque à coup sûr récupérer des liquidités pour régler ses arriérés de dettes. En se séparant de sa filiale cryptographie, il avait éliminé la cause essentielle de mécontentement des actionnaires, et sans aucun doute fait remonter le titre Uplink à son plus haut niveau depuis des années. Enfin, en offrant à Sobel une part du capital de la société — faisant de lui un chevalier blanc, sauveur de la boîte, et en même temps maître du château —, il avait forgé une alliance qui allait lui laisser le contrôle de l'entreprise alors que Caine l'avait crue à portée de main. Pour renverser cette alliance, voire simplement réduire ce contrôle, Caine (ou, du reste, n'importe quel autre acheteur) devrait désormais acquérir une masse d'actions aussi improbable que ruineuse.

Une terrible et nauséeuse impression d'échec vint s'ajouter à la douleur qui lui vrillait les entrailles, et il redouta soudain d'avoir un malaise. Il n'était même pas soulagé de savoir qu'il avait mis en branle ce soir l'attaque contre les installations de stockage de données de Gordian. Nga et ses complices auraient certes ce qu'ils voulaient... mais lui...

Réfléchis, insista une petite voix intérieure. *Tâche au moins d'avoir ce courage.*

Non, non, non.

La main tremblante, il prit le plateau de croissants, le jeta dans la corbeille à papier, l'œil rivé à l'écran de télé, déchiré par sa propre haine.

Non.

Il ne voulait pas, il ne pouvait pas admettre sa défaite.

23

Asie du Sud-Est
29-30 septembre 2000

« ... Allô, Max ? Max, c'est Kirsten. Appelle-moi sur mon mobile dès que tu pourras. »

« Max, c'est encore Kirsten. J'attends toujours de tes nouvelles. »

« Allô, Max ? Même message qu'auparavant. »

« Max, où es-tu ? Cela fait quatre jours et je commence vraiment à m'inquiéter. Ma sœur et son mari me disent d'appeler la police, et peut-être qu'ils ont raison. Je ne sais vraiment plus où j'en suis. Alors, je t'en supplie, si tu entends ce message, rappelle-moi. »

« Max, j'ai décidé de suivre le conseil d'Anna et de contacter les autorités... »

Nimec éteignit le répondeur et considéra Nori en silence.

Même si le soleil n'était pas encore entièrement levé à Johor et qu'ils marchaient tous les deux au radar, ils se retrouvaient malgré tout dans le petit studio qui servait de logement à Blackburn dans la station de relais-satellite, car ils avaient décidé de chercher sans tarder des indices sur sa disparition avant de filer se coucher. De ce côté, ils avaient fait chou blanc, mais les messages répétés et toujours plus inquiets de Kirsten Chu — le plus récent datait de l'avant-veille, à en croire l'afficheur de la machine —

révélaient qu'elle au moins n'avait pas complètement disparu de la circulation. Et même si les messages semblaient également confirmer l'idée de Nimec selon laquelle Max avait eu de sérieux pépins, ils finissaient par susciter plus de questions qu'ils n'apportaient de réponses.

« Il semblerait qu'elle soit allée se réfugier chez sa sœur, observa Nori au bout de quelques instants.

— Se planquer, plutôt, rectifia Nimec. Vous avez pu relever son prénom, ou je dois repasser la bande ?

— Anna. Pas de nom de famille, toutefois. Et Kirsten a évoqué un mari, donc elle a dû changer de patronyme. Ça risque de compliquer les recherches.

— De nos jours, des tas de femmes mariées gardent leur nom de jeune fille. »

Nori hocha la tête.

« Vous pensez en Américain. Les sociétés asiatiques sont restées bien plus conservatrices. »

Soupir de Nimec.

« Mais pourquoi diable voudrait-elle que Max la rappelle sur son mobile ? N'aurait-il pas été plus simple qu'elle lui laisse tout bêtement le numéro de sa sœur ? »

Nori réfléchit un instant à la question.

« Plus simple pour nous, sans aucun doute, mais pas dans sa situation. Mettez-vous à sa place : quelle qu'ait pu être la nature de ses relations avec Blackburn, sans doute préférait-elle laisser sa famille en dehors de ça.

— Pour sa sécurité personnelle, vous voulez dire.

— Tout juste, confirma Nori. Moins on en sait, mieux ça vaut. En plus, j'ai comme l'impression que Max n'aurait pas apprécié que Kirsten aille rapporter à la police ce qui s'est produit...

— Tout du moins, c'est son sentiment, rectifia Nimec. On pourra toutefois élucider cela plus tard, mais poursuivez, je ne voulais pas vous interrompre.

— Ce que je veux dire, c'est qu'elle me semble avoir été poussée par sa famille à prévenir les autorités et qu'elle aurait été prise dans un dilemme. Se pourrait-il que sa sœur et son beau-frère aient eu des doutes au sujet de Blackburn... et pourquoi pas, si l'on envisage la situation dans son ensemble ? Si vous étiez Kirsten, vous seriez un peu gênée de lui demander de vous rappeler à leur numéro, au risque peut-être de susciter un flot de questions délicates de la part de sa frangine. L'autre méthode est quand même nettement plus discrète.

— Sauf que, comme vous l'avez déjà fait remarquer, elle est nettement plus chiante pour nous, observa Nimec. Joyce a les numéros de Kirsten à son domicile et à son travail, mais pas son numéro de portable.

— Pas d'adresse ?

— En dehors de celle de son bureau à Monolith, non.

— Et les notes de Max sur son enquête ? Celles qu'il a confiées à Joyce ?

— J'en ignorais l'existence jusqu'à hier, quand j'ai appelé pour la prévenir de mon arrivée à Johor. Elles sont enregistrées sous forme codée sur son assistant personnel, et il faudra un certain temps pour les décrypter et les parcourir. »

La jeune femme acquiesça tout en réfléchissant. « Je suppose qu'on évite d'entrer en contact avec les uniformes.

— Pour le moment, oui. Même s'il est toujours possible qu'elle les ait malgré tout prévenus. Et si c'est le cas, qu'elle leur ait indiqué où elle se trouvait.

— On peut même se poser la question de savoir quelle force de police elle aura appelée, ajouta Nori. Sa sœur pourrait vivre de l'autre côté du détroit. Ou ailleurs. Les frontières d'État sont proches dans le secteur.

— Effectivement, mais ce que nous savons en revanche avec certitude, c'est que Kirsten habite à Singapour. Avec de la chance, on la trouvera dans l'annuaire du téléphone. Et cela pourrait nous donner l'info qui nous manque.

— Pas sûr. Beaucoup de jeunes femmes célibataires se font mettre sur liste rouge. C'est une protection élémentaire contre les obsédés.

— C'est à votre tour de penser comme une Américaine... et même comme une New-Yorkaise, qui plus est, observa Nimec avec un sourire désabusé. Singapour n'est pas le genre de ville à connaître le fléau des coups de téléphone obscènes. Si elle est dans l'annuaire, on a toutes les chances d'avoir son adresse personnelle...

— Et la prochaine étape sera de s'y rendre, d'entrer chez elle et de fouiller pour y trouver un document avec l'adresse de la frangine », termina pour lui Nori.

Nimec acquiesça.

« Je déteste entrer chez les gens par effraction, mais si nous n'avons pas d'autre choix... »

Nori agita la main pour le faire taire, avant d'indiquer la clé qu'elle tenait, un double obtenu du service de sécurité de la station pour avoir accès à la chambre de Blackburn.

« Ça, je m'en charge. »

Il était un peu plus de quatre heures de l'après-midi quand deux hommes à bord d'une vieille Oldsmobile Cutlass remontèrent l'allée jusqu'au portail d'entrée de la branche cryptographie d'Uplink, à Sacramento, ralentissant pour s'arrêter devant la guérite du vigile.

« Inspecteur Steve Lombardi », annonça le chauffeur par la vitre ouverte. Il inclina la tête vers son passager. « Et mon partenaire est l'inspecteur Craig Sanford. »

Le gardien les dévisagea derrière ses verres miroirs.

« Que puis-je pour votre service ?

— Nous devons parler au directeur, dit Lombardi. Nous avons là une assignation afin de récupérer des clés de chiffrement, vous connaissez la chanson. »

Le garde acquiesça. C'était une procédure classique pour la justice de délivrer des mandats de perquisition à chaque enquête ou action juridique impliquant la diffusion de clés de chiffrement de données utilisant les logiciels d'Uplink. De nos jours, alors que tout un chacun, des banques aux supermarchés en passant par les pontes de la Mafia, utilise désormais la cryptographie pour toutes ses opérations financières quotidiennes, avec des milliers de clés stockées dans la chambre forte informatique des tiers de confiance, et avec la multiplication des affaires civiles et pénales où des fichiers informatiques servent de pièces à conviction, il n'est plus inhabituel d'avoir jusqu'à quatre ou cinq visites quotidiennes de policiers munis de mandats.

« J'aurai juste besoin de voir votre carte et vos papiers. »

Le chauffeur les sortit de la poche intérieure de son blazer et les donna au vigile. Un instant après, son passager se pencha pour tendre à son tour par la vitre l'étui en cuir contenant sa plaque et sa carte professionnelle.

Le vigile fit descendre sur le bout de son nez ses verres miroirs pour examiner les documents, accordant un bref coup d'œil aux plaques de police avant de déplier l'assignation du tribunal.

« Tout est en règle ? » demanda le chauffeur.

Le vigile étudia encore une seconde ou deux les paperasses, puis il acquiesça et restitua le tout par la fenêtre de sa guérite.

« C'est bon, les gars, allez-y. »

Le concierge du luxueux immeuble en copropriété près de Holland Road, dans la partie est de l'île de Singapour, venait juste d'arriver pour prendre son poste comme tous les matins, quand il vit le taxi bleu ciel s'arrêter près de l'entrée et sa cliente en descendre : une mince jeune femme portant deux lourds sacs de voyage. Même sans cela, on voyait sans peine qu'elle venait de loin, avec ses cheveux légèrement en désordre et ses traits quelque peu défaits.

Comme elle se traînait vers l'entrée, lestée de ses bagages encombrants, il déposa sa tasse de thé et quitta son bureau pour se rendre à la porte.

« Pouvoir aider ? » proposa-t-il, en singlais typique, mêlant vocabulaire anglais et syntaxe chinoise.

Elle déposa les sacs sur la moquette du vestibule et, d'une main, mit de l'ordre dans sa coiffure.

« Oui, enfin, j'espère en tout cas, répondit-elle. Je viens voir Kirsten Chu. »

Le concierge la dévisagea un moment. L'accent américain de la jeune femme expliquait pourquoi il n'avait pas reconnu en elle une des résidentes de la tour. En revanche, il connaissait bien la femme dont elle avait mentionné le nom.

« Appartement 15. Je peux appeler, *lah.* » Il se dirigea vers le combiné de l'interphone. « Votre nom, s'il vous plaît ?

— Non, vous ne comprenez pas. Kirsten ne sera pas rentrée avant ce soir, et je suis censée m'installer chez elle pour l'attendre. Seulement, je ne peux pas... »

Elle laissa sa phrase en suspens.

« Oui ? fit le concierge.

— Peut-être que je ferais mieux de reprendre depuis le début ». Elle paraissait contrariée. « Je suis sa sœur Charlene, et je viens des États-Unis lui rendre visite. Vous a-t-elle parlé de moi, par hasard ? »

L'autre fit non de la tête.

« Ma foi, j'imagine que ce n'était pas indispensable, marmonna-t-elle en se massant le front.

— Oui ? » répéta le concierge. Il était manifestement de plus en plus dérouté.

Quand elle releva la tête pour le regarder, ses grands yeux noisette étaient humides.

« Vous voyez, j'ai bien une clé de chez elle... enfin, j'avais une clé... mais je crois que j'ai dû la perdre à l'aéroport...

— Oui ? répéta le concierge pour la troisième fois, redoutant soudain de la voir éclater en sanglots.

— Écoutez, fit-elle avec agitation. Je ne sais trop comment vous demander cela... je dois avoir l'air tellement idiote... mais pourriez-vous me laisser entrer dans son appartement ? Je ne sais vraiment pas où aller pour l'attendre... elle est sortie chercher notre autre sœur, Anna... et elle ne doit pas rentrer avant très tard dans la soirée, vous voyez... et avec ces gros sacs... »

Il lui adressa un regard gêné. « Ça être contre règlements, mademoiselle. D'accord si vous voulez laisser sacs à moi, mais je pas pouvoir...

— Je vous en prie, je vais vous montrer mon passeport pour vous prouver mon identité », proposa-t-elle aussitôt, d'une voix tremblante.

Elle s'accroupit près des sacs qu'elle avait posés sur la moquette du vestibule, défit la fermeture à glissière du premier, et entreprit de fouiller à l'intérieur.

« Mademoiselle... »

Le concierge s'interrompit. Comme il l'avait redouté, elle s'était mise à sangloter. Les larmes ruisselant sur son visage, agenouillée devant lui, elle sortait les affaires de son sac, en laissant échapper dans sa panique, les remettant en hâte pour en ressortir d'autres...

« Attendez, attendez, mes papiers sont quelque part là-dedans... oh, je suis tellement désolée... il faut absolument que je les retrouve... »

Le concierge la considéra, eut pitié d'elle, se dit qu'il ne pouvait pas rester planté là à la regarder pleurer.

« Ça être d'accord, mademoiselle, ça être d'accord, dit-il enfin en portant le doigt vers une touche de l'interphone. Je appeler gérant, lui dire vous faire entrer, pas problème. »

Noriko se releva, s'essuya les yeux du revers de la main.

« Oh, merci, vous êtes bien aimable, renifla-t-elle. Vraiment, je ne sais pas ce que j'aurais fait sans vous. »

La route d'accès menant au bâtiment débouchait sur un parking devant l'entrée principale. La partie gauche était réservée au personnel, la droite aux visiteurs. Le chauffeur de la Cutlass obliqua de ce côté, trouva un emplacement libre et se gara. Les deux hommes descendirent de voiture et traversèrent l'aire de stationnement pour se diriger vers le bâtiment bas en parpaings, s'approchant du gardien armé en faction à la porte.

« Inspecteurs Lombardi et Sanford ? » s'enquit-il avec un sourire aimable.

Tous deux acquiescèrent.

« J'ai été informé que vous arriviez de la grille principale, dit-il en indiquant le portique détecteur près de son poste. Si ces messieurs veulent bien me confier leurs armes de service et déposer tout autre objet en métal sur le plateau à votre droite, vous pourrez franchir le détecteur et entrer.

— Nous sommes des flics, et portons des armes de flics, annonça l'homme qui s'était présenté sous le nom de Lombardi. C'est la procédure réglementaire.

— Certes, et je m'excuse pour cette gêne. Mais dans une installation de ce genre, nous devons redoubler de précautions et la plupart des services se montrent coopératifs, indiqua le vigile. Si vous préférez, vous pouvez appeler M. Turner... c'est l'inspecteur de sécurité que vous allez rencontrer de toute façon... et lui demander une dispense. Je suis sûr que ça ne devrait pas poser problème. »

Lombardi haussa les épaules.

« Inutile. C'est le règlement de la police. »

Les deux hommes sortirent de leur étui leurs armes de service — des armes classiques : Glock calibre 9 — qu'ils confièrent au vigile, puis ils déposèrent trousseau de clés et pièces de monnaie dans le plateau avant de franchir le portique.

« Merci pour votre coopération », dit le garde. Il examina son écran à cristaux liquides, regarda négligemment les objets déposés dans le plateau, qu'il tendit aux inspecteurs pour qu'ils récupèrent leur bien. « Vous n'avez qu'à remonter le hall d'entrée, tourner à droite puis encore à droite au bout du couloir. Le bureau de l'inspecteur est à la quatrième porte. Je vous restituerai vos armes à votre sortie. »

Lombardi fourra dans sa poche le trousseau de clés.

« Faut espérer qu'on n'aura pas à traquer des brigands armés pendant qu'on est ici », remarqua-t-il en esquissant un sourire.

La remarque fit rire le garde. « Craignez rien. Cet endroit est le plus sûr qui soit. »

Nori se glissa à l'arrière de la Land Rover de la société. Le 4×4 blanc était garé dans un centre commercial donnant sur Holland Road, à trois pâtés de maisons de l'immeuble de Kirsten Chu.

« J'ai trouvé ce que vous vouliez, annonça-t-elle. Et même plus.

— Pas de problème pour entrer et sortir ? demanda Nimec, assis à l'avant à la place du passager.

— Aucun. J'avais le concierge à la bonne. Il a convaincu le syndic de me refiler un double des clés. Quoi qu'il en soit, j'ai récupéré un agenda personnel avec le numéro et l'adresse d'un certain Lin et d'une certaine Anna Lung, à Petaling Jaya.

— Bon Dieu, c'est où, ce bled ?

— De l'autre côté du passage, *lah*. En dehors de Johor. » Elle tenait ce dernier renseignement du chauffeur, un Malais du nom d'Osmar Ali qui appartenait au détachement de l'Épée chargé de la surveillance de la station relais.

Nimec acquiesça.

« Vous êtes sûre que ce sont les bons ? demanda-t-il à Noriko.

— Tout à fait. J'ai également récupéré une enveloppe ouverte dont l'adresse de retour correspond à celle de l'agenda. Il y avait dedans plusieurs photos d'un couple avec deux gosses. Et une lettre qui commence par "Ma chère sœur...".

— D'accord. » Nimec se tourna pour regarder Osmar. « Petaling Jaya... On peut s'y rendre en voiture ? »

Leur chauffeur haussa les épaules. « Possible, oui, mais c'est plusieurs centaines kilomètres, bredouilla-t-il dans un anglais approximatif. Plus vite retourner station et prendre hélicoptère. »

Nimec réfléchit quelques secondes en silence. Puis il saisit le téléphone posé dans la coupelle en plastique encastrée dans l'accoudoir.

« Vous feriez mieux de me donner ce numéro, Nori. Je veux d'abord m'assurer qu'il y a quelqu'un là-bas avant qu'on aille frapper à leur porte. »

Après avoir déposé leurs armes, les deux hommes s'engagèrent dans le corridor et notèrent les minuscules lentilles des caméras de surveillance près du plafond. À l'inverse des modèles du commerce, celles-ci étaient encastrées dans la paroi et non pas fixées bien en évidence sur des équerres, les rendant invisibles pour la majorité des individus.

Parvenus au bout, ils débouchèrent sur un couloir transversal, mais au lieu de prendre aussitôt à droite selon les instructions, ils s'arrêtèrent pour inspecter les portes de chaque côté.

À mi-distance du corridor s'embranchant à gauche, une porte était marquée SÉCURITÉ. Celui qui s'était fait appeler Lombardi adressa un regard presque imperceptible à son collègue et tous deux s'en approchèrent, avançant de front d'un pas dégagé, adressant un sourire aimable à une femme qui les croisa dans le couloir.

Deux gardes en civil apparurent, assis derrière une rangée de moniteurs de surveillance, lorsqu'ils ouvrirent la porte de la pièce. Ils ne manifestèrent aucune surprise, ayant vu sur leurs écrans approcher les inspecteurs : ils supposèrent qu'ils cherchaient des renseignements.

« Pouvons-nous vous aider, messieurs ? » demanda l'un d'eux en pivotant sur son siège pour faire face à la porte.

Le dénommé Lombardi entra, suivi de son partenaire. Ils laissèrent le battant se refermer sur eux.

« Nous cherchons le bureau du directeur. » Il sourit, la main négligemment glissée dans sa poche de pantalon. « On s'était dit qu'il devait être quelque part dans le coin.

— Vous avez tourné du mauvais côté, répondit le garde. En sortant de ce bureau, reprenez le couloir d'où vous êtes venus, continuez tout droit et... »

La main de Lombardi ressortit de la poche avec le trousseau de clés. Avant que les gardes aient eu le temps de réagir, il leva l'anneau rectangulaire et, d'un geste vif de l'autre main, ramena la chaîne en arrière. Cela arma le mécanisme intégré de mise à feu, qui ne faisait que six centimètres de long et contenait deux balles de calibre 32. Il visa l'homme devant lui et pressa le bouton latéral.

Le projectile craché par le canon miniaturisé aurait été déjà létal à vingt mètres et le tireur n'était qu'à une fraction de cette distance de sa cible. Il toucha le garde en plein front, le tuant net.

Le tireur pivota pour se tourner vers l'autre garde. Le visage livide, il essayait d'atteindre son arme de service dans l'étui sous son blouson. Le tireur pressa de nouveau le bouton et tira l'autre balle, atteignant l'homme au visage. La victime bascula en arrière, une pluie de sang, de chair et de fragments d'os éclaboussant les écrans et le mur derrière lui.

Le tireur regarda son partenaire, indiqua les cadavres.

« C'était limite. Je pensais qu'il n'y en aurait qu'un. »

L'autre, resté près de la porte, acquiesça.

« On récupère leurs armes et on file », dit le tireur.

Quand elle entendit le téléphone sonner, à neuf heures trente, elle se dit qu'Anna avait peut-être oublié quelque chose dans sa précipitation. Les gamins avaient fait des leurs et pris du retard pour se préparer et Anna, qui les déposait chaque matin à l'école en se rendant au travail, avait eu un départ pour le moins précipité.

« Allô ? » fit-elle en décrochant.

Curieuse voix masculine au bout du fil. « Kirsten Chu, je vous prie. »

Elle hésita, le cœur battant soudain la chamade. Elle s'était attendue à un appel de la police, raison pour laquelle elle n'avait pas proposé à sa sœur de la remplacer pour conduire les gamins à l'école. La police, ce devait être la police. Anna et Lin... et Max, bien sûr... étaient les seuls à savoir qu'elle était ici. Or l'individu au bout du fil était un inconnu.

« Qui est à l'appareil ? » demanda-t-elle, méfiante, évitant à dessein de décliner sa propre identité.

« Je m'appelle Pete Nimec et je suis... »

Elle ne l'écouta même pas finir sa phrase, tant elle était bouleversée par la révélation qui la submergeait. Son cœur s'accéléra encore. Elle inspira, l'impression d'avoir eu le souffle coupé.

« Dieu du ciel, c'est bien le nom..., souffla-t-elle, sans pouvoir se retenir. Vous êtes l'ami de

Max, n'est-ce pas ? Celui qu'il voulait que j'appelle ? »

Bref silence. « Oui, c'est moi. Je...

— Comment va-t-il ? » le coupa-t-elle. Une inquiétude glacée s'était bien vite substituée à l'excitation initiale. Si Max allait bien, pourquoi n'était-ce pas lui qui appelait ?

« Kirsten, il faut qu'on se voie. Je dois vous parler en tête à tête, découvrir ce qui lui est arrivé. Ce qui vous est arrivé à tous les deux.

— Vous voulez dire que vous ne savez pas...

— Non, Kirsten, je ne sais pas. Personne n'a eu de nouvelles de lui. »

Elle étreignit le combiné, la main tremblante. Tout son bras tremblait.

« Alors comment... comment avez-vous eu ce numéro ?

— Je vous l'expliquerai plus tard. C'est promis. Pour l'heure, le plus urgent est qu'on se retrouve. Je vais venir vous voir. Il vaut mieux que vous ne bougiez pas. »

Kirsten respira.

Quelle raison avait-elle de se fier à cet homme ? À un nom que Max n'avait mentionné qu'une fois, dans un moment de précipitation ? À une simple voix ? Le fait est qu'elle ne savait même pas si Max était bien celui qu'il prétendait être...

Sauf que c'était faux. Elle le savait très bien. Elle ne savait peut-être pas tout de lui. Peut-être pas autant qu'elle aurait dû. Mais comme elle l'avait avoué à sa sœur quelques jours plus tôt, elle l'aimait...

Elle l'avait aimé bien avant qu'il ne mette sa vie en péril pour la sauver...

Et qu'était l'amour, en définitive, sinon un acte de foi ?

« D'accord, fit-elle. Je vous attends. »

Le directeur de la filiale de cryptographie — le nom inscrit sur la plaque de son bureau précisait qu'il s'appelait Charles Turner — examinait les documents du tribunal en hochant la tête.

« Je dois avouer que cette demande est pour le moins inhabituelle, remarqua-t-il en levant les yeux pour regarder les deux inspecteurs plantés devant son bureau.

— Comment cela, monsieur ? J'ai vérifié moi-même l'assignation pour m'assurer qu'elle avait été remplie dans les règles.

— Non, je vous en prie, ne vous méprenez pas, expliqua Turner. Ces documents sont parfaitement en règle. Mais en temps normal, je reçois à l'avance un avis des policiers chargés de venir récupérer les codes. Ces derniers sont stockés sur CD dans notre chambre forte, vous comprenez, et la procédure de sortie est assez contraignante. S'en occuper à la dernière minute... eh bien, il va falloir que je laisse tomber tout ce que j'avais à faire, inspecteur Lombardi...

— Nous sommes vraiment désolés du dérangement. Mais c'est la première fois qu'on nous donne à traiter ce genre d'affaire. »

Avec un soupir, Turner se leva de son bureau. Il avait l'air à la fois ennuyé et un rien troublé.

« Vous pouvez m'accompagner dans l'aile de stockage, même si seuls les personnels autorisés ont accès à la chambre forte. Vous devrez patienter dans l'une des salles d'attente, le temps que je retrouve le disque qui vous intéresse.

— Est-ce que ce sera long ?

— Ça ne devrait pas. Au premier abord, je ne connais pas la société dont on réquisitionne les codes de chiffrement, mais tous les disques sont référencés dans une base de données électronique. En me dépêchant, je devrais pouvoir vous régler ça en une demi-heure, peut-être moins.

— Ce serait parfait. »

Turner grommela et, contournant son bureau, gagna la porte.

« Passez devant », dit l'inspecteur en lui emboîtant le pas.

Les hommes avaient quitté l'État de Penang, au sud-est de la frontière entre Thaïlande et Malaisie, sitôt reçu l'appel de Luan. Cela remontait à quelques heures, à l'aube, et depuis, ils roulaient dans leur fourgonnette le long de l'autoroute de bord de mer en direction de Selangor. Dans des conditions normales de circulation, le parcours aurait été déjà plutôt longuet, mais avec les hordes de touristes se rendant à la plage qui encombraient les routes à proximité du pont et des terminaux de ferry pour Georgetown, c'était encore pire... Résultat, le trajet s'éternisait sous un soleil implacable. De plus, les occupants du fourgon avaient préféré respecter les limitations de vitesse pour éviter tout contrôle de police. Les tatouages de kriss sur leurs mains auraient immanquablement entraîné une fouille immédiate, qui leur aurait immanquablement valu des problèmes. Si la police découvrait leurs armes, ils pouvaient s'attendre à de longues heures d'interrogatoire musclé, suivies de longues années de séjour au fond d'un cachot. Ce qui serait bien loin de la récompense attendue en cas de réussite de l'opération.

Le Thaïlandais leur avait en effet promis une fortune.

Une fortune en billets verts s'ils capturaient une femme et la lui livraient à Kalimantan.

Ils avaient échangé des blagues obscènes sur ses attributs physiques en recevant le coup de fil. Et malgré leur progression au ralenti, ils n'allaient pas tarder à pouvoir à leur tour contempler de visu l'objet des désirs de Luan. Ils avaient déjà traversé la moitié de Perak et devraient pénétrer dans Selangor d'ici deux heures. La chance aidant, Kirsten Chu serait à l'adresse indiquée. Sinon, ils seraient ravis de l'y attendre.

C'était, après tout, une femme qui en valait largement la peine.

24

Sites divers
29-30 septembre 2000

« Y aurait-il un problème, monsieur Turner ? » demanda le dénommé Lombardi, toujours assis dans la salle d'attente.

Tenant en main l'assignation de la Cour, une expression intriguée se lisant sur ses traits, Turner le fixait, après être revenu par la porte qu'il avait franchie quelques instants plus tôt.

« Le nom de la société indiquée n'apparaît tout simplement pas dans notre base de données, expliqua-t-il en s'approchant. Je n'arrive vraiment pas à comprendre. »

Lombardi se leva et vint à ses côtés, étudiant le papier par-dessus son épaule.

« Je ne suis pas expert dans ces trucs de haute technologie, mais se pourrait-il que le nom soit mal orthographié ? »

Turner fit non de la tête. « Les ordinateurs corrigent en général ce genre d'erreur en effectuant une recherche par approximation. Or, en l'occurrence, celle-ci n'a rien donné. »

Sourire de Lombardi.

« Alors, je suppose que ces papiers sont faux et que cette entreprise n'existe pas. »

Turner se tourna pour le regarder. « Je ne saisis pas... »

Lombardi glissa la main sous son blazer et sortit le Beretta pris à l'un des gardes assassinés.

« Oh, je crois bien que si », fit-il en lui donnant un grand coup de crosse sous l'arête du nez, pulvérisant la cloison nasale et enfonçant de minuscules esquilles dans le cerveau. Turner s'effondra aussitôt, les yeux révulsés, un sang noir s'écoulant de ses narines. Il eut deux spasmes, émit un gargouillis étranglé, et mourut.

Lombardi fit signe à son complice de lever le cul de son siège. Puis tous deux contournèrent le corps et franchirent l'entrée de la chambre forte.

Peu avant que la sonnerie de la porte ne l'éveille en sursaut, Kirsten avait sombré dans un demi-sommeil sur le canapé, une espèce de lassitude sirupeuse l'ayant envahie en fin de matinée, sans plus la quitter alors qu'elle se livrait à quelques corvées de routine — laver les couverts du petit déjeuner, remettre en ordre le salon, récupérer les jouets que les enfants avaient semés partout dans l'appartement et le jardin et aller les ranger dans la penderie de leur chambre.

Elle s'était ensuite installée pour écouter un disque de jazz sur la chaîne, espérant que la musique la calmerait, pour découvrir avec surprise à quel point ses paupières étaient devenues lourdes. Elle avait trouvé incroyable de pouvoir à la fois tenir en puisant dans ses réserves nerveuses et se sentir mentalement si épuisée qu'elle avait presque l'impression d'avoir la cervelle noyée dans une épaisse glu tiède. Cela lui rappelait l'époque où, étudiante, elle bachotait ses examens, tenant jour et nuit à coups de café et de tablettes de chocolat... mais en infiniment plus intense.

Et voilà que le bourdonnement de la sonnette l'avait presque fait tomber du canapé... elle était à moitié debout, mais déjà consciente que ses nerfs étaient de nouveau tendus à bloc.

Elle regarda la pendule murale en face d'elle. Nimec pouvait-il être arrivé si vite ? En des circonstances normales, il aurait été des plus improbable qu'il y parvienne en si peu de temps... mais il avait expliqué qu'il devait retourner ensuite à la station relais d'Uplink à Johor et, de là, sans doute rallier Kuala Lumpur par hélicoptère. Ce qui, incidemment, donnait à la jeune femme deux indications supplémentaires sur son compte, en dehors du fait qu'il était pressé. Un : qu'il était au moins aussi préoccupé qu'elle par le sort de Max. Et deux, qu'il avait suffisamment d'influence sur le patron de ce dernier pour mettre en branle la machine de guerre... voire, qu'il travaillait peut-être même lui aussi pour Uplink....

Bzzzz !

Elle traversa le séjour pour aller à la porte, remit en ordre son corsage, défroissa sa jupe du plat de la main. Quel que soit l'intrus, il était pendu à la sonnette.

« Oui ? fit-elle, la main sur le bouton. Qui est là ?

— Police de Johor, annonça une voix masculine qui s'exprimait en bahasa. Nous désirons voir Kirsten Chu.

— Pardon ? » répondit-elle dans la même langue. Le ton rogue, sec de la voix l'avait encore plus surprise que la réponse.

« C'est au sujet de son coup de fil. Nous aimerions lui poser quelques questions. »

Kirsten ne bougea pas, c'est à peine si elle osait respirer. Sa main était toujours posée sur le bouton, les doigts soudain moites de sueur.

Le flic de Singapour qu'elle avait eu au téléphone lui avait dit que les autorités de Johor la recontacteraient... mais elle ne s'était pas attendue à les voir débarquer à sa porte. Est-ce qu'ils n'auraient pas d'abord appelé pour convenir d'un rendez-vous, ne serait-ce que pour s'éviter un déplacement inutile au cas où elle se serait absentée ?

Et ça ne m'a pas vraiment l'air d'une voix de flic...

Le sang battant aux tempes, elle releva le cache du judas, jeta un œil à l'extérieur...

Et sentit une boule de glace se former dans son estomac.

Sans parler du ton de la voix, aucun des hommes qui se tenaient dans l'allée dehors — elle en apercevait quatre ou cinq dans le petit oculaire — n'avait la dégaine d'un officier de police. Ils avaient les cheveux longs, les vêtements négligés, quant à leurs yeux...

Même s'ils avaient exhibé des insignes argentés et un uniforme bleu amidonné, leurs yeux les auraient trahis.

« Allons, s'impatienta le type le plus proche de la porte, ouvrez-nous. »

Elle s'écarta du judas et prit une inspiration saccadée.

« Juste une minute... Le temps de passer un vêtement. »

L'homme donna un coup de coude dans la porte.

« Fini de jouer, ouvre-nous ! »

Les doigts plaqués contre les joues, Kirsten recula vers le séjour.

« *Tu vas nous ouvrir !* » répéta le type en tambourinant sur la porte avec une telle violence qu'elle redouta de la voir sortir de ses gonds.

Terrifiée, respirant par saccades, Kirsten pivota et s'enfuit vers le bout de l'appartement.

Un instant après, la porte s'ouvrit dans son dos avec un craquement sinistre.

L'entrée par laquelle les intrus avaient quitté la salle d'attente donnait sur un court passage qui lui-même débouchait sur une autre pièce confinée, nue à l'exception d'une station de travail informatique sur la droite et d'un scanner biométrique placé de l'autre côté, jouxtant une porte blindée en acier.

Lombardi se dirigea droit vers le scanner. C'était la partie du boulot qui le rendait nerveux. Il n'avait pas menti à Turner quand il lui avait avoué qu'il n'avait rien d'un as de la technique, et il sentait qu'il aurait été plus simple de ramener de force le directeur dans la salle, sous la menace de son arme, de le contraindre à passer devant le dispositif pour qu'il reconnaisse ses empreintes, et ainsi avoir accès à la chambre forte. Mais le risque était de voir Turner en profiter pour déclencher une alarme discrète. Or, les instructions de Caine avaient été explicites et ils ne devaient en dévier sous aucun prétexte.

Lombardi se posta devant le scanner, leva la main gauche à hauteur des caméras destinées à relever les caractéristiques morphologiques du visage et les détails des iris, tournant la main pour que le saphir synthétique monté sur la bague à son annulaire entre dans le champ des objectifs. Puis, maintenant cette main dans une immobilité parfaite, il posa l'autre bien à plat sur la vitre du capteur opto-électronique. En temps normal, cette procédure activait l'unité qui relevait ses empreintes digitales et la géométrie de sa paume, avant de les convertir à l'aide d'un algorithme mathématique pour les comparer à la base de données informatisée identifiant le personnel. Mais par un processus mystérieux qui lui échappait, le motif étoilé particulier de sa bague déclenchait une corrélation avec une simple chaîne de données enfouie quelque part dans le disque dur de l'unité centrale, ce qui devait (enfin, selon Caine) court-circuiter la phase normale de reconnaissance.

Lombardi attendit en retenant son souffle, la main levée, l'autre toujours posée sur le capteur vitré, fixant le moniteur encastré à hauteur d'œil. Une lumière rouge était apparue sous la vitre, révélant que le scanner avait bien été activé par son contact... mais si tout se déroulait comme prévu, le relevé du capteur thermique serait ignoré par les ordinateurs.

Cinq secondes passèrent.

Dix.

Il attendait toujours.

Puis les mots AUTORISATION D'ACCÈS barrèrent le milieu de l'écran.

Il soupira, entendit le petit déclic du verrou de la chambre forte qui se rétractait et se tourna vers son partenaire qui s'échinait déjà à tirer le lourd battant d'acier.

Ils étaient dans la place.

Kirsten courut vers le fond de l'appartement, entendant la porte s'ouvrir à la volée dans son dos et les hommes qui avaient tambouriné dehors se précipiter dans le séjour, sur ses talons. Elle n'avait qu'une vague notion de la conduite à tenir, mais c'est tout, et elle n'avait pas tellement le choix. Si elle parvenait à gagner la porte de service avant qu'ils ne l'aient rattrapée, et à rejoindre la cour du parking, alors peut-être...

Soudain, une main vint agripper la manche de son corsage, la tirant brutalement en arrière. Elle trébucha, faillit perdre l'équilibre mais, sans trop savoir comment, réussit à rester debout et continua d'avancer sur son élan. Elle virevolta quand son poursuivant voulut passer l'autre main autour d'elle, entendit un crissement déchirant et se retrouva soudain libre, fonçant de nouveau vers la porte, un lambeau de tissu lacéré pendu à son bras.

« *Eh !* s'écria le type. *Arrête-toi, sale pute !* »

Kirsten n'était plus qu'à un mètre de la porte de service, la cuisine était juste sur sa droite, le vestibule donnant sur les chambres à sa gauche. Elle plongea en avant, la main tendue vers la poignée, convaincue d'y parvenir, convaincue qu'elle allait réussir quand l'homme dont elle venait d'échapper à l'étreinte quelques secondes plus tôt se jeta sur elle pour l'immobiliser, la percutant de toute sa masse, les bras autour de sa taille.

Il fit tournoyer Kirsten et l'attira contre son torse, pour mieux assurer sa prise. Éperdue, elle jeta un regard par-dessus l'épaule de son ravisseur, vit ses complices se ruer dans le séjour et elle projeta les mains devant elle, comme deux crochets, lui enfonçant les doigts dans les yeux.

Cela lui apporta un répit momentané. Avec un glapissement de bête blessée, son agresseur la repoussa violemment pour se couvrir le visage de ses mains, décrivit un demi-cercle, aveuglé, et alla bousculer les hommes qui arrivaient derrière lui. Pendant ce temps, Kirsten fonça vers la porte, saisit la poignée, l'ouvrit brutalement.

Hors d'haleine, la tête balayée par une bourrasque de terreur et de désespoir, elle se rua dans le parking.

Quand la technicienne en blouse blanche ouvrit la porte du bureau de la sécurité, tenant dans l'autre main les cafés qu'elle portait aux gars chaque jour, en équilibre sur un plateau de la cafétéria, elle ne put tout simplement pas en croire ses yeux. Elle resta interdite sur le seuil, contemplant les corps des vigiles et le sang qui s'écoulait des restes méconnaissables de leur tête, les taches éclaboussant toute la pièce, les bouts de chair recouvrant les moniteurs sur lesquels les images des salles continuaient de se succéder dans l'ordre préétabli comme si rien n'était venu troubler le train-train quotidien, et puis soudain, le monde bascula dans la folie et les deux tasses de café glissèrent du plateau pour aller s'écraser sur le sol maculé de sang, la jeune femme ouvrit grand la bouche et se mit à hurler, hurler, à pleins poumons...

Hurler encore longtemps après que la moitié des occupants du bâtiment se furent précipités pour venir voir ce qui pouvait bien se passer.

Accroupie entre deux voitures, tremblant de terreur, Kirsten essayait de ne pas bouger, de peur que le moindre bruit ne révèle sa présence à ses poursuivants. Elle entendait leurs pieds crisser sur l'asphalte tandis qu'ils parcouraient les allées, à sa recherche entre les rangées de véhicules garés. Il n'y en avait pas autant que la nuit, quand la majorité des résidents du groupe d'immeubles étaient chez eux, mais elle ferait avec ce qu'il y avait... et pour la première fois de son existence, elle remercia le gouvernement d'avoir construit ce vaste lotissement qui avait pourtant quasiment rayé de la carte les bâtiments traditionnels de la ville.

Encore des pas. Plus proches. Elle se tapit, cherchant à réfléchir de manière cohérente malgré sa terreur. Si elle réussissait à rester cachée jusqu'à ce que quelqu'un vienne garer ou reprendre sa voiture... ou alors à se faufiler peu à peu vers l'allée donnant sur la rue, alors peut-être aurait-elle une chance de trouver du secours...

Kirsten entendit à nouveau crisser des pas, cette fois à moins de deux rangées sur sa gauche, puis d'autres encore, un peu plus loin sur la droite.

Ils cherchaient à l'encercler.

Elle se raidit, se mordit le gras de la main pour étouffer un cri de révolte. Tandis que d'un côté elle se sentait prête à céder à la panique, de l'autre, une partie de son esprit, plus rationnelle, avait compris que ce serait la pire erreur à commettre. Si elle criait, ils la localiseraient aussitôt, seraient sur elle en un instant, bien avant que quiconque puisse lui venir en aide.

Non, elle n'osa pas crier. N'osa pas faire un bruit. N'osa pas bouger un muscle.

Autrement, elle se savait aussitôt perdue.

Les mini-disques optiques étaient stockés en « piles » spécialement conçues et munies d'étiquettes électroniques, le long des parois de la chambre forte. Une fois dans la place, les deux intrus avaient pu en quelques secondes localiser l'objet de leur recherche. Un bouton à presser, et le disque fut scanné, identifié par le code-barres imprimé à sa surface, et aussitôt éjecté, apparaissant dans le berceau d'un tiroir d'inox étincelant.

Après avoir glissé le mini-disque dans une pochette protectrice en plastique récupérée sur une étagère murale, Lombardi le rangea dans la poche de poitrine de son blazer et fit signe à son partenaire qu'il était prêt.

Les deux hommes quittèrent la chambre forte moins de trois minutes après y être entrés, repassèrent dans la salle d'attente sans un regard au cadavre du directeur et regagnèrent le corridor extérieur comme si de rien n'était.

Ils débouchaient dans le vestibule de l'entrée quand les hurlements de la laborantine transpercèrent l'air et que la pagaille se déchaîna autour d'eux.

Kirsten savait qu'elle ne pourrait plus longtemps échapper à ses poursuivants.

L'homme qu'elle avait entendu sur sa gauche était parvenu au bout de l'allée qu'il fouillait, avait tourné dans la suivante, jouxtant celle où elle était accroupie, et remontait à présent droit sur elle, s'arrêtant tous les deux pas pour passer la tête entre les voitures. Il se trouvait désormais juste de l'autre côté, séparé d'elle par une seule rangée de véhicules. Et ses complices convergeaient maintenant par les autres côtés du parking.

L'homme sur sa gauche fit un pas pour remonter l'allée, puis un autre. Kirsten cessa de respirer. Elle apercevait ses bottes et l'arrière de son jean sous le châssis de la voiture contre laquelle elle se tenait plaquée. Les battements de son cœur lui martelaient les oreilles comme un timpani, et dans un instant de panique un peu folle, avant qu'elle ne parvienne à se ressaisir, elle fut convaincue qu'il devait l'entendre, lui aussi.

D'ici une minute tout au plus, il allait déboucher dans son allée et tout serait fini.

Jamais de sa vie elle ne s'était sentie aussi terriblement seule et impuissante.

Mon Dieu, mon Dieu, qu'est-ce que je vais pouvoir faire ?

Aucune ouverture ne s'était présentée. Aucun véhicule n'était entré ou sorti du parking, et elle n'avait aucune raison de penser que cela se produirait avant qu'il soit trop tard.

Elle se rendit soudain compte que la seule issue était de prendre ses jambes à son cou, de foncer vers l'allée d'accès, et d'espérer que par quelque miracle elle parvienne à gagner la rue avant eux. Elle savait bien que ce n'est pas pour autant qu'elle serait sauve... les hommes qui étaient venus les traquer, Max et elle, avaient été prêts à tirer au milieu d'une artère aussi fréquentée que Scotts Road, alors qu'il y avait des centaines de piétons alentour. Si cette bande n'avait ne fût-ce qu'une fraction de son culot, ces types pouvaient bien se contrefiche d'être vus.

Mais elle n'avait pas le choix. Il fallait qu'elle prenne la tangente, sinon elle était cuite.

Elle attendit encore une seconde, prit une grande inspiration, puis se força à bondir.

L'homme sur sa gauche la repéra aussitôt. Leurs regards se croisèrent fugitivement, celui de Kirsten empli de la terreur d'une bête traquée, celui de son agresseur dépourvu de la moindre trace de pitié ou de sympathie.

Puis il cracha un ordre à ses compagnons et se précipita dans l'allée à sa poursuite.

Kirsten fit demi-tour et prit ses jambes à son cou

Le premier signe que quelque chose clochait advint comme ils garaient leur voiture de location au bord du trottoir. Il ne leur en fallut pas plus. S'il existait un moyen de trouver la situation normale après avoir découvert, en arrivant chez quelqu'un, que sa porte était défoncée, Nimec ignorait lequel.

Il observa la rue derrière le pare-brise, l'escalier du perron, les galeries devant les rangées de portes aux étages supérieurs. Déserts.

« Soyez prêts à tirer », dit-il à Osmar et Noriko. Il sortit son Beretta 80/40 de l'étui dissimulé, éjecta son chargeur de dix projectiles normaux et introduisit à la place la poignée-extension contenant douze balles. « Apparemment, il n'y a pas un chat dans le secteur, mais si jamais quelqu'un s'avise d'appeler la gendarmerie locale, on réglera la question plus tard avec eux. »

Les deux autres descendirent de voiture à sa suite, et coururent jusqu'à la porte entrouverte.

Nimec se plaça d'instinct du côté droit, faisant signe aux autres de passer à gauche, en s'assurant qu'il y avait un mur entre eux et une éventuelle menace à l'intérieur.

« Kirsten, c'est Pete Nimec ! lança-t-il par l'ouverture, en passant la tête le long du chambranle arraché. Tout va bien, là-dedans ? »

Pas de réponse.

Il se plaqua de nouveau contre le mur, arma son pistolet, regarda ses compagnons, de l'autre côté de l'embrasure.

« *Go !* »

Ils se ruèrent dans l'appartement et se dispersèrent en se croisant selon une manœuvre classique, Nimec passant sur la gauche de l'entrée, l'arme prête à tirer, Osmar et Noriko le suivant pour embrasser le côté droit. Tous trois pivotèrent aussitôt prestement pour couvrir le centre de la pièce, les jambes écartées, balayant largement leur secteur de tir.

Apparemment, ils étaient seuls dans la place.

« Kirsten, vous êtes ici ? » répéta Nimec.

Toujours pas de réponse.

Noriko lui tapota le bras. « Regardez. » Et elle indiquait le fond du séjour.

La porte de derrière était grande ouverte.

Nimec regarda alternativement ses deux compagnons.

« Venez », leur dit-il en se précipitant vers la porte.

Les deux intrus marquèrent une pause pour échanger un regard. Des employés affolés se déversaient par toutes les portes des bureaux de chaque côté. Pas un mot ne fut échangé. Ils constatèrent que le plus grand émoi provenait du fond du couloir débouchant sur la gauche et comprirent aussitôt que les corps des gardes avaient été découverts. Leur intention première avait été de ressortir d'un pas tranquille, et ils allaient désormais devoir tenter le coup sans se faire remarquer. Pas évident, mais toute tentative de quitter les lieux par une sortie de secours risquait de déclencher des détecteurs qui indiqueraient quelle porte avait été forcée. Et ils ne se faisaient aucune illusion : ils étaient bien loin d'avoir supprimé la menace de la sécurité. Les hommes derrière les moniteurs de télésurveillance ne devaient pas être les seuls gardes en civil opérant sur les lieux. Sans compter le vigile en uniforme à la porte.

Les intrus ne pouvaient que croiser les doigts en espérant qu'il soit suffisamment distrait pour qu'ils puissent lui filer sous le nez. Sinon, ils seraient obligés de le tuer, lui aussi.

Ils fendirent la cohue bruyante d'employés affolés et ils étaient à deux pas du poste de contrôle où ils avaient dû déposer leurs armes de service quand un klaxon d'alarme retentit, leur vrillant les tympans. Le garde à la porte semblait les suivre du regard.

« On va sortir appeler par radio des renforts », lança celui qui s'était fait appeler Lombardi. Il avait glissé la main dans sa poche de blazer.

Le garde le fixa.

« Je suis désolé, mais le bâtiment est bouclé.

— Ne soyez pas insultant, rétorqua Lombardi. On a un boulot à faire. »

Il fit mine de vouloir passer, Sanford sur les talons. Le signal d'alarme continuait de retentir.

Le garde plaqua une main sur le bras de Lombardi.

« Si vous avez besoin d'appeler quelqu'un, on a des téléphones. Mais personne ne sort d'ici. »

Sourire de Lombardi. Il avait toujours la main dans sa poche.

« Pariez pas là-dessus », dit-il en pressant la détente du pistolet qu'il avait pris aux gardes dans la salle de contrôle.

Touché à bout portant, le vigile fut catapulté en arrière, une gerbe ensanglantée jaillissant de sa poitrine. Lombardi l'acheva de deux autres balles avant qu'il ne s'effondre au sol.

Il se tourna vers son compagnon et lui fit signe de venir. Il était conscient des cris, des visages livides, des pas précipités derrière lui sur le dallage en béton.

Ils repartirent en hâte vers la porte et ils étaient parvenus au portique détecteur quand une voix dans leur dos leur intima l'ordre de s'immobiliser. Ils continuèrent d'avancer.

« *J'ai dit stop !* répéta la voix. *Dernière sommation !* »

On tira derrière eux. Lombardi pivota sur place et avisa un garde en civil au milieu du couloir, les deux mains sur la crosse de son arme, les genoux fléchis en posture de tir. Lombardi riposta, rata son coup, entendit le crépitement sourd de l'arme de son adversaire en même temps qu'il ressentait comme un énorme coup de poing au ventre. Il baissa la tête, les yeux agrandis de surprise, et eut juste le temps d'apercevoir le magma sanglant de chair et de tissu lacéré qui avait remplacé son estomac avant de s'effondrer, mourant, comme une chiffe molle.

L'autre intrus voulut dégainer son arme mais avant qu'il ait pu la sortir de sa poche, deux autres types en civil avaient jailli des couloirs transversaux derrière lui. Ils avaient déjà dégainé et le tenaient sous leur feu croisé.

« Attendez ! » s'écria-t-il. Lâchant son arme et la chassant d'un coup de pied, il leva lentement les mains au-dessus de sa tête. « Ne tirez pas, d'accord ? *D'accord ?* »

Leur arme tendue, les agents de l'Épée s'approchèrent pour le maîtriser.

Contournant le capot d'une voiture, Kirsten déboucha dans l'allée et détala, fonçant droit vers la rue dans un sprint effréné.

Elle entendit une cavalcade derrière elle, toujours plus proche, et s'efforça d'accélérer encore, tricotant des jambes, remuant les bras comme des pistons...

Et puis, soudain, l'un de ses poursuivants surgit de derrière une voiture garée quelques mètres devant elle.

Entre elle et la rue.

Le type avait l'œil boursouflé, congestionné, et un mince filet de sang coulait de la paupière inférieure sur sa joue.

C'était l'homme qu'elle avait affronté dans l'appartement. Il avait une espèce de fusil dans la main — une mitraillette, sans doute, même si elle n'était pas experte en armes — qu'il braquait sur elle.

« Fini de déconner », lança-t-il en bahasa.

Elle s'immobilisa, jeta un regard derrière elle.

Deux autres des poursuivants remontaient rapidement l'allée dans sa direction, l'arme braquée vers le bas, entre leurs jambes. Le quatrième homme venait d'émerger près de sa cachette, un instant plus tôt.

« Approche, approche, je ne te ferai pas de mal », dit celui qui lui bloquait le passage vers la rue. Il agita le canon de son arme. « Allez... »

Kirsten ne bougea pas et découvrit avec ébahissement qu'elle faisait non de la tête.

L'autre haussa les épaules, sans bouger son

arme. Elle entendit dans son dos les trois autres se rapprocher.

« Tu veux continuer de te battre, à ta guise, fit-il en avançant d'un pas.

— Personne ne bouge ! *Bayaso reya !* »

La voix qui résonna dans la cour figea sur place les quatre hommes. Une expression de surprise ahurie sur les traits, celui qui faisait face à Kirsten chercha du regard son origine.

« *Lâche ton arme !* » poursuivit la voix, en bahasa.

Continuant de regarder d'un côté et de l'autre, l'homme qui barrait le passage cessa de mettre en joue Kirsten, mais sans pour autant lâcher son arme.

Kirsten entendit un crépitement évoquant un pétard. Et puis une fleur cramoisie s'épanouit au milieu de la cage thoracique de l'individu. Celui-ci piqua du nez vers l'asphalte, laissant échapper sa mitraillette qui tomba en cliquetant.

« J'espère que vous serez plus malin que lui, poursuivit la voix, s'adressant aux trois autres. C'est terminé. »

Kirsten tourna la tête, vit un des tireurs derrière lui faire mine de lever son arme, entendit aussitôt deux nouvelles détonations sèches — mais celles-ci venaient d'un autre angle de la cour. L'homme hurla et tomba, agrippant ses genoux. Du sang sourdait d'entre ses doigts.

Les deux derniers lâchèrent leurs armes et prirent leurs jambes à leur cou, quittant le parking pour se ruer en catastrophe vers la voie de sortie. Personne ne chercha à les arrêter.

Les yeux écarquillés, Kirsten parcourut du regard la cour, sans comprendre, et tout d'un coup, elle avisa un Malais basané qui surgissait de derrière le coffre d'une voiture, quelques rangées plus loin, juste en face de l'endroit où son premier poursuivant venait d'être abattu. Un instant plus tard, deux autres silhouettes apparurent près de celui qui avait été touché aux genoux : un homme aux cheveux en brosse et une femme de type oriental.

L'homme rangea son arme dans l'étui sous son blouson et s'approcha d'elle.

« Kirsten, tout va bien, vous êtes en sécurité, dit-il calmement, sur un ton égal. Je suis Peter Nimec. »

Elle voulut répondre quelque chose, mais sa voix s'étrangla et ses dents se mirent à claquer violemment.

Alors, elle se précipita vers lui, appuya son visage contre son épaule, l'étreignit et se mit à pleurer.

Noriko était allée attendre dans l'appartement avec Kirsten pendant que Nimec et Osmar se chargeaient de régler leurs affaires au parking.

« Monsieur Nimec, dit Osmar. Il faut que je vous montre quelque chose.

— D'accord. »

Nimec termina de ligoter le blessé à l'aide de serre-câbles en plastique, lui glissa sous la nuque une couverture récupérée dans l'appartement, puis s'approcha du chauffeur.

Agenouillé auprès du corps de l'homme qu'il avait abattu, le Malais souleva la main inerte au-dessus de l'asphalte.

« Vous voyez tatouage avec kriss ? » dit-il en levant les yeux.

Nimec opina. « Le gars que je viens de ligoter portait exactement le même. Que diable est-ce là, le signe de reconnaissance d'une secte ? »

Osmar secoua la tête.

« C'est ce que vous autres Américains appelez... » Il grommela, signe d'intense concentration, comme s'il avait du mal à trouver ses mots. Puis il fit claquer des doigts. « Ah... je sais... *couleurs...*

— Comme les couleurs d'une bande, vous voulez dire. La marque d'un gang. »

Osmar acquiesça et posa le doigt sur la peau tatouée. « Le kriss... beaucoup de bandes de pirates ont ce genre de marque. Mais vous voyez motifs sur la lame ? »

Nimec s'accroupit près de lui pour l'examiner de plus près. Ils étaient effectivement bien visibles : grotesques silhouettes anthropomorphes qui lui évoquaient un peu les gravures sur les tombes égyptiennes.

« Ce sont des *rasaka,* expliqua Osmar. Des démons. Différents pour chaque fraternité. »

Un éclair de compréhension illumina les traits de Nimec.

« Ces deux voyous... quelqu'un qui connaîtrait bien les diverses mafias de la région pourrait, d'après ces marques, nous indiquer leur affiliation ? »

Osmar acquiesça de nouveau. « Et celui-ci, je le connais bien, du temps où il était avec la police. Ces hommes travaillent pour Khao Luan. Il est du Kuomintang. »

Le terme évoqua un vague souvenir. Nimec fouilla quelques secondes dans sa mémoire.

« Un trafiquant d'héroïne ? »

Nouvel acquiescement. « Le plus puissant. L'armée thaïlandaise... elle l'a forcé à fuir durant programme de pacification. Il y a dix ans, peut-être plus. Depuis cette époque, il est en Indonésie. »

Nimec le fixa avec insistance. « Où ça ? Est-ce que quelqu'un peut me dire où ?

— Tout le monde sait, et tout le monde a peur d'y toucher, répondit Osmar. Dans certaines régions du Banjarmasin, Thaïlandais ont le bras plus long que le gouvernement. »

Nimec digéra ces informations sans rien dire. Quels rapports un tel individu pouvait-il entretenir avec Monolith ? Sur quel putain de truc Max était-il tombé ?

Au bout de quelques secondes, il posa la main sur le bras d'Osmar et hocha la tête avec détermination.

« Mon ami, nous allons de nouveau faire un saut dans les îles. Et je te jure que si ce type est impliqué dans la disparition de Blackburn, je lui arrache les deux bras moi-même, à cet enculé. »

25

Sites divers
1er octobre 2000

Le survivant du duo qui avait pénétré dans la chambre forte de Sacramento n'avait pas parlé — ni au détachement de l'Épée qui l'avait appréhendé, ni aux agents du FBI après qu'il leur eut été confié. Et nul ne savait s'il se déciderait à parler un jour.

Gordian, pour sa part, n'était pas franchement certain que cela les aiderait à déterminer l'identité de son commanditaire.

La question essentielle pour lui était donc plutôt celle du motif d'un tel acte.

Il avait regagné San Jose — il avait pris place à bord d'une navette commerciale pendant que les mécanos continuaient l'inspection de son Learjet à Washington — et se trouvait dans son bureau en compagnie de Chuck Kirby. Assis l'un en face de l'autre, ils essayaient de ranger les pièces d'un puzzle aussi complexe que profondément déroutant. Deux fois déjà, ils avaient fait le tour du problème, mais aucun n'avait l'impression qu'une troisième serait superflue.

« Essayons de tout reprendre en récapitulant les événements, suggéra Gordian. En commençant par l'agression au centre de Sacramento.

— Ouais, pourquoi pas..., admit Kirby. Vu que dans le sens chronologique, ça n'a rien donné...

— Je ne sais pas, du reste, si ça peut donner grand-chose, vu le peu d'éléments en notre possession... Mais on peut toujours s'en rapprocher, établir de nouvelles corrélations. »

Kirby acquiesça. « Le disque qu'ils ont piqué à l'employé abattu, par exemple...

— Le disque, répéta Gordian avec un soupir. Les codes de cryptage sont utilisés sur les systèmes de communications conçus par Uplink pour toutes sortes de navires. De toute évidence, ces codes auraient une valeur énorme pour des tas de gens ou d'organisations, ici ou à l'étranger.

— Amis ou ennemis, d'ailleurs, Kirby. Tout le monde espionne tout le monde. On a le choix, jusqu'à ce qu'on se penche sur la méthode adoptée par les voleurs pour pénétrer dans la chambre forte.

— Tout juste. » Gordian prit un air absorbé. « Et s'il n'y avait pas eu le réseau de vidéosurveillance pour capter ce qui s'est passé après l'assassinat de ce pauvre Turner, les techniciens auraient pu mettre des semaines, ou des mois, qui sait, à le découvrir. La beauté perverse de la chose est que le système s'est trompé lui-même.

— Et ça reste l'élément qui pose encore problème, nota Kirby.

— Ce n'est sans doute pas aussi vital que tu le penses... même si le concept n'a rien de si compliqué. C'est une banale question d'architecture des fichiers informatiques, tout repose sur la façon dont sont organisés les disques durs. Chaque fichier réclame un minimum d'espace de stockage. Indépendamment de sa taille et donc de la quantité de données qu'il contient, la machine lui alloue un bloc de taille minimale. » Gordian réfléchit un instant. « Imagine un grand magasin qui n'aurait qu'une seule taille de paquet-cadeau pour tous ses articles, que tu achètes un grand chapeau de cow-boy ou un petit myosotis en or pour le collier de ton épouse. Comme il faut que la boîte soit assez grande pour contenir le galurin, cette minuscule breloque sera à peine visible une fois rangée dedans. En fait, elle risque même de s'y perdre. »

Kirby hocha la tête. « Les chaînes de données qui permettent aux voleurs de pénétrer dans le système par une porte cachée... tu disais qu'elles étaient trop courtes pour être remarquées. Comme ta breloque. Elles seront passées sous le nez de tes as de l'informatique quand ils ont cherché d'éventuelles failles de sécurité dans le logiciel utilisé par le scanner biométrique avant son installation.

— Et on ne peut même pas en vouloir aux techniciens, renchérit Gordian. Effectue un diagnostic méticuleux sur n'importe quel disque dur et tu trouveras que le pourcentage d'espace effectivement utilisé par les fichiers ne correspond jamais au nombre réel d'octets stockés. Prends un traitement de texte et enregistre deux mots d'un côté, plusieurs pages de l'autre, et il y a de bonnes chances pour que les deux fichiers occupent le même espace sur le disque. Quand les techniciens cherchent des chevaux de Troie [1], ils traquent systématiquement des algorithmes longs et complexes, du genre de ceux nécessaires aux corrélations d'empreintes digitales ou vocales. Dans le cas qui nous occupe, la clé d'accès, une fois le logiciel installé, était brève et toute simple... un vulgaire motif géométrique... une babiole perdue dans une grosse boîte.

1. Cheval de Troie : comme son illustre modèle, il s'agit d'un programme ou fragment de programme anodin qui s'introduit en fraude sur un système pour y déclencher des actions imprévues *(N.d.T.)*.

— En l'occurrence, la bague en saphir... Incroyable.

— Pour moi, ce qui est le plus incroyable, c'est que le principal logiciel biométrique de notre système de sécurité ait été produit par Monolith Technologies et acheté chez eux plutôt qu'à l'une des innombrables autres sociétés présentes sur le marché... » Gordian hocha la tête. « Comme négligence, ça se pose là...

— Ne te mets pas martel en tête, Gord. Leur programme est le meilleur. Et le système a été installé bien avant que ne surgissent les problèmes entre Caine et toi. Vue comme un incident isolé, l'intrusion n'aurait pas obligatoirement fait porter les soupçons sur Caine. Il pourrait s'agir de pirates parmi son personnel... »

Les traits de Gordian se durcirent.

« Ce ne sont pas des pirates qui ont essayé de me piquer Uplink en douce. Ce ne sont pas non plus des pirates qui ont utilisé Reynold Armitage comme éclaireur avant leur raid, ou qui ont saboté le train d'atterrissage de mon zinc, ou fait mystérieusement disparaître Blackburn. »

Kirby poussa un soupir. « On ne peut absolument pas prouver la responsabilité directe de Caine dans ces différents actes...

— On se parle d'homme à homme, Chuck. Il ne s'agit pas de ce que je peux prouver, mais de ce que je sais. Au cours des dernières soixante-douze heures, l'équipe de mécanos de Washington a passé une bonne demi-douzaine de fois au peigne fin l'intégralité du circuit hydraulique de l'avion. Sans rien trouver. Et de leur côté, les mécanos d'ici ont les doubles sur papier attestant qu'ils ont bien effectué l'intégralité des contrôles pré-vol la veille de notre départ, y compris une inspection visuelle des niveaux et des raccords du circuit. » Il marqua un temps. « Quelqu'un a saboté l'avion après ces préparatifs. Or, le veilleur de nuit de l'aérodrome, un certain Jack McRea, a reconnu avoir quitté son poste durant plusieurs heures avant-hier.

— Et il s'est fait virer, j'espère. »

Kirby acquiesça. « D'après ce qu'il a bien voulu avouer, il aurait été attiré dans un motel par une poule en minijupe. Pigeonné pour laisser grandes ouvertes les portes du hangar. »

Un long silence tomba dans la pièce.

« Malgré tout, le saut logique me turlupine, objecta Kirby. Associer Caine à une tentative de meurtre sans la moindre preuve, tu pousses un peu...

— Tu peux mettre "meurtres" au pluriel, rectifia Gordian. Tu étais dans cet avion, Chuck. Tout comme Megan et Scull.

— Gord, ce que je veux dire...

— Je sais ce que tu veux dire. Et une fois encore, je ne cherche pas de preuve précise, mais le moyen d'appréhender l'ensemble des événements qui se bousculent depuis un moment dans ma tête. Max enquête sur les opérations financières de Caine en Asie, Max disparaît de la circulation. Je m'en prends au projet de loi Morrison-Fiore, Caine monte sur le ring pour jouer les challengers, puis se transforme en ogre prêt à bouffer ma boîte. Quelqu'un entre par effraction dans mon centre de stockage des clés chiffrées, et pour ce faire, utilise une trappe d'accès intégrée dans un logiciel conçu par Caine. Et ainsi de suite. Ça fait un peu trop de coïncidences. Et voilà que tout ça me donne l'impression de s'emballer... comme une machine devenue folle...

— Ou pressée par les événements. Si on devait suivre ton idée, les clés stockées sur le disque qu'ils ont essayé de piquer sont au cœur du problème. »

Gordian acquiesça, les mains croisées sous le menton.

Les deux hommes restèrent ainsi plusieurs minutes sans rien dire, plongés dans leurs réflexions.

Le silence se prolongea.

Soudain, Gordian s'avança sur son siège, les yeux écarquillés.

Chuck le regarda. « Un problème ?

— L'expression que tu as employée : *pressé par les événements*. C'est juste que... »

Il laissa sa phrase en suspens, s'humecta les lèvres.

Chuck continuait de le fixer.

« Oh, mon Dieu, comment cela a-t-il pu m'échapper ? Voilà pourquoi on arrive au point critique. Bon Dieu, la cérémonie... la sortie inaugurale est pour aujourd'hui !

— Gord, bon sang de bonsoir, qu'est-ce qui se passe ? »

La main de Gordian jaillit par-dessus le bureau pour saisir le poignet de Kirby.

« Le Seawolf, expliqua-t-il d'une voix précipitée. Ses systèmes de commande et de contrôle... l'informatique embarquée qui gère le sous-marin... elle utilise des logiciels de cryptage d'Uplink. Et le double de clés... leur double est sur ce disque. »

Kirby le dévisageait, incrédule. « Gord, je ne suis pas sûr de tout comprendre, ou de vouloir te comprendre... Mais même si c'est le cas, l'important est de garder à l'esprit que personne n'a mis la main dessus... »

D'un geste sec de la main droite, Gordian le fit taire. Son autre main continuait de lui serrer le poignet.

« Ce ne sont pas les seules clés, Chuck, dit-il sèchement, le visage blanc comme un linge. Tu comprends ? Il s'agit d'un sous-marin nucléaire. Un bateau à bord duquel le président va monter. *Et ce ne sont pas les seules clés.* »

Regardant son équipe se préparer sur le dock flottant, Omori était convaincu d'avoir fait du bon boulot, tant par le choix des plongeurs que par celui de la zone de lancement pour l'insertion. Nichée sur la côte de Pulau Ringitt — un îlot situé à moins de cinq kilomètres au sud de Sentosa —, la crique était protégée par une barre de vase et de marécages qui en faisait un endroit des plus inhospitaliers.

Omori regarda sa montre. Ce ne serait plus long maintenant. Plus long avant que ses hommes n'embarquent à bord du petit submersible, mettant ainsi un terme à la phase préparatoire.

C'était un moment qu'il guettait avec impatience.

Invisible sous son filet de camouflage, l'engin reposait sur un dock flottant au milieu d'un épais tapis de joncs près de la rive. Sa coque fuselée en fibre de verre était dépourvue de hublots, et même si cela contribuait à réduire sa signature sonar, cela impliquait aussi que l'équipage d'Omori devrait naviguer uniquement aux instruments, une fois verrouillée l'écoutille.

Il les observait depuis la poupe de la vedette qui avait halé le dock en position vingt-quatre heures auparavant, et qui d'ici peu le ramènerait en eaux plus profondes. Les quatre plongeurs s'étaient déjà glissés dans leur combinaison et avaient enfilé leur respirateur Oxy-57. Bien que ces appareils n'eussent pas été conçus pour opérer à de telles profondeurs, Omori avait reçu l'assurance que le circuit de recyclage leur procurerait de l'air respirable pendant le temps limité où ils l'utiliseraient.

Il vérifia de nouveau sa montre, signe manifeste de la pression à laquelle il était soumis. L'action à laquelle il s'était dévoué corps et âme devait propulser l'Inagawa-kai dans une position de domination indiscutée au sein des syndicats rivaux des *yakusas*, sans compter qu'elle lui assurerait un statut personnel supérieur à celui des *oyabuns* et autres empereurs. Mais cela même ne suffisait pas à décrire l'envergure de ce qui s'annonçait. On n'avait encore jamais rien fait de comparable. Rien. Et le souvenir en resterait éternellement gravé dans toutes les mémoires.

La perspective d'une gloire imminente ayant chassé de son esprit toute idée d'échec, Omori alluma son ordinateur de poche et attendit qu'apparaisse le message électronique de Kersik.

Le spectacle n'avait pas tout à fait pris la tournure qu'Alex Nordstrum avait prévue.

Non, on efface tout et on recommence. En tant qu'écrivain, il se devait d'employer les termes précis. En tant que journaliste, il avait une obligation éthique d'honnêteté.

Le spectacle était parfait : visite du port de Keppel, grandes démonstrations d'amitié entre le président Ballard et ses homologues chefs d'État ou de gouvernement, défilé militaire superbement organisé et exécuté par des troupes des États-Unis, de l'ASEAN et du JMSDF, et enfin la phase de laïus, cérémonie tenue sur le quai devant la silhouette noire et fuselée du Seawolf. D'ici peu, Alex allait être invité à bord du submersible avec la petite délégation de journalistes sélectionnés, et hop, direction les abysses pour la signature du SEAPAC... à ce moment, sans doute, se trouverait-il comme les autres relégué à fond de cale.

Et ça, c'était à n'en pas douter ce qu'il avait le plus de mal à avaler.

Le spectacle était certes parfait, mais les places étaient inconfortables. Alors qu'il avait cru pouvoir bénéficier d'un accès en coulisse afin de pouvoir observer les événements depuis ce point de vue privilégié, jusqu'ici il n'avait eu droit qu'à l'équivalent d'un billet tout public dans un concert de rock.

Il se retrouvait dans la zone réservée à la presse, une aire bondée sur le front de mer, écoutant les remarques du Premier ministre japonais, tout en se faisant bousculer par ses dizaines de confrères de la presse internationale, tous plus vulgaires et turbulents les uns que les autres ; il était convaincu que ce n'était là qu'un avant-goût amer de la vengeance d'Encardi et que d'ici peu il allait devoir la subir jusqu'à la lie. Déjà le président l'avait snobé. Il s'était fait jeter par sa clique de conseillers particuliers. Excès de susceptibilité, peut-être, mais à une ou deux reprises il avait même cru entrevoir tel ou tel membre du Service secret — des hommes qu'il connaissait pourtant par leur nom, et avec qui il lui était arrivé de s'entraîner au gymnase — lui lancer un regard noir.

Il avait osé suivre sa conscience, se ranger du côté de Roger Gordian : pour cette raison, on lui en voulait à mort et il se retrouvait en disgrâce, rejeté parmi la plèbe.

La politique, nota-t-il, songeur. Toujours la politique.

Nordstrum soupira, faisant un effort pour suivre l'allocution de Yamamoto... ce qui n'était pas évident quand, juste à côté de lui, un confrère d'une agence de presse italienne criait et envoyait des baisers à la présentatrice d'une chaîne de télé française. « *Questa sera, mi bella* — À ce soir, ma belle. »

Dieu du ciel, quel prix il fallait payer pour rester ferme sur ses convictions...

Il jeta un regard désolé au cadran de sa montre. Encore une quarantaine de minutes à tirer avant de pouvoir se joindre au troupeau pour gagner la passerelle d'accès au sous-marin nucléaire d'attaque. Même cantonné à la sentine [1], il serait malgré tout ravi de se retrouver à bord. Bougrement ravi.

Jusqu'à plus ample informé, sa situation ne pouvait guère être pire qu'elle n'était déjà.

Les hydroglisseurs chinois avaient rejoint l'atoll à la faveur de l'obscurité, transportés dans les cales de deux pétroliers civils réaménagés pour un usage militaire. Long de près de vingt-sept mètres sur la moitié de large, chaque navire de débarquement amphibie était propulsé par quatre turbines de seize cents chevaux : deux pour les hélices carénées permettant de le propulser à plus de cinquante nœuds — environ quatre-vingt-dix kilomètres-heure —, les deux autres pour les compresseurs centrifuges chargés de la sustentation, permettant au bâtiment de flotter au-dessus des eaux et d'accoster sur un douillet coussin d'air. Les ponts de chaque bâtiment étaient hérissés de mitrailleuses type 77 de 12,7 mm montées sur affût et de lance-grenades de 40 mm.

Debout sur la plage du lagon, le général Kersik Imman regardait ses hommes embarquer sur

1. Partie de la cale d'un navire où l'on recueille les eaux *(N.d.T.)*.

leurs vaisseaux respectifs avant l'attaque sur Sandakan. La plupart se dirigeaient vers les rampes d'accès aux quatre pontons flottants en forme de losange alignés le long de la ligne de marée, le reste de la troupe embarquant sur une flottille de minces cigarettes à coque d'alu. Tous portaient la même tenue que lui : treillis camouflés en jungle, visage masqué par un filet de camouflage, sac à dos et harnais à munitions lestés d'équipements de combat. En stricte conformité avec les ordres de Kersik, leurs fusils d'assaut légers passés à l'épaule étaient flambant neufs, et feraient d'excellentes armes personnelles. Jiu Cheng avait livré la marchandise comme promis, raison (parmi d'autres) du profond respect de Kersik pour le Chinois.

Peut-être qu'un beau jour leurs chemins se croiseraient à nouveau dans un endroit civilisé, bien loin de cet îlot désolé où les moustiques étaient gros comme des raisins tant ils étaient gorgés de sang, un endroit où ils pourraient s'asseoir autour d'une table au lieu de se contenter de nattes en paille tressée qui vous rentraient dans les fesses, un endroit où ils pourraient tranquillement se remémorer tout ce qu'ils avaient vu et fait depuis leur première rencontre quand ils étaient plus jeunes : lui, le général indonésien plein d'orgueil et de projets, l'autre, un bâtisseur inspiré du communisme, désireux de donner forme à l'Utopie. Mais tous deux rêvant de l'unité et de la grandeur de l'Asie.

Oui, songea Kersik, peut-être se retrouveraient-ils effectivement dans l'avenir, pour évoquer le fait que leurs plus grands rêves s'étaient réalisés à une époque de leur existence où la plupart des hommes étaient douillettement blottis dans leur autosatisfaction. Et ensemble, ils évoqueraient le souvenir de ce jour mémorable où

Japonais et Américains, avides de dominer la région — avec les marionnettes de l'ASEAN avec qui ils jouaient leur théâtre d'ombres —, avaient été engloutis par un monstre sous-marin de leur propre cru.

Pour l'heure, toutefois, la seule certitude était l'imminence de l'attaque, et cette pesanteur d'âme du vieux guerrier qui sait, au fond de son cœur las, que l'équation fondamentale de la guerre reste toujours déséquilibrée, que l'accumulation de la violence dépasse toujours les prévisions, que le plus infime des gains se paie toujours avec le sang de bien trop d'hommes irremplaçables.

Rajustant son paquetage, Kersik s'avança sur le sable pour embarquer à bord du bâtiment qui allait le mener au combat.

Khao Luan arpentait le chemin de planches pour rejoindre son logement sur le canal, piochant dans le gobelet des morceaux de *tempe goreng* et se disant qu'il avait été bien bête de ne pas avoir demandé au vendeur ambulant dans son canot de lui en remplir un autre carton. À la vitesse où il les descendait, il ne resterait rien des délicieuses croquettes de soja sucrées quand il s'installerait à table.

Le stress lui donnait toujours la dalle, et ce matin il s'était réveillé affamé. Avec de bonnes raisons, toutefois. Cette histoire dans laquelle il se retrouvait embringué... Sandakan... détourner un sous-marin nucléaire...

Prendre en otage le président des États-Unis...

Tout ce qu'il voulait, pour sa part, c'était garder les voies maritimes ouvertes pour exercer son petit négoce. Or, le SEAPAC représentait une menace pour celui-ci, un renforcement de la coopération entre les puissances régionales en matière de surveillance de leurs eaux, bref un obstacle notable au flux de la contrebande venue de Thaïlande et d'ailleurs. Empêcher la signature du traité, voire en ajourner indéfiniment l'application, lui avait semblé un but raisonnable et pragmatique, une saine stratégie commerciale pour un homme désireux de rester à la pointe de son activité.

Ah, mais c'est que celle-ci avait évolué...

Il continua de progresser sur les planches, et mit une autre croquette dans sa bouche. Jusqu'à ce matin, il avait été en mesure de se concentrer sur les détails plutôt que sur les grandes lignes du plan, y jouant son rôle, une étape à la fois. Ce qui était sa méthode habituelle. Mais sachant la concrétisation à portée de main — dans moins d'une heure, si incroyable que cela paraisse —, il ressentait désormais tout le poids de ce qu'il avait entrepris avec ses alliés. Et alors qu'il avait décidé que le meilleur moyen de supporter la pression était de faire comme s'il s'était agi d'une journée comme les autres... eh bien, ce n'était pas évident, voilà.

Parvenu à sa porte, Luan s'arrêta au pied de l'échelle d'accès, regarda le fond de son carton de *tempe*. Plus que deux morceaux. Décidément, il aurait dû en redemander au type.

Il expédia dans sa bouche les deux ultimes croquettes, se débarrassa du carton en le jetant dans l'eau par-dessus son épaule, puis il agrippa les montants de l'échelle pour se hisser.

À quelques centimètres de l'endroit où la boîte en carton avait rejoint les autres détritus dans le canal, une jeune vendeuse vêtue d'un sarong lâche se pencha dans son canoë, la tête dissimulée derrière des empilements de fruits, glissant la main sous un repli de tissu.

Quand sa main ressortit quelques secondes

après, elle tenait un émetteur radio tout plat, tenant dans la paume.

« Philly Sud pour Empire State, vous me recevez ? murmura la vendeuse d'une voix calme, transmettant son message sur un canal numérique à longue distance.

— Cinq sur cinq, Empire State. Le coq a regagné la basse-cour ?

— Il vient de débarquer, aussi gros et moche en vrai que sur les photos. »

Brève pause.

Elle se pencha un peu plus, attendant, la radio toujours dissimulée dans sa main.

« Ne bougez plus, Empire State, répondit la voix au bout d'une seconde. On arrive pour le plumer. »

Parrainée par les républiques de l'ASEAN depuis le projet initial jusqu'à sa construction en passant par son financement, la banque de stockage de clés de chiffrement de Sandakan était la plus vaste d'Asie, et la deuxième du monde, juste après une installation du même type construite par la suite en Europe. Par ses proportions, comparé aux établissements similaires de par le monde, c'était l'équivalent de la Citibank par rapport à un organisme local de crédit. Occupant plusieurs hectares en bord de mer, la structure d'acier et de béton qui évoquait une forteresse était protégée par un réseau complexe de systèmes d'alarme et gardée par des équipes de vigiles, en majorité indonésiens et malais. Il y avait une bonne raison à tout ce dispositif de sécurité : les doubles des codes stockés dans ces chambres fortes étaient ceux des principaux organismes gouvernementaux, militaires et financiers de la région.

Les gouvernements américain et japonais

avaient jugé que c'était l'endroit logiquement le plus sûr pour stocker les doubles des clés de chiffrement des nombreux systèmes opérationnels cryptés utilisés à bord du Seawolf, y compris ceux qui commandaient les portes de soute de son ASDS — *Advanced Seal Delivery System.* Celles-ci permettraient à un sous-marin de poche pressurisé pouvant accueillir de huit à douze plongeurs commandos d'aller les déposer puis de les récupérer lors d'opérations requérant un transport à longue distance en immersion profonde. Comme prévu, dès que les SEAL, de retour d'une mission, revenaient à bord de l'engin de débarquement submersible de dix-huit mètres, les ordinateurs de bord signalaient aussitôt aux systèmes de contrôle du Seawolf d'ouvrir l'écoutille de l'ASDS pour permettre à l'équipage, à ses passagers (et à leur matériel) de réintégrer le sous-marin et son berceau d'amarrage, et de là rejoindre les ponts principaux.

Nga Canbera ne savait pas au juste — et ne saurait jamais — quel haut fonctionnaire du gouvernement nippon avait transmis l'information à l'Inagawa-kai, qui la lui avait à son tour répercutée par le truchement d'Omori.

Quelle importance, du reste ? songea-t-il, installé à présent chez lui pour regarder à la télévision la cérémonie de signature du SEAPAC. Il avait préféré ne pas se rendre à son bureau pour ne pas être dérangé, et avait enfilé sa plus belle robe de chambre en soie pour l'occasion. Jusqu'ici — et sachant ce qui attendait les dignitaires une fois qu'ils seraient en route —, tout ce cirque lui avait paru fort réjouissant.

Pour lui, l'essentiel du jeu était de relever le défi, et même s'il avait ces derniers temps ressenti quelques moments d'appréhension, il estimait que, sans une pointe de danger, ce jeu n'en aurait pas valu la chandelle. Mais aujourd'hui, il comptait mettre tous ces soucis de côté pour ne pas bouder son plaisir. Allait-on réussir à faire gober au Seawolf un cachet empoisonné ? Après tout, il s'agissait simplement de mettre les bonnes clés dans les mauvaises mains — enfin, mauvaises du point de vue américain ou japonais. Et si l'incapacité de Marcus Caine à fournir les clés de commandement et de contrôle avait été un échec, cela avait ajouté du sel à l'affaire. Une fois que Kersik aurait mis la main sur les doubles des clés archivés à Sandakan, les plongeurs d'Omori seraient en mesure de faire ouvrir l'écoutille de l'ASDS. Après cela, pour s'emparer du submersible, ils n'auraient plus qu'à compter sur la force plutôt que sur la finesse, et recourir à leurs armes à feu plutôt qu'à des frappes de clavier et à des mots de passe.

Et peut-être que s'ils avaient beaucoup de chance, on aurait même droit à quelques effusions de sang pour pimenter l'aventure.

Les yeux agrandis par l'incrédulité, Conrad Holden, le ministre américain de la Défense, regardait le combiné téléphonique dans sa main comme s'il avait été possédé par quelque esprit frappeur maléfique... mais un esprit qui aurait eu la voix et les intonations de Roger Gordian, un homme qu'il connaissait depuis de longues années.

« Roger, tu es sûr ?

— Je te répète que ça va se produire à Sandakan, Conrad. Et que ça doit en gros coïncider avec l'embarquement à bord du sous-marin. Ils ne voudront pas nous laisser le temps d'invalider les clés de codage.

— Mais le lancement doit avoir lieu dans à peine une demi-heure...

— Alors raccroche en vitesse et appelle quelqu'un qui puisse l'empêcher ! »

En eau, souffrant encore plus que d'habitude de la chaleur, Luan s'apprêtait à changer de chemise quand il l'entendit : un claquement régulier de rotors brassant l'air, dont le bruit s'intensifiait et se rapprochait.

Il regarda de l'autre côté de la pièce où Xiang et ses gardes du corps étaient en train de jouer aux dés.

« C'est quoi, ce bruit ? » demanda-t-il, même s'il connaissait déjà la réponse. Les hélicos de l'armée avaient surgi de partout quand il avait été chassé des collines du nord de la Thaïlande.

Le pirate reposa aussitôt ses dés et se tourna brusquement vers ses compagnons.

« Prenez vos armes, gronda-t-il. On est attaqués. »

Penché à l'extérieur du Bell Jet Ranger, Nimec sortit les cartouches de son paquetage, les introduisit dans son calibre 12 et manœuvra le levier d'armement pour faire monter la première dans la culasse. Comme Osmar et les trois autres agents de l'Épée dans son équipe, il avait passé une cagoule, un masque à gaz et une combinaison furtive en Nomex. Le gilet pare-balles en Zylon glissé sous sa chemise était à la fois plus léger et plus résistant qu'un modèle en Kevlar.

Nimec fit signe au pilote de faire descendre l'hélico et de rester en vol stationnaire tandis qu'il examinait la bâtisse en bois au-dessous d'eux. Il y avait plusieurs fenêtres de chaque côté. Il en prit une pour cible et pressa la détente de son fusil à pompe.

La cartouche à ailettes remplie de CS jaillit du

canon, accompagnée d'un sillage de vapeur, transperça la vitre et explosa à l'intérieur en libérant un nuage de gaz lacrymogène.

Nimec chargea une deuxième cartouche, tira, puis en balança encore une troisième dans la planque du Thaïlandais. Des volutes de fumée blanche s'échappèrent des fenêtres.

Il passa l'arme à l'épaule — il avait en outre un MP5K contre le flanc —, enfila ses gants et indiqua la porte à ses compagnons.

Une seconde plus tard, un filin était largué. L'un après l'autre, les hommes saisirent le filin et se laissèrent glisser jusqu'au passage planchéié.

À peine avaient-ils pris pied sur les planches que plusieurs rafales de mitraillette crépitèrent, tirées de l'intérieur de la maison, des habitations alentour et du passage en bois qui longeait le canal.

Courant tête baissée tandis que ses compagnons ripostaient pour le couvrir, Nimec contourna la planque pour rejoindre l'entrée.

Un homme surgit, jailli de l'épaisse fumée sortant du bâtiment, braquant un FNP90 dans sa direction. Mais il était à moitié aveuglé par le CS et Nimec fut prompt à réagir. Il s'écarta vivement quand le pirate lâcha une rafale de balles de 9 mm. Puis il le cueillit en plein ventre, d'une salve de son MP5K et continua de foncer vers l'entrée, sans un regard en arrière.

Il s'arrêta devant une lourde porte en planches de bois, cribla de balles la serrure et ouvrit le battant d'un coup de pied. Du coin de l'œil, il avisa Osmar qui arrivait en courant sur sa gauche.

Il lui jeta un regard, lui fit signe d'entrer avec lui et compta sur ses doigts jusqu'à trois.

Ensemble, ils se ruèrent à l'intérieur.

Quelques minutes après la cérémonie de coupure du ruban, la délégation officielle fut conduite sur la passerelle, passa au-dessus du revêtement de tuiles anéchoïques qui recouvrait la coque du Seawolf comme des dalles de caoutchouc, et monta à bord, accueillie par le capitaine. Le président Ballard descendit le premier par l'écoutille, suivi du Premier ministre Yamamoto, puis des chefs d'État malais et indonésien.

Le contingent de journalistes venait ensuite, Alex Nordstrum fermant la marche en s'efforçant de dépasser un reporter canadien, style armoire à glace, que l'on avait placé devant lui dans la file.

Alors que le groupe traversait une coursive pour gagner le poste de contrôle, Ballard avait l'impression de s'apprêter à pénétrer sur le plateau d'un *space opera* hollywoodien, une histoire pleine de vaisseaux spatiaux et de vortex dans le continuum spatio-temporel. Et par certains côtés, il pénétrait bel et bien dans une machine à remonter le temps, un engin capable d'effacer d'un coup toutes ces années et ces kilomètres accumulés pour le conduire à l'âge mûr, capable d'effacer sur ses traits le masque de cynisme et de calcul politique, pour y révéler fugitivement la surexcitation naïve du môme de dix ans, l'orphelin venu du fond du Mississippi et dont les rêves avaient nourri son long et difficile parcours de la misère à la présidence. Il contemplait, bouche bée, tout cet équipement et ces tableaux d'affichage qui remplissaient jusqu'au moindre recoin cet espace brillamment illuminé... et ses yeux ébahis ne quittaient un gadget électronique que pour tomber sur un autre, tout aussi fascinant.

Le capitaine du sous-marin, le commandant Malcolm R. Frickes, de l'US Navy, salua ses hôtes au seuil du poste de contrôle.

« C'est pour moi un honneur et un privilège de vous accueillir à bord », dit-il en s'effaçant pour les laisser entrer.

Ballard lui retourna son salut avec enthousiasme, déglutit, et indiqua les périscopes sur une plate-forme surélevée au milieu de la salle.

« Est-ce que vous me permettez d'y jeter un œil ? »

Sourire de Frickes.

« Monsieur, vous êtes le commandant en chef des armées, observa-t-il. Et cela veut dire que vous pouvez faire tout ce que vous désirez. »

Le général Youssef Tabor, commandant la 10e brigade parachutiste de l'armée malaise, avait du mal à croire aux ordres qui venaient de lui parvenir. Il devait immédiatement déployer ses trois bataillons aéroportés — près de trois mille hommes — sur Sandakan, afin de renforcer les unités normalement chargées de garder la banque de clés cryptographiques, pour défendre la tête de pont.

Contre qui ou contre quoi ? De ce côté-là, le message était peu explicite, mais il y voyait au moins une occasion d'agir enfin en vrai soldat. Étant l'élément le plus proche de la force malaise de déploiement rapide — il était stationné à Sabah, à moins de quarante-cinq kilomètres —, il serait le premier sur zone. Et ça lui convenait parfaitement.

Après dix années passées à pourchasser les immigrants clandestins comme un employé de la fourrière traque les chiots sans défense, il était grand temps pour lui d'accomplir une mission dont il puisse être fier.

Noyé sous les gaz lacrymogènes, le visage cramoisi, Khao Luan toussait et crachait ses poumons tandis que Xiang essayait de l'évacuer vers le grenier. Le pirate l'avait saisi par-derrière sous les aisselles, il avait ouvert la porte d'un coup d'épaule pour entrer à reculons, mais il n'avait toujours pas réussi à déplacer la masse imposante de son chef quand Nimec et Osmar déboulèrent avec perte et fracas.

Osmar braqua son arme.

« Personne ne bouge ! » lança-t-il en bahasa, s'adressant aux deux hommes.

Le souffle court, Xiang le fixa un bon moment, derrière d'épaisses volutes de gaz CS. Puis, soutenant toujours plus ou moins le Thaïlandais d'une seule main, il glissa prestement l'autre derrière son dos pour récupérer son P90 accroché à sa bandoulière.

La rafale partit à côté, arrosant une poutre du toit, arrachant des esquilles de bois... Osmar s'accroupit aussitôt pour riposter, visant bas, exprès. Avec Luan entre lui et le gros bonhomme, il voulait éviter les coups mortels, sachant que le Thaïlandais pouvait détenir la réponse à la disparition de Blackburn.

Luan s'affaissa, agrippant sa cuisse épaisse ; le sang jaillissait de l'artère fémorale. Xiang essaya de le maintenir debout, mais il n'en eut pas la force et il s'effondra avec bruit. Battant en retraite vers le grenier à riz, le pirate pressa la détente, arrosant en arc de cercle l'espace entre Osmar et Nimec. Quelque part, on entendit dégringoler du verre brisé.

Cette fois, ce fut Nimec qui riposta, par deux brèves rafales. Il entendait des échanges de tirs sporadiques, dehors, sur la passerelle en bois, et de temps à autre, le gémissement d'un des pirates gisant au sol, asphyxié.

« Immobilise-moi Luan et le reste de ces salopards ! hurla-t-il à Osmar à travers son masque à gaz. Je m'occupe de lui ! »

Suivis d'un sillage d'écume, les quatre hydroglisseurs filaient au-dessus des vagues sur leurs colonnes d'air, flanqués par les « cigarettes », des vedettes effilées comme des dagues. La flottille avait couvert près des deux tiers de la distance jusqu'à la plage et devait toucher terre d'ici quelques minutes.

Installé sur la passerelle avant de son engin, Kersik porta les jumelles à ses yeux pour examiner la zone d'accostage. Il avait rassemblé une force de près de trois cents hommes, soit un tiers de plus que les effectifs gardant la banque de clés informatiques, sans compter l'avantage de l'effet de surprise...

Kersik plissa les paupières, incrédule...

Puis ses yeux s'écarquillèrent de plus en plus devant les oculaires de sa paire de jumelles.

D'abord, les taches qu'il avait distinguées sur le fond cotonneux des nuages lui avaient fait l'effet d'insectes. Une nuée de sauterelles fondant sur eux.

Mais il ne savait que trop bien de quoi il s'agissait.

Des parachutistes.

Par centaines. Par *milliers*. En train de se poser sur la tête de pont.

S'il n'y avait pas eu le fracas assourdissant des turbines, il aurait pu entendre plus tôt les avions de transport, comme il les percevait à présent : un bourdonnement qui se muait en plainte, puis en grondement...

Ses doigts tremblants lâchèrent les jumelles et il fonça vers la radio, mais le temps de transmettre l'alerte au reste de la flotte, ils étaient sous le feu de leurs adversaires et le monde s'était mis à exploser autour de lui.

À peine Omori avait-il entrevu le bref message électronique sur son écran à cristaux liquides qu'il comprit qu'il n'émanait pas du tout du général Kersik mais de son contact à la diète japonaise... un membre de la minorité nationaliste dont la transmission de renseignements confidentiels sur le Seawolf avait été depuis le début au cœur du projet de détournement du submersible.

Il ouvrit le message et se sentit défaillir.

Bien qu'un seul mot apparût à l'écran, il suffit à lui faire comprendre que tous ses plans venaient de s'effondrer d'un coup.

YAMERU ANNULEZ.

Omori serra les poings et les porta à son front tout en poussant un cri perçant qui attira aussitôt l'attention des quatre plongeurs sur le dock flottant.

Il ne les regarda pas, ne leur dit rien. Ils n'avaient qu'à le regarder pour comprendre.

Kersik, songea-t-il, les poings crispés. Kersik avait échoué.

S'il avait eu un poignard, Omori l'aurait plongé dans son cœur pour mettre sur-le-champ un terme à ses souffrances.

Un coup porté en plein torse fit s'effondrer Nimec à l'instant même où il plongeait à travers l'ouverture.

Estourbi, une nuée de phosphènes mouchetant sa vision, il alla valdinguer contre le mur du grenier à riz, le MP5K lui échappant des mains.

Il crispa les mâchoires pour résister à la douleur. Il ne savait pas ce qui l'avait touché mais c'était comme une masse, et s'il avait couru tout droit au lieu de passer légèrement en biais, le coup l'aurait sans doute cueilli sous le diaphragme, entraînant une perte de conscience. Mais les muscles de la cage thoracique avaient suffisamment absorbé l'impact pour lui permettre de rester debout.

Il avala une goulée d'air, luttant pour se ressaisir...

Et c'est alors qu'en un éclair il vit le poing géant lui arriver dessus. Il s'écarta d'une roulade, inclina la tête pour éviter l'impact de ce marteau-pilon, puis esquiva un nouveau coup alors que le pirate revenait à la charge, les bras levés pour le bloquer, dans l'intention de l'écraser sous son poids contre le mur.

Nimec n'allait pas lui laisser cette chance. Il sentait déjà les forces revenir dans ses jambes et comprit qu'il fallait qu'il se bouge : il devait rester hors d'atteinte du géant, éviter à tout prix le corps à corps. C'était sa main, rien que sa main nue qui l'avait cueilli la première fois. Il devait tout faire pour empêcher que ça se reproduise.

Nimec attendit que Xiang soit presque au-dessus de lui pour replier la jambe avant de la projeter violemment dans le plexus solaire de son adversaire. Il entendit le choc de son pied contre la chair du malabar, vit l'homme reculer en titubant, et enchaîna avec un autre coup de pied au même endroit.

Xiang recula encore d'un pas, et Nimec en profita pour s'écarter en hâte du mur, dansant sur la pointe des pieds comme un boxeur, cherchant à trouver un rythme, à mobiliser son énergie.

Mais le pirate était plus vif que sa carrure aurait pu le suggérer. Revenant sur Nimec, il plongea sur lui tête baissée.

Nimec tenta une esquive, mais un poil trop tard. Un avant-bras musculeux vint lui écraser les lèvres, projetant sa tête en arrière. Un goût de sang dans la bouche, il sentit ses genoux se dérober. Xiang frappa encore, cette fois à la gorge, avec le coude. Nimec s'étrangla, sa vue se brouilla.

Et puis soudain, les paumes massives de Xiang vinrent lui enserrer les tempes, les doigts formant un étau autour de ses mâchoires et de ses pommettes. Nimec leva les mains, les introduisit à l'intérieur des avant-bras de son adversaire et lui agrippa les poignets, cherchant de toutes ses forces à les écarter. Mais le géant tenait bon et il se mit à foncer comme une brute, emportant Nimec avec lui, le traînant au sol pour aller le plaquer contre le mur opposé du grenier. La force de l'impact lui ébranla tous les os.

Il approcha son visage de celui de Nimec. Un visage tremblant de rage, aux narines frémissantes et dilatées.

« Tu veux te battre ? Je vais te briser ton putain de cou, salopard, ici même ! beugla-t-il, en continuant de lui frapper la tête contre le mur. Ouais, ici même, comme j'ai fait avec l'autre Américain ! »

Les yeux de Nimec s'agrandirent. Son cœur cognait monstrueusement dans sa poitrine, comme si ses battements allaient emplir tout l'univers.

Comme j'ai fait avec l'autre Américain.

Gémissant sous l'effort, il repoussait toujours les poignets du pirate, poussait encore et encore...

Ici même.

L'autre Américain.

Poussait toujours...

L'espace d'un instant, il crut que l'étreinte de son adversaire ne céderait jamais... et puis, miracle, elle se relâcha.

S'écartant du mur, Nimec releva prestement le genou, l'enfonçant dans l'entrejambe de Xiang. Aussitôt, celui-ci lâcha prise. Nimec le frappa encore, d'un direct du poing au visage, maintenant la pression, enchaînant les coups.

Le géant se mit à tituber mais Nimec s'acharna sur lui. Il ne cessait de se répéter que Max était mort et que c'était cet homme qui l'avait tué.

Encore deux, trois, quatre coups puissants... et puis Xiang le surprit. Il bascula pesamment vers lui, manquant le renverser.

Au moment où les deux lutteurs se séparaient, Xiang leva son visage ensanglanté, un rictus sur les lèvres, et dégaina son kriss.

Nimec se figea, les yeux fixés sur cette longue lame ondulée, mais Xiang ne lui laissa pas le temps de réagir. Le géant plongea, le couteau volant vers sa gorge.

Nimec recula d'un demi-pas, pivota sur le talon gauche et tendit la main droite pour la refermer sur le poignet armé de son adversaire. Sa main gauche s'abattit au creux du coude du géant et pivota pour écarter le bras vers l'extérieur. Du même mouvement, il attira le géant vers lui, lui enfonçant son propre couteau dans la poitrine, juste sous la cage thoracique, en remontant vers le cœur.

Xiang resta debout quelques secondes encore, contemplant le manche de l'arme qui dépassait du centre de sa cage thoracique avec une expression de parfaite surprise, puis il s'affala tête la première.

Nimec recula, le souffle court. Et tandis que la douleur des coups reçus s'éveillait en lui, il baissa les yeux sur le géant abattu.

Tout était enfin terminé.

Épilogue

« Il y a quelques jours à peine, j'étais encore ici à expliquer à quelqu'un comment j'avais eu vent des crimes de Marcus Caine sans être en mesure de les prouver », expliquait Gordian. Il posa la main sur le mini-enregistreur numérique déposé sur son bureau. « À présent, j'ai des preuves. Grâce à vous.

— Et à Max, ajouta Kirsten, assise en face de lui. Sans lui, je n'aurais jamais pu les récupérer. Et pour être franche, j'aurais peut-être fini par me convaincre qu'il n'y avait rien de bizarre chez Monolith. »

Gordian la considéra, ses yeux bleus au regard franc croisèrent les yeux noisette de son interlocutrice.

« Pour un temps, peut-être. Mais tôt ou tard, vous auriez cessé de vous raconter des histoires. Et vous auriez agi exactement comme vous l'avez fait. »

Elle haussa les épaules. Ils gardèrent le silence durant quelques instants. Dehors, derrière la fenêtre dans le dos de Gordian, le mont Hamilton se dressait au-dessus du brouillard de pollution de fin d'après-midi, massif et, quelque part, bienveillant dans son immuable fermeté.

« Vous avez peut-être raison, reconnut-elle

enfin. Mais j'avais déjà vu passer sur mon bureau quantité de paiements inexpliqués à des lobbyistes américains. Des sommes qui allaient bien au-delà de ce qu'ils auraient dû recevoir pour leurs services. Et lorsque je me suis mise à y prêter un peu plus attention, je me suis rendu compte qu'elles suivaient toujours des visites à mon chef de service rendues par un représentant de la banque Canbera, en Indonésie. » Elle eut un nouveau haussement d'épaules. « Quiconque n'a pas les yeux dans sa poche aurait pu voir qu'il s'agissait de pots-de-vin versés à des hommes politiques américains. Le groupe de lobbying à qui étaient virées les sommes avait été engagé dans le but spécifique de promouvoir à Washington la dérégulation des technologies de chiffrement. Mais ce n'est qu'après m'en être ouverte à Max que mes yeux se sont enfin dessillés.

— Et c'est Max qui vous a convaincue d'aller fouiner du côté des bases de données informatiques pour y rechercher des anomalies comptables...

— Et de planquer le mini-enregistreur dans le bureau du patron de Monolith. » Elle hocha la tête. « J'ai encore du mal à croire qu'ils aient pu être imprudents à ce point. Je veux dire... j'entrais dans le bureau tous les matins avant l'arrivée de mon patron, je planquais le magnéto derrière le canapé, et je le récupérais tous les soirs entre le moment de son départ et celui de l'arrivée de la femme de ménage. Ensuite, je retournais dans mon bureau personnel télécharger le contenu de la bande sur un disque dur avant de rentrer à la maison. Ce manège s'est poursuivi pendant deux mois.

— À force de s'en tirer avec impunité, les meurtriers deviennent arrogants, ils finissent par se convaincre que plus rien ne peut les atteindre. Résultat, on se retrouve avec une demi-douzaine de conversations sur les règlements effectués entre le directeur et Nga Canbera... et deux autres avec la voix de Marcus Caine qui se joint au mixage. Parfaitement claire dans le téléphone amplifié de votre patron.

— Le directeur général de Monolith donnant son avis personnel sur les hauts fonctionnaires du gouvernement à arroser de pots-de-vin, poursuivit Kirsten. Incroyable, non ? »

Le silence retomba. Puis Gordian se pencha, croisa les doigts sur son bureau, et fixa son interlocutrice.

« Kirsten, je ne vous ai pas fait venir ici, aux États-Unis, parce que j'avais besoin qu'on me livre ce magnéto et ces disques en main propre. Je voulais vous exprimer de vive voix combien je vous suis reconnaissant de ce que vous avez accompli. Et aussi pour vous faire savoir que je serais honoré de vous voir travailler pour Uplink — dans la branche qui aurait votre préférence — au cas où vous envisageriez l'éventualité d'un emploi chez nous. »

Elle eut un petit sourire. « C'est une offre très généreuse... mais j'espère que vous ne serez pas vexé si je la décline, pour le moment, du moins. J'ai besoin d'un peu de temps devant moi. De temps pour... me ressaisir. Vous comprenez ?

— Oh, que oui. Tant que, de votre côté, vous gardez à l'esprit que ma proposition tient toujours au cas où vous changeriez d'avis. Et que je n'oublie jamais mes amis. »

Elle acquiesça et son sourire s'élargit. Un sourire sincère, superbe, et Gordian crut deviner ce que Blackburn avait dû y lire.

« Alors, c'est le retour à Singapour, c'est ça ? »

Elle ne dit rien durant quelques secondes, puis acquiesça de nouveau.

« Provisoirement, du moins. Mais j'ai encore une chose à faire en Amérique avant de rentrer. »

Armitage était assis dans son bureau près du répondeur. Malgré ses traits défaits, il émanait encore de ses yeux une froide vitalité qui semblait absorber ce qui lui restait de force vitale — tels deux petits charognards vicieux qui sortiraient la tête d'un monceau d'immondices.

Ce matin, en arrivant, il avait trouvé plusieurs messages de Marcus Caine qui l'attendaient, des messages de plus en plus paniqués et désespérés.

C'en est assez.

Prisonnier d'un corps qui l'abandonnait, cloué dans son fauteuil roulant, il était bien décidé à larguer le ballast inutile. Il avait déjà bien assez de mal à y arriver sans ce poids mort.

« Effacement messages », énonça-t-il, activant le module équipé d'une puce vocale fabriqué dans l'une des usines de Monolith à San Jose. Il marqua un temps d'arrêt, puis le régla pour filtrer et couper tout appel provenant du domicile ou du bureau de Caine, entrant à haute voix les numéros à bloquer.

Il n'avait pas envie d'être entraîné dans la chute de Marcus quand son rôle dans l'affaire du SEAPAC, les scandales financiers et ses innombrables autres catastrophiques bévues seraient étalés sur la place publique. Indéniablement, toute association avec le personnage allait devenir une charge insupportable.

Comme la situation s'était vite retournée. Il avait cru voir en Caine un candidat potentiel pour s'emparer d'Uplink International et forger un monopole dans le domaine des médias et de la technologie couvrant toute la planète, comme jamais aucune autre entreprise de ce type auparavant... et à titre de bonus pour sa contribution à ce projet, Armitage aurait dû se voir offrir sur un plateau d'argent la division biosciences d'Uplink. Qui pouvait dire quels nouveaux traitements pour sa maladie auraient pu émerger, une fois les ressources de l'entreprise à sa disposition ? Qui pouvait vraiment le dire ?

Seulement voilà, Marcus l'avait déçu, Marcus l'avait trompé, et rien de tout cela ne verrait le jour.

Il inspira l'air par la bouche et l'expira dans un soupir gargouillant. Peut-être que le SLA finirait par l'avoir. C'était presque certain. Mais il vivrait assez longtemps pour voir Marcus tomber avant lui...

Et sans aucun doute écrire quantité d'éditoriaux passionnants sur sa chute...

« Tout est là. Vous pouvez vérifier, si ça vous chante. »

Marcus Caine était assis dans le canapé de cuir de son bureau. Un carré de la boiserie d'acajou sur sa droite avait coulissé pour révéler un coffre-fort mural.

L'homme à qui il s'adressait traversa la pièce et regarda dans le coffre. Il plongea une main à l'intérieur, en ressortit une liasse de billets dont il caressa la tranche avant de la remettre pour contempler le contenu du coffre une bonne minute encore.

« Il y a là plus d'un million de dollars en liquide. Plus quelques babioles... des diamants, ma chère épouse a toujours adoré les diamants... qui valent encore plus. »

Le regard de l'homme se reporta sur Caine. Il était plutôt petit, avec une fine moustache et des yeux gris assortis à la couleur de son blazer.

« Vous êtes sûr que vous voulez que je fasse ça ? »

Caine étendit les bras par-dessus le dossier du canapé, haussa le menton et partit d'un rire qui évoqua pour l'homme un vol de corbeaux.

« Où est le problème ? Vous avez peur de merder, comme vos amis à l'aérodrome ? Ou si l'on parlait de Sacramento... voulez-vous qu'on discute de cette putain de jolie petite fête ?

— Il n'y a aucune raison de le prendre sur ce ton, rétorqua l'homme. C'étaient des missions délicates. »

Nouveau rire croassant de Caine.

« Alors, voyons si vous êtes fichu de vous en sortir d'une facile. De mériter enfin votre argent, ce coup-ci. Et épargnez-moi l'humiliation de devenir la tête d'affiche de la chaîne judiciaire pendant l'année qui vient, avant de finir mes jours à donner des interviews derrière les barreaux. »

Silence.

L'homme revint vers Caine, s'arrêta devant lui et glissa la main sous son blazer. L'arme qu'il en ressortit était un Heckler & Koch 45 P9S.

Un moment passa. Toujours planté devant Caine, l'homme sortit de sa poche intérieure un silencieux qu'il vissa sur le canon.

« Vous vous inquiétez de l'état dans lequel votre femme vous retrouvera ? »

Caine se raidit, descendit les bras de sur le dossier. Toute trace d'humour douloureux avait disparu de ses traits et ses yeux étaient devenus larmoyants.

Sa bouche se durcit soudain.

« Méritez votre fric, cracha-t-il. Faites-lui quelque chose de beau. »

L'homme acquiesça, arma le pistolet et le redressa vers la tête de Caine. On entendit celui-ci aspirer l'air, puis le bruit étouffé des balles quittant le canon quand l'homme pressa la détente à dix reprises, vidant son chargeur.

Son boulot terminé, l'homme rengaina l'arme, contourna le canapé pour aller au coffre qu'il vida prestement, transférant l'intégralité du contenu dans sa mallette.

Il s'arrêta un bref instant à la porte avant de sortir. Contempla le cadavre et le sang qui éclaboussait le canapé et les murs. Et il hocha la tête avec satisfaction.

T'en as eu pour ton argent, songea-t-il.

L'inscription sur la pierre tombale était élégante, c'était une citation de Wordsworth :

> *O joy! That in our embers*
> *Is something that doth live,*
> *That Nature yet remembers,*
> *What was so fugitive* [1].

En lisant l'épitaphe, Kirsten essuya une larme au coin de ses yeux.

« Je me souviens, moi aussi, Max. Je me souviens. »

Derrière elle, Pete Nimec attendait patiemment, à l'ombre des érables du Japon qui poussaient à l'endroit où Blackburn reposait désormais. Sa dépouille avait été rapatriée de Malaisie sitôt confirmée son identité.

Kirsten s'agenouilla au-dessus de la terre qui recouvrait la tombe, encore meuble sous ses doigts.

« *Atman et Brahman*... Parfois, Max, nous avons besoin de l'illusion pour nous montrer la

1. « Ô joie que dans nos cendres / Il soit chose vivante, / Que la nature se souvienne / De ce qui fut si fugitif ! » (début de la neuvième strophe d'« Ode, pressentiments d'immortalité », trad. Dominique Peyrache-Leborgne et Sophie Vige, José Corti, 1997) *(N.d.T.)*.

vérité d'une façon qui nous est perceptible... et même si je n'ai aucune certitude, j'ai parfois l'impression que tu ne l'as pas compris, et que tu te sous-estimais à cause de cela. Que tu culpabilisais de me demander de faire des choix difficiles, et que tu as laissé ce sentiment t'empêcher de t'ouvrir à moi. » Elle sentit ses joues se mouiller de larmes. « Le problème, Max, c'est que je crois que Roger Gordian a raison. Que tu me montrais vraiment le chemin de ma propre conscience. De mon propre cœur. »

Elle sentit un goût de sel, porta les doigts à ses lèvres, effleura l'endroit où le nom de Max était gravé sur la pierre tombale.

« Ce que toi... ce que nous détenions... c'était le Brahman, mon cher amour, murmura-t-elle. C'était la vérité. »

Kirsten resta encore quelques instants immobiles, les yeux fermés, comme en prière ou au repos.

Puis enfin elle se releva, s'éloigna de la tombe pour rejoindre à pas lents l'endroit où Pete Nimec l'attendait.

« Ça va bien ? » demanda-t-il doucement.

Elle le regarda, esquissa un timide sourire.

« Ça ira », répondit-elle.

GLOSSAIRE

Concernant le titre Ruthless.com, *précisons que* ruthless *signifie en anglais « impitoyable », « cruel » et que* .com *est le suffixe d'une adresse Internet indiquant en général une société commerciale.*

J.B.

Chevalier blanc : nom qu'on donne à un intervenant chargé de remettre sur pied une société par la prise d'une part substantielle d'actions de celle-ci.

Dérégulation : assouplissement, voire suppression des dispositions encadrant le fonctionnement d'une activité économique, que ce soit en matière de tarifs ou de dispositifs juridiques (réglementations, taxes, barrières douanières, etc.).

Holding : société de portefeuille gérant des participations dans d'autres entreprises, qu'elles soient ou non cotées en Bourse.

Joint venture : filiale commune à deux sociétés. Sauf précision, la répartition du capital est de 50/50 ou 51/49.

Minorité de blocage : pourcentage d'actions dans une société permettant d'influer sur les décisions de son conseil d'administration.

OPA (Offre publique d'achat) : offre par laquelle une société fait connaître au public son intention d'acquérir un certain nombre de titres d'une autre société, éventuellement pour en prendre le contrôle.

OPE (Offre publique d'échange) : offre par laquelle

une société fait connaître au public son intention d'échanger un certain nombre de ses titres contre ceux d'une autre société, en général dans le but d'en prendre le contrôle.

Raid : opération boursière menée par un *raider* (ce peut être une entreprise ou un particulier) qui se livre à des achats systématiques de titres d'une société afin d'en prendre le contrôle.

Raider : opérateur qui mène un *raid* boursier (voir ce mot).

Spin-off : littéralement : résultat, débouché. Société créée sur des actifs provenant d'une structure établie (université, organisme de recherche, grande entreprise publique ou privée). Contrairement à la *start-up,* une *spin-off* dépend financièrement de l'organisme ou de la société mère actionnaire de cette nouvelle entreprise.

Start-up : littéralement : qui démarre ou qui décolle. Terme qui désigne une jeune société créée pour valoriser une nouvelle technologie (informatique, bio-ingénierie, etc.) et affichant une forte croissance.

RED STORM ENTERTAINMENT, INC.

Red Storm Entertainment, Inc. a été fondée en novembre 1996 par Tom Clancy et Virtus Corporation, société leader dans le domaine des outils de création graphique 3D pour le multimédia, afin de créer et commercialiser une nouvelle génération de jeux multi-plates-formes. Red Storm Entertainment est une société anonyme, détenue principalement par Tom Clancy, Virtus Corporation et Pearson PLC, l'un des plus importants groupes mondiaux dans le domaine des médias.

L'objectif de Red Storm Entertainment est de devenir leader sur le marché du développement et de la commercialisation de jeux informatiques sur ordinateurs ou consoles, mais aussi des jeux de plateaux classiques, ainsi que des produits dérivés. Dans ce but, l'entreprise développe des produits aptes aussi bien à satisfaire les joueurs invétérés qu'à attirer une nouvelle frange d'utilisateurs séduits par une nouvelle forme de jeux réalistes et faisant appel à la réflexion.

Red Storm Entertainment a commercialisé son premier jeu, ***Tom Clancy's Politika,*** en novembre 1997, et d'autres ont rapidement suivi au cours de l'année 1998.

Jusqu'à quel point saurez-vous vous montrer impitoyable ?

Vous savez désormais jusqu'à quelles extrémités peut aller un chef d'entreprise moderne lorsqu'il traque un ennemi. Mais cette expérience ne s'achève pas en refermant la dernière page du roman que vous venez de lire. Car le tout dernier jeu informatique de Red Storm Entertainment vous lance un défi : réveiller le chef d'entreprise impitoyable qui sommeille en vous.

Dans ***Tom Clancy's Ruthless.com,*** vous devrez vous battre pour développer votre entreprise et conquérir des marchés, tout cela étant situé dans l'univers impitoyable de la lutte sans merci que se livrent les entreprises modernes. Le jeu combine l'attrait passionnant des stratégies de développement économique avec les tactiques sournoises des attaques de front, des coups tordus, voire du crime pur et simple. Chacun des joueurs (de un à six) doit agrandir son empire, dépasser les concurrents pour finalement les écraser et les réduire en poussière, jusqu'à ce qu'une seule entreprise s'assure une position de quasi-monopole. Les activités « spéciales » font tout le sel du jeu ; ainsi les joueurs peuvent-ils consacrer du temps et de l'argent à diverses possibilités : procédures judiciaires, coups fourrés, raids de piratage. Finalement, la phase réalisation indique le résultat du coup joué sur l'accroissement de pouvoir du PDG et de ses principaux collaborateurs ; ces divers personnages acquièrent de l'expérience, de nouveaux talents, et voient évoluer leur personnalité à mesure que se déroulent les phases du jeu.

Tom Clancy's Ruthless.com est un jeu de stratégie dont les techniques de compétition et de gestion des ressources reproduisent les pièges du monde des affaires, mais où les joueurs ont moins à se soucier de consulter des feuilles de calcul ou des indicateurs boursiers que d'orienter la politique sans retenue de leur entreprise afin de s'emparer du marché global où l'avidité est devenue le maître mot.

Principales caractéristiques :
— Jeu orienté multi-joueurs, y compris avec des possibilités de dialogue et de forum de discussion en temps réel, que ce soit sur réseau interne ou par Internet.
— Jeu de stratégie basé sur une succession de tours joués en simultané.
— Souplesse grâce aux trois modes de jeu disponibles : campagne, scénario, multi-joueurs.
— Présentation graphique inédite.
— Ne requiert pas une configuration musclée : le jeu peut tourner sur des machines relativement anciennes.

Configuration recommandée :
Système d'exploitation : Windows 95™ ou supérieur.
Processeur : minimum Pentium™ 120Mhz ou équivalent.
Jeu en réseau : connexion TCP/IP convenablement configurée avec modem 14,4 Kbits/s minimum.
Mémoire vive : 16 Mo minimum, 32 Mo recommandée.
Disque dur : pas de contrainte spécifique.
CD-ROM : 4x ou plus.
Affichage : 800×600, 65000 couleurs.
Carte d'accélération 3D : non nécessaire.
Audio : de préférence DirectSound™.

Ruthless.com est un jeu accessible en ligne sur Internet mais également sur CD-ROM.

Red Storm sur internet :

Vous pouvez retrouver Red Storm Entertainment sur Internet à l'adresse ***<http ://www.redstorm.com/>***

Pour jouer à Ruthless.com, rendez-vous à l'adresse : ***<http ://www.redstorm.com/ruthless/>***

Mais on trouve également sur ce même site les autres jeux de Red Storm Entertainment (ainsi que des présentations, des démos, des actualités, des forums de discussion, etc.).
Politika : ***<http ://www.redstorm.com/politika>***
Dominant Species : ***<http ://www.redstorm.com/dominant-species>***

Rainbow Six et ses variantes : ***<http ://www.red-storm.com/rainbow–six>***
Rainbow Six Eagle Watch : ***<http ://www.red-storm.com/r6missionpack>***
Rainbow Six Rogue Spear : ***<http ://www.red-storm.com/rogue–spear>***
Force 21 : ***<http ://www.redstorm.com/force21>***

Ruthless.com sur CD-ROM :

Le jeu est disponible dans toutes les bonnes boutiques ou librairies informatiques.

REMERCIEMENTS

Je tiens à remercier ici Jerome Preisler pour sa contribution inestimable à la préparation de ce manuscrit. Je tiens également à rendre hommage, pour leur aide, à Marc Cerasini, Larry Segriff, Denise Little, John Helfers, Robert Youdelman, Esq., Tom Mallon, Esq., ainsi qu'à la merveilleuse équipe du Putnam Berkley Group, et tout particulièrement Phyllis Grann, David Shanks, Tom Colgan, Doug Littlejohns, Kevin Perry, le reste de la bande de *Ruthless.com,* tous ces gars formidables de Red Storm Entertainment, sans oublier Hank Beard pour sa contribution au sabotage d'un Cessna. Comme toujours, mes remerciements vont enfin à Robert Gottlieb, de l'agence William Morris, mon agent et mon ami.

Mais avant tout, c'est à vous, amis lecteurs, de décider dans quelle mesure notre effort collectif aura été couronné de succès.

Tom Clancy